Gedanken eines Mörders

KJ Weiss

Gedanken eines Mörders

ISBN: 9783749483600

Herstellung und Verlag:

BoD - Books on Demand,

Norderstedt

Lieber Kommissar,

vermutlich wundern Sie sich, dass ich ausgerechnet Sie persönlich anspreche. Nun, ich kann jetzt im Nachhinein ruhig zugeben, dass Sie mir immer imponiert haben. Sie waren der Einzige, der schon recht früh ahnte, zu was ich fähig bin. Und ich denke, dass Sie einen großen Anteil daran haben, dass ich zuletzt doch gefasst und aufgrund der vielen Indizien, die Sie zusammentrugen, verurteilt wurde. Während meiner Vernehmungen und des Prozesses habe ich geschwiegen. Es wäre unsinnig gewesen, zu versuchen, mich zu rechtfertigen. Für das, was ich getan habe, gibt es keine Rechtfertigung, keine, die im Rahmen unserer Gesetze liegt. Aber mein Gewissen sagt mir das Gegenteil. Es war richtig, so zu handeln. Meine Taten halfen den Opfern, die unsere Rechtsprechung nicht schützt, aus welchen Gründen auch immer. Es gibt nicht nur Schwarz und Weiß, nicht nur Gut und Böse. Doch erwarte ich von dem Land, in dem ich lebe, dass das Auge in erster Linie auf den Unschuldigen liegt, jenen, die unverschuldet in Situationen geraten, unter deren Nachwirkungen sie mitunter ein Leben lang leiden. Im Laufe meiner Recherchen sah ich vieles, wo dringend eingegriffen werden müsste beziehungsweise nicht rechtzeitig eingegriffen wurde. Dadurch ergab sich für mich ein erschreckendes Bild: Es ist in einigen Bereichen kaum möglich, geltendes Recht vernünftig umzusetzen. Dass ich mich dazu entschloss, meine Geschichte aufzuschreiben, hat weniger mit mir und meinen Taten zu tun. Sie soll auch keine Entschuldigung für mein Vorgehen sein. Mir geht es vielmehr darum, den Blick auf die wirklichen Leidtragenden zu schärfen und die herrschenden Missstände anzuprangern. Es mag vermessen sein, so zu denken, aber gäbe es die vielen Opfer nicht, denen keiner hilft, wäre ich nicht zum Mörder geworden. Ich bin stolz über jeden, den ich gerettet habe.

Erwarten Sie bitte keine schriftstellerische Glanzleistung. Ich bin nur ein Mann, der das, was ihn dazu bewegte, unzählige Morde zu begehen, an die Öffentlichkeit bringen will - in erster Linie um anhand der Opfergeschichten einiges von dem aufzuzeigen, was in Deutschland im Argen liegt. Vielleicht findet sich auf diesem Weg der ein oder andere, der aufmerkt und sich für meiner Meinung nach notwendige Gesetzesänderungen einsetzt.

I

Wie alles begann

Mein Dank gilt Simon Fröhlich und Susannah Fischer. Ohne sie wäre dieses Buch vermutlich niemals veröffentlicht worden.

1

Carolin

Das Telefon weckte mich aus tiefem Schlaf. Der Durchfall hatte mich fast die ganze Nacht wachgehalten. Verschlafen linste ich auf den Wecker. Erst zehn!

Bevor ich mich aus dem Bett gequält hatte, verstummte der Apparat. Blöderweise stand jedoch der Anrufbeantworter auf laut, sodass ich die Stimme meiner Frau deutlich vernehmen konnte. „Toni? Bitte geh ran, es ist wichtig."

Ich griff mir das Handy vom Nachttisch und schaltete es ein. Wie zu erwarten, hatte sie es auch hier mehrfach versucht. Ich drückte auf den entsprechenden Kontakt und ließ mich ins Kissen zurückfallen. Durch die ständigen Krämpfe schmerzte mein Rücken und ich fühlte mich völlig erschöpft. Allein bei dem Gedanken an Essen zog sich mein Magen erneut zusammen. Ich war eindeutig nicht in der Lage, irgendeine mir zugedachte Aufgabe zu bewältigen.

„Caro hat angerufen", sagte Ramona statt einer Begrüßung. „Sie ist total neben der Spur. Rico wurde heute entlassen."

„Woher weiß sie das?", war alles, was mir einfiel zu fragen.

„Ihr Anwalt hat ihr Bescheid gegeben. Du, sie steht vor Angst richtig neben sich. Ich, äh, meinst du, du könntest für diese Woche vielleicht zu ihr ziehen?", änderte sie ihren Satz ab.

Wetten, dass sie ihrer Schwester bereits zugesagt hatte?

„Du bist ja bestimmt die gesamte Woche nicht einsatzfähig und es geht nur um den Zeitraum, wenn sie ihre Arbeitsstelle verlässt, bis zum nächsten Morgen", fuhr sie fort. „Das ist doch bestimmt kein Problem, oder?"

Ob meine private Krankengeldversicherung das wohl ähnlich sehen würde?

„Sie überlässt dir ihr Bett und schläft auf der Couch. Bitte! Uns ist niemand eingefallen, der so kurzfristig einspringen könnte."

„Sie rechnet fest damit, dass er auftaucht?" Natürlich würde ich mich, wie immer eigentlich, breitschlagen lassen. Isabella hätte vermutlich süffisant grinsend bemerkt, das sei typisch für mich. Ich könne nie jemandem eine Bitte abschlagen und schon gar nicht jemandem, der so eindeutig Hilfe brauchte. Bei dem Gedanken an sie zog sich meine Kehle zusammen. Unwillkürlich schüttelte ich den Kopf, um die Erinnerung zu verbannen.

„Du etwa nicht?"

„Es sind immerhin eineinhalb Jahre vergangen", merkte ich an. Eigentlich eher aus Frust, dass ich mich nun nicht mehr in Ruhe erholen konnte. Mir war von vornherein klar gewesen, dass die Sache mit Rico nicht mit seiner Verurteilung endete.

„In denen er seinen Hass nähren konnte", trumpfte sie denn auch auf.

„Nein, der Typ lässt nicht locker. Der nicht."

„Wann soll ich bei ihr sein?", erwiderte ich, um einer längeren Diskussion zu entgehen.

„Ich hatte gehofft, du könntest sie von der Arbeit abholen und dann gleich bei ihr bleiben. Geht es dir denn schon etwas besser?"

Nett, dass sie überhaupt daran dachte! „Nein, ich bin die ganze Nacht fast stündlich zur Toilette gerannt."

„Armer Schatz! Meinst du, du schaffst es trotzdem?"

Würde mir wohl nichts anderes übrig bleiben. „Ich versuche, noch eine Runde zu schlafen. Wann hat sie heute Dienstschluss?"

„Um halb fünf. Du möchtest bitte in die Tiefgarage fahren und dort auf sie warten. Ein Kollege bringt sie runter, das ist schon geklärt."

Ich stellte mir den Wecker auf ein Uhr und schloss die Augen.

Danach fühlte ich mich tatsächlich besser und gönnte mir zwei Scheiben Toastbrot und eine Tasse Kamillentee mit viel Zucker, was hoffentlich half, die dumpfen Kopfschmerzen zu vertreiben. Seit den gestrigen frühen Morgenstunden wütete der Virus in mir und ließ sich bisher auch durch die mir vom Arzt verschriebenen Medikamente nicht stoppen. Alles, was ich aß oder trank, führte zu Krämpfen und mich anschließend umgehend auf die Toilette. Kein Wunder, dass ich mittlerweile richtig tattrig war und Mühe hatte, einen klaren Gedanken zu fassen.

Auch dieses Mal setzten, kaum dass ich aufgegessen hatte, die Beschwerden ein. Als ich aufbrechen musste, um Carolin abzuholen, hätte ich alles dafür gegeben, im Bett bleiben zu können.

„Danke!" Sie umarmte mich und schnallte sich an. „Du bist meine Rettung." Während ich den Weg zur Ausfahrt nahm, musterte sie mich besorgt: „Wie geht es dir? Du siehst echt scheiße aus."

Ich grinste gequält. „Genau so. Es will einfach nicht besser werden."

„Mona meinte, du …" Sie brach ab, aber ich wusste, was sie hatte sagen wollen. Meine Frau war der Meinung, ich würde mich in diese Krankheit hineinsteigern. „Du, wenn es dir zu viel wird, sag es einfach." Sie legte mir die Hand auf den Arm.

„Nein, ich will dir beistehen." Selbst in meiner derzeitigen Verfassung brachte ich mehr Gegenwehr zustande als dieses kleine zierliche Persönchen.

Sie grinste erleichtert. „Wenn wir angekommen sind, legst du dich hin und ich koche dir eine Rinderbrühe, das ist Mamas Hausmittel und wirkt super."

Ihre Wohnung, im zweiten Stock eines Mehrfamilienhauses gelegen, versank im Chaos. Errötend sammelte sie einen Stapel Wäsche von der Couch und nötigte mich, darauf Platz zu nehmen. „Ruh dich aus. Ich kümmere mich gleich darum."

Doch zuerst brachte sie mir ein Glas Cola, in dem ein Teelöffel steckte, und ein paar Salzstangen.

„Ein weiteres Hausmittel deiner Mutter?", fragte ich leicht genervt. Ich wollte nur noch in Ruhe gelassen werden.

Sie nickte ernst. „Ich habe die Kohlensäure herausgerührt. Nimm ein paar kleine Schlucke und iss die Salzstangen, das hilft garantiert."

Ich tat ihr den Gefallen, legte mich anschließend auf die Couch und schloss die Augen. Ein paar Minuten hörte ich sie noch hantieren, dann schlief ich ein.

2

Ich erwachte durch den Duft, der mir aus der Küche entgegen wehte. Überrascht stellte ich fest, dass es bereits halb neun war. Und mein Magen hatte tatsächlich die Cola und die Salzstangen ohne Probleme verdaut, stellte ich fest. Das Grummeln, das ich verspürte, war eindeutig Hunger.

„Oh, du bist wach." Carolin, die am Herd stand und in einem Topf rührte, drehte sich lächelnd zu mir um. „Du siehst ein bisschen besser aus. Komm, setz dich, deine Suppe ist heiß genug."

„Und du?" Ich konnte mich kaum beherrschen, als sie den Teller vor mich stellte. Schon lange hatte ich mich nicht mehr so auf eine Mahlzeit gefreut.

„Erst wieder einige Schlucke Cola", mahnte sie. „Das beruhigt den Magen. Ich esse mittags in der Kantine." Sie verzog das Gesicht. „Außerdem ist mir der Appetit gründlich vergangen." Sie setzte sich mir gegenüber. „Der wird garantiert hier auftauchen. Das ist für mich sonnenklar."

„Du bist in der Zwischenzeit umgezogen", erinnerte ich sie.

„Ja, und? Wie oft bin ich damals vor ihm geflohen? Und er hat mich jedes Mal gefunden. Nein, es ist nur eine Frage der Zeit, bis er hier auftaucht."

„Was hältst du davon, wenn du wieder die Polizei einschaltest?"

Sie winkte ab. „Habe ich längst gemacht. Noch bevor ich Mona anrief. Die wiegeln ab, solange er mir nichts tut, können sie nicht eingreifen. Er hat seine Strafe abgesessen. Außerdem denken die, er würde daraus gelernt haben." Sie lachte verächtlich auf. „Als wenn den so was stoppen könnte. Der ist komplett durchgeknallt."

Vielleicht irrte sie sich ja, vielleicht irrten wir alle. Eineinhalb Jahre waren kein Pappenstiel, genügend Zeit eigentlich, sich mit den Gegebenheiten abzufinden. Und wurde so jemand nicht auch einer Therapie unterzogen? Andererseits brauchte ich nur an Rico zu denken, um zu spüren, wie der Hass in mir hochstieg. Warum sollte es ihm anders gehen?

11

Ich löffelte schweigend meine Suppe und musterte meine Schwägerin dabei heimlich. Caro hätte immer noch gut als Teenager durchgehen können. Ihre sechsundzwanzig Jahre sah man ihr nicht an. Mit den kurz geschnittenen Haaren, die ihre braunen Augen größer wirken ließen, und der geradezu androgynen Figur wirkte sie wie ein junges unschuldiges Mädchen, für das das Leben gerade erst begann, spannend zu werden. Dass sie bereits einen wahren Albtraum hinter sich hatte, war ihr nicht anzumerken.

„Was machen wir, wenn es klingelt?", fragte sie, ihre Finger spielten nervös mit dem Glas Wasser vor ihr auf dem Tisch. „Soll ich mich ganz normal melden oder gehst du hin?"

Ich wog die Vor- und Nachteile gründlich ab, bevor ich antwortete: „Das musst du selbst entscheiden. Willst du ein für alle Mal für klare Verhältnisse sorgen? Dann würde ich dir raten, wimmle ihn nicht ab, sondern lass ihn raufkommen. Ich halte mich erst einmal zurück, bis wir wissen, was er vorhat."

Sie schluckte nervös. „Also volles Risiko."

„Das wäre das Beste. Entweder er sieht endlich ein, dass er dich nicht zurückgewinnen kann, oder er rastet erneut aus und landet sofort wieder im Gefängnis." Oder er kommt gar nicht, weil er sich endlich mit der Trennung abgefunden hat, fügte ich im Stillen hinzu. Doch mit diesem Argument brauchte ich ihr nicht zu kommen. Sie war viel zu sehr davon überzeugt, dass sie weiterhin in seinem Fokus stand. Abgeschlossen hatte sie mit dem Erlebten definitiv nicht.

Wieder schluckte sie. „Gut. Aber denkst du, du kommst gegen ihn an?"

„Ich besorge mir morgen, wenn ich dich zur Arbeit gefahren habe, einen Baseballschläger. Für heute muss es ein Messer tun. Hast du so ein richtig gefährliches, großes?"

Damit hatte ich sie ausreichend beruhigt. Sie entspannte merklich. Sicherlich lag es auch daran, dass sie erkannt hatte, ich würde nicht lange fackeln, sondern notfalls zustechen. Ja, ich hatte in den letzten zwei Jahren eine gewaltige Kehrtwende vollzogen, was man mir vermutlich auch anmerkte. Ich war keiner mehr, der sich herumstoßen ließ.

Andererseits war ich mir immer noch unsicher, ob wir überhaupt von Rico hören würden. Seitdem er inhaftiert worden war, hatte er sich nicht mehr bei ihr gemeldet, kein Anruf, kein Brief, nicht mal eine SMS aus dem Untersuchungsgefängnis. Wir wussten einfach viel zu wenig, um sein weiteres Tun abschätzen zu können.

Aber zumindest in einem war ich mir sicher: In dieser Nacht mussten wir nicht mit einem Angriff rechnen. Gerade erst entlassen hatte er mit Sicherheit andere Dinge im Kopf. Außerdem war Carolin erst nach der Gerichtsverhandlung umgezogen, er kannte ihre neue Adresse nicht - und niemanden aus ihrem nahen Umfeld, dafür hatte er selbst gesorgt. Also musste er zuerst recherchieren.

Das schrille Läuten des Telefons unterbrach meine Gedanken. Caro zuckte zusammen und hätte beinahe ihr Glas umgestoßen. Furchtsam sah sie mich an. Ich griff nach dem Telefon, das auf der Spüle lag. Das Display zeigte meine eigene Nummer.

„Und? Wie sieht es aus?", drang Monas Stimme an mein Ohr, kaum dass ich mich gemeldet hatte.

„Alles ruhig. Ich besorge mir morgen für alle Fälle einen Baseballschläger und komme anschließend kurz vorbei, um mir Wechselsachen zu holen." Und den Rasierer, den hatte ich in der Hektik, da ich bis zur letzten Minute liegen geblieben war, ebenfalls vergessen einzupacken.

„Wie lange willst du bei ihr bleiben?"

Dämliche Frage! „Bis einschließlich Sonntag. Montag muss ich wieder arbeiten."

„Was meinst du, wird er sie ausfindig machen und vorbeikommen?"

„Keine Ahnung. Aber sicher ist sicher. Falls bis dahin nichts passiert, sollten wir uns eine gute Alternative überlegen, damit Caro nicht allein ist", fügte ich mit Rücksicht auf meine Schwägerin hinzu, die, nachdem sie wusste, mit wem ich sprach, augenblicklich entspannt hatte.

„Wie geht es dir?"

„Etwas besser." Und das war nicht mal gelogen. Mein Magen hatte die Suppe ohne großen Protest angenommen und blieb jetzt bis auf ein wiederkehrendes lautes Gluckern ruhig.

„Gut, ich melde mich morgen wieder. Schlaft schön."

3

„Wissen deine Kollegen alle Bescheid?", fragte ich Caro auf der Fahrt zu ihrer Arbeitsstelle. Sie arbeite bei einer großen Versicherung im Innendienst, allerdings in einer kleinen Zweigniederlassung, deren Räume sich auf einer einzigen Etage befanden.

„Ich habe am Empfang ein Foto von ihm hinterlegt und gestern mit jedem Einzelnen gesprochen. Die passen auf mich auf."

Eine Sorge weniger. Denn obwohl ich mich wesentlich besser fühlte, steckte mir die überstandene Krankheit noch in den Knochen. Selbst die wenigen Besorgungen, die ich gleich zu erledigen hatte, erschienen mir wie eine kaum zu bewältigende Anstrengung.

Kaum war ich zurück in der Wohnung, ließ ich mich auf die Couch fallen und schloss erschöpft die Augen. Das Klingeln meines Handys nahm ich nur noch unbewusst wahr, bis ich reagierte, war bereits die Mailbox angesprungen. Doch der Anblick von Caros Nummer im Display katapultierte mich geradezu in die Gegenwart zurück.

Sie war völlig hysterisch. „Er hat gerade angerufen. Will sich unbedingt mit mir treffen. Angeblich, um sich zu entschuldigen. Wie hat er mich so schnell gefunden?"

Trotz der ernsten Situation musste ich über diese Unlogik unwillkürlich grinsen. Hatte sie nicht genau das befürchtet? „Was hast du ihm geantwortet?"

„Na, dass ich darin keinen Sinn sehe natürlich! Der soll mich endlich in Ruhe lassen!"

„Und wie hat er reagiert?"

„Er behauptet, das sei ein Teil seines Programms, so eine Art Wiedergutmachung. Er wäre selbst entsetzt über das, was er angerichtet hätte. Ich habe ihm, wie ich hoffe, deutlich zu verstehen gegeben, dass ich auf eine persönliche Entschuldigung keinen Wert lege und ihm genauso wenig bei dieser Aufgabe helfen will und kann. Danach hat er ohne ein weiteres Wort aufgelegt. Du, das war ein Fake, da bin ich mir ganz sicher."

„Er kommt nicht an dich heran", beruhigte ich sie. „Wir passen schon auf dich auf."

Es bedurfte noch einer Menge weiterer Trostworte und Versicherungen, bis sie sich endlich besser fühlte. Danach war ich endgültig reif für eine Erholungspause.

Obwohl ich auch in der Nacht gut geschlafen hatte, wurde ich erst durch den Handywecker wieder wach. Mist, schon drei! Dabei hatte ich mir vorgenommen, wenigstens kurz vernünftig aufzuräumen.

Andererseits, überlegte ich, während ich einen weiteren Teller dieser herrlichen selbst gemachten Rinderbrühe und zwei trockene Toast aß, warum sollte ich in ihr Leben eingreifen? Wenn Caro sich durch den Dreck und die Unordnung nicht gestört fühlte, weshalb sollte ich mich daran stoßen? Nur weil meine Frau bei uns zu Hause eine geradezu sterile Ordnung schuf?

Dass die beiden Schwestern waren, hätte niemand, der sie sah und erlebte, vermutet. Carolin war ein Nachkömmling, ein unverhofftes Glück, wie ihre Mutter nicht müde wurde zu betonen, und sechzehn beziehungsweise vierzehn Jahre jünger als ihre beiden Schwestern. Diese kamen von ihrer Gestalt und Figur her nach dem Vater, genauso wie sie seine zielstrebige, zupackende Art geerbt hatten. Die Kleine - sowohl vom Alter als auch von ihrer Größe - war ein Abbild ihrer Mutter und besaß leider auch deren Hang, sich unterzuordnen. Sonst wäre dieses Desaster mit Rico niemals so weit ausgeartet.

Ramona und ich hatten von Anfang an Bedenken, als sie uns das erste Mal gemeinsam besuchten. Irgendetwas an diesem Typ stieß uns unangenehm auf. Dabei wirkte er durchaus sympathisch, hing geradezu an Caros Lippen und schien bereit, ihr jeden Wunsch zu erfüllen. Ein deutlicher Fortschritt, meinten meine Schwiegereltern, denn ihre Jüngste hatte bisher ein ausgesprochen schlechtes Händchen in der Wahl ihrer Freunde bewiesen. Der eine ließ sich von ihr aushalten und gab ihr Geld mit vollen Händen aus, brachte sie sogar dazu, einen Kredit für sein Auto aufzunehmen, der andere betrog sie mehrfach, bis sie endlich die Reißleine zog.

Rico dagegen arbeitete ebenfalls bei einer Versicherung, hatte erst eine feste Beziehung hinter sich, die er löste, weil sie sich nach fünf Jahren auseinandergelebt hatten, besaß eine schick eingerichtete Wohnung und war willens, die Sache geruhsam angehen zu lassen. Dieser Vorsatz hielt allerdings nicht lange. Nach knapp zwei Monaten zog er bei Caro ein, da sein Vermieter ihn bat, den Mietvertrag wegen Eigenbedarfs vorzeitig aufzulösen.

Alles gelogen, wie sich später herausstellte. Statt als Versicherungsmakler arbeitete er als Hilfskraft für diesen, seine Freundin hatte sich von ihm getrennt und sein Vermieter ihm wegen ausbleibender Zahlungen eine Räumung angedroht, die Möbel waren auf Raten gekauft. Aber das alles erfuhren wir erst nach dem Beginn seiner Nachstellungen.

Nein, dass es so schlimm kommen könnte, hätten selbst Ramona und ich nicht gedacht. Uns war zwar aufgefallen, dass er Caro immer mehr vereinnahmte und dass sich die meisten ihrer Freunde nach und nach von ihr abwandten, weil sie nichts mehr ohne diesen Kerl unternahm, mit dem sie nicht warm wurden, aber wie schlimm es wirklich um sie stand, ahnte niemand. Nach außen gab sie bis zuletzt die Verliebte, die mit ihrem Freund glücklich war.

Erst als sie vor ihm zu ihren Eltern flüchtete, kam die Wahrheit ans Licht. Rico behandelte sie, als wäre sie sein Besitz. Er bestimmte, was wann und wie erledigt wurde, die Freizeitgestaltung ebenso wie den gesamten Tagesablauf. Er brachte sie zur Arbeit und holte sie wieder ab, persönlichen Freiraum gab es für sie nicht mehr.

„Das ist alles nach und nach passiert", versuchte sie, uns zu erklären. „Zuerst merkst du es gar nicht, bist eher sogar geschmeichelt, dass er dich ständig um sich haben will. Später, wenn es anfängt, dir lästig zu fallen, ist es schwer, dagegen anzugehen."

Tja, richtig wach geworden war sie, als er begann, nicht nur seelischen, sondern auch körperlichen Druck auszuüben.

4

„Irgendeine blöde Tussi aus meiner alten Abteilung hat ihm verraten, wo ich jetzt stecke." Carolin warf sich auf den Beifahrersitz und drückte, nachdem sie die Tür geschlossen hatte, den Verriegelungsknopf. „Besser ist besser. Wir müssen vorsichtig sein."

„Was, wenn er sich tatsächlich geändert hat?", fragte ich wider besseres Wissen, während ich anfuhr.

Sie schüttelte vehement den Kopf. „Niemals! Der nicht!"

Ich wartete, bis wir in der Wohnung waren und uns an den Küchentisch gesetzt hatten, bevor ich das Thema wieder aufgriff. „Ich bin deiner Meinung. Er wird nicht eher ruhen, bis er dich für deine Anzeige und deine Aussage vor Gericht bestraft hat. Was also sollen wir tun?"

Sie blickte mich verständnislos an. „Ihn abwehren. Dafür sorgen, dass er wieder im Gefängnis landet", sagte sie nach einer langen Pause.

„Und dann? Hoffst du darauf, dass er sich danach ändert? Oder willst du dein ganzes Leben lang vor ihm auf der Flucht sein?" Ich brauchte sie nicht daran zu erinnern, was uns seine erste Freundin, die wir nur unter Mühen hatten aufstöbern können, berichtete. Diese war durch mehrere Bundesländer vor ihm geflohen – nach exakt zwei Jahren Beziehung. Rico gelang es innerhalb kürzester Zeit, sie aufzustöbern. Dreimal landete sie im Krankenhaus, konnte jedoch nie beweisen, dass er hinter ihren Verletzungen steckte. Nach dem letzten stationären Aufenthalt verschaffte ihr Vater ihr einen Job im Ausland. Danach war endlich Ruhe beziehungsweise Rico suchte sich sein nächstes Opfer. Fast drei Jahre hatte er auf die Verfolgung seiner Ex verwendet.

„Was willst du mir damit sagen? Willst du ihn etwa umbringen?" Das Letzte war als Scherz gemeint, als sie in meine Augen blickte, erstarb ihr Lächeln. „Das ist nicht dein Ernst, oder?"

„Nicht töten, nein. Aber bevor wir ihn der Polizei übergeben, sollte er eine gehörige Tracht Prügel beziehen. Und wir werden ihn warnen, dass, wenn er sich jemals wieder in deiner Nähe blicken lässt oder auch nur versucht, Kontakt zu dir aufzunehmen, er noch schlimmer leiden wird. Das ist für mich der einzige Ausweg, um ihn endgültig von dir abzubringen. Anders versteht der es nicht."

„Vielleicht landet er dieses Mal gleich in der Psychiatrie", wandte sie ein. „Das ist doch krank, was der macht!"

„Willst du dich darauf verlassen?" Ich hatte da meine Bedenken. So jemanden konnte man nicht therapieren, der verstand nur brutale Gegenwehr.

Sie holte tief Luft. „Er ist stark."

Und würde im Knast sein Krafttraining vermutlich noch intensiviert haben. „Ich weiß."

„Was hast du vor?"

Also kein Protest. Oder würde der später kommen? „Das Problem ist, er wird sich nicht an dich herantrauen, wenn sich jemand in deiner Nähe aufhält. Er hat garantiert dazugelernt." Wer war auch so blöd und nahm sich die Freundin tagsüber in einem Mehrfamilienhaus vor, ohne dafür zu sorgen, dass sie keinen Mucks tun konnte! Dieser Fehler würde ihm kein zweites Mal passieren.

„Ich soll den Lockvogel spielen?"

Sie hatte offensichtlich verstanden. „Wenn du ihn ein für alle Mal loswerden willst, ja."

„Und wie stellst du dir das vor?"

„Wir werden jemanden anheuern, der meinen Part hier in der Wohnung übernimmt. Gibt es einen weiblichen Single hier in diesem Haus, etwa in deinem Alter?"

Sie schüttelte verwirrt den Kopf. „Nein, nur einen alleinstehenden Mann, der müsste so um die dreißig sein."

„Kennst du ihn gut? Was macht er beruflich? Hat er eine Freundin?" Vielleicht stellte er die passende Alternative dar.

„Wir grüßen uns, wenn wir uns sehen, das ist alles. Ich glaube, der ist bei der Post. Eine Frau habe ich noch nicht mit ihm zusammen gesehen."

„Gut." Ich erläuterte ihr meinen Plan.

„Wie teuer wird das denn wohl?", war alles, was sie erwiderte.

„Mona und ich kommen dafür auf." Ich winkte ab, als sie zu einem Protest ansetzte. „Wir haben das Geld. Es tut uns nicht weh, dir zu helfen." Außerdem gab es nichts mehr, wofür wir sonst sparen mussten. Aber diesen Punkt brachte ich nicht vor. Stattdessen überredete ich sie, mit mir diesen Nachbarn zu besuchen.

Der junge Mann machte einen leicht verwirrten Eindruck, als er Caro und mich auf seiner Fußmatte stehen sah. Wir wirkten bestimmt wie Vater und Tochter auf ihn. Er schien sich nicht vorstellen zu können, was wir von ihm wollten.

Caro machte uns miteinander bekannt und deutete an, dass wir dringend seine Hilfe benötigten, bevor sie sich so schnell wie möglich wieder verzog. Ihr war es viel zu peinlich, dass er derart tiefe Einblicke in ihr Leben bekommen würde.

Er schüttelte verwirrt den Kopf, bat mich ins Wohnzimmer und nahm mir gegenüber auf dem Sessel Platz, während ich mich auf die Couch setzte. Die Frage, was dieser Überfall sollte, war ihm deutlich vom Gesicht abzulesen.

Um ihm die Gefahr für Caro deutlich aufzuzeigen, redete ich Klartext. „Sie hat sich vor Jahren mit einem Typ eingelassen, der sie, nachdem sie sich von ihm trennte, brutal zusammenschlug. Er ist gerade aus dem Gefängnis entlassen worden und hat sich schon bei ihr gemeldet. Das heißt, er gibt immer noch keine Ruhe. Ich will ihm mit einem Freund zusammen eine Falle stellen und benötige für diesen eine unauffällige Möglichkeit, hier im Haus ein und aus zu gehen, ohne dass man ihn mit ihr in Verbindung bringen kann. Würden Sie sich zur Verfügung stellen?" Ich erklärte ihm, wie ich mir das Ganze vorstellte.

Zum Glück nahm er mein Ansinnen mit Humor. „Wann lerne ich meinen neuen WG-Partner kennen?"

Erstaunlich, ich hatte mit wesentlich mehr Einwänden, wenn nicht gar mit einer strikten Ablehnung gerechnet. „Ich hoffe, gleich morgen Abend."

„Kann ich Ihnen sonst irgendwie helfen?"

Er war drahtig und auf Zack, das sicherlich, aber Rico war ein ganz anderes Kaliber. „Nein, das, was Sie für uns tun, ist schon mehr als genug. Weiter möchten wir Sie da nicht mit reinziehen."

„Wir sollten uns duzen, wenn wir zusammenarbeiten", er grinste mich verschwörerisch an. „Ich bin der Tim."

5

„Hast du ihm klargemacht, wie gefährlich Rico werden kann?", fragte Caro, nachdem ich ihr die freudige Nachricht überbracht hatte.

„Ich habe ihm wahrheitsgemäß gesagt, dass er dich damals verprügelte und dass er sich aus allem, was eventuell passiert, raushalten soll. Er stellt nur seine Wohnung als Alibifunktion zur Verfügung", versuchte ich, sie zu beruhigen. „Macht ein zweites Namensschild an Klingel und Wohnungstür und gibt Marco die passenden Schlüssel."

„Und du fährst mich weiterhin zur Arbeit und zurück?"

„Ganz offiziell", nickte ich. „Das wird sich irgendwie einrichten lassen." Denn ich rechnete nicht damit, dass Rico gleich in den nächsten Tagen zuschlug. Er würde dieses Mal vorsichtiger agieren, die Lage auskundschaften und sicherstellen, dass keine Zeugen irgendetwas mitbekamen.

Ich griff zum Telefon, um Marco zu informieren. Der würde mich garantiert nicht hängen lassen, das wusste ich.

Wir verabredeten uns für den nächsten Abend.

„Wer ist dieser Kerl eigentlich?", wollte Caro nach dem kurzen Telefonat wissen.

„Einer meiner Angestellten. Ich kenne ihn noch aus meiner Bundeswehrzeit. Danach haben wir uns aus den Augen verloren, bis er eines Tages bei mir vorstellig wurde."

„Und du kannst ihn einfach so von seiner Tätigkeit abziehen?"

Dafür hätte ich zu einer längeren Erklärung ansetzen müssen. „Ja, das ist kein Problem." Sie würde sich hoffentlich mit dieser Antwort zufrieden geben.

Sie hob kurz die Augenbrauen, sagte aber nichts.

„Fernsehen?", fragte ich und erhob mich von meinem Platz an ihrem Küchentisch. Mein Körper verlangte nach einer horizontalen Lage, richtig fit war ich immer noch nicht.

„Müsstest du nicht langsam mal Mona einweihen? Wie läuft es überhaupt zwischen euch?"

„Ich rufe sie gleich an." Unsere eigenen Probleme taten im Moment nichts zur Sache. Ich schnappte mir mein Handy und machte es mir auf der Couch gemütlich.

„Er hat sich bereits telefonisch bei Caro auf der Arbeit gemeldet", informierte ich meine Frau. „Also müssen wir davon ausgehen, dass er sie weiter belästigen wird."

Das Gespräch zog sich über eine gute Viertelstunde hin. Mona wollte jede Kleinigkeit wissen. Als sie hörte, dass Marco die häusliche Überwachung übernehmen sollte, brachte sie tausend Einwände vor. Fast wäre es wieder zum Streit gekommen. Obwohl sie keinen besseren Vorschlag unterbreiten konnte, bestand sie vehement darauf, die Polizei einzuschalten, damit diese das Problem lösen sollte. Ich verstand sie wirklich nicht. Was hatte es Caro damals genutzt, dass sie Anzeige erstattete und ein Näherungsverbot erwirkte? Wollte sie eine Wiederholung dieser Situation?

„Sie ist nicht gerade begeistert", stellte denn auch meine Schwägerin fest, die Zeitung lesend im Sessel mir gegenüber hockte.

„Nein, sie vertraut auf Recht und Gesetz." Ich musste mich anstrengen, um nicht zu abwertend zu klingen.

„Toni, sie ist ein guter Mensch." Caro lächelte mich besänftigend an. „Sie kann sich nicht vorstellen, dass es für mich keinen echten Schutz gibt."

„Sie weiß, was damals passiert ist", hielt ich dagegen. Dabei wusste ich genau, was sie mir sagen wollte. Meine Frau war jemand, der für jede Tat, für jeden Täter eine Entschuldigung fand und dessen Verhalten mit widrigen Umständen, einer schlechten Kindheit und Ähnlichem entschuldigte. Aber was war mit den Opfern?

Klar, sie hatte sich wochenlang selbstlos um ihre Schwester gekümmert, sie bei uns aufgenommen, sie zum Arzt gebracht, sie bestärkt, sich psychologische Hilfe zu suchen. Und sie war vollkommen davon überzeugt, dass Rico für dieses Vergehen angemessen bestraft würde. Dass im Vorfeld niemand für ausreichenden Schutz gesorgt hatte, konnte man ihrer Meinung nach keinem anlasten. Was hätte man denn tun sollen, hatte sie mich mit großen Augen gefragt. Mehr, als das, was die Polizei und das Gericht unternahmen, wäre nun mal nicht möglich.

Ich hatte mich auf einem längeren Auslandsaufenthalt befunden, sonst wäre die Geschichte vermutlich nie so abgelaufen. Spätestens als Rico begann, sie mit Drohungen zu überhäufen, hätte ich mich eingemischt – nicht so extrem, wie ich es jetzt vorhatte, zu der Zeit war ich wesentlich gemäßigter. Doch zumindest hätte ich versucht, ihn so unter Druck zu setzen, dass er Caro in Ruhe ließ.

Ja, wenn sie denn zu uns gekommen wäre! Nachdem sie ihn verlassen hatte und bei ihren Eltern untergeschlüpft war, begann sofort der Psychoterror: Nächtliche Anrufe, Stalking, Drohungen, sobald er ihrer ansichtig wurde. Statt ihm standzuhalten, floh Caro zu einer Freundin, hoffte, ihn dadurch abzuhängen, vielleicht auch, dass die Zeit für sie arbeitete.

Diesen Trennungen waren einige Versuche vorangegangen, bei denen sie immer wieder einknickte und seinen Beteuerungen, er würde sie lieben und sich ändern, erlag. Dieses Mal wollte sie hart bleiben, wahrscheinlich, weil die Angst endlich stärker war als diese Abhängigkeit von ihm.

Wie extrem er wirklich war, sollte sie jedoch erst jetzt kennenlernen. Er trieb sie wie eine Beute vor sich her, bis sie sich nirgendwo mehr sicher fühlte. Freunde und Bekannte wurden derart eingeschüchtert, dass sie sich nicht trauten, gegen ihn auszusagen.

Die Polizei war machtlos, da er sich nichts Ernsthaftes zuschulden kommen ließ. Immerhin setzte Caro vor Gericht durch, dass er sich ihr nicht mehr nähern durfte. Ein kleiner Sieg, wie sie dachte.

Nur hätte ihr von vornherein klar sein müssen, dass man Rico nicht auf diese Weise stoppen konnte. Stattdessen fühlte sie sich durch das Urteil ermutigt. Als er sie das nächste Mal aufstöberte, drohte sie ihm mit einer Anzeige. Er rastete völlig aus und schlug sie brutal zusammen. Wahrscheinlich verdankte sie ihr Überleben nur dem Umstand, dass ihre Freundin, die eher als erwartet zurückkehrte, den Tumult bereits im Hausflur hörte und umgehend die Polizei anrief.

6

Wie verabredet klingelte Marco bei Tim, der ihn zu sich hereinbat, damit ich beiden noch einmal genau erklären konnte, wie ich mir die Sache vorstellte.

„Du kannst tagsüber tun und lassen, was du willst", briefte ich Marco. „Nur sei bitte deutlich vor Caro zurück. Ich bringe sie hoch und du wartest in ihrer Wohnung. Dort bleibst du, bis ich sie am nächsten Tag abhole. Am Wochenende nehmen wir sie zu uns."

„Warum dann überhaupt das Ding mit ihm hier?" Er deutete mit einer Kopfbewegung auf Tim, der sich sichtlich unwohl fühlte, was ich durchaus verstehen konnte.

Vom Aussehen her war Marco der Typ Türsteher, der nicht lange fackelte: groß, muskelbepackt, mit finsterem Blick. Dieser erste Eindruck täuschte nicht im Geringsten. Er war bereit, mit vollem Einsatz zu kämpfen – wenn es denn nötig wurde. Normalerweise nutzte er den Weg der Deeskalation, was ihm erstaunlich gut gelang.

„Weil sich dieser Auftrag unter Umständen über mehrere Wochen hinzieht", gab ich zu. „Wir wissen nicht, wann der Kerl zuschlägt. Ich möchte, dass du in ihrer Wohnung unsichtbar bleibst. Lass dich ab und zu an Tims Fenster blicken. Rico soll denken, dass er bei Caro freie Bahn hat."

„Das heißt, ich soll auch am Wochenende hier schlafen."

Das war eine Feststellung, keine Frage, trotzdem nickte ich. „Euer Menü übernehmen wir, als kleine Entschädigung."

„Ist nicht nötig." Für Tim schien das Ganze eher ein Abenteuer zu sein. „Kochen ist meine Leidenschaft."

Marco konnte seine Überraschung nicht verhehlen. Bevor er mit einer blöden Bemerkung die Eintracht zwischen uns zerstörte, ging ich lieber dazwischen. „Ich müsste kurz mit meinem Freund allein sprechen."

Tim erhob sich folgsam. „Bleibt ihr hier. Ich verzieh mich so lange in die Küche."

„Danke", sagte ich aus tiefstem Herzen zu meinem Mitarbeiter. „Du hast was gut bei mir."

„Nee, Chef." Er grinste mich an. „Eher sind wir danach quitt." Er lehnte sich entspannt zurück und streckte die Beine von sich. „Also, was gibt's noch?"

„Der Typ ist gefährlich, nimm die Aufgabe nicht auf die leichte Schulter. Du hältst dich im Hintergrund, lass ihm so viel Raum, dass seine Absicht deutlich wird. Aber warte nicht zu lange." Er würde sie vermutlich zuerst vergewaltigen und anschließend zusammenschlagen wollen. Oder sie zuvor mit einigen Schlägen gefügig machen. „Ich will nur nicht, dass er mit einer einfachen Anzeige wegen Hausfriedensbruch davonkommt."

Marco nickte und wartete geduldig auf die Fortsetzung. Wir kannten uns gut genug, dass er wusste, ich war noch nicht fertig mit meinen Ausführungen.

„Bevor du die Polizei rufst, zeige und sage ihm deutlich, dass Caro unter unserem Schutz steht. Ich will, dass er kapiert, sie ist tabu für ihn."

„Spielt sie mit?"

„Sie wird aussagen, du hättest dich nur gewehrt." Ich hielt ihm den Schlüssel zu ihrer Wohnung hin. „Tu mir bitte einen Gefallen, halt dich mit deinen üblichen Sprüchen ein bisschen zurück." Ich nickte in Richtung Küche. „Wir brauchen ihn."

Er griff zu und salutierte spöttisch. „Zu Befehl, Chef."

„Wir telefonieren." Ich erhob mich und winkte ihm, mir zu folgen. „Für heute bist du uns los", verabschiedete ich mich von Tim. „Marco bleibt bis morgen früh bei Caro."

Sie strahlte ihn an, als wäre er ihr persönlicher Retter. „Bei dir fühle ich mich sicher."

„Ich denke, ihr könnt euch allein miteinander bekanntmachen. Marco weiß, was er zu tun hat." Ehrlich gesagt war ich froh, heute Nacht in meinem eigenen Bett schlafen zu können. Die Zeiten, in denen ich ein Sofa als geeignete Ruhestätte empfand, waren lange vorbei.

Mona hatte offensichtlich nicht mit mir gerechnet. Sie lag entspannt auf der Couch und las in einem Buch. „Marco ist schon dort?"

„Ich übernehme weiter die Fahrten zur Arbeit und zurück. Er kümmert sich anschließend. Wie sieht es aus, kann Carolin die Wochenenden bei uns bleiben?"

„Dieses nicht", kam es wie aus der Pistole geschossen. „Wir sind am Samstagabend bei Manuel eingeladen und Sonntag bei meinen Eltern zum Mittagessen. Die Termine stehen schon lange fest. So kurzfristig kann ich sie nicht absagen."

So viel zu ihrer Hilfsbereitschaft!

„Wir könnten Caro am Sonntag mitnehmen."

„Lieber nicht." Ihre Mutter hatte damals fast einen Zusammenbruch erlitten. Sollte sich die Situation zuspitzen, dann besser nicht in ihrer Nähe. „Kommt Vanessa nicht auch?" Die jüngere und die zweitälteste Schwester hatten sich über diese Geschichte mit Rico völlig entzweit. Vanessa erklärte ihr bei einem dieser Familienessen, bevor sich die folgenschwere Attacke ereignete, sie sei selbst schuld an dieser Entwicklung. Mit ihr würde definitiv etwas nicht stimmen, da es mittlerweile das dritte Mal sei, dass sie an einen Chaoten gerate. Sie hatte sie zwar nach dem Angriff im Krankenhaus besucht, aber der Bruch war nicht mehr zu kitten gewesen. Sie beschränkten sich seitdem auf die üblichen Treffen zu Weihnachten und zu den Geburtstagen. Freiwillig wollte keine der beiden mehr mit der anderen verkehren, da halfen auch Monas Versuche nichts.

Jetzt verzog meine Frau das Gesicht. „Stimmt, das war keine gute Idee von mir."

Eigentlich war es sogar besser, dass Carolin das Wochenende über zu Hause blieb. Ich rechnete fest damit, dass Rico mittlerweile ihren neuen Aufenthaltsort herausgefunden hatte. Ziemlich bald würde er erkennen, dass sich ihm bloß zwei Möglichkeiten boten, an seine Ex heranzukommen: auf der Arbeit oder in ihrer Wohnung - oder vielleicht noch auf den Hin- und Rückwegen. Mehr Alternativen würde es nicht geben. Ich hatte nicht vor, Caro in der nächsten Zeit woanders hinzulassen.

Außerdem ergab sich so für mich ein weiterer Vorteil: „Ich werde mir die Stunden mit Marco teilen. Du kannst es dir aussuchen: Soll ich am Samstag mitkommen oder am Sonntag?"

Für Mona war das keine Frage. „Zu Manuel natürlich."

7

„Ab heute gelten andere Verhaltensregeln", erklärte ich Carolin auf der Fahrt zur Arbeit, während ich wie immer routinemäßig den nachfolgenden Verkehr im Auge behielt. „Ich bringe dich selbst hoch und du wartest dort, bis ich dich wieder abhole."

„Warum das denn?" Seitdem sie wusste, dass sie für die nächste Zeit rund um die Uhr bewacht wurde, hatte ihre Nervosität deutlich nachgelassen. Heute Morgen spielte sogar ein Lächeln um ihre Lippen. Anscheinend gefiel ihr das Zusammensein mit Marco besser.

„Weil Rico genügend Zeit hatte, deinen neuen Aufenthaltsort zu recherchieren."

„Du meinst, ich habe mich die letzten Tage ganz umsonst aufgeregt?" Statt ängstlich wurde sie wütend.

„Lieber zu vorsichtig, als dass er dich ein zweites Mal erwischt", konterte ich, was sie augenblicklich zum Verstummen brachte.

Das Trauma war längst nicht überwunden. Caro lebte relativ zurückgezogen, ihre frühere Unbeschwertheit im Umgang mit anderen hatte sich ins Gegenteil verkehrt, wie meine Schwiegermutter erst letztens treffend bemerkte. Es gab ein, zwei Freundinnen, mit denen sie ab und zu etwas unternahm, einer neuen Beziehung ging sie nach wie vor aus dem Weg, obwohl ich durch Mona erfahren hatte, dass es nicht an Anwärtern mangelte. Dass sie derart auf Marco angesprungen war, lag definitiv an seiner Beschützerrolle. Ich musste nur aufpassen, dass sich diese Dankbarkeit nicht in eine Übersprungshandlung wandelte. Er wurde dafür bezahlt, sie zu schützen, und tat das unter anderem, weil er mir einen Gefallen schuldig war, was ich ihr auch deutlich zu verstehen gab.

Danach schwieg sie, bis wir unser Ziel erreicht hatten. Stumm fuhren wir nebeneinander im Aufzug nach oben, kühl nickte sie mir zum Abschied zu und wollte an mir vorbeimarschieren.

„Ich schaue mir dein Zimmer selbst an." Lächelnd grüßte ich die Blonde am Empfang und folgte Caro auf dem Fuße.

„Hier gibt es nichts zu sehen." Sie blieb in der Türöffnung stehen.

Ich schob sie zur Seite und trat ein. Eine geschlossene Verbindungstür zum Nachbarbüro und weder dort noch in der anderen steckte ein Schlüssel. „Habt ihr einen Hausmeister?"

Sie zuckte die Schultern. „Für das Gebäude wahrscheinlich, keine Ahnung."

„Wer weiß alles über deine momentane Situation Bescheid?"

„Alle. Wir sind hier nur zwanzig Personen. Das spricht sich schnell rum."

„Wie viele davon sind Männer?"

„Elf, aber einer davon ist der Abteilungsleiter."

Das war immerhin eine erfreuliche Nachricht. „Ich möchte mit ihm sprechen."

Sichtlich widerwillig führte sie mich zu seinem Büro. Bei ihm dagegen stieß ich auf aufrichtiges Interesse und Entgegenkommen. Er schien froh darüber, dass jemand Kompetentes sich um diese Sache kümmerte und versprach, seine Untergebenen für meine Vorschläge zu sensibilisieren.

Keine Gewalt, lautete meine Devise. Carolin sollte sich einschließen, wenn möglich mit einigen Kollegen als Unterstützung, und mit diesen gemeinsam auf das Eintreffen der Polizei warten. Alle anderen hatten sich möglichst von dem Typ fernzuhalten. Ich wollte hier jegliche Eskalation vermeiden.

Er würde sich auch darum kümmern, dass der Hausmeister noch heute für die passenden Schlüssel sorgte. Beruhigt verließ ich das Gebäude wieder. Mehr Vorsichtsmaßnahmen ließen sich wirklich nicht treffen.

Natürlich war mir klar, dass es sowohl an meinem Auftreten als auch an meinem Äußeren lag, dass er mir ohne große Diskussion entgegenkam. Durch meine Ausbildung und jahrelange Tätigkeit bei der Bundeswehr hatte ich gelernt, mich durchzusetzen, ohne allzu autoritär zu wirken.

„Du gibst den Menschen das Gefühl, alles im Griff zu haben", hatte es meine Tochter vor einigen Jahren auf den Punkt gebracht. „Sie erkennen, dass du weißt, wovon du sprichst, und dass man sich echt auf dich verlassen kann."

„Sie sehen auch, dass du dich nicht scheust, durchzugreifen", hatte Ramona hinzugefügt. Damals fand sie diese meine Eigenschaft bewundernswert. Heute dagegen schienen wir uns immer weiter voneinander zu entfernen. Sie konnte meine Standpunkte, meine Art zu leben nicht mehr nachvollziehen, ich ihre ebenso wenig. War es nur noch Gewohnheit, dass wir zusammenblieben?

Ich wischte diesen unerfreulichen Gedanken zur Seite und beschloss, kurz in meinem eigenen Büro vorbeizufahren. Wenn ich die nächsten Wochen für Caro da sein wollte, gab es einiges, das geregelt und delegiert werden musste.

Der Freitag verging ohne Vorkommnisse, ebenso der Samstag. Wider Erwarten amüsierte ich mich auf Manuels Party doch, denn ich lernte eine kleine Gruppe von Monas Arbeitskollegen kennen, denen genau wie mir das seichte Geschwätz nicht zusagte. Stattdessen sprachen sie über das, was ihnen am Herzen lag: Die Kinder, um die sie sich als Angestellte des Jugendamts kümmerten.

Anfangs hielten sie sich zurück, bis sie erkannten, dass wir auf einer ähnlichen Wellenlänge lagen. Dann wurden sie offener. Erst kamen nur die lustigen Dinge auf den Tisch, zu später Stunde, als der Alkohol die Zungen lockerte, erfuhr ich die unangenehmeren Tatsachen, teilweise haarsträubende Geschichten, bei denen ich mich wunderte, dass nicht wesentlich härter und energischer durchgegriffen wurde.

„Wir sind nur die unterste Ebene", lallte Arnold, der mich offensichtlich zu seinem neuen Freund auserkoren hatte. „Wir dürfen gar nichts entscheiden, sollen, wenn irgendwie möglich, für alle tragbare Kompromisse finden. Wenn es hart auf hart geht, musst du immer erst einen Richter finden, der dich unterstützt. Und das ist gar nicht so einfach, wie du vielleicht denkst."

Bevor ich nachbohren konnte, tauchte seine Frau neben ihm auf und zog ihn mit energischem Griff hoch. „Wir gehen."

„Schade." Er versuchte unbeholfen, mir auf die Schulter zu klopfen. „Hat mich sehr gefreut."

„Ich melde mich bei dir. Wir bleiben in Verbindung."

In diesem Moment war der Satz eine Floskel. Später würde ich seine Bekanntschaft als Omen sehen, das mir den Weg zeigte. Doch das wusste ich an diesem Tag noch nicht.

8

Ich hatte mich mit Marco darauf geeinigt, dass gegen zehn Uhr Schichtwechsel war. Ramona grunzte ungehalten, als der Wecker klingelte, und drehte sich zur anderen Seite. Auch ich benötigte eine längere Dusche mit Wechsel von heiß zu kalt, bis ich wieder einigermaßen klar denken konnte.

Eigentlich war nun genau das eingetreten, was ich hatte vermeiden wollen. Falls Rico bereits Caros neue Adresse herausgefunden hatte, wovon ich ausging, würde er sich in der Nähe herumtreiben und das Kommen und Gehen der Hausbewohner genau beobachten. Und mich natürlich erkennen. Hoffentlich war er dumm genug zu glauben, sie erhielte nur tagsüber Schutz.

Statt, ohne nach links und rechts zu schauen, die Tür anzusteuern, nutzte ich die Gelegenheit und sah mich ausgiebig um. Möglichkeiten sich zu verstecken, gab es mehr als genug. In der Straße reihte sich Wohnhaus an Wohnhaus und Parkplätze waren Mangelware. Daher standen die abgestellten Autos dicht an dicht. Und heutzutage achtete fast niemand mehr darauf, ob sich jemand über längere Zeit im Inneren aufhielt. Auch wenn er regelmäßig auf und ab patrouillierte, würde keiner Verdacht schöpfen. Das Umfeld war zu anonym, hier kannte keiner keinen.

„Ich hätte ruhig das komplette Wochenende übernehmen können", meinte Marco, als ich ihm meine Vermutung mitteilte. „Wäre für mich kein unlösbares Problem gewesen."

„Hauptsache, du kommst so zeitig, dass zwischen deinem Auftauchen und meinem Verschwinden mindestens eine Stunde liegt. Damit er die Verbindung zu dir nicht ziehen kann."

Er grinste. „Wir sind cleverer als du! Tim und ich treffen uns drei Straßenecken weiter und kommen gemeinsam zurück. Das wollen wir in den nächsten Tagen so beibehalten."

Da Carolin vor dem Computer saß und mit ihrer Freundin chattete, nutzte ich die Zeit, setzte mich hinter die Gardine des

Wohnzimmerfensters und beobachtete die Umgebung. Ich gab den Posten erst auf, als meine Schwägerin zum Mittagessen rief. Etwas zu bestellen, hatte sie rundweg abgelehnt. „Das ist das Einzige, was ich tun kann. Ich bin nicht der Typ, der ständig zu Hause sitzt. Ich meine, seit dieser Geschichte mit Rico gehe ich nicht viel weg", verbesserte sie sich. „Doch es ist irgendwie was anderes, wenn du die Möglichkeit hast und dich selbst dazu entscheidest, zu Hause zu bleiben, als wenn du gezwungenermaßen die Wohnung nicht verlassen darfst. Ich habe jetzt schon das Gefühl, mir fällt die Decke auf den Kopf."

Ich verstand sie sehr wohl. Fremdgesteuert zu werden, nicht mehr Herr über die eigenen Möglichkeiten zu sein, war für niemanden leicht zu ertragen. Dazu kam die Angst vor dem, was sich ereignen könnte. Sie wusste genau wie ich, dass das Damoklesschwert über ihr schwebte.

„Und? Irgendwas draußen gesehen?"

Sie hatte ein wahres Festmahl zubereitet: Bohnen in Specksoße, dazu einen herzhaften Braten und einen Kartoffelauflauf. Ich griff begeistert zu, bevor ich antwortete: „Nein. Keine Spur von ihm."

„Rico ist nicht dumm. Ihr habt ihn bisher alle unterschätzt." Sie legte sich selbst eine winzige Portion auf den Teller. Kein Wunder, dass sie kaum Fleisch auf den Rippen hatte!

„Eine gewisse Bauernschläue habe ich ihm nie abgesprochen. Sonst wäre er nicht in der Lage gewesen, dich so erfolgreich zu manipulieren. Und auch wir hätten ihn eher durchschaut", fügte ich hinzu. Oder hätten zumindest unserem unguten Gefühl gehorchend viel früher genauer hingesehen, ergänzte ich im Stillen.

„Wenn er auf ein Ziel fokussiert ist, tut er alles dafür, dieses zu erreichen. Das war schon immer so." Sie mied meinen Blick und widmete sich ihrem Essen. „Wie war eure Party?"

„Wie klappt es mit Marco?"

Wir hatten beide gleichzeitig begonnen zu sprechen.

Ich gab ihr mit einer Handbewegung zu verstehen, sie solle zuerst antworten. Das Essen war einfach zu köstlich, ich konnte nicht widerstehen und nahm eine zweite Portion.

„Gut." Sie grinste mich frech an. „Im Gegensatz zu dir ist er bereit, alle meine Wünsche zu erfüllen."

Ich wusste, dass sie mich nur foppen wollte. „Das heißt, er spielt all die Spiele mit dir, zu denen du mich nicht überreden konntest." Brettspiele hatte ich während der Kindheit meiner Tochter zur Genüge über mich ergehen lassen müssen. So sehr ich auch bemüht war, es Caro angenehm zu machen, darauf ließ ich mich nicht mehr ein.

„Genau. Das Blöde ist nur, er gewinnt fast immer. Der ist garantiert klüger, als er aussieht."

Und er passte von seiner Art her genau in ihr Beuteschema. „Bitte nimm ihn als das, was er im Moment ist: dein Beschützer. Alles andere muss warten, bis wir diese Situation bereinigt haben." Deutlicher wollte ich nicht unbedingt werden. Marco war kein Mann für sie, dafür schleppte er selbst viel zu viele Altlasten mit sich herum.

„Da sind wir uns alle einig", nickte sie und wechselte schnell das Thema.

Nun war ich dran mit berichten. „Nette Party, nette Leute, nette Gespräche." Was hätte ich mehr erzählen sollen? Sie kannte keinen von ihnen. „Es ist reichlich spät geworden", fügte ich abschließend hinzu.

„Und? Wie läuft es zwischen dir und Mona?" Sie warf mir einen prüfenden Blick zu. „Du siehst schlecht aus und das liegt nicht nur an der gerade überstandenen Krankheit", schnitt sie meinen Versuch, mich darauf herauszuziehen, ab. „Du kannst nicht abschließen, richtig?"

Wie sollte jemand, der nie Kinder gehabt hatte, meine Gefühle verstehen? Ich hob die Schultern und ließ sie wieder fallen. „Ich vergrabe mich in meiner Arbeit, genau wie deine Schwester."

„Ihr solltet euch auf euch besinnen, eure Zweisamkeit vertiefen, wenigstens an den Wochenenden etwas gemeinsam unternehmen."

Hört, hört! „Liebe Caro, lässt du dir in dein Leben reinreden?", sagte ich so nett wie möglich.

Sie verdrehte die Augen. „Das ist unfair. Ich sorge mich eben um euch."

„Und wir uns um dich. Wir stehen zusammen, wenn wir einander brauchen. Das ist viel wert. Ich bin für Mona da und sie für mich und wir für euch, dich, deine Schwester und deine Eltern. Wir können uns aufeinander verlassen und das ist das Wichtigste."

Sie öffnete den Mund, um mir zu widersprechen, schloss ihn aber nach kurzem Überlegen wieder und begann, das Geschirr zu stapeln. Ich half ihr, die Küche aufzuräumen, und kehrte anschließend auf meinen

Beobachtungsposten zurück. Caro verschwand mit ihrem Laptop im Schlafzimmer. Sie schien endlich verstanden zu haben, dass ich nicht bereit war, über dieses Thema zu reden.

9

„Tim meint, er hätte ihn gesehen", platzte Marco heraus, kaum dass er zurück war.

Natürlich hatten wir ihm gleich zu Anfang ein Foto von Rico überlassen, damit er wusste, wie der Kerl aussah.

„Gerade als er an einem weißen Transporter vorbeifuhr, stieg der Fahrer wieder ein. Er könnte schwören, dass es der Gesuchte war, sagt er."

„Und warum hat er mich nicht gleich angerufen?" Ich spürte, wie das Adrenalin durch meinen Körper schoss. Am liebsten wäre ich sofort nach draußen gerannt und hätte mir Rico gegriffen.

„Weil er zu der Stelle fuhr, wo wir verabredet waren. Er hat für den Rückweg denselben Weg genommen, damit ich selbst gucken konnte."

Er holte einen Zettel aus seiner Jackentasche. „Hier ist die Nummer vom Kennzeichen."

Ich griff danach. Das würde ich gleich morgen früh überprüfen lassen. „Und?"

Er zuckte die Schultern. „Ja, es saß jemand drin. Aber ich konnte nichts Genaues erkennen. Ist schon zu dunkel draußen."

Caro, die uns reden gehört hatte, kam neugierig aus dem Schlafzimmer. „Gibt es was Neues?"

Wortlos schob ich mich an ihr vorbei und griff nach dem Fernglas, das noch auf der Fensterbank im Wohnzimmer lag.

„Schräg gegenüber, etwa in Höhe des blauen Hauses", wies Marco mir die Richtung, bevor er sich an meine Schwägerin wandte. „Es könnte sein, dass Rico sich bereits in der Nähe befindet", klärte er sie auf.

Sie erblasste schlagartig und griff sich an die Kehle.

„He! Damit haben wir doch gerechnet", versuchte ich, sie zu beruhigen. „Wir werden nicht zulassen, dass er dir was tut." Ich wandte mich zum Fenster und spähte durch das Fernglas. Blöderweise parkte der Transporter nicht in der Nähe einer der Laternen. Der Fahrer war nur schemenhaft zu erkennen, er hätte es sein können - oder auch nicht.

„Was machen wir jetzt?" Carolin sah mich auffordernd an.

„Nichts. Wir warten ab."

„Du kannst mir vertrauen." Marco trat dicht an sie heran und legte ihr die Hand auf die Schulter. „Ich passe gut auf dich auf."

„Bist du sicher, dass du es durchziehen willst?", vergewisserte ich mich.

„Ich kann auch rübergehen und, falls er es ist, die Polizei rufen."

Ich sah, wie es in ihrem Gesicht arbeitete. Natürlich wollte sie ihn drankriegen. Nur war es einfacher, den Entschluss zu fassen, wenn man nicht der drohenden Gefahr ins Auge blickte.

Sie schluckte hart. „Wir machen es so wie besprochen."

„Ich bleibe die ganze Nacht lang wach", flüsterte mir Marco zu, als er mich zur Tür begleitete, um direkt hinter mir abzuschließen. „Er wird ihr kein Haar krümmen."

Ich ging schnurstracks zu meinem vor dem Haus geparkten Auto. Dann nahm ich wie immer den Weg in die andere Richtung. Nichts sollte darauf hindeuten, dass wir Rico bemerkt hatten.

Ramona sah mir die Aufregung sofort an. „Ist was passiert?"

„Es sieht so aus, als hätte Rico deine Schwester gefunden. Keine Angst", beeilte ich mich hinzuzufügen. „Genau deshalb wacht Marco über sie. Und auch ich werde meine Wachsamkeit verstärken. Wir beschützen sie."

Natürlich brachte sie wieder die Polizei ins Spiel. Ob es nicht langsam an der Zeit wäre, diese einzuschalten.

„Was glaubst du denn, was die unternehmen?", konnte ich mich nicht mehr zurückhalten. „Noch hat er nichts Verbotenes getan."

Sie ließ mich ihren Unmut über meine Ansicht deutlich spüren und wir verbrachten den Rest des Abends schweigend vor dem Fernseher. Erst nachdem sie am nächsten Morgen das Haus verlassen hatte, fiel mir auf, dass sie mir gar nichts über den Besuch bei ihren Eltern erzählt hatte. Waren sie informiert, was bei Caro gerade lief?

Bevor ich mir einen Parkplatz suchte, umrundete ich zweimal den Block und hielt nach dem weißen Transporter Ausschau. Immer noch standen verhältnismäßig viele Fahrzeuge auf den eingezeichneten Flächen, ein Bulli war jedoch nicht darunter. Von Marco hatte ich bereits gehört, dass die Nacht ruhig verlaufen war, das besagte Auto hatte bis zu diesem Anruf weiterhin gegenüber geparkt, der Fahrer war noch zweimal ausgestiegen, um hinter den hohen Büschen des nächsten Hauses zu pinkeln. Leider hatte er dafür gesorgt, außerhalb des Lichtscheins der Laternen zu bleiben, Marco konnte ihn nur schemenhaft erkennen.

Ich nutzte die kleine Lücke direkt vor dem Haus und fuhr schräg hinein. Caro kam mir entgegen, als Marco die Tür öffnete. Ihr Gesicht glühte und ihr Atem ging heftig, mit einer Hand umklammerte sie die Dose Pfefferspray, die ich ihr zur Beruhigung überreicht hatte.

„Sollte er uns angreifen, wartest du erst einmal ab", schärfte ich ihr ein. Nicht dass sie mich statt ihn kampfunfähig machte!

Sie nickte stumm. Ich griff mir den Baseballschläger, der griffbereit neben der Tür stand, und lotste sie die Treppe hinunter. Sie wartete im Treppenhaus, während ich prüfend nach allen Seiten schaute. Niemand in der Nähe! Auf meinen Wink hin trat sie neben mich und wir gingen raschen Schrittes zum Auto.

Bevor ich sie einsteigen ließ, vergewisserte ich mich, dass sich niemand auf dem Rücksitz befand und behielt gleichzeitig die Straße im Auge. Marco stand bei Tim hinter der Gardine und überwachte unseren Abgang von oben, das hatten wir so vereinbart. Sollte er den Gesuchten irgendwo entdecken, wäre er schnell genug zur Stelle.

Nichts, es drohte keine Gefahr. Ich hieß Caro einsteigen und beeilte mich, zur Fahrertür zu kommen. Während der Fahrt ließ ich den fließenden Verkehr keinen Moment aus den Augen. Meine Schwägerin tat es mir gleich. Immer noch hielt sie das Pfefferspray fest in der Hand.

Wir erreichten unbehelligt die Tiefgarage. Zwei von Caros Kollegen sahen uns einparken und warteten auf uns, sodass wir gemeinsam den Aufzug nach oben nehmen konnten. Ich nahm den Baseballschläger mit hinauf und bat um ein kurzes Gespräch mit dem Abteilungsleiter.

Er kam gleich auf mich zugeeilt. „Ist etwas passiert?"

„Nein, es handelt sich um eine reine Vorsichtsmaßnahme", beruhigte ich ihn. Hätte ich ihm die Wahrheit gesagt, würde er vermutlich darauf bestehen, dass sich Caro ein paar Tage Urlaub nahm, bis die Sache ausgestanden war. Mit einer derartigen Geschichte wollte niemand gern zu tun haben. „Sie kennen die Leute hier am besten. Geben Sie bitte dem Unerschrockensten den Schläger. Wie gesagt, das ist nur für den Notfall gedacht. Damit Sie sich wenigstens verteidigen können, falls es nötig wird."

Caro zuckte wie um Entschuldigung bittend die Schultern. „Er ist eben hundertzehnprozentig. Als wenn mir unter euch irgendeine Gefahr drohen könnte!"

Beruhigt nahm der Mann den Schläger entgegen und wog ihn abschätzend in der Hand. „Sie können sich auf uns verlassen", wandte er sich an mich. „Wir passen auf sie auf."

10

Der Montag verstrich, ohne dass sich Rico blicken ließ, der Dienstag ebenso, der weiße Transporter tauchte nicht wieder auf.

Das Nummernschild gehörte zu einem Leihwagen, wie ich nach kurzer Recherche erfuhr und war bereits zurückgegeben worden. Der Name des Mannes, der ihn gemietet hatte, sagte mir nichts.

Eine falsche Spur? Nein, mittlerweile war ich fest davon überzeugt, dass Rico, obwohl es dieses Mal keine anonymen Anrufe und keine beleidigenden Briefe gab, zuschlagen würde. Wir durften keinen Moment in unserer Wachsamkeit nachlassen.

Als ich Caro am Mittwochnachmittag abholen wollte, war sie noch telefonisch mit einem Kunden beschäftigt. Anschließend warteten wir geschlagene zehn Minuten vor dem Aufzug, ohne dass sich etwas tat. Meine innere Alarmglocke begann zu schrillen. Die meisten ihrer Kollegen, die ebenfalls ihr Auto in der Tiefgarage parkten, hatten pünktlich Feierabend gemacht. Jetzt befanden nur wir uns noch auf der Etage, die Büroräume waren verwaist. Also konnte ich Caro nicht allein zurücklassen.

„Wir nehmen die Treppe", entschied ich und umfasste den neuen Baseballschläger, den ich mitgebracht hatte, fester. Das Auto stand in der Nähe des Aufzugs. Würden wir den Weg außen herum und durch die Ausfahrt nehmen, wären wir wesentlich angreifbarer.

Ich zog die schwere Tür, die gleichzeitig als Fluchtweg diente, auf und lauschte, beugte mich weit über das Geländer und kontrollierte, soweit sichtbar, den oberen und unteren Bereich - kein Mensch zu sehen oder zu hören. „Ich gehe vor und du bleibst dicht hinter mir."

Carolin nickte schweigend. Sie war blass geworden und zupfte nervös an ihrem Jackenärmel herum.

Wir mussten fünf Etagen hinunter, unsere Schritte hallten hohl in dem Schacht, das waren die einzigen Geräusche. An jeder Tür hielt ich inne, bedeutete meiner Schwägerin zurückzutreten und riss sie ruckartig auf, immer darauf gefasst, einem Angreifer gegenüberzustehen. Doch wir kamen unangefochten bis nach unten zu der Tür, die in den kleinen Raum führte, in dem sich der Aufzug befand und durch den man die Parkebene betrat.

Ich legte meinen Finger auf die Lippen und bedeutete Caro, sich bis in die Ecke zurückzuziehen. Erst dann riss ich die Tür mit Schwung auf, sodass sie laut gegen die Wand prallte. Mein Blick fiel auf den offenen Fahrstuhl, ein großes Paket im Bereich der Lichtschranke verhinderte, dass dieser sich in Bewegung setzte. „Warte hier!" Langsam und vorsichtig schlich ich näher, bis ich das Innere in Augenschein nehmen konnte. Mindestens zwanzig weitere große Pakete stapelten sich an der Rückwand.

„Das ist für die Firma über uns." Statt meinem Befehl zu folgen, war Caro hinter mich getreten. „Die kriegen oft eine Lieferung."

„Um diese Zeit?" Mittlerweile war es halb sechs.

Ich trat an die Öffnung zum Parkplatz und schaute mich um. Direkt neben dem Eingang stand rechter Hand ein weißer Lieferwagen. Ich konnte den Fahrer im hinteren Bereich erkennen, der zwischen weiteren Paketen wühlte. Genau in dem Moment, als ich mich zu Caro umwandte, schien er gefunden zu haben, was er suchte, und zog ein kleineres Päckchen hervor. Ich wartete, bis ich ihn in Augenschein nehmen konnte. Nein, das war nicht Rico. So sehr konnte der sich nicht verändert haben. Zwar war auch dieser Mann groß und breitschultrig, allerdings handelte es sich bei ihm eindeutig um einen Osteuropäer, wie seine ausgeprägten Gesichtszüge verrieten.

Trotzdem blieb ich weiterhin auf der Hut. Ohne weiter auf ihn zu achten, ging ich in die Hocke, damit ich unter die immer noch zahlreichen abgestellten Autos schauen konnte. Erst dann gab ich Caro ein Zeichen und wir liefen los. Ich schlug einen großen Bogen um den Lieferwagen, der mir den Blick in diese Richtung versperrte, und entriegelte bereits jetzt das Auto. Ich hatte meiner Schwägerin mehrfach erklärt, dass sie, sollte ich angegriffen werden, hinrennen und davonfahren sollte. Sie hielt wie verabredet, den zweiten Schlüssel fest umklammert.

Wenn irgendwie möglich parkte ich nicht in der Nähe eines der breiten Pfeiler, die als Versteck für einen Angreifer ideal waren. Daher ließ ich auf dieser kurzen Strecke meine Augen hin und her wandern, um möglichst unser gesamtes Umfeld im Auge zu haben. Denn auch aus einem der geparkten Fahrzeuge wäre eine Attacke möglich.

Wir erreichten unbehelligt das Auto, Caro schlüpfte wie immer über meinen Sitz hinein, ich folgte ihr schnellstmöglich. Ich ließ den Motor an, verriegelte die Türen und fuhr los. Zwei Reihen weiter manövrierte ein altersschwacher Opel aus der engen Lücke und blockierte dabei unseren Weg. Caro stöhnte leise auf und begann, wieder an ihrer Jacke zu zupfen. Ich legte den Rückwärtsgang ein und stieß so weit zurück, dass ich die hintere Gasse nehmen konnte. In Bewegung zu bleiben war besser, als wie auf dem Präsentierteller zu warten.

Erst nachdem wir die Straße erreicht hatten, entspannte sich Caro. „Mensch, wenn ich jetzt schon kurz vor dem Durchdrehen bin, was soll dann erst werden, wenn es richtig zur Sache geht?"

Ich musste lachen, behielt aber meine Aufmerksamkeit wie immer auf den Verkehr vor und hinter mir gerichtet. „Du wirst genau richtig reagieren", versicherte ich ihr.

„Na, wenn du es sagst." Ich hatte ihre Skepsis nicht zerstreuen können. Sie blieb den ganzen Abend, bis Marco mich um zehn ablöste, einsilbig. Wir setzten uns vor einen langweiligen Spielfilm und hingen unseren Gedanken nach. Ich beobachtete sie aus den Augenwinkeln heraus. Ihre Anspannung hatte, nachdem wir in der Sicherheit ihrer vier Wände waren, nachgelassen. Doch das heutige Erlebnis war nicht spurlos an ihr vorübergegangen. Das kaum überwundene Trauma drohte erneut hervorzubrechen.

Nur zu gern hätte ich sie in den Arm genommen und ihr versprochen, dass alles wieder gut würde.

11

Ich hatte Marco kurz informiert, was vorgefallen war. Am nächsten Morgen rief er mich im Büro an. „Es geht ihr verdammt schlecht. Heute Nacht ist sie zweimal aus Albträumen hochgeschreckt und beim zweiten Mal wollte sie nicht mehr liegen bleiben. Wäre es nicht sinnvoll, den Plan abzuändern und Rico ebenfalls zu überwachen?"

„So schlau war ich auch schon. Er ist wie vom Erdboden verschluckt."

„Wann bist du auf die Idee gekommen?"

„Am Montag. Du weißt, wir müssen sehr vorsichtig agieren. Einerseits dürfen wir ihn nicht aufschrecken, andererseits ihm nichts in die Hand geben, weswegen uns die Polizei abmahnen könnte. Meine Bemühungen, seinen Aufenthaltsort rauszubekommen, sind leider erfolglos geblieben. Angeblich weiß keiner seiner früheren Bekannten", die sowieso nicht sehr zahlreich waren, „wo er steckt."

„Und wenn du einen weiteren Mann zum Abholen und Wegbringen hinzuziehst? Ich will dir nicht reinreden, ich denke nur an Carolin. Ich glaube, die würde sich sicherer fühlen."

„Daran habe ich auch schon gedacht. Leider lässt sich das erst ab nächste Woche einrichten. Alle sind fest verplant."

„Und wenn sie sich für morgen krankmeldet?"

„Nein, sie muss das durchstehen." Wenn wir sie in Watte packten, würde das Trauma meiner Ansicht nach verstärkt aufbrechen. „Es sind die Erinnerungen an damals, die sie fertigmachen."

Bisher hatte ich Marco einen eher oberflächlichen Abriss gegeben. Von Caro war wahrscheinlich wenig bis gar nichts gekommen. Daher setzte ich ihn ausführlich ins Bild.

Fast zwei Jahre lang hatte es gedauert, bis meine Schwägerin wach wurde. Bis dahin war sie seine willfährige Gefährtin gewesen, hatte sich seinen Vorstellungen angepasst, seine Launen, seine Beschimpfungen und auch kleinere körperliche Attacken ertragen. Doch dann war er wegen einer Lappalie komplett ausgerastet und hatte sie dermaßen verprügelt, dass sie sich am nächsten Tag zum Arzt schleppte, um sich krankschreiben zu lassen. Sie schämte sich zu sehr ihrer aufgeplatzten Lippe und des blauen Auges wegen. So wollte sie ihren Kollegen nicht unter die Augen treten. Als der erfahrene Doktor sie von Kopf bis Fuß untersucht hatte, empfahl er ihr, sofort Anzeige zu erstatten – oder wenigstens die Kontaktstelle für misshandelte Frauen aufzusuchen.

Carolin entschied sich verschämt für Letzteres. Er stellte den ersten Kontakt her und schickte sie direkt von der Praxis aus mit einem Taxi auf den Weg. Ihrer Ansprechpartnerin dort gelang es, sie von einer Trennung und einem Besuch bei der Polizei zu überzeugen.

„Vermutlich verspürte sie längst selbst diesen Wunsch, war nur zu schwach, sich dazu durchzuringen", unterbrach mich Marco an dieser Stelle meines Berichts. Er bewies damit mehr Einfühlungsvermögen, als ich ihm zugetraut hatte.

„Ja, das denke ich auch. Diese Frau und noch eine weitere halfen ihr am nächsten Tag, das Gespräch mit ihm durchzustehen, und blieben bei ihr, bis er seine Sachen gepackt hatte."

Ganz so harmlos, wie ich es darstellte, war das Treffen nicht gelaufen. Erst ein Anruf bei der Polizei brachte ihn zur Raison. Die beiden Frauen bestürmten Caro, eine Zeit lang unterzutauchen. Leider hörte sie nicht auf sie. Auch sie unterschätzte ihn maßlos.

Anfangs versuchte er es auf dem netten Weg, rief ständig an und schwor, sich ändern zu wollen, schickte Blumen, wartete neben ihrem Auto und bettelte um ein klärendes Gespräch. Trotz der Warnungen ihrer neuen Bekannten ließ sie sich überreden, ihn zu treffen. Obwohl sie auf deren Rat hin wenigstens einen Tisch in einem Restaurant bestellte, musste Rico am Ende von den Kellnern hinauskomplimentiert werden beziehungsweise nur die Drohung mit der Polizei überzeugte ihn zu gehen.

Der Grund für sein Ausrasten war Caros Weigerung, ihn wieder einziehen zu lassen.

„Beinahe wäre ich tatsächlich umgekippt", gab sie später zu. „Er gab sich so liebevoll, so besorgt um mich und versprach, sich therapieren zu lassen. Er hatte mich schon so weit, dass ich ihm eine weitere Chance geben wollte. Nur dass er direkt in die Wohnung zurückkehrte, lehnte ich ab. Er sollte sich wenigstens erst beweisen."

Nach diesem Vorfall im Restaurant nahmen seine Nachstellungen enorme Ausmaße an. Es schien, als lebe er, um sie zu verfolgen. Entweder hielt er sich ständig in ihrer Nähe auf und versuchte erneut, an sie heranzukommen, oder er überhäufte sie mit Telefonanrufen und Nachrichten, die sich nach und nach zu immer offeneren Drohungen wandelten. Carolin wandte sich an die Polizei und stellte einen Antrag auf ein Näherungsverbot, das ihm vorschrieb, einen genau festgelegten Abstand zu ihr zu halten.

Er wurde einmal erwischt und ein zweites Mal – und kam mit einer Geldstrafe davon. Wie er die bezahlte und wovon er in dieser Zeit lebte, blieb uns schleierhaft. Er hatte kein Einkommen, sein Kontakt zu seiner Familie war längst abgebrochen und trotzdem setzte er seine Überwachung fort und brachte sogar das nötige Geld auf, das ihn vor einem Gefängnisaufenthalt rettete.

An Caro ging sein Verhalten nicht spurlos vorüber. Ihre anfängliche Empörung und Kampfbereitschaft wich bald nervöser Angst, schließlich traute sie sich ohne Begleitung nicht mehr auf die Straße. Direkt nach dem Vorfall im Restaurant war sie zu ihren Eltern gezogen, die jedoch immer mehr unter der unerträglichen Situation litten. Deshalb wechselte Caro zu verschiedenen alten Freunden aus Kindertagen, die sich ihrer erbarmten. Doch schon nach kurzer Zeit wollte sie ihnen die andauernden Belästigungen nicht mehr zumuten. Sie kam auf die Idee, zu einer ihm unbekannten Freundin aus Kindertagen zu ziehen.

Wie auch immer er die neue Adresse herausbrachte, zwei Wochen später spürte er sie auf, wartete, bis die Freundin das Haus verließ und verschaffte sich Einlass, indem er sich bei einer Nachbarin als Paketbote ausgab. Als Carolin nichtsahnend die Tür öffnete und ihn energisch zurückwies - sie glaubte sich durch die vielen anwesenden Bewohner im Haus in Sicherheit -, schubste er sie brutal ins Innere der Wohnung und zog sie an den Haaren ins Schlafzimmer, wo er sich rasend vor Wut auf sie stürzte.

Noch einmal zurückgekehrt hörte die Freundin Caros Schreie. Mehrere Nachbarn, die im Hausflur standen, wollten sie daran hindern, ihr zu

Hilfe zu eilen. Diese hatten die Polizei bereits informiert und warteten auf deren Eintreffen. Sie ließ sich nicht aufhalten. Ihr beherztes Eingreifen rettete das Leben meiner Schwägerin, davon war nicht nur Caro später überzeugt. Sie versprühte den gesamten Inhalt ihres Pfeffersprays gegen ihn, bevor er endlich von seinem Opfer abließ.

„Er wurde zu zwei Jahren Gefängnis verurteilt, das halbe Jahr, das er in Untersuchungshaft gesessen hatte, rechnete man ihm an. Das letzte Drittel wurde wegen guter Führung zur Bewährung ausgesetzt", teilte ich Marco mit.

„Immerhin hat er eine saftige Strafe kassiert."

„Ja, weil er bereits wegen Körperverletzung vorbestraft war."

Es blieb einen Moment still am anderen Ende der Leitung. „Wir kriegen ihn, das schwöre ich dir."

12

„Ich erwarte einen wichtigen Anruf", erklärte Carolin mir am Freitag, als ich sie abholen wollte.

Kaum hatte sie ausgesprochen, klingelte ihr Telefon. Ich setzte mich in den Wartebereich neben der Rezeption und blätterte lustlos in einer der ausliegenden Zeitungen. Auch mein Tag war heute ziemlich stressig gewesen, ich hatte ein neues Angebot für einen äußerst anspruchsvollen Kunden erstellt, ein anderer brachte eine Beschwerde vor und musste beschwichtigt werden, weil meiner Meinung nach sich unser Mann korrekt verhalten hatte, einer meiner Angestellten meldete sich krank, und da wir im Moment ziemlich knapp besetzt waren, erforderte es ein langwieriges Jonglieren, bis ich meine Mitarbeiter neu verteilt hatte. Bisher hatte ich mich in solchen Situationen selbst eingebracht, jetzt fielen Marco und ich komplett aus beziehungsweise er und ich konnten vielleicht stundenweise einspringen, mehr ließ unsere Überwachung nicht zu. Dementsprechend müde und genervt war ich.

Nacheinander verließen die Arbeitskollegen die Büroräume, eine der Ersten war die Rezeptionistin. Ich nahm meinen Stuhl und stellte ihn in die Nähe der Tür. Der Letzte verabschiedete sich freundlich von mir und bot an, die Tür abzuschließen, was ich dankend abnickte. Eine weitere Viertelstunde verging, bis Caro endlich auftauchte.

„Entschuldige, wir hatten ein Computerproblem, das sich endlos hinzog. Wir brauchten die entsprechenden Daten unbedingt heute noch, sonst hätte ich mich nicht darauf eingelassen."

„Gib mir deinen Schlüssel!" Ich nahm ihn entgegen, schloss auf und trat nach allen Seiten sichernd hinaus. Nichts, der Gang lag verlassen da.

Dieses Mal kam der Aufzug sofort. Wie immer ließ ich sie in dem kleinen Vorraum warten und verschaffte mir einen Überblick. Wieder parkte ein weißer Lieferwagen direkt rechts neben der Tür. Drei Pakete stapelten sich vor der Ladefläche, von dem Auslieferer war nichts zu sehen.

Im Nachhinein hätte ich mir am liebsten in den Hintern getreten. Keine Sackkarre, das hätte mir sofort auffallen müssen. Statt die Lage näher zu sondieren, ging ich wie üblich in die Hocke, um den Bodenbereich überblicken zu können, und winkte, nachdem ich nichts entdeckt hatte, Caro herbei.

Dieser eine Moment der Unachtsamkeit reichte. Aus den Augenwinkeln sah ich den Schlag kommen. Es gelang mir, mich zur Seite zu werfen, sodass mich die Stange, wie ich später erkennen sollte, nur streifte. Die getroffene Schulter explodierte in einer Schmerzwelle.

Die Wucht des Hiebes hatte ausgereicht, mich ins Taumeln zu bringen. Das war mein Glück, ich nutzte den Schwung aus, um mich zur Seite zu katapultieren. Rico reagierte viel zu langsam. Bis er merkte, dass sein Treffer mich nicht ausgeschaltet hatte und er zum nächsten Schlag ansetzte, hatte ich mich so weit wieder erholt, dass ich vorbereitet war und ihm mühelos ausweichen konnte. Kämpfen hatte der Typ anscheinend nie richtig gelernt, ich erkannte bereits im Ansatz seine Absicht. Trotzdem war die Eisenstange in seiner Hand nicht zu unterschätzen.

Ich wartete auf den erneuten Angriff. Er wurde langsam nervös. So hatte er sich das nicht vorgestellt. Mich bewusstlos schlagen, Caro überwältigen und in den Transporter sperren, dann so schnell wie möglich fliehen. Das Ganze hätte keine fünf Minuten gedauert. Jetzt aber konnte jeden Moment ein Unbeteiligter auftauchen. Er musste sehen, dass er mich endlich besiegte.

Er kam näher, fixierte mich, achtete nun auf jede meiner Bewegungen. Ich täuschte ein Ausweichen nach links an, federte in dem Moment, wo er ausholte, zurück, sodass er mitten im Schlag die Richtung wechseln musste, und sprang endgültig nach links, haarscharf an der herabsausenden Stange vorbei.

Bevor er sie hochreißen konnte, war ich bei ihm, zog ihn mit einem Ruck näher an mich heran und stieß meinen Kopf kräftig gegen seinen, wobei ich genau auf den Ansatz seiner Nase zielte.

Bingo! Ein Knacken, ein Stöhnen und er sackte in sich zusammen. Ich ließ los und verpasste ihm noch einen kräftigen Tritt, um ihn auch hundertprozentig außer Gefecht zu setzen. Ich war stärker angeschlagen als gedacht, auf einen längeren Kampf konnte ich mich nicht einlassen. Es musste jetzt sofort beendet werden.

Er wurde regelrecht zu Boden geschleudert und rührte sich nicht mehr. Vorsichtig näherte ich mich ihm. Der Kerl war stark wie ein Baum, hatte ich ihn wirklich ins Land der Träume geschickt? Bevor ich mich zu ihm hinunterbeugte, griff ich mir die Eisenstange und hielt sie schlagbereit in der Linken. Mein rechter Arm war mittlerweile völlig taub, auch die Finger gehorchten mir nicht mehr. Ich trat ihn derb in die Seite, keine Reaktion. Dann erst fiel mir die unnatürliche Haltung seines Kopfes auf. Noch bevor ich nach seinem Puls tastete, wusste ich, dass er tot war.

„Toni! Was ist los?" Caro lugte um die Ecke des Vorraums, weiterhin auf dem Sprung zu fliehen.

„Es ist vorbei. Hast du die Polizei angerufen?"

„Ist er bewusstlos?" Sie traute sich immer noch nicht aus der Sicherheit ihres Verstecks heraus.

„Er ist tot." Ich lehnte mich gegen den nächsten Pfeiler und rutschte an ihm hinunter. Bis jetzt hatte das Adrenalin den ärgsten Schmerz verdrängt. Langsam spürte ich die Wellen anrollen. „Hast du die Polizei verständigt?"

„Tot?" Sie sah mich mit großen Augen an. „Ehrlich?"

„Ruf auch einen Krankenwagen für mich."

Endlich schien der Schock überwunden. Sie rannte auf mich zu und machte dabei einen großen Bogen um den am Boden Liegenden. „Wie schlimm ist es? Die Polizei müsste jeden Augenblick eintreffen. Ich war so außer mir, dass … Die haben versprochen, sofort einen Wagen vorbeizuschicken."

Kurz darauf hörten wir ein Fahrzeug kommen. Gleichzeitig spuckte der Aufzug einen Mann und eine Frau aus, die zu ihren geparkten Autos wollten. Sie blieben stehen und starrten verwundert auf die Szene, die sich ihnen bot. „Können wir helfen?", fragte einer der beiden und kam zögernd näher.

„Nein, ist nicht nötig. Die Polizei ist schon unterwegs." Und würde hoffentlich bald eintreffen. Denn ein weiterer Zivilist trat zu uns heran, in dem ich den Fahrer des gerade gehörten Wagens vermutete. Dieser musterte mich argwöhnisch. „Was ist passiert?"

„Er ist verletzt! Sehen Sie das nicht!", rief Caro. „Dieser Mann", sie wies auf den Toten, „griff uns an. Er hat sich nur verteidigt."

Falsche Antwort. Es hörte sich irgendwie schuldig an. Sein Argwohn stieg. Und als er dann noch feststellte, dass der unbeweglich da Liegende tot war, blieb er mit den anderen beiden zusammen in einiger Entfernung stehen, um mich zu bewachen. Ich kann wirklich nicht sagen, wer von uns erleichterter war, als der Streifenwagen endlich eintraf.

13

Aufgrund von Caros Schilderung hatte der Polizist in der Notrufzentrale gleich einen Krankenwagen angefordert. Der kam fast zeitgleich mit den Beamten und einer der Sanitäter begutachtete meinen Arm.

„Das sieht mir nach einem verschobenen Bruch aus", verkündete er nach kurzem Abtasten, bei dem ich fast in Ohnmacht gefallen wäre vor Schmerzen. „Wir müssen Sie mitnehmen."

Nach einer kurzen Aussage durfte ich fahren, Caro musste allerdings vor Ort bleiben und Rede und Antwort stehen. In der Zwischenzeit waren noch mehr Gaffer dazugekommen, ich atmete auf, als sich die Türen des Krankenwagens hinter mir schlossen.

Der aufnehmende Arzt bestätigte die Diagnose des Sanitäters und ordnete eine sofortige OP an, da der Knochen einen Sehnenstrang und Nerven durchbohrt hatte. „Wenn Sie Glück haben, können wir die volle Funktionalität wieder herstellen", meinte er lapidar.

Bis zur Operation vergingen ungefähr zwei Stunden, also genügend Zeit, um mir klarzumachen, dass ich gerade einen Menschen getötet hatte. Ganz ehrlich? Ich empfand tiefste Befriedigung. Damit war das Problem Rico ein für alle Mal aus der Welt.

Die Vernehmung durch die Polizei gestaltete sich relativ einfach. Die Spurenlage und Carolins Aussage deckten meine Erklärungen. Den Transporter hatte er sich von einem Kumpel geliehen, die Kartons im und vor dem Fahrzeug waren leer. Der behandelnde Arzt bestätigte, dass meine Verletzung durch einen heftigen Schlag verursacht worden war und ich danach den Arm nicht mehr hatte benutzen können. Damit war meine Vorgehensweise gerechtfertigt und keineswegs so brutal, wie man mir anfangs unterstellt hatte.

„Ich musste doch dafür sorgen, dass er uns nicht mehr angreifen kann, bis Hilfe da ist", erklärte ich und setzte sofort hinzu: „Wenn ich geahnt hätte, wie es für ihn ausgeht ..." Ich hielt inne und schüttelte den Kopf. „Das habe ich nicht gewollt."

Natürlich würde Ricos Tod noch genauer untersucht, aber die Beamten signalisierten mir, dass ich nicht mit einem Verfahren rechnen müsse, da aufgrund der Eisenstange meine heftige Gegenwehr gerechtfertigt gewesen sei.

Meine Frau sah die Geschichte enger. „Du hast genau das erreicht, was du von Anfang an wolltest", meinte sie spitz, nachdem sie sich davon überzeugt hatte, das ich nicht lebensgefährlich verletzt war.

„Nein!", protestierte ich, was ich auch guten Gewissens tun konnte. Ihn einschüchtern, ihn so dermaßen verprügeln, dass er sich nie wieder an Caro herantraute, darauf hatte ich anfangs hingezielt. Mein Tritt war nicht mit der Absicht gekommen, ihn zu töten, sondern ihn außer Gefecht zu setzen, damit er nicht mehr aufstand und den Kampf fortsetzte. Niemand hätte diesen unglückseligen Verlauf vorhersehen können. Traurig war ich im Nachhinein nicht darüber, das stimmte allerdings.

Meine Schwägerin, die mich zusammen mit Marco besuchte, dachte ähnlich. „Es ist komisch", begann sie, kaum dass sie sich neben mein Bett gesetzt hatte. „Ich fühle mich in erster Linie befreit. Ich meine, klar habe ich seinen Tod nicht gewollt und bin schon betroffen, dass es so ausgegangen ist. Aber in erster Linie kann ich endlich wieder durchatmen, muss mich nicht bei jedem Schritt auf der Straße umdrehen, bei jedem Telefonklingeln zusammenzucken, brauche keine Angst mehr vor der Zukunft zu haben." Sie holte tief Luft. „Ist das schlimm, dass ich so denke?"

„Nein", sagten Marco und ich wie aus einem Mund.

„Der Typ hat es selbst verschuldet", ergänzte ich. „Das Ganze war ein tragischer Unfall. Damit muss man immer rechnen, wenn man derart aggressiv vorgeht."

Mein Krankenhausaufenthalt dauerte nur drei Tage. Ich nutzte die Zeit, um mein Leben zu durchdenken. In diesen wenigen Tagen, die Caros Überwachung andauerte, hatte ich endlich wieder so etwas wie normale Gefühle entwickelt. Die Monate zuvor waren ein dumpfes Dahinvegetieren gewesen, erst durch die Schwierigkeiten meiner Schwägerin lebte ich wieder auf, sah einen Sinn in meinem Dasein, erkannte, dass ich noch vieles bewirken konnte.

Du musst nach links und rechts schauen, beschloss ich, nicht mehr blind herumlaufen, sondern versuchen, dort zu helfen, wo es nötig ist. Wie und auf welche Weise ich diesen Vorsatz umsetzen sollte, war mir noch nicht klar. Das würde sich vermutlich irgendwann zeigen.

Zuerst einmal wollte ich jedoch alles daransetzen, das Verhältnis zwischen mir und meiner Frau zu verbessern. Sie war der wichtigste Mensch in meinem Leben und das sollte sie auch bleiben. Es musste einen Weg geben, dass wir uns einander wieder annäherten.

Lieber Kommissar,

nicht dass Sie denken, in genau jenem Moment sei bei mir der Gedanke entstanden, mich für die Gerechtigkeit einzusetzen. Wie gesagt, Ricos Tod war tatsächlich ein Unfall. Ich hatte ihn vielleicht billigend in Kauf genommen, meine Absicht war es definitiv nicht, ihn zu töten.

Nur hatte diese Geschichte mir sehr deutlich eine der Schwachstellen unseres Rechtssystems aufgezeigt: Wie viele Carolins mochte es noch geben, die um ihr Leben bangten und denen keiner half?

Bei Ihnen, den Ermittlern, liegt der Fokus in erster Linie auf der Aufklärung der Tat und dem Täter. Das Opfer interessiert allerhöchstens wegen seiner Aussage. Bei der Gerichtsverhandlung läuft es ähnlich. Der Schwerpunkt liegt auf dem Täter: Wie ist es zu der Tat gekommen? Gibt es aus seiner Vorgeschichte mildernde Umstände? Welche Strafe ist angemessen?

Bei dem letzten Punkt klaffen meine Meinung und die staatliche weit auseinander. Zum einen kann und will ich nicht einsehen, dass jemand, der eine schwere Körperverletzung begangen hat, weiterhin frei herumläuft und in aller Ruhe auf seinen Prozess wartet. Ich spreche hier nur von denen, die offensichtlich schuldig sind, die durch Zeugen identifiziert oder anhand unwiderlegbarer Spuren überführt oder noch am Tatort von der Polizei verhaftet wurden. Wie kann man es den Opfern zumuten, diesen Kerlen jeden Tag über den Weg laufen zu müssen? Wie kann man sicher sein, dass der ein oder andere Täter nicht bei der nächsten Gelegenheit gleich wieder zuschlägt?

Besonders stark bezieht sich diese Wiederholungsgefahr natürlich auf Stalker und zu häuslicher Gewalt neigende Männer. Es ist mir ein Rätsel, dass unser Staat nicht in der Lage ist, vernünftige Gesetze zu erlassen, um die Opfer zu beschützen. Muss denn tatsächlich erst etwas Schlimmes passieren, bevor gehandelt wird?

Immer wieder informierte meine Schwägerin die Polizei. Der waren die Hände gebunden, Androhung von Gewalt ist in unserem Land nicht strafbar. Über die Geldbußen, die sein Nichtbeachten des Näherungsverbots auslöste, konnte Rico anscheinend nur lachen. Völlig ungehindert setzte er seine Belästigungen fort.

Ist eigentlich niemand in der Lage, sich vorzustellen, was für ein Druck auf diesen Opfern lastet? Es gleicht einer Art Terror, vor dem es kein Entkommen gibt. Und selbst wenn es vielleicht Monate später tatsächlich zu einer Gerichtsverhandlung kommt, sind die Strafen für diese Vergehen lachhaft und stehen in keinem Verhältnis zu dem, was das Opfer erlitt.

Bei dem ersten Angriff wurde Carolin von Rico trotz Gegenwehr derart verprügelt, dass sie zwei Wochen im Krankenhaus lag. Die Diagnose im Einzelnen: Zwei gebrochene Rippen, mehrere ausgeschlagene Zähne, zertrümmerte Wangenknochen, massive Prellungen am gesamten Körper, wobei eine der Nieren ebenfalls betroffen war und die Ärzte sich anfangs nicht sicher waren, ob sie diese nicht würden entfernen müssen.

Glücklicherweise blieben bis auf eine Prothese im Oberkiefer keine bleibenden Schäden, was sich auch im Urteil niederschlug. Obwohl bereits wegen schwerer Körperverletzung vorbestraft, für die er damals eine Bewährungsstrafe erhalten hatte, wurde das Strafmaß auf zwei Jahre gesetzt, von denen er dann gerade mal eins absitzen musste – ich bin zwar nie in einem Untersuchungsgefängnis gewesen, kann mir aber nicht vorstellen, dass dort ähnliche Verhältnisse herrschen wie in einer echten Strafanstalt, deshalb sehe ich das erste halbe Jahr nicht als richtige Strafe. Na ja, immerhin war er einer der wenigen, die ihren Prozess nicht in Freiheit abwarten durften. Oder lag das daran, dass mit Caros Freundin eine weitere Person verletzt wurde?

Damit bin ich bei meinem zweiten Punkt: Ich empfinde das Strafmaß oft als viel zu gering, genauso wie ich über den Langmut mancher Richter nur staunen kann, die eine Bewährung nach der nächsten verhängen. Für mich ist klar ersichtlich, dass, wer wieder straffällig wird, die Konsequenzen zu tragen hat. Alles andere wäre unsinnig und nicht hilfreich. Das ist wie bei Eltern, die immer wieder drohen, ohne durchzugreifen, und sich dann wundern, dass das Kind sich nicht an Regeln hält. Außerdem sendet es falsche Signale an die Opfer, die sehr, sehr oft lange unter der Tat zu leiden haben.

Meine zweite Geschichte beginnt mit dem Opfer selbst. Auch wenn ich kein begnadeter Erzähler bin, so hoffe ich, dass die Beschreibungen der langwierigen psychischen Auswirkungen einen kleinen Einblick in das Leiden der Opfer geben kann.

1

Susannah

Kaum waren die Kinder aus dem Haus, gab sie ihre halbherzigen Bemühungen, die Küche aufzuräumen, auf und ließ ihren Tränen freien Lauf. So konnte es nicht weitergehen. Sie musste endlich handeln. Den Weg zur Beratungsstelle hatte sie mittlerweile im Kopf. Mehrmals war sie schon kurz davor gewesen, sich dorthin zu flüchten, doch immer hatte sie im letzten Moment gezögert. Seine Drohung, sie und die Kinder gnadenlos zu verfolgen, klang in ihren Ohren nach und sie wusste aus bitterer Erfahrung, dass er kein Erbarmen kannte. Andererseits musste sie wenigstens den Jungen eine Chance auf einen neuen Anfang geben. Bei Jakob, dem Älteren, waren die Verhaltensveränderungen schon so deutlich, dass gestern die Lehrerin angerufen und sich über sein Benehmen beklagt hatte – zum fünften oder sechsten Mal in den letzten Monaten. Er sei aggressiv, hieß es, provoziere seine Mitschüler, schlage bei der geringsten Kleinigkeit zu. Sie und ihr Mann müssten dringend zu einem Elterngespräch vorbeikommen. Bloß das nicht! Damit hätte Olaf gleich einen neuen Grund auszurasten. Sie lachte bitter auf. Als wenn er den benötigte! Er suchte und fand immer irgendetwas, was er ihr anlasten konnte. Nein! Sie stand entschlossen auf. Sie musste es wagen, es musste sich eine Lösung finden lassen, wenigstens für die Kinder. Sie eilte hinauf in den oberen Stock, packte ein paar Kleidungsstücke für Jakob, den Gameboy und die heiß geliebten Rollerblades in eine Sporttasche, legte nach kurzem Zögern den alten Teddy, den er erst vor kurzem aus dem Bett verbannt hatte, hinzu, lief in das Nachbarzimmer und griff nach dem Beutel mit den Playmobilsteinen. Gut, dass sie Konstantins Chaos gleich heute Morgen als erstes beseitigt und aufgeräumt hatte. Sie schnappte sein Schmusetuch vom Bett, stopfte einige Anziehsachen in die mittlerweile fast volle Tasche und zog den Reißverschluss zu. Eine Jeans zum Wechseln, zwei T-Shirts, zwei Pullover, Unterwäsche und Socken für sie, das musste reichen. Halt! Für das E-Book und den MP4 Player war bestimmt noch Platz. Sie sprang die Treppe hinunter, nahm die schmerzhaften Verletzungen kaum mehr wahr, wollte so schnell wie möglich das Haus verlassen. Ein kurzer Abstecher in Olafs Arbeitszimmer, der Schlüssel für die Schreibtischschublade lag wie immer unten in der Schale mit seinen Süßigkeiten, die er eigenhändig füllte und regelmäßig überprüfte, ob sie sich nicht erdreistet hatte, den Kindern davon zu geben.

Sonst fand sich im gesamten Haus nichts Süßes. Olaf war der Meinung, der viele Zucker mache die beiden unruhig. Ein einziges Mal hatte sie es gewagt, Jakob mit einem Stück Schokolade daraus trösten zu wollen, dieser ganz besonderen Schokolade, die auf der Zunge schmolz und deren Geschmack unübertrefflich war. Als Olaf es am Abend bemerkte, hatte er sie für diesen Diebstahl bestraft. Zwei heftige Ohrfeigen, eine links und eine rechts, dass ihr der Kopf bis zum Einschlafen dröhnte, hatte es gesetzt. Verdient, wie er meinte. Immerhin hatte er ihr direkt nach ihrem Einzug den Unterschied zwischen ,mein Eigentum' und ,für uns alle' klargemacht.

Sein Arbeitszimmer war tabu. Geputzt wurde nur unter seiner Aufsicht, weder sie noch die Kinder durften es betreten, es sei denn, er forderte sie direkt dazu auf. Trotzdem wusste sie, dass er in der rechten unteren Schublade einen Geldbetrag als stille Reserve lagerte. Sie wühlte sich durch die Süßigkeiten, stopfte sich aus reinem Trotz und stiller Genugtuung drei Stücke Schokolade in den Mund, griff nach dem Schlüssel, führte ihn in das Schloss und drehte ihn herum.

Dann überkam sie Panik, sie nahm sich hastig die Scheine, stopfte sie in die vordere Tasche des Rucksacks und rannte zurück in die Diele. Raus aus dem Haus! Nicht dass er in einem kurzen Augenblick der Hellsichtigkeit erahnte, was sie trieb, und ihre Flucht durch sein Auftauchen im letzten Moment zunichtemachte.

Sie schlüpfte in ihre Jacke, prüfte, ob sich das Portemonnaie darin befand – eigentlich hatte sie gleich zum Einkaufen aufbrechen wollen –, zog die

Stiefel an. Rucksack, Sporttasche, sie war bereit. Ohne sich noch einmal umzudrehen, ging sie zur Haustür, holte tief Luft und drückte die Klinke nach unten. Ein vorsichtiger Blick in alle Richtungen, zögernd trat sie auf den Plattenweg, der zur Straße führte. Inzwischen klopfte ihr Herz wie verrückt. Sie war sich fast sicher, dass Olaf sie beobachtete, erwartete geradezu, dass er ihren Ausbruch verhinderte, noch bevor er richtig begonnen hatte.

Sie erreichte unbehelligt die nächste Ecke und legte einen Zwischenspurt ein, der sie zwei Häuserblocks weiter brachte. Schweratmend blieb sie stehen, die erlittenen Verletzungen machten sich nun verstärkt bemerkbar, sie bekam kaum Luft. Sie verhielt nur kurz, die Kinder, sie musste die Kinder holen.

Die Grundschule lag still und verlassen da, als sie auf den Eingang zuschritt. Von außen war kein Laut zu hören und selbst nachdem sie die schwere Tür hinter sich geschlossen hatte, meinte sie, sich in einem leeren Gebäude zu befinden. Die Panik flammte kurz wieder auf, sie unterdrückte sie mühsam. Der zweite Raum auf der linken Seite war der von Jakobs Klasse. Jetzt hörte sie auch die Lehrerin sprechen, ein langer Monolog, der durch ihr leises Klopfen unterbrochen wurde. Sie trat nicht ein, blieb im Türrahmen stehen und bedeutete der Frau, zu ihr zu kommen. Dreißig kleine Gesichter wandten sich ihr zu.

„Ich muss Jakob abholen, ein dringender Notfall, meine Mutter ist schwer erkrankt, wir fahren sofort los." Sie winkte ihrem Sohn, zu ihr zu kommen.

Die Lehrerin runzelte die Stirn. „Hören Sie, das …"

„Ich kann nicht warten, es geht um Leben und Tod." Jakob stand bereits neben ihr, den Tornister in der Hand. „Zieh deine Jacke an. Wir haben es eilig."

Sie nahm seine Hand, zerrte ihn hinter sich her aus der Schule und die Straße hinunter in Richtung Kindergarten. „Schnell, wir müssen uns beeilen."

Die Tür war verschlossen, sie klingelte. Wieder sagte sie ihren Spruch auf, durfte eintreten und Konstantin selbst aus der Gruppe holen. Sie bat die Erzieherin, ihnen ein Taxi zu rufen, angeblich zum Bahnhof, die Großmutter der beiden wohnte in einer anderen Stadt.

Sie warteten draußen, stiegen ein, sie nannte die Adresse, zu der sie gefahren werden wollte. Doch erst als sie direkt vor ihrem Ziel stand und das Auto verlassen hatte, atmete sie auf. Ihre Flucht war gelungen.

2

Susannah stand am Fenster und starrte auf den Weg, den ihr Sohn entlangkommen musste. Er war spät dran heute, normalerweise hätte er längst da sein müssen.

Dann entdeckte sie seine Gestalt, das rote T-Shirt, das er am Morgen frisch angezogen hatte, leuchtete in der Sonne. Ausgelassen sprang er von Stein zu Stein, der Tornister auf seinem Rücken hüpfte bei jeder Bewegung mit. Sie wandte sich befriedigt ab, er musste nicht sehen, dass sie ängstlich nach ihm Ausschau hielt.

Seit ungefähr sieben Monaten lebten sie jetzt hier in dieser Einrichtung. Die Kinder hatten sich gut eingefügt, Konstantin mit seinen vier Jahren natürlich am schnellsten. Er fragte nicht mehr nach dem Vater oder seinen alten Spielkameraden, sondern fühlte sich im Hort, der im Parterre untergebracht war, wohl. Jakob hatte länger gebraucht, sich einzuleben. Vor allem sein Jähzorn, der immer noch ausbrach, machte es ihm schwer, Freunde zu finden. Seit drei Monaten war er deswegen in Behandlung bei einem Kinderpsychologen, bisher ohne nennenswerten Erfolg, wie sie fand.

„Wie lange haben Sie mit Ihrem Mann zusammengelebt?", hatte dieser sie bei ihrem letzten Gespräch gefragt.

„Fünf Jahre", ihre Stimme war kaum zu verstehen gewesen. Ja, sie trug die Schuld an seinem Benehmen. Warum hatte sie nicht viel eher einen Schlussstrich gezogen?

„Sie können keine Wunder erwarten." Er hatte fast dieselben Worte benutzt wie ihr eigener Psychologe.

Sie schämte sich, dass sie so schwach gewesen war. Damals, als sie Olaf kennenlernte, verstand sie nicht, warum er ausgerechnet sie erwählte. In ihren Augen besaß sie weder seine Intelligenz noch seine Ausstrahlung. Sie war einfach und schlicht, er dagegen ein Mann von Welt, mit einem tollen Job und einem großen Freundeskreis ähnlicher Siegertypen, zwischen denen sie sich von Anfang an wie ein Fremdkörper gefühlt hatte.

Er umwarb sie, die einfache Verkäuferin, wie eine Königin, schickte Blumen, brachte zu jedem Treffen eine besondere Flasche Wein oder eine Packung exquisiter Pralinen mit. Nicht einmal der Kleine schien ihn zu stören. Gut, er konnte nicht viel mit ihm anfangen, fand keinen Draht zu dem Kind. Ihm fehle einfach die Erfahrung, erklärte er ihr. Das würde sich bestimmt legen, sobald er selbst Vater wäre. Ja, er wünschte sich Kinder, am liebsten eine große Familie. Und machte relativ schnell deutlich, dass er sie für die ideale Frau hielt, diese mit ihm zu gründen.

Sie war geblendet durch seinen Reichtum, seine intellektuelle Überlegenheit in fast allen Bereichen und eingeschüchtert durch die deutliche Herablassung seiner Familie, vor allem seiner Eltern. Der Schwiegermutter war sie von Anfang an ein Dorn im Auge.

„Ich lebe nach festen Regeln", hatte Olaf ihr erklärt, gleich nachdem sie zu ihm in sein Haus gezogen war. „Bitte halte dich daran. Ich bin es durch meine Mutter so gewohnt und ich finde diese Lebensart genau richtig."

Also versuchte sie sich anzupassen, dafür zu sorgen, dass Jakob nicht wild im Haus herumsprang – zumindest, wenn Olaf anwesend war -, die Ordnung so zu übernehmen, wie er sie vorgab, das Essen auf die Minute pünktlich auf den Tisch zu stellen und zu springen, wenn er schnippte, wie ihre Schwester es einmal spöttisch ausdrückte. Aber das war bei dem Anruf nach ihrem letzten Besuch gewesen, der etwas aus dem Ruder gelaufen war. Olaf, der unverhofft früher nach Hause kam, hatte ihre Tochter harsch angefahren und unsanft aus seinem Arbeitszimmer gezerrt, das diese sich aus Unkenntnis der herrschenden Regeln beim Verstecken spielen als idealen Unterschlupf ausgesucht hatte. Daraufhin hatte Mareike das Kind gepackt und kommentarlos das Haus verlassen.

Am nächsten Tag rief sie immer noch empört an und nannte Olaf einen gefährlichen Psychopathen, was Susannah weit von sich wies. War es nicht völlig normal, dass er die Einhaltung gewisser Regeln verlangte? Gut, er hätte nicht dermaßen extrem reagieren müssen. Aber er hatte sich kurz darauf mit einem stressigen Tag bei ihr entschuldigt, also selbst eingesehen, dass er zu hart durchgegriffen hatte. Keiner konnte sich davon freisprechen, nicht ähnlich heftig zu reagieren.

Nur nahmen Olafs ‚Überreaktionen' im Laufe der Zeit zu. Klappte etwas nicht, wie er es sich vorstellte, rastete er aus und beschimpfte sie. Schließlich hatte sie den ganzen Tag über nichts anderes zu tun, als sich um den Haushalt zu kümmern. Sie wusste, er war im Unrecht, schaffte es jedoch nicht, sich gegen ihn zu behaupten. Außerdem hatte er weiterhin seine guten Seiten, war teilweise unheimlich großzügig, überhäufte sie und Jakob mit Geschenken und verbrachte die Wochenenden stets gemeinsam mit ihnen. Sie unternahmen viel zu dritt, erst später wurde ihr klar, dass alle Ausflüge in erster Linie der Erfüllung von Olafs Bedürfnissen dienten, von ihm geplant und ausgeführt wurden und er beleidigt reagierte, wenn sie nicht denselben Spaß daran zeigten wie er.

Sie hörte, wie Jakob die Treppe heraufgerannt kam, und riss sich von der Vergangenheit los. Das Hier und Jetzt war wichtiger, sie musste ihm gegenüber Ausgeglichenheit und Zuversicht ausstrahlen. Denn sie wollte alles dafür tun, dass diese schrecklichen Erinnerungen verblassten.

„Ich bin zu einer Geburtstagsfeier eingeladen." Er warf den Tornister mit Schwung in die Ecke neben der Garderobe. „Am Samstag um vier. Können wir nachher los und ein Geschenk kaufen?"

„Am besten gleich nach dem Essen. Bevor wir Konstantin abholen." Ihre Erleichterung war bestimmt fast greifbar. Endlich, endlich schien er Freunde zu finden. „Wer ist es denn? Kenne ich ihn?"

„Pietro." Er schnüffelte. „Wow, Pizza! Mit Salami?"

Sie nickte, öffnete die Herdklappe und beugte sich über das Blech, froh darüber, dass er ihr Gesicht nicht sehen konnte. Ausgerechnet der Schläger der Klasse! Im Gegensatz zu ihm war Jakob ein Weichei.

Man sollte mit seinen Wünschen vorsichtig sein, dachte sie, als sie ihren Sohn beim Essen beobachtete, der, statt Messer und Gabel zu benutzen, das Pizzastück auf der Hand balancierte und herzhaft abbiss.

„Noch eins!" Verlangend streckte er ihr den Teller entgegen.

„Okay, ein kleines." Sie halbierte das vorgeschnittene Viertel und legte es ihm auf den Teller.

Er kniff die Augen zusammen und verzog mürrisch das Gesicht. „Wieso so wenig?"

„Weil der Rest für morgen gedacht ist und Konstantin heute Abend auch seinen Anteil bekommt." Sie bemühte sich um einen bestimmenden Tonfall. Jakob hatte die unangenehme Angewohnheit entwickelt, die Allüren seines Stiefvaters zu übernehmen. Das durfte sie ihm auf gar keinen Fall durchgehen lassen.

Es wirkte, er blieb ruhig und sie atmete heimlich auf. Die Schlacht war noch lange nicht gewonnen, es lag noch ein langer Weg vor ihrer kleinen Familie.

3

„Er will was?" Sie sah fassungslos auf den Mann vor sich.

„Er will das alleinige Sorgerecht für Ihren gemeinsamen Sohn Konstantin", wiederholte der Sozialarbeiter Arnold Specht.

„Aber wieso … kann er das? Das geht nicht, auf keinen Fall!" Sie erinnerte sich nur zu gut an dieses Gespräch. Sie war aus allen Wolken gefallen, auf diese seine Vorgehensweise war sie nicht vorbereitet gewesen. Dass er alles in seiner Macht Stehende tun würde, sie zu finden, dass er dabei auch nicht vor Drohungen zurückschreckte und sie und die Kinder zwang, ihm nach Hause zu folgen, sobald er sie fand, das ja. Natürlich hatte sie mit jeder möglichen Gemeinheit gerechnet, aber doch nicht damit!

Das Team des Frauenhauses war schnell zu der Überzeugung gelangt, sie besser weit entfernt unterzubringen. Keiner ihrer engsten Verwandten kannte die Adresse, die einzige Möglichkeit, mit ihrer Schwester und den Eltern in Verbindung zu bleiben, stellte das neue Handy dar, das sie sich gekauft hatte. Niemand sonst wusste, wo sie sich aufhielt. Es sollte alles dafür getan werden, damit Olaf ihren Aufenthaltsort nicht herausfand.

„Nein, das geht nicht", hatte sie gestammelt und ihn fassungslos angesehen. Dann, nachdem sie sich einigermaßen wieder gefasst hatte, verlangte sie nach den Einzelheiten. „Ist das möglich? Sie wissen doch, was er mir angetan hat, mir und den Kindern. Konni ist noch klein, er wird vergessen, er darf nie wieder mit ihm Kontakt haben."

„Es liegt nicht in meiner Macht, das zu entscheiden." Herr Specht sah sie mitfühlend an. „Der Richter des Familiengerichts hat bereits eine Gutachterin damit beauftragt, zu prüfen, welche Maßnahmen die geeigneten sind. Sie wird sich bald bei Ihnen melden und mehrere Termine mit Ihnen ausmachen."

Heute lag der vierte dieser Termine an. Susannah war sich immer noch nicht sicher, was sie von der Frau halten sollte. Natürlich musste diese Neutralität wahren. Andererseits war sie gezwungen, vor dieser ihr gesamtes bisheriges Leben auszubreiten. Und von ihr kam nichts – außer endlosen Nachfragen, wenn sie nicht jede Kleinigkeit von sich aus erzählte.

Der einzige Vorteil war, dass noch eine geraume Zeit vergehen würde, bis sie und Olaf sich vor Gericht wiedersahen. Ihr graute davor. Am liebsten hätte sie ihn komplett aus ihrem Gedächtnis gestrichen.

„Waren Sie mit ihren diversen Verletzungen beim Arzt?" Bei dieser Frau hatte sie ständig das Gefühl, alles belegen zu müssen. „Ja, bei der Fehlgeburt lag ich drei Tage im Krankenhaus. Und wegen der gebrochenen Finger musste ich zum Chirurgen."

„Wann war das genau?" Die Gutachterin beugte sich mit ihrem Kuli über den Block vor sich.

„Die Fehlgeburt im April vor zwei Jahren, das mit den Fingern Anfang letzten Jahres." Sie diktierte ihr Namen und Anschrift des Arztes und des Krankenhauses. „Ich habe beide Male behauptet, es seien Unfälle gewesen. Ich wäre die Treppe hinuntergefallen und ich hätte mir die Finger böse geklemmt."

„Ärzte erkennen oft mehr, als sie aussprechen", behauptete die Gutachterin. „Gab es denn nicht irgendwann einmal Zeugen, die sahen, wie Ihr Mann Sie misshandelte?"

„Nein, nie. Und er achtete meist darauf, so zuzuschlagen, dass keine sichtbaren Verletzungen blieben. Bei der Sache mit der Fehlgeburt war er so außer sich, dass er nicht mehr aufhören konnte. Und die Finger", Susannah seufzte. „Er unterschätzte seine Kraft und quetschte zu stark. Nein, er wollte mich nie so verletzen, dass ich ärztliche Hilfe in Anspruch nehmen musste, nur für irgendeine Frechheit oder wiederholten Ungehorsam bestrafen." Sie hielt inne und biss sich auf die Lippe. Es fiel ihr immer noch schwer, über diese Zeit zu sprechen. Vor allem, weil sie erkannte, wie dämlich sie gewesen war. Das geborene Opfer, bereit, alles zu geben und alles zu verzeihen.

Den letzten Satz musste sie wohl laut ausgesprochen haben, denn zum ersten Mal zeigte sich ein Aufblitzen von Anerkennung auf den Zügen der Gutachterin. „Genauso ist es", bestätigte sie. „Diese Art von Tätern hat ein untrügliches Gespür dafür, wer sich bedingungslos unterordnen lässt." Ihre Miene wurde wieder undurchdringlich, als sie fortfuhr: „Ich kann und darf mich zu dem, was Sie erzählen, nicht äußern. Nur ein allgemeiner Tipp: Diese Art von Frauen benötigen dringend psychologische Hilfe, damit sie erkennen, dass sie sich ändern müssen. Sonst ergeht es ihnen in ihrer nächsten Beziehung ähnlich."

„Ich bin bei einem Psychologen in Behandlung." Susannah verstand die Andeutungen. Das war bei einigen Sitzungen ebenfalls schon zur Sprache gekommen. Sie musste sich eingestehen, dass ein Teil der Schuld bei ihr lag. Sie hätte viel eher Widerstand aufbauen sollen, Olaf verlassen, als die Situation immer öfter eskalierte. „Er hat erst nach der Geburt von Konstantin angefangen, mich zu schlagen. Ich glaube, er war auf seinen eigenen Sohn eifersüchtig." Ein Baby benötigte ständige Aufmerksamkeit und Zuwendung, das konnte sie nicht wie Jakob auf später vertrösten. Oh, wie dumm war sie gewesen! Natürlich war auch vor der Geburt schon vieles schiefgelaufen. Olaf beanspruchte ihre Zeit, wenn er abends nach Hause kam, für sich. Sie hatte sich angewöhnt, sich vorher Jakob ausreichend zu widmen, und ihn die letzte Stunde vor dem Zubettgehen regelmäßig vor den Fernseher gesetzt, Zeichentrickfilme ansehen, er freute sich und saß mucksmäuschenstill da. War er krank und sie musste öfter nach ihm sehen, hatte Olaf jedes Mal unwirsch behauptet, sie verwöhne ihn viel zu sehr. Ging sie trotzdem, gab es Streit.

„Nach Konstantins Geburt war ich überfordert", erklärte sie. „Olaf verlangte weiterhin, dass alles perfekt blieb, jedes Zimmer jeden Tag gesäubert und aufgeräumt wurde, das Essen pünktlich auf die Minute auf dem Tisch stand – und nicht irgendein Schnellgericht. Allein die Zubereitung dauerte mindestens eine Stunde. Dazu musste ich mich um Jakob und Konstantin kümmern, keiner sollte zu kurz kommen."

„Sie erzählten mir bei unserem letzten Gespräch, sie hätten häufig Besuch von seinen Freunden gehabt. Haben die nie einen Streit zwischen Ihnen mitbekommen? Oder ein blaues Auge bei Ihnen gesehen?", sie blätterte in ihren Unterlagen. „Sie sagten, es wäre mindestens dreimal passiert."

Sie zuckte in einer hilflosen Geste die Schultern. „Er entschuldigte mich mit einer Krankheit und ich durfte mich unten nicht blicken lassen. Zudem hatte er sich angewöhnt, Konstantin morgens in den Kindergarten und Jacob zur Schule zu bringen. War ich gehandicapt, holte er sie mittags auch wieder ab."

„Ist denn niemand unverhofft bei Ihnen aufgetaucht? Seine Eltern, Ihre Eltern, eine Nachbarin zum Beispiel."

Susannah blickte auf ihre Hände, bevor sie antwortete. „Ich durfte nicht öffnen. Und ich hielt mich daran, weil ich mich schämte. Ich wollte selbst nicht, dass jemand mich so sah."

4

„Wie geht es Ihnen?" Arnold Specht war zu einem seiner seltenen Besuche bei ihr aufgetaucht.

„Ich möchte endlich alles hinter mir lassen", bekannte sie ehrlich. „Ich meine, es ist wunderschön hier, die kleine eigene Wohnung, die Gemeinschaftsräume, in denen wir uns mit den anderen treffen können, der Hort im Haus, die ruhige Umgebung, sodass man die Kinder ohne Aufsicht draußen spielen lassen kann. Und trotzdem empfinde ich es langsam als Gefängnis. Das ist undankbar, ich weiß. Eigentlich muss ich froh sein, hier untergekommen zu sein. Es sind auch alle sehr nett zu mir, das ist es nicht. Es ist bloß ..." Susannah verstummte und sah verlegen zur Seite.

Herr Specht nickte. „Ich verstehe Sie sehr gut. Sie möchten Ihr Leben selbst bestimmen. Nur ist das leider bei dem Hintergrund nicht möglich."

Sie seufzte. „Ich weiß. Ich bin zu ungeduldig. Was schätzen Sie? Wie lange dauert es noch, bis das Gutachten fertig ist und der Richter entscheidet?"

„Sie haben Glück gehabt, Ihre Gutachterin ist sehr gründlich. Sie versucht, Ihren Fall wasserdicht zu machen."

„Also glaubt sie mir?"

„Ich denke schon. Außerdem gibt es ja auch Ihre Anzeige gegen Ihren Mann, und die letzten Verletzungen sind von einem Arzt dokumentiert worden. Das einzige Problem, das ich sehe: Ihr Mann ist gegen Konstantin nie gewalttätig geworden, oder?"

Sie schluckte hart. „Nein, nie. Was allerdings in erster Linie daran lag, dass ich auf die Einhaltung der von Olaf aufgestellten Regeln achtete. Ein Kind mit vier Jahren ist relativ leicht zu lenken, unter der Woche früh im Bett und außerdem sehr auf mich fixiert. Olaf hatte kaum mit ihm zu tun."

„Trotzdem könnte es passieren, dass der Richter ihm zumindest weiterhin den Kontakt erlaubt."

Susannah sprang entsetzt auf und schüttelte wild den Kopf. „Das geht nicht! Dann weiß er, wo ich wohne. Er wird mich …" Sie schüttelte noch einmal den Kopf. „Er hat gedroht, Jakob zu töten, wenn ich ihn verlasse. Sie kennen ihn nicht. Er macht diese Drohung wahr."

„Auch das wird der Richter berücksichtigen", hatte Herr Specht versucht, sie zu beruhigen.

Doch sie glaubte ihm nicht. Olaf würde einen Weg finden, sie zu bestrafen. Die einzige Möglichkeit wäre, in einem fremden Land unterzutauchen und alle Verbindungen zu ihrer Familie abzubrechen, wovor sie bis jetzt zurückgeschreckt war. Erstens besaß sie nicht genug Geld, um ohne Hilfe neu anzufangen, und zweitens graute ihr davor, völlig auf sich allein gestellt zu sein.

Sie hatte mittlerweile die Geschichten von vielen Frauen hier gehört. Fast alle trugen das gleiche Trauma mit sich herum. Manche hatten den Absprung schneller geschafft, aber diese waren in der Minderheit. Die meisten hatten wie sie Jahre gebraucht, sich dazu durchzuringen. Es gab sogar zwei, drei, die erst, nachdem die Kinder das Haus verlassen hatten, geflüchtet waren.

Nicht wenige benötigten mehrere Anläufe, bis sie endlich die Wahrheit erkannten. Sina, mit der sie sich am besten verstand, war zweimal wieder zu ihrem Freund zurückgekehrt. „Beim ersten Mal hatte ich echt Mitleid mit ihm. Der hat geweint und gesagt, er könne ohne mich nicht leben. Er würde sich was antun, wenn ich ihn wirklich verließe. Beim zweiten Mal hat er eine Therapie angefangen. Kaum war ich wieder zu Hause, ist er nicht mehr hingegangen. Da bin ich endlich aufgewacht. Den würde ich nicht mal mehr geschenkt haben wollen!"

Was sie erst später erfuhr: Sina war von ihrem Freund bis zur Bewusstlosigkeit gewürgt worden. Ihr ältester Sohn hatte in seiner Verzweiflung und Not dem eigenen Vater einen schweren Aschenbecher auf den Kopf geschlagen und anschließend die Polizei gerufen. Seitdem war sie vor ihm auf der Flucht. In zwei Frauenhäusern hatte er sie bereits aufgespürt und bedroht. Daraufhin brachten die Betreuer sie an diesen Ort weit weg von ihrer Heimatstadt.

Das war bei fast allen Frauen ähnlich. Die meisten, die hier landeten, wurden von ihren Männern beziehungsweise Freunden bedroht, einige der Ausländerinnen hatten den gesamten Clan gegen sich und nicht nur den des Partners. Fatima und Ayse hielten sich genauso vor ihren eigenen Verwandten versteckt. Die waren einer regelrechten Jagd ausgesetzt gewesen.

Sie hatte wenigstens noch ihre Familie, die zu ihr hielt. Die Schwester gab sich kämpferisch, wollte sie und die Kinder aufnehmen, wenn das Gericht entschieden hatte. Die Eltern waren vorsichtiger, sie kannten Olaf besser und wussten, wie schlimm er sich rächen würde. Der Vater wollte sie mit Geld unterstützen, damit sie sich in einer weit entfernten Stadt ein neues Leben aufbauen konnte.

„Vielleicht da, wo ihr seid", hatte er in einem der letzten Telefongespräche gesagt. „Für die Kinder wäre das ideal, besonders für Jakob. Ein erneuter Schulwechsel ist nicht einfach für ihn."

Das leuchtete ihr durchaus ein. Andererseits fühlte sie sich auf dem platten Land, wie sie es bei sich nannte, nicht wohl. Sie war es gewohnt, alle Annehmlichkeiten einer Großstadt in greifbarer Nähe zu wissen. Außerdem war dort auch das Jobangebot besser. Sie musste und sie wollte wieder arbeiten, nicht länger auf andere angewiesen sein, selbst für sich und die Kinder sorgen. Ach, es war alles nicht einfach!

Am liebsten hätte sie zur Erzieherin umgeschult. Seit drei Monaten arbeitete sie vormittags im Hort. Der Umgang mit den Kleinen machte ihr Spaß und sie erhielt nur positives Feedback. Bestimmt war das Gehalt auch besser als das einer Verkäuferin.

Ein Wunschtraum! Sie schüttelte energisch den Kopf. Zuerst einmal musste sie das Familienrechtsverfahren abwarten. Und die Anzeige wegen Körperverletzung, die sie auf Anraten des Polizisten gestellt hatte. Obwohl ihr Anwalt meinte, Olaf würde nicht viel passieren. Er war nicht vorbestraft und es stand Aussage gegen Aussage. Jakob hatte bereits geschlafen, als es zu dem Übergriff gekommen war.

Sie musste dringend mit ihm reden. Beim ersten Gespräch mit der Gutachterin hatte er gemauert, zwar zugegeben, er hasse seinen Stiefvater, aber sich keine weiteren Einzelheiten entlocken lassen. Ob es daran lag, dass sie ihn nach diesem Umzug gebeten hatte, sämtliche Details für sich zu behalten? Denn natürlich wussten die Kinder in der Schule, was für eine Klientel aus dem Heim zu ihnen kam. Sie hatte nicht gewollt, dass Jakob, der viel zu viel mitbekommen hatte, mit diesen darüber sprach.

Mit der Gutachterin war das etwas anderes. Ihr gegenüber musste er offen sein, ihr erzählen, was er gesehen und gehört hatte. Nur so hatten sie eine Chance.

Sie erhob sich und steuerte sein Zimmer an. Warum das Gespräch auf die lange Bank schieben! Sie würde sofort mit ihm reden.

5

Jakob sah irgendwie bedrückt aus, stellte sie gleich fest, als er aus der Schule kam. Statt sie zu umarmen, drückte er sich an ihr vorbei und steuerte die Toilette an. Dort blieb er, bis sie es aufgab und sich an den bereits gedeckten Tisch setzte. Die Sozialarbeiterinnen waren der Meinung, sie solle sich beim Essen ihm widmen, er brauche diese Zeit mit ihr allein. Deshalb blieb Konstantin bis um vier im Hort. Er hatte sich gut eingefügt und schnell neue Freunde gefunden, ihm ging es gut dort. Außerdem war sie bei ihrer Arbeit immer für ihn da.

Jakob setzte sich zu ihr, ohne sie anzuschauen. Er presste die Hände unter die Oberschenkel und begann hin und her zu schaukeln. Sie hatte schon nach der Schöpfkelle gegriffen, jetzt hielt sie alarmiert inne.

„Was ist los?" Ihre Gedanken überschlugen sich. Hatte er sich geprügelt? Oh nein, bitte nicht schon wieder! Oder … In diesem Zustand hatte sie ihn zuletzt gesehen, nachdem er Zeuge geworden war, wie Olaf sie verprügelte. Unsichtbar für sie beide hatte er oben an der Treppe gesessen und alles mit angeschaut: ihre Versuche, ihn zu beschwichtigen, dann ihm zu entkommen, schließlich, sich so gut wie möglich vor den auf sie einprasselnden Schlägen zu schützen.

Nachdem sie imstande gewesen war aufzustehen, hatte sie sich im Badezimmer unter die Dusche gestellt und das Wasser langsam von warm auf kalt heruntergeregelt, war stehen geblieben, bis sie es nicht mehr aushielt, bemüht, nicht nur die Schmach abzuwaschen, sondern auch in dem Versuch, die Prellungen zu kühlen, die am nächsten Tag noch heftiger schmerzten, wie sie aus Erfahrung wusste. Wie immer vor dem Schlafengehen hatte sie anschließend bei den Kindern vorbeigeschaut. Konstantin lag in seinem Bettchen und schlief, Jakob dagegen saß verstört auf der Bettkante, genau in der jetzt eingenommenen Haltung.

Sie hatte sich neben ihn gesetzt und ihn ungeachtet der Schmerzen, die jede Bewegung auslöste, an sich gezogen. „Hat du schlecht geträumt?" Dass er sie beobachtet haben könnte, war ihr nicht im Traum eingefallen.

„Papa hat dich geschlagen", flüsterte er leise. „Ganz, ganz schlimm."

„Mir geht es gut." Die Lüge war ihr überzeugend von den Lippen geflossen. Ja, sie hatte mittlerweile reichlich Übung darin, sich zu verstellen. „Papa meint es nicht so. Es ist ..." Ihr fiel nichts ein, wie sie Olafs Verhalten rechtfertigen sollte.

Gerade hatte sie beschlossen, ihm zu erklären, der Papa sei krank, hatte schon den Mund geöffnet und blickte im letzten Moment einer Eingebung folgend zur Tür. Oder Jakobs Zusammenzucken hatte sie dazu bewogen, das hatte sie später nicht mehr genau nachvollziehen können. Im Türrahmen lehnte Olaf und sein Gesicht sprach Bände. „Es ist alles in Ordnung", sagte sie deshalb und zwang ihren Sohn, sich hinzulegen. „Schlaf jetzt!"

Beim nächsten Mal hatte sie ihm tatsächlich zu vermitteln versucht, der Papa sei krank und wäre bereit, an sich arbeiten. Olafs letzter Ausraster sorgte schließlich dafür, dass sie mit den Kindern die Flucht ergriff. Tatsächlich in erster Linie ihrem Sohn zuliebe, Jakob litt unsäglich. Ihn in diesem Zustand zu sehen, schmerzte mehr als jede Verletzung.

Und nun saß er genau so wieder vor ihr. „War Papa da?"

Er schüttelte den Kopf, sah immer noch stur auf seinen Teller vor sich.

„Was ist dann passiert?" Sie zwang sich zur Ruhe. Am liebsten hätte sie ihn geschüttelt. Er musste ihr die Wahrheit sagen.

„Ich habe das hier gekriegt." Er zog eine Hand unter dem Oberschenkel hervor und fummelte umständlich in seiner Hosentasche herum, bis er das Handy zu fassen bekam. „Hier." Er schob es ihr über den Tisch zu.

Sie klickte sich durch seine Anruferliste, anschließend durch die SMS. Er hatte wie sie eine Prepaid-Karte, deren Guthaben von fünfzehn Euro mindestens ein halbes Jahr halten musste, wie sie wusste.

Nichts, keine verdächtigen Nachrichten. Heute waren sowieso nur zwei Anrufe und eine SMS eingegangen, von einem Jungen hier im Haus, der ungefähr in seinem Alter war, jedoch eine andere Schule besuchte, und von diesem neuen Freund, diesem Pietro.

„Ich sehe nichts Besonderes."

Er riss ihr das Handy geradezu aus der Hand und öffnete ein Foto. Wortlos schob er ihr das Gerät wieder zu.

Im ersten Moment verstand sie nicht, was so besonders daran war. Es zeigte ihre Nichte auf einem Spielplatz, wie sie sich lachend auf einer Schaukel in die Höhe schwang. Dann setzte das Begreifen ein. „Wie bist du an dieses Foto gekommen?" Sie konnte nicht verhindern, dass ihre Stimme schwankte.

„Dieses Arschloch Pietro hat zwanzig Euro von einem Mann gekriegt, damit er es mir schickt", presste er wütend hervor und trat mit Wucht gegen das Tischbein. „Ich hätte ihn verprügeln sollen, statt freundlich zu bleiben, damit ich rauskriege, wo er das her hat." Er sah endlich auf und sie erkannte die Qual in seinen Augen.

„Konnte er den Mann beschreiben?" Ihr Herz raste und ihr war speiübel. Arschloch, Arschloch, hämmerte es in ihrem Kopf. Auch ohne Kommentar ahnte sie, was dieses Bild bedeuten sollte.

„Er war es nicht. Der hat irgendeinen dafür angeheuert, das zu machen." Jakobs Fuß donnerte wieder gegen das Tischbein.

Woher weiß Olaf, wo wir sind, schoss es ihr durch den Kopf. Dabei war das eher zweitrangig. Dieses Foto bedeutete eine Warnung an sie: Kehrst du nicht zu mir zurück, wird deine Nichte dafür büßen müssen.

„Scheiße!"

Jakob nickte. „Ganz große Scheiße!"

Sie rang sich ein Lächeln ab. „Ich schalte die Polizei ein. Er wird es nicht wagen, ihr was anzutun."

„Und wenn doch?"

Er sprach ihre geheimsten Ängste aus. Keiner würde die Kleine schützen. Und sie traute Olaf ohne weiteres zu, sich an ihr zu vergreifen, falls sie erneut mit ihren Kindern zusammen flüchtete. Und war diese Flucht nicht sowieso vergebens? Er hatte sie schließlich auch hier aufgespürt.

Sie erhob sich und zog Jakob in eine lange Umarmung. „Es wird alles gut", flüsterte sie wider besseres Wissen.

6

„Ich verstehe das nicht." Arnold griff nach seinem Glas und trank es in einem Zug leer. „Bei ihr war ich mir hundertprozentig sicher, sie zieht das bis zum Ende durch. Wie kann man freiwillig zu diesem Mann zurückkehren?"

Wir saßen in einer Kneipe bei mir um die Ecke. Sein Anruf hatte mich noch auf der Arbeit erreicht, er klang dermaßen außer sich, dass ich ihm versprach, direkt dort hinzukommen. „Habt ihr das nicht öfter? Dass die Frau trotz all eurer Mühen nicht von dem Kerl ablassen kann?"

„Sie nicht! Susannah hatte verstanden, was sie auch ihren Kindern damit antat."

Das war wohl ein Irrtum seinerseits. Natürlich war es entsetzlich, dass diese Frau zu ihrem Schläger-Ehemann zurückkehrte, aber sie hatte sich frei entscheiden können, ihr hatten andere Wege offen gestanden. Bei den Kleinen sah das anders aus, sie mussten diese Entscheidung mittragen, ob sie wollten oder nicht. „Was ist mit den Kindern?" Das war sowieso eher sein Part. Als Jugendamtsmitarbeiter sollte er sich um deren Wohlergehen kümmern. „Könnt ihr die nicht da rausnehmen?"

„Das Verfahren läuft noch. Ich habe schon mit der Gutachterin und dem Richter gesprochen. Letzterer will abwarten, bis sämtliche Ergebnisse vorliegen. Und die Gutachterin sieht keine Möglichkeit. Der Typ hat sich bisher nicht an den Jungen vergriffen, eine unmittelbare Gefahr besteht daher nicht. Also kann sie keine Inobhutnahme veranlassen."

Ich merkte ihm an, dass er den springenden Punkt bisher nicht erwähnt hatte. „Was ist an diesem Fall so anders?", hakte ich nach.

„Ich weiß nicht, ich habe ein echt schlechtes Gefühl. Freiwillig wäre sie nie zu ihm zurückgekehrt. Er muss irgendwie Druck ausgeübt haben."

„Kannst du irgendetwas tun?"

Er verzog das Gesicht und sah mich unglücklich an. „Sie lässt mich nicht an sich heran. Ich denke, er hat sie in die Enge getrieben, anders kann ich mir das beim besten Willen nicht vorstellen."

Und weiter? „Jetzt rück endlich mit der Sprache raus", forderte ich ihn etwas unwirsch auf. Warum hatte er so dringend mit mir reden wollen? Nur um mir diese Geschichte seines ‚Versagens' zu erzählen?"

„Ich vermute, sie wird ihn umbringen. Sie ist nur mit dem Kleinen zurückgekehrt, den Großen hat sie im Heim gelassen, bei einer Freundin. Und die sagt, das wäre für wenige Monate."

„Hm." Vorhaben und Durchführung waren in meinen Augen zwei verschiedene Dinge. Sie mochte durchaus mit dem festen Vorsatz, ihren Peiniger zu töten, zurückgekehrt sein. Es tatsächlich durchzuziehen, gelang den Wenigsten. Anderseits – ich hätte sie selbst sehen und mit ihr sprechen müssen, um sie richtig einzuschätzen. Manche, besonders die in einer Zwangslage, waren durchaus zu einem Mord fähig. Dieses Tun barg jedoch ein zweifaches Risiko. Erstens suchte sich ein derartiger Mann meist eine Frau, die deutlich schwächer als er war. Wie sollte sie gegen ihn bestehen? Zweitens bestand die äußerst wahrscheinliche Möglichkeit, dass die Polizei ihr auf die Schliche kam, sie zu einer langen Gefängnisstrafe verurteilt wurde und die Kinder wiederum die Leidtragenden waren. So oder so, sie konnte nicht gewinnen.

„Toni?", riss mich Arnolds Stimme aus meinen Überlegungen. „Ich möchte, dass du sie aufsuchst und mit ihr redest. Würdest du das machen?"

„Ich?" Wieso wollte er mich da mit hineinziehen?

„Wenn sich mein Verdacht erhärtet, muss ich das melden. Damit wäre ihr nicht geholfen."

„Und du meinst, ich schaffe es, sie von ihrem Vorhaben abzubringen?" Ich konnte nicht verhindern, dass meine Stimme sarkastisch klang.

„Ja." Er versuchte, meinen Blick festzuhalten. „Du bist der Einzige, dem ich das zutraue. Vielleicht hört sie auf dich. Sie muss begreifen, dass ihr Weg der falsche ist."

Bevor ich antwortete, hob ich mein Glas und prostete ihm zu. „Ich schlafe eine Nacht darüber. Ich melde mich morgen bei dir." Dann stand ich auf und verließ das Lokal.

Natürlich war das, was er mir berichtet hatte, starker Tobak. Ein Mann, der seine Frau erpresste, eine Frau, die diesen deshalb töten wollte. Und es gab keine Fakten, lediglich Vermutungen. Sollte ich mich einbringen oder nicht?

„Was wollte Arnold denn so Dringendes von dir?" Ramona schaltete den Fernseher aus und wandte sich mir zu, als ich ins Wohnzimmer kam.

„Sich ausheulen. Er hat da einen Fall, der ihm nahegeht." Ich warf mich ihr gegenüber in den Sessel und legte die Beine auf den Tisch.

Sie warf mir einen missbilligenden Blick zu, ich reagierte nicht. Schließlich war sie es, die lang ausgestreckt auf der Couch lag, und meine Füße brannten.

„Arnold hängt sich immer viel zu sehr rein", erwiderte sie und spielte mit der Fernbedienung. Anscheinend bereute sie es bereits, ihren Film abgebrochen zu haben. „Jeder von uns kennt das Problem. Wir dürfen uns nicht zu sehr von dem, was wir mitkriegen, berühren lassen. Sonst brennen wir aus."

„Geht das?", fragte ich sie rundheraus. Normalerweise sprach sie kaum mit mir über ihre Arbeit, schon gar nicht rückte sie mit Einzelheiten heraus. Die Schweigepflicht, behauptete sie, wenn ich sie früher fragte, wie denn ihr Tag gewesen sei. Seit Isabellas Tod hatten wir die meiste Zeit stumm nebeneinander her gelebt, sie interessierte sich nicht mehr für mein Leben, ich mich nicht mehr für ihres.

Nach dieser Geschichte mit ihrer Schwester hatte sich unser Verhältnis verbessert. Zumindest sprachen wir wieder öfter miteinander, auch wenn es dabei meist um triviale Geschichten ging.

„Es ist schwer", erwiderte sie auf meine Frage ehrlich. „Die ersten Jahre waren die schlimmsten. Mittlerweile schaffe ich es besser."

„Es gibt keinen Fall, der dir nahegeht?", hakte ich nach.

Sie verzog genau wie Arnold eben das Gesicht. „Ich hänge mich so weit rein, wie es eben noch vertretbar ist. Nur reicht das nicht immer."

Ich stand auf, holte mir ein Bier aus dem Kühlschrank und fläzte mich in den Sessel, verzichtete sogar darauf, die Füße auf den Tisch zu legen, um sie nicht unnötig zu reizen. „Liegt das an deinen Klienten oder an den Gesetzen?"

„Sowohl als auch. Manchmal denke ich, wir müssten viel härter durchgreifen, damit sich auf Dauer etwas ändert. Im Prinzip ziehen wir uns durch unser Laisser-faire gleich die nächste Generation Klienten heran." Sie lehnte sich zurück und holte tief Luft. Das, was jahrelang in ihr gegärt hatte, wollte endlich heraus.

7

Ich ließ mir von Arnold die Adresse und den Namen der Frau geben und fuhr, nachdem ich im Büro das Nötigste erledigt hatte, direkt dorthin. Morgens war der Kleine vermutlich im Kindergarten und der Mann bei der Arbeit, die Chance, sie allein anzutreffen, also groß.

Ich musste einmal quer durch die Stadt fahren, was bei dem Verkehr wahrlich kein Vergnügen war. Aber immerhin hatte ich dadurch Zeit, mir zu überlegen, wie ich vorgehen wollte. Sollte ich sie gleich mit Arnolds Verdacht konfrontieren oder lieber eine vorsichtigere Herangehensweise bevorzugen?

Ich beschloss, mich auf meinen Instinkt zu verlassen. Wenn ich ihr gegenüberstand und sah, wie sie reagierte, konnte ich besser entscheiden.

Der Verkehr ließ immer mehr nach, je mehr ich mich der Straße, in der sie wohnte, näherte. Mehrfamilienhäuser wurden seltener und verschwanden schließlich ganz. In dieser Gegend standen ausschließlich Einfamilienhäuser auf großen Grundstücken, zumeist hinter einem Zaun oder einer hohen Hecke verborgen, daneben eine Doppelgarage oder zumindest ein Carport für den Zweitwagen.

Ich fand direkt vor der Tür der Fischers einen Parkplatz, stieg aus und schritt auf den Plattenweg zu. Rosenbüsche in voller Blüte begrenzten das Grundstück zur Straße hin und säumten auch links und rechts den Weg zum Haus. Es handelte sich um einen weißen, lang gestreckten Bungalow, dessen Fenster mit kunstvoll verzierten Gittern versehen waren, die als Einbruchschutz dienten, was in dieser Gegend durchaus sinnvoll erschien. Arme Leute wohnten hier garantiert nicht.

Die Tür bestand aus undurchsichtigem, vermutlich auch einbruchsicherem Glas, ich drückte auf die Klingel. Ein melodischer Gong ertönte. Ich wartete und klingelte erneut, dann ein weiteres Mal. Niemand öffnete. Ich trat einen Schritt zurück und schaute auf die Fenster, ob sich dahinter jemand zeigte. Aber die Gardinen waren blickdicht und ließen nicht erkennen, ob sich jemand im Inneren des Hauses befand.

Ich zückte mein Handy und rief Arnold an. Hatte er nicht versprochen, meinen Besuch anzukündigen?

„Sie will dich nicht sehen", erklärte dieser kleinlaut.

„Und warum hast du mich nicht informiert?" Ich stand hier wie der letzte Trottel!

„Ich hatte gehofft, sie würde es sich anders überlegen, wenn du trotzdem kommst."

„Was hast du ihr gesagt?"

„Dass du ein guter Freund von mir bist und dich um ihre Probleme kümmern würdest, ganz inoffiziell, sodass niemand vom Jugendamt davon erfährt."

„Und wie reagierte sie?" Meine Güte, musste man ihm echt jedes einzelne Wort aus der Nase ziehen?

„Sie meinte, ihr könne niemand helfen."

„Tja, da kann ich auch nichts tun." Noch während des Gesprächs hatte ich mich in Richtung auf mein Auto in Bewegung gesetzt. Jetzt stieg ich ein und ließ den Motor an. „Melde dich bei mir, falls sie ihre Meinung ändert." Diese Wendung war definitiv die bessere. Jeder, der mich gesehen hatte, würde bestätigen, dass ich unverrichteter Dinge wieder gegangen war.

Ich drehte eine Runde um den Block und parkte anschließend in der Nähe der Hauptstraße auf dem Gelände eines Supermarktes. Im Kofferraum befanden sich noch die Kleidungsstücke von meinem letzten Einsatz: ein Blaumann nebst dreckverschmiertem T-Shirt und eine dazu passende Kappe. Ich zog mich auf dem Rücksitz um, tätigte ein weiteres kurzes Telefongespräch und machte mich wieder auf den Weg. Dieses Mal näherte ich mich ihrem Grundstück von hinten. Bei meiner Spähfahrt war mir aufgefallen, dass das Haus schräg links zu ihrer Rückfront leer stand, im Vorgarten befand sich deutlich sichtbar ein Schild mit dem Logo eines Immobilienhändlers und der Aufschrift: „zu verkaufen".

Glück gehabt, die Besitzer waren tatsächlich schon ausgezogen. Ich schwenkte direkt von den von Unkraut überwucherten Platten auf die hoch gewachsene Wiese ab und nahm den Trampelpfad, der mich um das Haus herumführte. Der Garten war riesig und nicht minder verwildert. Die rundherum gepflanzten Büsche versperrten sämtlichen Nachbarn den Einblick, für mich geradezu ideal, um mich an die hintere Grenze vorzuarbeiten.

Das gestaltete sich dann doch schwieriger als gedacht. Ich kämpfte mich durch das Gestrüpp, musste immer wieder dichten Verzweigungen ausweichen, die keinen Durchlass boten, und dabei aufpassen, nicht zu viel Lärm zu veranstalten, obwohl ich eigentlich nicht damit rechnete, dass sich um diese frühe Zeit, es war gerade mal halb elf, jemand in einem der nebenanliegenden Gärten aufhielt. Dazu lud das Wetter heute nicht gerade zu einem Aufenthalt im Freien ein. Obwohl Mitte Juli waren die Temperaturen auf knapp achtzehn Grad gesunken und aus dem grauen Himmel nieselte es ununterbrochen.

Ziemlich verkratzt und durchnässt erreichte ich den hinteren Zaun, an den sich, wie ich vermutet hatte, nach links versetzt das Grundstück der Fischers anschloss. Auf der großen Wiese standen drei Bäume, es gab keine weiteren Pflanzen, keine Blumen – allerdings auch kein Kinderspielzeug. Dafür entdeckte ich einen großen Schuppen, direkt an die Grenze des nächsten Nachbarn gebaut, neben dem sich eine Terrasse erstreckte, die direkt bis zu meinem Zaunpfosten reichte. Zwei Tische, Stühle und ein riesiger Schwenkgrill sprachen von einem geselligen Leben.

Bevor ich mich über den Zaun schwang, überzeugte ich mich ein weiteres Mal, dass die Luft rein war. Und schon wieder Glück gehabt. Ich entdeckte den riesigen Hund auf der rechten Seite eher als er mich und zog mich tiefer in das dichte Gebüsch zurück. Keinen Moment zu früh, laut bellend kam er angesprungen und blieb in wachsamer Haltung direkt am Maschendraht stehen, der hoffentlich genauso robust war, wie er aussah. Wieder gab er Laut.

Ein schriller Pfiff ertönte. Herrchen oder Frauchen war die Wiese anscheinend zu nass. Meine Annahme wurde durch einen weiteren Pfiff und laute Rufe bestätigt. Sichtlich enttäuscht wandte der Hund sich ab und trabte zurück.

Ich wartete, bis sich die Terrassentür geschlossen hatte, tat einen weiteren Rundumblick und schwang mich über den Zaun. Dann schlenderte ich in gemächlichem Tempo über den Rasen, so, als hätte ich im hinteren Bereich gearbeitet und wolle nun mit der Hausherrin sprechen. Im Gegensatz zu den anderen Villen hatte die vor mir an der Rückseite keinen direkten Zugang zum Garten. Also konnte sich die Tür nur an der linken Seite befinden, da rechts eine Doppelgarage angebaut war. Ich erreichte den Plattenweg, der bis zur entsprechenden Tür führte, und klopfte laut dagegen. Niemand öffnete und doch war ich mir sicher, dass Susannah Fischer sich direkt dahinter befand.

Ich klopfte noch einmal und sagte so laut, wie es unter den gegebenen Umständen möglich war: „Lassen Sie uns reden. Ich helfe Ihnen so oder so. Mir persönlich wäre es allerdings lieber, wir könnten uns absprechen."

Einen Moment später drehte sich ein Schlüssel im Schloss und die Tür öffnete sich.

8

Susannah Fischer war eine unscheinbare Person mit Rehaugen und langem braunen Haar, das in lockeren Wellen bis über ihren Rücken fiel. Bevor unsere Blicke sich treffen konnten, wandte sie den Kopf ab, aber das zugeschwollene Auge mit der rötlich-blauen Verfärbung drumherum war nicht zu übersehen.

„Ein herzlicher Willkommensgruß Ihres Mannes?", kommentierte ich ihre Verletzung.

Sie nickte und wies mit einer resignierten Handbewegung auf die Essgruppe vor dem Fenster. „Wollen Sie sich setzen?"

„Da wir einiges zu besprechen haben, gerne." Bevor ich die Eckbank ansteuerte, hielt ich ihr meinen Ausweis hin. Arnold hatte mich bestimmt genauestens beschrieben, trotzdem wollte ich, dass sie erkannte, ich würde mit offenen Karten spielen wollen.

Sie warf einen kurzen Blick darauf und nickte knapp. „Einen Kaffee?" Sie blieb mitten in der Küche stehen, als wäre sie sich immer noch nicht sicher, ob sie mir vertrauen könnte.

„Später vielleicht. Lassen Sie uns erst reden. Arnold hat mir gesagt, dass Sie dringend Hilfe brauchen", kam ich ohne Umschweife zur Sache. „Er hat Angst, dass Sie das Falsche tun. Es gibt immer einen vernünftigen Weg, man muss ihn nur finden."

„Ach, ja?", sie lachte bitter auf. Immerhin nahm sie nun mir gegenüber am Tisch Platz. Ihr gesundes Auge funkelte mich an. „Olaf ist ein Teufel in Menschengestalt. Gegen den kommt keiner an."

„Das kann ich mir beim besten Willen nicht vorstellen. Sagen Sie mir bitte, mit welcher Drohung er Sie zurückgezwungen hat und auf welche Weise Sie gedachten, ihn zu töten. Danach können wir gemeinsam überlegen, wie wir sinnvoller vorgehen."

Sie wurde deutlich blasser, ihre Hände umkrampften die Tischplatte, sodass die Knöchel deutlich hervortraten. Sie öffnete den Mund, um mir zu widersprechen, und schloss ihn wieder, ohne einen Ton hervorgebracht zu haben.

„Ich helfe Ihnen", wiederholte ich ruhig. „Egal für welchen Weg wir uns entscheiden."

Sie hob den Kopf und musterte mich mit unverhohlener Skepsis.

„Hätte ich mir sonst diese Mühe gemacht?" Ich deutete auf meine Kleidung. „Der Weg war mühselig genug. Wir verlieren nur unnötig Zeit, wenn Sie mauern."

Sie sah mich ruhig an und blieb stumm.

‚Klar, Toni, du Idiot!', höhnte meine innere Stimme. ‚Da nimmst du all diese Strapazen auf dich und diese Frau will sich gar nicht helfen lassen.'

Ich verstand mich ja selbst nicht. Warum hatte ich nicht gleich aufgegeben, als sie mich bei meinem ersten Versuch nicht einließ? Weil meine Ahnung mir sagte, dass hier ein Mensch in Not war? „Meine Schwägerin wurde von einem Stalker verfolgt, der sie verprügelte, dafür im Gefängnis saß und direkt anschließend trotzdem dieses Spielchen fortsetzte", versuchte ich es mit einem anderen Ansatz. „Er starb bei einem weiteren Angriff auf sie. Ich war dabei." Die Einzelheiten, dass das Ganze eher ein Unfall gewesen war, behielt ich vorsichtshalber für mich.

„Was ist passiert?"

„Er versuchte, mich zu töten. Ich wehrte mich erfolgreich. Die Polizei schloss ihre Ermittlungen mit dem Ergebnis ab, dass ich in Notwehr gehandelt hatte."

Sie machte eine abwertende Handbewegung. „Olaf würde sich nie auf ein Duell mit einem anderen Mann einlassen. Er würde warten, bis wir allein wären, und seinen Frust an mir auslassen."

„Ich gedenke nicht, dieselbe Technik ein zweites Mal anzuwenden. Wir müssen ganz anders vorgehen."

„Und wie?" Sie schien ehrlich interessiert. Auch schien sie mir langsam zu vertrauen, ihre Schultern lockerten sich, sie legte die Hände in den Schoß und die Falte zwischen ihren Augenbrauen verschwand.

„Was hatten Sie geplant?"

Ihr Rückzug war deutlich spürbar. „Ich wollte ihn nicht umbringen."

„Nein?" Ich hob die Augenbrauen und sah in ihre Augen, ein stummes Duell, das sie abbrach, indem sie auf ihre Hände hinunter sah. „Gut, gehen wir davon aus, Arnold irrt sich. Dann sagen Sie mir wenigstens, womit er Ihnen gedroht hat."

Zuerst dachte ich, sie würde nicht antworten. Sie nahm wieder ihre Abwehrhaltung ein und hielt dabei den Blick weiterhin gesenkt. Gerade als ich den Druck auf sie mit der Bemerkung, ich könne genauso gut ihren älteren Sohn aufsuchen und ihn befragen, erhöhen wollte, entschloss sie sich, mir zu antworten beziehungsweise sie stand auf, griff nach dem Handy, das auf dem Küchenschrank lag, tippte darauf herum und legte es vor mich.

Ich sah in das lachende Gesicht eines circa sechsjährigen Mädchens, das von einer Schaukel hoch in die Luft getragen wurde. „Wer ist das?"

„Meine Nichte, die Tochter meiner Schwester."

„Er hat Ihnen das Foto geschickt?" Das Datum zeigte an, dass es vor ungefähr einer Woche aufgenommen worden war. „Mit Kommentar oder ohne?", fragte ich auf ihr Nicken hin nach.

„Ohne. Ich wusste auch so Bescheid." Sie schluckte und wandte sich ab. „Ich koche jetzt doch einen Kaffee."

Ich ließ ihr Zeit, sich zu sammeln. Sie holte Tassen und Löffel aus dem Schrank, stellte Milch und Zucker dazu und blieb mit dem Rücken zu mir neben der Maschine stehen, bis diese ihre Arbeit getan hatte.

Statt die Kanne zu nehmen, begann sie zu sprechen. „Ich habe schon zweimal versucht, ihn zu verlassen. Beim ersten Mal hatte ich eine Fehlgeburt, beim zweiten Mal drohte er, meinen Ältesten zu töten, sobald er uns gefunden habe. Daraus machte er nie ein Geheimnis: Er würde mich bis ans Ende der Welt verfolgen. Ich würde nirgendwo vor ihm sicher sein." Sie gab sich einen Ruck, griff nach der Kanne und kam zum Tisch hinüber.

„Jakob ist nicht sein leiblicher Sohn", fuhr sie fort, nachdem sie sich wieder mir gegenüber gesetzt hatte. „Er war ihm immer ein Dorn im Auge. Ich glaube, er hasst ihn. Ich doofe Kuh habe nur viel zu lange gebraucht, das zu merken." Sie wischte sich wütend die Tränen weg, die zu fließen begonnen hatten. „Ich wusste, ich gehe ein großes Risiko ein, wenn ich mich von ihm trenne. Aber es ging nicht mehr. Ich musste an die Kinder denken. Nein, dem Kleinen hat er nie was getan", kam sie meiner Frage zuvor. „Aber mit was für einem Bild vor Augen wurde der groß? Ein allmächtiger Vater, der über die Mutter, über die ganze Familie herrscht, und jeder unterwirft sich ihm? Außerdem haben Jakob und ich genug gelitten. Der Junge zeigt bereits Auffälligkeiten und ich ..." Sie brachte den Satz nicht zu Ende, musste sie auch nicht, ihr blaues Auge sprach für sich.

„Sie denken, Ihr Mann hätte sich an Ihrer Nichte gerächt, wären Sie nicht zurückgekehrt?"

„Das war für mich klar ersichtlich."

9

Susannah Fischer gab ihre anfängliche Zurückhaltung auf und berichtete Einzelheiten von ihrem Martyrium. Der Typ war mit den Jahren immer schlimmer geworden und das nicht nur ihr gegenüber. Zweimal hatte es auch andere getroffen, doch beide Male war er mit einem blauen Auge davongekommen. Sein erstes Opfer, einer seiner Auszubildenden, hatte sich bei seiner Mutter über ihn beschwert, zu Recht wie diese fand und ihn deshalb aufsuchte. Olaf war gezwungen, kleine Brötchen zu backen, wie er es ausdrückte, was einen extremen Wutanfall bei ihm auslöste, den Susannah abends ausbaden musste. Damit waren seine Wut und sein Rachedurst noch längst nicht befriedigt, der Auszubildende sollte ebenfalls leiden. Er lauerte ihm abends nach Feierabend auf, schlug ihn hinterrücks nieder und trat auf ihn ein, bis der Wachmann durch die Geräusche aufmerksam wurde. Leider konnte Olaf unerkannt entkommen.

Seine Familie besaß eine gut gehende Druckerei, in der er als Juniorchef arbeitete. Bisher hatte seine Mutter, die das Geschäft mit in die Ehe brachte, die Führung nicht abgegeben. Aber nicht etwa, wie Susannah beteuerte, weil sie die versteckte Gewalttätigkeit ihres Sohnes sah. Sie lebte für diesen Betrieb, kannte keine Freizeit oder Hobbys, sondern ging ganz und gar in ihrem Tun auf.

Der Sohn, ihr einziges Kind, den sie innig liebte, war ihr direkt unterstellt. Er trug zwar einige Verantwortung, aber das endgültige Sagen hatte sie. Dadurch fühlte er sich ständig unter Druck gesetzt, wollte liebend gern vieles ändern, kam jedoch nicht gegen sie an. „Das ist auch gut so, dem wären längst alle Mitarbeiter weggelaufen."

Olafs Vater war ein erfolgreicher Anwalt und führte sein eigenes Leben. Im Gegensatz zu seiner Frau hatte er keine allzu gute Meinung von seinem Sohn. Trotzdem sprang er ihm bei seinen Verfehlungen zur Seite, wahrscheinlich besorgt um den guten Ruf, wie Susannah meinte.

Das zweite Mal, als Olaf blind vor Zorn zuschlug, war er mit dem Auto auf dem Heimweg. Der Fahrer, dem er die Vorfahrt genommen hatte, stellte ihn an der nächsten Ampel und brüllte ihn nieder. Diese Schmach konnte Olaf nicht auf sich sitzen lassen. Er nahm nun seinerseits die Verfolgung auf, blockierte dessen Wagen an einer einsamen Stelle und schlug auf ihn ein. „Das war ein schmales Hemd, der hatte ihm nichts entgegenzusetzen."

In diesem Fall sprang sein Vater ihm zur Seite. Ihm gelang es, das Opfer durch eine hohe Schmerzensgeldzahlung von einer Anzeige abzubringen. Außerdem ermahnte er seinen Sohn, sich besser zusammenzureißen, wie er es nannte.

„Sind seinen Eltern Ihre Verletzungen nie aufgefallen?", fragte ich.

Sie zuckte die Schultern. „Sie wissen doch, wie das ist. Mal bin ich gestolpert und unglücklich gefallen, mal habe ich ein Hindernis übersehen, er behauptete, ich sei eben tollpatschig und ungeschickt. Wer nichts sehen will, glaubt jede halbwegs einleuchtende Erklärung."

Angeblich hatte Olaf sogar schon einen Mord begangen, jedenfalls brüstete er sich ihr gegenüber damit und behauptete, so wisse sie, dass er vor nichts zurückschrecke.

Obwohl sie mir versicherte, den Fall in den Zeitungen verfolgt zu haben, glaubte ich ihr nicht. Zwischen einem Schläger und einem Mörder war ein gewaltiger Unterschied. Mir kam dieser Olaf wie einer dieser Typen vor, die instinktiv wussten, wer sich nicht wehren, mit wem er seine Spielchen treiben konnte. Daher stand mein Plan bald fest. Man musste ihn spüren lassen, dass es Menschen gab, bei denen er mit seiner Vorgehensweise auf Granit biss. Das hieß, ich würde sie und ihre Kinder an einem sicheren Ort unterbringen und gleichzeitig dafür sorgen, dass die Schwester und die Nichte überwacht wurden. Sollte er versuchen, sich ihnen zu nähern, musste er sehr schmerzhaft erfahren, dass man alle notwendigen Maßnahmen ergriffen hatte, ihn zu stoppen. Dann würde der Spuk bald vorbei sein. Ein Typ wie er hatte roher Gewalt nichts entgegenzusetzen. Der vergriff sich nur an Schwächeren.

Allerdings musste ich Susannah gegenüber so tun, als würde ich in ihrem Sinne handeln. Sie war dermaßen mit den Nerven runter, dass sie seinen Tod als einzigen Ausweg sah.

„Ich treffe die nötigen Vorbereitungen und hole Sie morgen ab, um …"
Ich brach ab und verfluchte mich im Stillen für meine
Unaufmerksamkeit. Wir saßen seit über einer Stunde in ihrer Küche und
redeten. Ich hatte mich völlig auf sie konzentriert, statt mir den Raum
näher anzusehen. Erst jetzt, während sie neuen Kaffee kochte, musterte
ich meine Umgebung genauer. Die Kamera war geschickt angebracht, ein
Laie hätte sie kaum entdeckt.

Um mein plötzliches Schweigen zu rechtfertigen, holte ich mein Handy
aus der Brusttasche meines Hemdes und sah scheinbar konzentriert
darauf. „Entschuldigen Sie, ein Anruf. Den muss ich beantworten. Einen
Moment bitte!" Ich drückte Arnolds Rufnummer und bestätigte dem
Überraschten den Termin um sechzehn Uhr und ließ ganz beiläufig
miteinfließen, dass ich zurzeit bei seiner Klientin sei. Bevor er dazu kam
nachzufragen, beendete ich das Gespräch. Dann tastete ich wie
geistesabwesend meine Taschen ab. „Bevor wir weitermachen, brauche
ich eine kleine Nikotinpause. Ist es in Ordnung, wenn ich direkt vor der
Tür rauche?" Ich versuchte, ihr mit den Augen ein Zeichen zu geben.
„Gehen Sie besser ein paar Meter vom Eingang weg. Olaf hat eine
extrem empfindliche Nase."

Eine gute Antwort, hatte sie meine stumme Aufforderung verstanden
oder war ihre Reaktion Zufall? Eher Zufall, sie blieb an die Spüle gelehnt
stehen. Ich winkte ihr, mir nach draußen zu folgen. „Wir müssen schnell
reagieren, Ihr Mann überwacht Sie mit einer Kamera", zischte ich leise.
Sie wurde blass. „Wenn er das sieht!"

„Oder hört", ergänzte ich. „Wo ist diese Druckerei?"

„Ungefähr eine halbe Stunde Fahrt von hier. Aber er kommt erst gegen
halb zwei zum Mittagessen." Sie konnte die Brisanz meiner Entdeckung
nicht nachvollziehen.

„Es gibt zwei Sorten von Kameras", erklärte ich ihr. „Die eine zeichnet
nur auf, die andere dagegen sendet ihr Signal auf ein Handy. Ich weiß
nicht …"

„Wir müssen sofort weg." Sie griff panisch nach meiner Hand. „Den
Kleinen abholen und danach den Großen. Und meine Schwester, was ist
mit meiner Schwester?"

„Stopp!" Beinahe hätte ich, obwohl sie wirklich flüsterte, das Geräusch der zuklappenden Autotür überhört. Es war aus Richtung des Nachbargrundstücks gekommen, die sich nähernden Schritte hielten jedoch eindeutig auf dieses Haus zu.

Auch Susannah neben mir lauschte angestrengt. Sie umklammerte meine Hand stärker. „Was sollen wir tun?"

„Die Sache ein für alle Mal klären." Das würde das Beste sein.

10

Olaf Fischer hatte wohl die Kamera mit seinem Handy verbunden. Er nahm nämlich nicht den Umweg über die Haustür, sondern den kleinen Seitenweg und steuerte direkt auf uns zu. Er war schon eine imposante Erscheinung: Groß, mit ausgeprägten Oberarmmuskeln, die von dem engen T-Shirt, das er trug, noch betont wurden, und herausforderndem Gang. Die schmächtige Susannah hatte körperlich gesehen keinerlei Chance gegen ihn.

Bei mir sah das anders aus. Ich war mindestens so groß wie er und ebenfalls muskulös, allerdings stammten meine Muskeln nicht aus dem Fitnessstudio wie seine. Seitdem ich die Bundeswehr verlassen hatte, nahm ich regelmäßig an einem speziellen Kampf-Fitness-Training teil, das von einem ehemaligen Soldaten angeboten wurde, der genau wusste, was man zum Überleben brauchte. Daher vermutete ich wohl zu Recht, dass ich mich seiner erwehren konnte.

Tja, bis er im Schutz der uns umgebenden Büsche eine Pistole aus seinem Hosenbund zog und damit auf mich zielte. Ein hämisches Grinsen saß dabei wie festgewachsen in seinem Gesicht. „Lass sie los!", forderte er mich mit rauer Stimme auf.

Sie umklammerte meine Hand fester und schüttelte wild den Kopf. „Damit kommst du nicht durch. Ich werde gegen dich aussagen."

Er rückte zwei Schritte näher heran, leider war die Entfernung zwischen uns immer noch zu groß, als dass ich sie mit einem Sprung überwinden und ihn angreifen konnte. „Wer sagt denn, dass ich dich am Leben lasse?" Sein Grinsen wurde noch hässlicher.

„Die Polizei wird anhand der Spuren erkennen, dass sie zwei Wehrlose ohne Grund erschossen haben", übernahm ich.

„Garantiert nicht." Er entsicherte seine Waffe.

Ich musste es riskieren! Da wir dicht neben der Küchentür stehen geblieben waren, gab ich Susannah einen groben Stoß, der sie regelrecht in den Raum katapultierte, und hechtete hinterher. Draußen waren seine

Chancen besser, drinnen gab es die Kamera, die alles aufzeichnete. Und vielleicht gelang es mir, ihn beim Eintreten zu überrumpeln.

Er war zu schnell. Bevor wir uns aufrappeln konnten, sah ich schon wieder in die Mündung der Pistole.

„Man wird die Schüsse hören", versuchte ich, ihn zu stoppen. „Ihr Auto steht draußen. Irgendjemand wird gesehen haben, wie Sie ausgestiegen sind."

„Die Nachbarn sind nicht zu Hause, keiner wird im ersten Moment wissen, woher die Schüsse gekommen sind. Bis die Polizei hier ist, habe ich alles so hergerichtet, dass es wie ein missglückter Überfall auf mich aussieht. Ich ramme meinen Kopf gegen die Wand und behaupte, ihr habt mich erst k. o. geschlagen und als ihr unaufmerksam wurdet, habe ich euch getötet." Er schien die Situation zu genießen, vor allen Dingen die Angst in Susannahs Augen.

Er trat neben sie und zog die immer noch am Boden Verharrende hoch. Bevor ich reagieren konnte, hatte er ihr die Pistole an den Kopf gedrückt. „Willst du sterben, Susi? Willst du wirklich, dass deine Kinder zu Halbwaisen werden?" Er presste sie enger an sich und sog genießerisch mit halb geschlossenen Augen ihren Duft ein. „Ich lasse dir die Wahl."

Sie zitterte wie Espenlaub. Hätte er sie nicht derart an sich gedrückt, wäre sie wieder zu Boden gesunken. „Wie … wie … meinst du das?"

„Entweder du stirbst zusammen mit ihm oder du erkennst endlich meine Überlegenheit an und zickst nicht weiter rum." Seine Idee schien ihm gut zu gefallen. „Ja, wenn du zu Kreuze kriechst, könnte ich echt schwach werden."

Was für ein Idiot! Aber er war eben ein Idiot, der den Finger am Drücker einer Waffe hatte. Ich musste versuchen, ihn abzulenken und die erstbeste Chance nutzen, die sich mir bot, um ihn zu überrumpeln.

Susannah öffnete den Mund, um ihm zu antworten. Besser, ich griff ein. „Die Kamera. Es ist alles gespeichert. Die Polizei wird leichtes Spiel haben, Sie zu überführen."

Sein Gesicht lief rot an. Blitzschnell zielte er auf das kleine Gerät, der Schuss hallte durch den Raum. Bevor ich nah genug heran war, hatte er die Mündung wieder Richtung Susannah gedreht. „Denk gar nicht dran!"

Ich entspannte mich wieder und musste mir dabei ein Grinsen verkneifen. Ich hatte ihn trotzdem! Er wusste, er durfte sich keinen Fehler erlauben, wollte er mit dieser Geschichte durchkommen. Jetzt lief ihm die Zeit davon. Zwar hatte er nach unserem Eintreten die Tür geschlossen, aber vielleicht war der laute Knall von jemandem gehört worden, der umgehend die Polizei informierte.

„Olaf, bitte. Ich …"

„Sei still!", fuhr er sie an. „Ich muss nachdenken." Er wedelte mit der Pistole und bedeutete mir, mich auf die Eckbank zu setzen. Damit hatte er mich endgültig unter Kontrolle. Bis ich um den Tisch herum war, hatte er das Magazin längst leer geschossen.

Während er überlegte, versuchte ich, Susannah mit den Augen ein Zeichen zu geben. Alles hing vom richtigen Timing ab, ich musste mich auf sie verlassen können.

„Ich werde die Aufnahme komplett löschen", überlegte er laut und nickte, sichtlich zufrieden mit sich selbst.

„Olaf, ich …" Dieses Mal verstummte Susannah von allein. Ich konnte erkennen, dass sie am Ende ihrer Nervenkraft angelangt war. Lange würde sie nicht mehr durchhalten.

„Ja, Liebling?" Er lächelte sie an, ohne mich dabei aus dem Blick zu lassen.

Ich tastete unauffällig nach dem richtigen Punkt unter dem Tisch. Der Typ wollte sie verschonen, ihm war es lieber, wenn sie in seiner Gewalt blieb. Für mich balancierte er im Moment am Rande des Wahnsinns – auch wenn er dachte, er hätte alles unter Kontrolle. Ein falsches Wort und er würde explodieren. Daher betete ich, dass Susannah das Richtige sagte.

Sie schwieg einen Moment, als dächte sie über das Angebot nach. „Ich bleibe bei dir", erwiderte sie dann zu meiner Verblüffung. „Knall ihn ab."

11

Es war ein riesiger Aufruhr in der ruhigen Straße. Die Streifenbeamten waren gleich mit Verstärkung erschienen. Nach dem Auffinden der Leiche informierten sie die Kriminalpolizei. Kurz darauf traf die Spurensicherung zusammen mit dem Gerichtsmediziner ein, etwas später dann der Leichenwagen. Dazu wimmelte es von Schaulustigen, die versuchten, einen Blick auf das Geschehen zu erhaschen und herauszufinden, was genau passiert war.

Tatsächlich waren uns nur Minuten geblieben, unsere Aussagen aufeinander abzustimmen. Ich konnte nur hoffen, dass Susannah genauso cool blieb wie während des Dramas. Die Polizisten hatten uns gleich, nachdem sie erfuhren, was sich abgespielt hatte, voneinander getrennt. Sie saß im Schlafzimmer, ich im Wohnzimmer, jeweils bewacht von einem Beamten.

Die Kriminalkommissare trennten sich ebenfalls auf. Der Mann kam zu mir, die Frau ging zu Susannah. „Wendel", stellte er sich vor. „Erzählen Sie bitte genau, was passiert ist."

„Ich habe auf die Bitte eines Freundes, eines Mitarbeiters des Jugendamtes, heute Frau Fischer besucht. Mein Freund vermutete, sie sei von ihrem Mann irgendwie unter Druck gesetzt worden." Ich erzählte ihm, was Arnold mir berichtet hatte: häusliche Gewalt, Flucht in ein Frauenheim, völlig überraschende Rückkehr ohne ihren Ältesten.

Er verlangte nach Arnolds Namen und Telefonnummer, die ich ihm bereitwillig gab. „Wieso schaltete er Sie ein?"

„Ich arbeite in der Sicherheitsbranche. Ich denke, er hoffte, ich könne in Erfahrung bringen, warum sie zu ihm zurückkehrte. Es lief bereits ein Verfahren beim Familiengericht, seiner Meinung nach hatte sie gute Chancen zu gewinnen." Als Nächstes musste ich ihm genau erklären, was ich beruflich tat.

„Warum sind Sie in dieser seltsamen Kluft erschienen?"

„Ich hätte normalerweise gleich noch einen Einsatz gehabt als verdeckter Ermittler."

„Geben Sie mir bitte die Daten und Ihren Ansprechpartner?"

„Selbstverständlich." Gut, dass ich in weiser Voraussicht vorgesorgt hatte.

„Frau Fischer ließ Sie herein. Und dann?"

„Sie sagte mir, dass ihr Mann sie unter Druck gesetzt hätte. Er brachte irgendwie in Erfahrung, wo sie untergebracht war, und schickte ihrem älteren Sohn ein Foto von seiner Cousine. Darin sah Frau Fischer eine Erpressung. So nach dem Motto: Wenn du nicht zu mir zurückkommst, vergreife ich mich an der Kleinen."

„Und das hat sie Ihnen einfach so mitgeteilt?" Warum nicht Ihrem Freund vom Jugendamt? Diese ungestellte Frage schwang deutlich hörbar mit.

„Natürlich nicht. Es dauerte eine Zeit, bis sie zu mir Vertrauen fasste. Sehen Sie", ich lehnte mich zurück, gab mich entspannt. „Ich bin ein Außenstehender. Nichts von dem, was sie mir sagt, muss ich weitergeben, wie es bei meinem Freund der Fall wäre. Ich kann sie beraten, ihr helfen, den richtigen Weg zu gehen."

„Und wie sollte der aussehen?"

„So weit sind wir leider nicht gekommen. Während einer kurzen Zigarettenpause im Garten tauchte plötzlich ihr Mann auf und bedrohte uns mit seiner Pistole. Wir hatten ihn nicht kommen hören, waren zu sehr in unser Gespräch vertieft. Er muss sehr, sehr leise gewesen sein."

„Woher sollte er wissen, dass Sie anwesend waren?"

„In der Küche hängt, verdeckt durch die Lampe, eine kleine Kamera. Ich vermute, er hat ein System verwendet, auf das er über sein Handy jederzeit Zugriff hatte." Ich hielt inne und sah mich um. „Sehen Sie, da oben befindet sich auch eine." Ich deutete in Richtung Lampe. Natürlich hatte ich das Minigerät während meiner Wartezeit längst entdeckt. „Ich schätze, Sie werden im Schlafzimmer ebenfalls eine finden."

Er stand auf, rief nach einem seiner Leute und gab entsprechende Befehle, bevor er sich wieder mir gegenüber niederließ. „Das heißt, wir haben alles auf Band." Er sah äußerst zufrieden aus.

„Leider nicht. Da Herr Fischer uns beziehungsweise mich erschießen wollte, zerstörte er die Kamera, sobald er uns unter Kontrolle hatte."

„Wie gelang es Ihnen, ihn zu überwältigen?"

„Er hatte mir befohlen, mich auf die Bank zu setzen. Er und seine Frau standen mit etwas Abstand davor, er hielt die Waffe an ihren Kopf gedrückt. Ich nutzte einen Moment der Unaufmerksamkeit seinerseits, wuchtete den Tisch hoch und gegen ihn, sodass er zu Boden ging. Dabei rutschte ihm die Pistole aus der Hand. Bevor ich heran war, hatte er sie schon wieder aufgenommen und richtete sie auf seine Frau, die knapp vor ihm lag. Durch die ungünstige Lage des Tisches kam ich nicht an seinen Arm heran. Mir blieb nichts anders übrig, als mich auf ihn zu stürzen und ihn zurückzureißen."

„Sie haben ihm das Genick gebrochen." Herrn Wendels Stimme klang scharf.

„Mir blieb keine Zeit zu überlegen, wie ich ihn unschädlich machen konnte. Ich reagierte instinktiv."

„Hm." Er betrachtete angelegentlich seine Fingernägel.

„War dieser Angriff nicht reichlich risikoreich? Mussten Sie nicht damit rechnen, dass er seine Frau erschießt?"

„Ihr gelang es, ihn abzulenken, indem sie sich auf eine Diskussion einließ. Sehen Sie, mir war schnell klar, dass er sie eigentlich nicht töten wollte. Auf seine eigene kranke verdrehte Art liebte er sie wirklich. Sie ging zum Schein auf ihn ein und tat so, als wolle sie ihm helfen, mich unschädlich zu machen. Mir gelang es, ihr ein Zeichen zu geben, dass sie sich fallen lassen solle. Im selben Moment stieß ich den Tisch gegen ihn. Es war viel Glück dabei, das gebe ich zu. Aber es war die einzige Möglichkeit, das Blatt noch zu wenden. Getötet hätte er mich so oder so."

Er hatte mich bei dieser Schilderung genauestens beobachtet. Doch ich war mir sicher, ich hatte genau den richtigen Ton getroffen: ein wenig aufgeregt in der Erinnerung an das gerade überstandene Geschehen, bemüht, ihm meine Gedankengänge zu erklären, und erleichtert, dass sich für mich alles zum Guten gewendet hatte.

„Sie leiten ein Sicherheitsunternehmen?"

„Ich bin der Besitzer", stellte ich richtig.

„Sind Sie auf Personenschutz spezialisiert oder auf Bewachung?"

„Weder noch, wir überprüfen die allgemeine Sicherheitslage der Firmen, die uns engagieren, angefangen mit den Computern über die Mitarbeiter bis hin zum Gebäude. In Einzelfällen übernehmen wir auch interne Ermittlungsaufgaben."

Ich sah ihm an, dass er sich im Geiste eine Notiz machte, mich genauestens zu überprüfen. Das hier war bestimmt nicht unser letztes Gespräch.

12

Am nächsten Tag fuhr ich gemeinsam mit Susannah zurück zu diesem Frauenhaus, um ihren Sohn Jakob abzuholen. Sie wollte mit den Kindern erst einmal bei ihren Eltern wohnen, bis sie sich darüber im Klaren war, wie es weitergehen sollte. Konstantin hatten wir direkt bei ihnen abgesetzt, die Einladung auf einen Kaffee jedoch abgelehnt.

„Ich danke dir."

Wir waren längst beim Du angelangt. „Das hast du gestern schon gesagt."

„Das kann ich gar nicht oft genug sagen." Sie sah mich mit schief gelegtem Kopf an und lächelte. „Du hast mir und den Kindern unser Leben zurückgegeben. Ich fühle mich wie neu geboren. Es ist endgültig vorbei."

„Du hast genauso viel dazu beigetragen." Ich überlegte, ob ich unser Gespräch auf seinen Tod bringen sollte, beschloss dann, mich zurückzuhalten. Vielleicht würde sie den Punkt von sich aus ansprechen.

„Ja, ich war echt überzeugend." Sie kicherte. „Dabei hätte ich mir vor Angst fast in die Hose gemacht. Ich konnte einfach nicht glauben, dass er mir diese Kehrtwendung abnimmt."

„Im Endeffekt haben wir nie offen darüber gesprochen, ihn zu ermorden", wiederholte ich, das, was ich ihr gestern bereits vor dem Eintreffen der Polizei versichert hatte. „Er war der festen Überzeugung, ich sei gekommen, um dir bei einer neuen Flucht zu helfen."

„Was eigentlich Quatsch war. Dann hätte ich gar nicht erst zurückkommen müssen."

„Wunschdenken. Jedenfalls hast du trotz deiner Angst hervorragend reagiert."

„Deine Augen haben sich ja fast in die meinen gebohrt. Und dann hast du mir mit dem Finger angezeigt, dass ich mich fallen lassen soll. Ich habe nur getan, was du vorgabst."

„Aber mit einem super Timing." Ich griff nach ihrer Hand und drückte sie kurz. „Als wenn du für solche Situationen ausgebildet wärest."

„Dass er mir tatsächlich glaubte, ich würde gegenüber der Polizei lügen!" Immer noch fassungslos über Olafs Größenwahn schüttelte sie den Kopf.

„Wunschdenken", behauptete ich. Dabei war ich mir eigentlich sicher, dass er sie mit seinen Worten nur hatte quälen wollen und sie direkt nach mir getötet hätte. Aus diesem Grund hatte Olaf auch so herzhaft über ihre Aufforderung gelacht.

Das war allerdings genau der Moment, der mir eine Chance gab. In seiner Heiterkeit hatte er die Pistole etwas sinken lassen und seinen Griff gelockert. Ich gab Susannah das Signal, sich fallen zu lassen. Tatsächlich war dieser Angriff ziemlich riskant gewesen, in dem Punkt hatte ich Kommissar Wendel die Wahrheit gesagt. Nur blieb mir eine Wahl?

„Ich habe nicht mal ein schlechtes Gewissen, dass er jetzt tot ist. Seltsam, oder? Ich fühle mich befreit, als wäre eine große Last von meinen Schultern genommen worden. Meinst du, ich solle vor den Kindern lieber trauern?"

„Nein. Na ja, nicht unbedingt vor Freude auf dem Tisch tanzen", verbesserte ich mich. „Am besten, du sprichst so wenig wie möglich über ihn. Konzentriere dich auf die Zukunft, schmiede mit Jakob zusammen Pläne, bezieh den Kleinen auch mit ein."

„Also das Haus verkaufe ich. Da setze ich keinen Fuß mehr rein."

Ich musste unwillkürlich lächeln. Natürlich würde sie mit ihren Familienangehörigen zusammen das Wichtigste einpacken und mitnehmen. Dass sie dort nicht mehr wohnen wollte, konnte ich dagegen gut verstehen. Zu einem Neuanfang gehörte auch eine neue Umgebung.

Sie hatte mein Lächeln gesehen und knuffte mich in die Seite. „Du weißt genau, wie ich das meine."

Wir wechselten das Thema und sprachen über die Zukunft. Noch waren Susannahs Pläne vage, aber ich fühlte, dass sie ihren Weg gehen würde. Das Thema Olaf schnitt ich nicht mehr an und auch sie schien kein Interesse daran zu haben, noch einmal über das Vorgefallene zu sprechen.

Am darauffolgenden Tag tauchte Kommissar Wendel bei mir im Büro auf. Das war ein gutes Zeichen, hätte er mich verdächtigt, wäre ich ins Präsidium zitiert worden.

„Antonio de Silva", begann er, als hätte er meinen Namen erst jetzt registriert. „Sie sind Italiener?"

„Mein Vater wurde bereits in Deutschland geboren, lernte meine Mutter bei einem Besuch in Rom kennen und brachte sie mit in seine neue Heimat. Er bestand darauf, dass seine Kinder direkt bei der Geburt den deutschen Pass erhielten." Was meinen Bruder nicht davon abgehalten hatte, später nach dessen frühen Tod mit Mama im Schlepptau nach Florenz zu ziehen, wo er ein Jahr später an den Folgen eines selbst verschuldeten Autounfalls verstarb. Daraufhin zog meine Mutter wieder nach Rom zu den wenigen Verwandten, die sie dort noch besaß. Zurück nach Deutschland wollte sie auf keinen Fall.

„Ich habe mich erkundigt. Sie waren Zeitsoldat bei der Bundeswehr, genauer gesagt bei der Militärpolizei, und zwar zwölf Jahre lang. Anschließend nahmen Sie einen Job bei einem Sicherheitsunternehmen an, vier Jahre später gründeten Sie Ihren eigenen Betrieb."

Ich zuckte die Schultern. „Das hätte ich Ihnen auch erzählt, wenn Sie gefragt hätten."

„Sie waren mehrfach im Kampfeinsatz?"

Ich nickte bestätigend: „Und trainiere zweimal in der Woche im Sportklub eines ehemaligen Kameraden, um mich fit zu halten."

„Vor ungefähr einem halben Jahr waren Sie schon einmal in einen ähnlichen Fall verwickelt."

Es klang wie eine Feststellung, trotzdem beeilte ich mich, zu widersprechen. „Nein, das kann man nicht miteinander vergleichen. Bei meiner Schwägerin ging es um Schutz für einen längeren Zeitrahmen. Ich ...""

„Auf dem Band hörte es sich anders an", unterbrach er mich. „Wie waren noch ihre genauen Worte?" Er hielt inne und sah sinnend zur Decke hoch, als müsse er sich an den genauen Wortlaut erinnern. „Ich gedenke nicht, dieselbe Technik ein zweites Mal anzuwenden. Wir müssen ganz anders vorgehen", zitierte er und blickte mir direkt in die Augen. „Das klingt für mich nach einem festen Plan."

„Ich musste Susannah Fischer dazu bringen, mir zu vertrauen, mir die Führung zu überlassen, deshalb meine seltsame Wortwahl. Ich wollte sie und die Kinder an einen sicheren Ort bringen und den Rest der Polizei überlassen."

„Wäre ihr Mann nicht aufgetaucht", ergänzte er.

„Genau." Ich nickte bekräftigend.

„Zwei Zusammentreffen, zwei Todesfälle." Er hob die Augenbrauen.

„Der erste war eindeutig Notwehr mit leider verheerendem Ausgang, keine Absicht meinerseits. Das haben die Untersuchungen Ihrer Kollegen bestätigt. Auch bei Herrn Fischer hatte ich keine Wahl. Ich musste ihn schnell stoppen, sonst hätte er seine Frau erschossen." Ich setzte alles auf eine Karte. „Haben Sie sie nicht dazu befragt?"

„Sie sagt, sie war durch den Sturz benommen und hat nicht gesehen, was genau passiert ist."

Mein Telefon begann zu klingeln und ich streckte halb den Arm danach aus, bevor ich ihn fragte: „War's das?"

Er erhob sich. „Ja, für heute schon. Aber glauben Sie mir, ich behalte Sie im Auge. Zwei Tote in einem halben Jahr, das ist schon ziemlich seltsam."

Ich hob das Mobilteil ans Ohr. „Manchmal gibt es wirklich die merkwürdigsten Zufälle."

Lieber Kommissar,

wie Sie sehen, habe ich Ihren Namen abgeändert. Ich denke, dass Sie nicht der Held dieser Geschichte sein wollen, auch wenn Sie letztendlich die entscheidenden Spuren zusammentrugen, um mich zu verhaften.

Sie hatten übrigens recht, der Tod Olaf Fischers war eindeutig ein Mord. Die Geschichte an sich stimmt, nur schlitterte die Pistole so weit, dass sie sich außerhalb seiner Reichweite befand. Es hätte durchaus gereicht, ihn k. o. zu schlagen. Es war eine Augenblicksentscheidung, die ich bis heute nicht bereue. Dieser Typ war vollkommen durchgeknallt, jedoch nicht auf die Weise, dass er in der Psychiatrie gelandet wäre. Und wir kennen ja alle die heutige Rechtsprechung, die viel zu oft bei den falschen Tätern Milde walten lässt. Allein hätte es Susannah niemals geschafft, sich von ihm zu befreien.

Trotzdem sehe ich auch hier nicht den Beginn meiner ,Karriere'. Selbst wenn es für Sie kaum vorstellbar ist, es war reiner Zufall, dass ich gleich in zwei Fälle dieser Art verwickelt wurde. Nach unserem Gespräch dachte ich selbst, ich könne normal weitermachen. Ein Rachefeldzug stand damals nicht zur Debatte, da tatsächlich noch nicht.

Ich blieb mit Susannah in lockerer Verbindung. Sie rief ungefähr einmal in der Woche an, um mir von ihren Fortschritten zu erzählen. Innerhalb von einem Monat hatte sie das Haus ausgeräumt und einem Makler übergeben, der es verkaufen sollte. Das Geld wollte sie in eine kleine Eigentumswohnung mit Garten in der Nähe ihrer Eltern investieren. Diese würden sie bei den Kindern unterstützen, damit sie die geplante Umschulung zur Erzieherin beginnen konnte. Es war erstaunlich und für mich äußerst befriedigend zu sehen, wie schnell sich ihr Leben normalisierte.

Dann, etwa drei Monate nach dem Tod ihres Mannes, meldete sie sich unverhofft ein zweites Mal in derselben Woche. Völlig aufgelöst berichtete sie mir von einer neuen Frau in ihrem alten Wohnheim, die von ihrem Mann massiv unter Druck gesetzt wurde. Ähnlich wie bei ihr hatte dieser sie innerhalb kürzester Zeit aufgespürt. Sie sei voller Angst und fürchte um ihr Leben. Ob ich ihr nicht auf die gleiche Weise helfen könne?

Nun, der Zusammenstoß mit Ihnen saß mir noch in den Knochen, der Tod des Herrn Fischer war wie gesagt eine Augenblicksentscheidung gewesen. Hätte ich mich hier eingemischt, wäre ich nicht besser als ein gedungener Mörder gewesen. Daher riet ich ihr, der Frau zu sagen, sie solle sofort die Polizei einschalten, damit diese für ihren Schutz sorge. Immerhin befand sie sich in einer speziellen Einrichtung, dort würde bestimmt nichts passieren.

Sie sehen, trotz dreimaliger gegenteiliger Erfahrungen war ich immer noch bemüht, an Recht und Gesetz zu glauben – zumindest in gewisser Weise. Ich konnte mir ehrlich nicht vorstellen, dass die entsprechenden Organe nicht in der Lage sein sollten, sie zu schützen. Es handelte sich schließlich um ein Frauenhaus, das Erfahrung mit dieser Art von Gewalt hatte.

Mehrere Wochen später wurde sie von ihrem Mann vor den Augen ihres kleinen Sohnes erstochen, während sie auf dem Weg zu dem kleinen Supermarkt in der Nähe der Einrichtung war. Sie starb direkt auf der Straße, der Täter verschwand mit dem Kind, bevor die Polizei eintraf. Man vermutete, er habe sich mit diesem zusammen in seine Heimat abgesetzt.

Susannah war so taktvoll, mich nicht anzurufen, meine Frau schüttelte bei der Nachricht betroffen den Kopf und murmelte, dass man eben nicht jedes Risiko ausschließen könne, trotzdem fühlte ich mich entsetzlich, ja, irgendwie verantwortlich für den Tod dieser Frau. Warum hatte ich nicht wenigstens versucht, ihr zu helfen?

„Du kannst nicht alle retten." Arnold nickte bekräftigend, bevor er einen großen Schluck aus seinem Bierglas nahm. „Das kann nicht mal die Polizei."

Dieses Mal war die Initiative für den Kneipenbesuch von mir ausgegangen. „Vielleicht hätte ich sie beschützen können", widersprach ich.

„Willst du jetzt umsatteln? Nur zu, es wartet eine riesige Klientel auf dich." Er wurde ernst. „Toni, manchmal passieren solche Dinge trotz aller Bemühungen. Damit muss man sich abfinden."

Wollte und konnte ich aber nicht. Ich nutzte das nächste Wochenende, um mich im Internet zu informieren. Eine riesige Klientel, hatte Arnold gesagt. Das war weit schlimmer, als ich selbst nach meinen Erlebnissen und den Erzählungen meiner Frau vermutet hatte.

Mir wurde richtig schlecht von dem, was ich da las. Nicht nur von der Grausamkeit der Taten her. Was mir genauso zusetzte, waren viele der Urteile. Hatte ich schon zuvor an der Gerechtigkeit unserer Gerichte gezweifelt, nach diesen zwei Tagen war ich eindeutig überzeugt, dass viele Urteile geradezu ein Schlag ins Gesicht für die Opfer sein mussten. Sah das denn niemand außer mir?

II

Wie es endete

Jetzt muss ich leider vorgreifen, damit Sie und auch meine Leser verstehen, wie die Geschichte zusammenhängt. Denn das nun folgende Geschehen hat letztendlich dazu geführt, dass ich verhaftet, angeklagt und verurteilt wurde.

Der sich hier normalerweise anschließende Teil folgt am Ende, ich will nichts verschweigen, sondern mein gesamtes Tun in allen Einzelheiten darlegen.

1

Die Zeitungen überschlugen sich geradezu vor gerechter Empörung. Mutmaßlicher Täter freigesprochen, verkündete die Schlagzeile unseres Blattes. Die Beweise hätten nicht ausgereicht, ihn zu verurteilen. „Ist das nicht lächerlich?" Selbst meine Frau war entrüstet. „Was muss bloß in der armen Mutter vorgehen?"

Die Tat hatte damals vor ungefähr einem Jahr eine heftige Debatte in Gang gesetzt, wie sicher unsere Straßen überhaupt noch waren. Zwei männliche Jugendliche, die den Abend gemeinsam in einer Diskothek verbracht hatten, wurden auf dem Heimweg von einer Gruppe überfallen. Der Haupttäter rammte dem einen ein Messer in den Bauch und trat anschließend auf den zu Boden Gefallenen ein. Das Opfer hatte mehrfaches Glück. Erstens waren die von dem Freund informierten Polizisten schnell vor Ort, die Täter hörten das sich nähernde Martinshorn und ließen von ihrem Opfer ab, um zu flüchteten. Zweitens war er so geistesgegenwärtig und hatte gleich einen Krankenwagen mit Notarzt angefordert. Drittens lag die Klinik in unmittelbarer Nähe, sodass die zügige Erstversorgung und eine Notoperation noch in derselben Nacht sein Leben retteten.

Der Messerstich verheilte folgenlos. Die Tritte, die seinen Kopf trafen, hatten Blutungen und eine Hirnschwellung ausgelöst, die irreparable Schäden zurückließen. Mit achtzehn Jahren war Nils' Leben vorbei – und das seiner Eltern ebenso. Er wurde einige Zeit später als Wachkoma-Patient aus dem Krankenhaus entlassen. Seine Mutter gab ihren Job auf, um ihn zu pflegen.

„Wie ist es möglich, dass die Mitbeteiligten mit ihrer Falschaussage davongekommen sind?", fragte ich zurück.

„Keine Ahnung. Ich bin echt fassungslos. Ich meine, ich habe schon viel bei und mit meinen Klienten erlebt, aber das setzt dem Ganzen die Krone auf."

„Im Zweifel für den Angeklagten. So lauten nun mal unsere Gesetze."

Ich hatte mich anscheinend erfolgreich bemüht, meine eigenen Emotionen zu verstecken, denn sie funkelte mich geradezu an. „Mehr fällt dir dazu nicht ein?"

Ich tippte auf meine Armbanduhr. „Ich muss los. Lass uns heute Abend darüber sprechen."

Ihr eisiges Schweigen folgte mir bis in den Hausflur. Sicherlich hielt sie mich jetzt für ein ausgemachtes Arschloch.

Ich fuhr auf direktem Weg zu einem Internet-Café, einem, in dem ich bisher nicht gewesen war, und setzte mich vor den Computer. Die Zeitungsartikel hatten vieles von dem, was damals geschah, wieder aufgewärmt. Trotzdem wollte ich die Reportagen lesen, die direkt nach der Tat veröffentlicht worden waren. Je mehr Einzelheiten ich erhielt desto besser.

Nils F. hatte sich in dieser Nacht bis gegen ein Uhr mit seinem Freund in einer bekannten Disco aufgehalten. Zwischendurch kam es zu einer unschönen Szene mit dem mutmaßlichen Täter, weil das spätere Opfer sich angeblich an dessen Freundin herangemacht hatte.

„Die hat ihn zum Tanzen aufgefordert", gab Robert R., sein Freund, bei seiner Vernehmung zu Protokoll. „Sie hat sich richtig an ihn rangeschmissen. Und dann stand plötzlich dieser Typ vor Nils und hat ihn niedergeschlagen."

Der aufgebrachte Kerl und seine Freunde wurden von der Security aus der Disco hinausbegleitet, bevor der Streit eskalieren konnte. Das Mädchen blieb, aber Nils zog sich zurück und verbrachte den Rest des Abends mit Robert.

„Nils wollte immer Streit vermeiden, er ist den Unruhestiftern aus dem Weg gegangen, hat sich lieber zurückgenommen. Der war nie ein Freund von handfesten Auseinandersetzungen."

Auf dem Nachhauseweg mussten die beiden an einem verlassenen Fabrikgelände vorbei. Dort lauerten die Angreifer, die es gezielt auf Nils abgesehen hatten. Seinem Freund gelang die Flucht, er versteckte sich in der Nähe und rief die Polizei und einen Krankenwagen.

„Die waren zu fünft. Gegen die hätte ich keine Chance gehabt."

Geplant war wohl, dass sich zwei um ihn und drei um Nils kümmern sollten. Robert riss sich los, versuchte sogar noch, den Freund zu befreien, steckte selbst mehrere Hiebe ein und gab schließlich auf. „Die hätten mich sonst auch zu Brei geschlagen."

Beschreiben konnte er die Kerle nicht, sie trugen Schals vor dem Gesicht und hatten sich die Kapuzen ihrer Jacken über den Kopf gezogen. Von der Statur her meinte er jedoch, den Angreifer aus der Diskothek erkannt zu haben. Irgendwelche besonderen Merkmale waren ihm nicht aufgefallen, mehr als verschwommene Gestalten hafteten nicht in seiner Erinnerung.

Noch in der Nacht verhaftete die Polizei den schon mehrfach durch Gewalttaten aufgefallenen und vorbestraften Dragan Z. Er gab an, sich mit seinen Freunden in einem ganz anderen Stadtteil aufgehalten zu haben. Diese bestätigten das Alibi. Trotzdem wurde Robert zu einer Gegenüberstellung geholt, bei der er den Tatverdächtigen aus einer Gruppe von acht Personen heraus wiedererkannte. Auch der abgegebene Stimmentest fiel positiv aus. Robert war sich sicher, dass es sich bei dem Angreifer auf dem Fabrikgelände um eben diesen Mann handelte.

Nils' tragisches Schicksal beschäftigte die Zeitungen noch eine Weile, besonders als sich herausstellte, dass er nie wieder gesunden würde. Schon kurz darauf gab es wichtigere Dinge zu berichten. Die Welt ist ja reich an Dramen und die Aufmerksamkeit der Leser nur oberflächlich und kurzfristig.

Erst mit Beginn des Prozesses flammte das allgemeine Interesse wieder auf. Sämtliche Fakten wurden wiederholt, über jeden Tag im Gericht berichtet. Obwohl die Verteidigung von Anfang an auf einen Freispruch aus war, konnte sich niemand vorstellen, dass der mutmaßliche Täter nicht verurteilt würde. Hatte nicht Nils' Freund Robert den Mann einwandfrei identifiziert?

Doch seine vier Begleiter beharrten darauf, er sei mit ihnen in einem Park fast am anderen Ende der Stadt gewesen. Und der Verteidiger konnte jeden einzelnen Beweis zuungunsten seines Mandanten widerlegen. Die Fasern, die an der Kleidung des Opfers gefunden wurden, hätten genauso gut bei dem kurzen Kampf in der Disco übertragen worden sein können, genauso wie das Blut an Dragans Schuhen, da Nils einen Schlag auf die Nase bekommen hatte, die daraufhin zu bluten begann. Zudem brachte der Anwalt vor, er könne mehrere junge Männer auftreten lassen, die von der Gestalt her mit seinem Mandanten fast identisch seien. Gegen Roberts Aussage, er hätte dessen Stimme wiedererkannt, wandte er ein, dass dieser eine kurze Satz: „Du Sau, ich hau dich zu Brei!", den Dragan angeblich geschrien haben solle, kaum ausreiche, ihn zweifelsfrei zu identifizieren. Vor allem, da dieser keine besonders markante Stimme habe.

Weitere Zeugen gab es nicht, keiner hatte die Schlägerei mitbekommen, keiner hatte die fünf jungen Männer in dem Park gesehen, in dem sie sich angeblich aufhielten. Nach reiflicher Überlegung beantragte der Staatsanwalt die Einstellung des Verfahrens. Dragan Z., der aufgrund seiner nicht unerheblichen Vorstrafen in Untersuchungshaft auf diesen Prozess gewartet hatte, erhielt daher eine Entschädigung für die Zeit, die er seiner Freiheit beraubt gewesen war.

2

Ich beschloss, in diesem speziellen Fall entgegen meiner sonstigen Vorgehensweise zu handeln. Über meine immer noch guten Kontakte erhielt ich relativ schnell den Namen und die Adresse der Familie Fröhlich. Sie wohnten in einem ruhigen Vorort, etwa eine Stunde Fahrzeit von mir entfernt. Es war mittlerweile früher Mittag, wenn ich mich sofort auf den Weg machte, würde ich die Frau höchstwahrscheinlich allein zu Hause antreffen.

Ich kehrte in der Nähe in einem Imbiss ein und ging den Rest der Strecke zu Fuß. Meine Erinnerung hatte mich nicht getrogen. Das gesamte Viertel war ein reines Wohngebiet mit genügend Geschäften an der Hauptstraße und einem kleinen Ärztezentrum, hinter dem sich ein großzügiger Parkplatz erstreckte. Die Fröhlichs wohnten in einer verkehrsberuhigten Zone, in der sich hauptsächlich Reihenhäuser befanden. Die Nummer zehn lag mittendrin, ebenerdiger Eingang, je ein Fenster links und rechts, ein winziger Vorgarten auf der einen, die Mülltonnen aufgereiht auf der anderen Seite.

Ich drückte auf die Klingel. Die Tür öffnete sich so schnell, als hätte die Frau mich bereits erwartet. Dann wich sie einen Schritt zurück und musterte mich misstrauisch. „Ja, bitte?"

„Mein Name ist Antonio de Silva. Nein, Sie kennen mich nicht. Meine Tochter ist ebenfalls zu einem Opfer geworden. Die Geschichte Ihres Sohnes hat mich wütend und betroffen gemacht. Ich würde gern helfen, den Täter doch noch zu überführen."

Ihre Züge hatten sich bereits während meiner Rede verschlossen. Jetzt schüttelte sie energisch den Kopf. „Nein, danke. Da gibt es nichts zu helfen." Sie griff nach der Türklinke.

„Halt! Bitte warten Sie!" Ich nestelte eine meiner Geschäftskarten aus der Jackentasche. „Ich bin Inhaber einer Sicherheitsfirma. Ich denke schon, dass mir Möglichkeiten offenstehen, zum Ziel zu kommen."

Sie schwieg, wirkte aber nicht mehr ganz so abweisend.

„Bitte", drängte ich. „Geben Sie mir ein paar Minuten Ihrer Zeit. Ich bräuchte nur ein paar Informationen von Ihnen. Ich will Sie nirgendwo mit hineinziehen. Und wenn Sie sagen, Sie möchten nicht, dass ich ermittle, ist das auch in Ordnung. Oder soll ich mich vielleicht lieber an Ihren Mann wenden?", schob ich nach. Ein Schuss ins Blaue, gewiss, doch meist waren es die Männer, die sich nach einem derartigen Urteil in Gewaltfantasien ergingen. Frauen behielten trotz ihrer Wut die Realität im Auge, die besagte, du kannst nichts ändern.

Die Frage hatte sie getroffen. Sie wich zurück und winkte mir einzutreten.

„Viel Zeit habe ich nicht. Ich erwarte unseren Hausarzt."

„Für Nils?"

„Eine Routineuntersuchung. Er kommt regelmäßig am Mittwochnachmittag vorbei." Sie führte mich durch eine schmale Diele an der Treppe vorbei ins Wohnzimmer und deutete auf die Couch. „Nehmen Sie Platz."

Ich kam gleich zur Sache. „Ich kann das Verhalten des Gerichts nicht verstehen. Ist der Verdacht gegen den Angeklagten wirklich unbegründet?"

„Was ist mit Ihrer Tochter passiert?", fragte sie zurück.

Aus ihrer Körpersprache war eindeutig ersichtlich, dass sie zunächst einmal sichergehen wollte, dass ich der war, für den ich mich ausgab. „Sie wurde von einem Raser tödlich verletzt. Das heißt", verbesserte ich mich, „ihre Kopfverletzungen waren so schwer, dass sie nicht mehr aus dem Koma erwachte."

„Raser?"

„Ein illegales Autorennen mitten in der Stadt. Die Kerle überfuhren eine rote Ampel, sie sah sie zu spät, konnte nicht mehr bremsen." Selbst nach all der Zeit tat es immer noch weh, darüber zu sprechen. „Sie wurde im Auto eingeklemmt, die Feuerwehr musste sie regelrecht aus dem Wrack herausschneiden. Sie hatte massive Hirnblutungen, sie wäre ..." Ich hielt inne. Beinahe hätte ich gesagt: Wie Ihr Sohn ein Pflegefall geworden. „Die Ärzte machten uns von Anfang an keine Hoffnung mehr. Nach einer Woche ließen meine Frau und ich die Maschinen, die sie am Leben hielten, abstellen."

„Eine schwere Entscheidung."

„Ja, das war es." Den ersten Tag verbrachten wir im Schockzustand. Die rechtlichen sechs weinten wir, haderten mit dem Schicksal, schoben die Entscheidung vor uns her und wussten doch, dass nichts und niemand uns unsere Isabella zurückgeben konnte.

„Bei Nils ist es ähnlich. Sollte er jemals wieder erwachen, ist er schwerstbehindert." Sie gab sich einen Ruck. „Wie alt war Ihre Tochter?"

„Einundzwanzig." Ich wandte den Kopf, damit sie meine Tränen nicht sah.

„Ich kann mich an Ihren Fall erinnern", sagte sie zu meinem Erstaunen. „Sie sind der Vater, der vehement forderte, dass die Straßen, von denen bekannt ist, dass sie von Rasern häufig genutzt werden, mit stationären Blitzern ausgestattet werden sollten."

Ja, ich war wochenlang um mediale Aufmerksamkeit bemüht, hatte mich in dieses Projekt gestürzt, damit ich mein eigenes Problem verdrängen konnte – hektische Betriebsamkeit statt Trauer zuzulassen.

„Ist der Todesfahrer nicht nur zu einer Bewährungsstrafe verurteilt worden?"

„Ja, er bekam eineinhalb Jahre, die zur Bewährung ausgesetzt wurden. Ohne weitere Auflagen, nicht mal Sozialstunden musste er ableisten." Die Wut über dieses Urteil saß nach wie vor tief. Vor allem die Reaktion des Kerls, nachdem er den Gerichtssaal verlassen hatte, hatte sich in mein Gedächtnis eingebrannt. Lachend klatschten er und seine Freunde sich ab. Sie feierten den Richterspruch wie einen Sieg.

„Aber Sie haben nicht locker gelassen und dafür gesorgt, dass er seine Strafe absitzen musste", stellte sie mit Befriedigung in der Stimme fest.

„Intuition plus harte Arbeit. Mir war von vornherein klar, dass der weder großartige Reue empfand noch aus dem, was passiert war, gelernt hatte. Ich rechnete fest damit, dass er die Führerscheinsperre umgehen würde. Einer wie der konnte nicht aufhören." Mir standen die Bilder von damals wieder vor Augen. Wie hatte der Richter nur derart kurzsichtig sein können?

3

Die Verhandlung

Er sah aus wie ein Milchbubi, blasses, schmales Gesicht, die kurzen blonden Haare sorgfältig gescheitelt, und fühlte sich in der Stoffhose und dem adretten Hemd, wahrscheinlich den von seiner Mutter ausgewählten Kleidungsstücken, sichtlich unwohl. Als der Richter ihn fragte, ob er selbst Stellung nehmen wolle, nickte er und holte ein vorbereitetes Blatt hervor, von dem er ablas.

Ich weiß, ich bin viel zu schnell gefahren. Ich bin schuld an dem, was passiert ist. Aber es war keine Absicht, das müssen Sie mir glauben. Ich war immer schon Auto-verrückt, schon als kleiner Junge. Ich wollte später mal was mit Autos machen. Am liebsten wäre ich Rennfahrer geworden.

Nach der Schule habe ich mich überall beworben, aber nur Absagen bekommen. Deshalb habe ich dann später die Lehre als Lagerist angenommen. Von meinem Ausbildungsgehalt sparte ich zuerst auf den Führerschein und dann auf ein Auto. Das war ein alter Schröchel, ich musste unheimlich viel reparieren. Das habe ich schließlich noch über den TÜV gebracht und mir von dem Erlös was Vernünftiges gekauft.

Ja, wie ist es dazu gekommen? Gute Frage. Eigentlich mache ich das nicht. Ich habe noch nie einen Strafzettel wegen zu schnellen Fahrens gekriegt. Klar, auf der Autobahn, wo keine Geschwindigkeitsbegrenzung ist, da fahre ich schon schnell. Das ist ja auch erlaubt.

Also in der Nacht war ich mit meinen Freunden in der Stadt unterwegs, bisschen tanzen, bisschen abhängen. Und da hatten mich in der Kneipe diese Typen angemacht, also irgendwie war ich reichlich sauer. Ja, und dann stand ich an der Ampel und der Wagen neben mir ließ immer wieder den Motor aufheulen. Am Steuer saß so ein geschniegelter Fuzzi, der warf mir dann so einen abschätzenden Blick zu und da dachte ich halt, dem zeig ich's. Wir sind dann gleichzeitig losgefahren und ich hab halt mitgehalten bei seinem Tempo. Nein, auf den Tacho habe ich dabei nicht geschaut. Ich wollte den nicht gewinnen lassen, das war alles. Wir sind dann über den Ring gesaust, die Ampeln standen alle auf Grün. Keiner von uns wollte nachgeben. Dann hat die Ampel vor uns umgeschaltet, aber ich war zu schnell, um noch rechtzeitig zum Stehen zu kommen. Also dachte ich, ich gebe lieber noch ein bisschen mehr Gas. Damit ich über die Kreuzung komme, bevor der Gegenverkehr losfährt. Vielleicht war ich zu langsam, vielleicht ist die Frau zu früh losgefahren, ich weiß es nicht. Als ich ihr Auto gesehen habe, bin ich sofort in die Eisen gestiegen und habe versucht auszuweichen. Rüberlenken konnte ich ja nicht, da war der andere. Aber sie hat auch gebremst. Vielleicht wenn sie weitergefahren wäre ...

Ich habe die Szene ständig vor Augen. Diese Bilder werde ich nicht mehr los. Es war einfach grauenhaft. Ich bin voll in sie reingekracht und habe ihr Auto dabei herumgerissen. Es schleuderte weg und ich kam vor dem Laternenmast zum Stehen. Mir ist nicht viel passiert, nur ein paar Prellungen und zwei gebrochene Rippen.

Der andere ist natürlich abgehauen. Das Kennzeichen habe ich leider nicht gesehen.

Ich bin keiner von diesen Rasern, normalerweise lasse ich mich auf so was nicht ein. Es ist mir in dem Moment nicht bewusst gewesen, dass ich andere damit gefährden könnte. Ehrlich, ich wollte das nicht. Wenn ich könnte, würde ich das alles ungeschehen machen. Es tut mir wahnsinnig leid.

Ich glaubte ihm kein Wort. Diese Rechtfertigung, denn als etwas anderes sah ich diese Erklärung nicht, war garantiert von seinem Anwalt initiiert worden, um das Gericht milde zu stimmen. Wahrscheinlich hatte er ihm genau vorgegeben, was er sagen sollte, war dabei aber so clever gewesen, den Jungen seine eigenen Worte wählen zu lassen, damit es authentischer klang. Wetten, dass sie stundenlang daran herumgefeilt hatten?

Kaum hatte er fertig gelesen, warf er seinem Anwalt einen hilfesuchenden Blick zu. Der nickte beruhigend und gab ihm durch Handzeichen zu verstehen, er solle sich wieder setzen. Weiter würde sich sein Mandant nicht äußern, gab er anschließend bekannt. Dieser sei durch das

Geschehene schwer traumatisiert und bei einem Psychologen in Behandlung, der ihm helfe, alles zu verarbeiten.

In dem Moment war ich versucht aufzuspringen und dazwischenzugehen. Der Typ war nicht das Opfer, sondern der Verursacher. Klar tat es ihm leid, doch war er sich wirklich darüber im Klaren, was er angerichtet hatte?

Leider kam das Gericht zu der Überzeugung, der Junge sei tatsächlich reuig und mit dem angeblichen Trauma genug gestraft. Der Richter hielt ihm einen väterlichen Vortrag, dass man als Verkehrsteilnehmer rücksichtsvoll sein müsse und die Regeln nicht umsonst bestünden, wie dieser schreckliche Unfall deutlich zeige. Er verurteilte ihn zu eineinhalb Jahren Haft auf Bewährung und zu einem Führerscheinentzug von zwei Jahren.

War ich der Einzige, der sah, wie der Kerl blass wurde? Sein Verteidiger legte ihm beruhigend die Hand auf den Arm und zischte ihm leise einige Worte zu. Der Typ nickte und entspannte sich wieder.

Schade, ich hätte zu gern miterlebt, wie er sich über das Strafmaß aufregte, das er wohl als zu hoch empfand. Die Bewährungsstrafe juckte ihn eher nicht, das Fahrverbot war es, was ihn hart traf.

Allein diese Reaktion zeigte mir schon, dass ich ihn richtig eingeschätzt hatte. Der war nach wie vor nicht bereit, sein Verhalten zu ändern beziehungsweise überhaupt sich die alleinige Schuld an dem Unfall zu geben.

Daher nahm ich auch später, als der erste Reporter mich zu dem Urteil interviewte, kein Blatt vor den Mund. „Sie war unser einziges Kind. Sie hatte ihr Leben doch noch vor sich. Einundzwanzig, älter ist sie nicht geworden. Und das alles, weil dieser Raser nur an sein Vergnügen gedacht hat. Ganz ehrlich? Wir kommen immer noch nicht damit klar. Meine Frau kann nicht mehr arbeiten gehen. Sie sitzt den ganzen Tag zu Hause und starrt aus dem Fenster. Ich reiße mich zusammen, denn irgendwie muss es ja weitergehen. Doch manchmal frage ich mich, wofür eigentlich? Dass es ihm leidtut, glaube ich ihm. Aber das macht unsere Tochter auch nicht wieder lebendig. Wie kann man nur so leichtsinnig sein? Wer alt genug ist, den Führerschein zu machen und wählen zu gehen, sollte erwachsen genug sein, sich an die aufgestellten Regeln zu halten. Verzeihen? Nein, das kann ich nicht. Wie würden Sie reagieren, wenn es sich um Ihre Tochter gehandelt hätte?"

4

„Erzählen Sie mir bitte, was Sie damals unternommen haben", bat Frau Fröhlich.

„Mein Instinkt sagte mir, dass der Junge gelogen hatte. Das war kein zufälliges Rennen gewesen. Der tat so was öfter. Ich vermutete, dass er nicht von dem Nervenkitzel ablassen würde. Also begann ich, ihn zu beschatten. Nur im Abendbereich und vornehmlich an den Wochenenden." Was mir gewaltigen Ärger mit meiner Frau einbrachte. Verbissen war noch das harmloseste Wort, was sie mir an den Kopf warf. Ihrer Meinung nach hatten wir uns mit dem Urteil abzufinden. Wir sollten endlich loslassen, versuchen, unser eigenes Leben wieder auf die Reihe zu bekommen. Selbst wenn der Raser im Gefängnis landete, würde das unsere Tochter nicht mehr lebendig machen. Es wäre an der Zeit, mit dem Geschehenen abzuschließen.

„Ganz allein?"

„Ja, allerdings mit wechselnden Fahrzeugen. Und ich brauchte ja nicht lange durchzuhalten. Schon vier Wochen nach der Gerichtsverhandlung nahm er erneut an einem illegalen Rennen teil."

Bevor ich Näheres erklären konnte, schellte es. Der Arzt war eingetroffen.

„Warten Sie bitte. Es dauert nicht lange."

Der Unfall war mitten in der Stadt passiert, und zwar auf dem sogenannten Ring, der die Innenstadt umschloss, eine äußerst beliebte Strecke für die meist jungen Raser. Fast an jedem Wochenende trafen sie dort zusammen, hielten mit röhrenden Motoren auf den um diese Uhrzeit meist leeren Parkplätzen, um zu fachsimpeln und sich auszutauschen und sich Rennen zu liefern.

Der Polizei war dieser Szenetreff schon länger bekannt, die Beamten machten immer wieder Stichproben und versuchten, mit den Fahrern ins Gespräch zu kommen, um mäßigend auf sie einzuwirken. Der allgemeine

Tenor lautete: Es sind einige wenige, die über die Stränge schlagen. Erwischen wir sie, gehen wir mit aller Härte gegen sie vor.

Ja! Mit aller Härte! Führerscheinentzug und eine, dem Verdienst angepasste Geldstrafe. Und selbst bei tödlichen Unfällen gab es Bewährung.

Ich fand im Internet einen Artikel von einem Experten zu diesem Thema. Dieser sagte, die Jugendlichen beziehungsweise jungen Erwachsenen seien süchtig nach dem Kick von Geschwindigkeit und Gefahr, ungefähr vergleichbar mit dem früheren S-Bahn-Surfen. Strafen würden nicht zur Einsicht führen, vernünftige Gespräche ebenso wenig.

Brachten sie nur sich in Gefahr, konnten sie meinetwegen tun und lassen, was sie wollten. Aber bei dieser Raserei wurden andere, völlig Unbeteiligte, zu potenziellen Opfern. Hier musste eine deutliche Grenze gezogen werden. Daher sprach ich bei der Stadtverwaltung vor – im Beisein eines Reporters natürlich -, ob es nicht sinnvoll wäre, auf diesem Ring stationäre Blitzer zu installieren.

Diese Überlegungen hätten die Ratsmitglieder bereits besprochen. Man wolle jedoch vermeiden, dass sich die Szene dann im Endeffekt nur verlagere, was bei dieser Art von Abschreckung vermutlich passieren würde. Außerdem wären diese Anlagen ja auch ziemlich teuer.

Ich ließ nicht locker und verkündete, ich würde mich gern finanziell an der Anschaffung beteiligen und gleichzeitig einen Spendenaufruf starten. Ich wäre überzeugt, dass ich eine Menge Leute finden könnte, die sich meiner Auffassung anschlössen, besonders die lärmgeplagten Anwohner.

Die Frau von der Stadtverwaltung, mit der ich sprach, versicherte mir, sie werde mein Anliegen gern weitergeben und darauf dringen, dass der Rat bei seiner nächsten Zusammenkunft ein weiteres Mal darüber diskutiere.

„Sehen Sie nicht das Risiko einer Verlagerung?", fragte mich der Reporter anschließend.

„Man müsste wesentlich schneller reagieren", konterte ich. „Gar nicht erst darauf warten, dass sich irgendwo eine Szene etabliert. Sobald sie irgendwo auftaucht, sollte die Polizei einschreiten."

„Also vielleicht besser flexible Blitzer?"

„Sowohl als auch. Und mehr Personal, das an den Wochenenden im Einsatz ist."

Der Reporter brachte einen langen Artikel und zitierte mich wortwörtlich. Daraufhin brach eine wahre Leserbriefflut über die Redaktion herein. Viele, die meisten, waren meiner Meinung, einige wenige hielten mich für einen Spinner. Nicht wenige gaben zu verstehen, dass sie sich bei einem Spendenaufruf beteiligen wollten.

Ich richtete ein entsprechendes Konto ein und begann nun gezielt die Werbetrommel zu rühren: ein Auftritt im Radio, eine eigene Homepage, eine Facebook-Seite mit meinem Anliegen, mehrere weitere Interviews für verschiedene Zeitungen. Die Summe auf dem Konto wuchs zusehends.

Leider reagierte die Stadtverwaltung auch auf Nachfrage nicht. Erst als der mir mittlerweile sehr gewogene Reporter erneut nachfragte, ließen sie sich zu einem Statement herab. Zuerst einmal wolle man versuchen, durch eine verstärkte Präsenz der Polizei und des Ordnungsamtes auf die hiesige Szene einzuwirken. Man setze auf Gespräche und nicht auf Strafe, weil man der Meinung sei, so ein besseres Gefahrenbewusstsein bei den Fahrzeuglenkern herbeizuführen. Falls man scheitere, kämen restriktivere Maßnahmen durchaus in Betracht.

Das Geld befindet sich noch immer auf dem Konto und wartet darauf, seiner Bestimmung gemäß verwendet zu werden, obwohl, wie ich erst letztens in der Tageszeitung las, die bisherigen Bemühungen der Polizei zu keiner signifikanten Verbesserung der Lage geführt haben.

Immerhin sind mittlerweile die Strafen deutlich verschärft worden. Einige Raser mussten sich bereits wegen Mordes vor Gericht verantworten, was ich als ersten Schritt in die richtige Richtung ansehe. Nur denke ich, dass sich dadurch die wenigsten von diesem ‚Vergnügen‘ abhalten lassen. Auch in diesem Bereich gilt die Meinung: Mir wird das schon nicht passieren. Daher hoffe ich immer noch darauf, dass die Stadt endlich die nötigen Konsequenzen zieht und meinen Vorschlag mit den Blitzern aufgreift. Allein von meinen Spenden könnte ich das erste Jahr allein finanzieren – wenn man mich denn ließe.

5

Wie versprochen war Frau Fröhlich schnell zurück. „Es ist im Prinzip eine Routinekontrolle. Sein Zustand bleibt unverändert." Sie wischte die Worte des Mitgefühls, die mir auf der Zunge lagen, mit einer Handbewegung weg und setzte sich wieder mir gegenüber. „Erzählen Sie weiter!"

„Der Kerl gehörte zu einer Gruppe von sechs anderen, bei denen er als Beifahrer mitfuhr. Seit dem Unfall waren sie auf eine andere Strecke ausgewichen, auch ein beliebter Treffpunkt, nur abgelegener. Schon nach vier Wochen juckte es ihn dermaßen, dass er sich kurzzeitig selbst ans Steuer setzte. Damit war für mich klar, dass er es wieder tun würde. Ich überlegte mir, wie ich es anstellen sollte, ihn ..."

„Einfach die Polizei anrufen", unterbrach sie mich. „Und denen erzählen, was Sie gesehen haben."

„Ich, der ich bereits als Querulant verschrien war, gegen ihn und seine Freunde? Die hätten alle behauptet, ich lüge."

„Ihn filmen oder fotografieren."

Ich nickte anerkennend. „Daran hatte ich auch gedacht. Nur konnte mir niemand sagen, ob diese Aufnahmen vor Gericht als Beweismittel zugelassen werden, vor allem, da ich ihn ja gezielt verfolgt habe."

Sie runzelte die Stirn und dachte nach. „Sie haben einen Unfall provoziert."

„Ich weihte zwei Freunde ein, die mich unterstützen sollten. Der eine wartete mit mir zusammen an einer versteckten Stelle, der andere beobachtete den Kerl und gab Bescheid, als dieser wieder das Steuer übernahm. Ich sorgte dafür, dass wir ihn genau an der Kreuzung erwischten. Die Dashcam zeichnete alles auf. Damit hatte ich ihn."

So einfach, wie ich es ihr gegenüber schilderte, war es natürlich nicht gelaufen. Die Vorbereitung nahm Stunden in Anspruch. Alles musste akribisch geplant werden: die Zeit von unserem Versteck bis zu dieser unübersichtlichen Kreuzung, der Aufprallwinkel, unsere Geschwindigkeit.

Ich wollte den größtmöglichen Schaden erzielen, ohne dabei schwere Verletzungen zu riskieren. Trotzdem war mir ein Fehler unterlaufen. Ich hatte nicht mit seiner schnellen Reaktion gerechnet. Er riss das Lenkrad herum und hätte es beinahe geschafft, uns auszuweichen. Ich korrigierte ebenfalls und traf seinen Kotflügel. Immerhin war der Schaden groß genug, gleich die Polizei zu rufen. Außerdem klagte mein Beifahrer über Nackenschmerzen und Luftnot, sodass ihm die Beamten einen Check in der Klinik empfahlen.

Wie erwartet behauptete der Junge, er sei der Beifahrer gewesen und sein Freund sei gefahren. Wir blieben bei unserer Aussage und ich verwies auf die Dashcam. Damit hatte er verloren. Zwar war ich der Schuldige an dem Unfall, weil ich rechts vor links nicht beachtet hatte, aber das war mir herzlich egal. Ich hatte mein Ziel erreicht, die Bewährung wurde widerrufen und der Kerl musste ins Gefängnis. Zum Teil auch, weil der Gutachter zu dem Schluss kam, dass ohne seine überhöhte Geschwindigkeit der Unfall vermeidbar gewesen wäre.

„Ein gewagtes Unterfangen."

„Ich hatte nichts zu verlieren. Sehen Sie, das Urteil war eine Farce. Was sollte ein Kerl wie der aus einer Bewährungsstrafe lernen? Und das Fahrverbot? Wenn er sich in Acht nahm, würde ihn sowieso keiner erwischen. Die Strecke, die die sich ausgesucht hatten, lag ziemlich einsam. Für den war das eher noch ein Nervenkitzel, da ja ab und zu die Polizei vorbeischaute. Er musste eben besonders gut aufpassen."

„Was ja super geklappt hat, wie man sieht." Sie lachte und sprang auf. „Möchten Sie einen Kaffee oder ein Wasser oder etwas anderes?"

„Was nehmen Sie?"

„Einen Espresso."

„Ich schließe mich gern an."

Sie verschwand hinter der Theke, die den Küchen- vom Wohnbereich abgrenzte. „Wenn ich Sie richtig verstanden habe, wollen Sie dafür sorgen, dass der Typ, der Nils das angetan hat, auch seine gerechte Strafe bekommt. Sonst wären Sie wohl kaum hier."

„Wollen Sie das nicht?"

Sie schwieg und konzentrierte sich auf die Maschine. „Doch, natürlich. Nur lässt sich nun mal nicht beweisen, dass er der Schuldige ist."

„Ich habe so meine Methoden, die Wahrheit herauszufinden. Nichts Ungesetzliches", fügte ich vorsichtshalber hinzu. „Im Gegensatz zu der Polizei erlaubt es meine Zeit, dass ich mich voll und ganz auf diesen Fall konzentriere. Außerdem habe ich einen anderen Status. Mit mir lässt es sich leichter reden."

Sie balancierte die vollen Tassen inklusive Milch und Zucker zum Couchtisch. „Mein Mann darf nichts von dieser Aktion wissen." Sie wich meinem Blick aus und rührte angelegentlich in ihrer Tasse. „Er war nach der Einstellung des Verfahrens auf hundertachtzig, wollte sich den Kerl greifen und ein Geständnis aus ihm herausprügeln. Das konnte ich nicht zulassen. Es ist so schon schwierig genug für uns."

Wie auf Stichwort drehte sich ein Schlüssel in der Haustür.

„Hallo, Schatz, ich konnte mich heute eher freimachen."

Frau Fröhlich wurde blass. „Kein Wort zu ihm", zischte sie leise.

Im nächsten Moment trat ein untersetzter Mann durch den Türrahmen, mit dunkelbraunen Haaren und Augen und einem runden, gutmütigen Gesicht, das sich bei meinem Anblick fragend verzog.

6

Frau Fröhlich stellte mich als Autor vor, der ein Buch über Nils Geschichte schreiben wollte. Ich hatte mir eigentlich eine viel bessere Lüge ausgedacht, doch sie war schneller als ich.

Sein Gesicht legte sich in kummervolle Falten, er sackte richtig in sich zusammen. „Ja, das unterstützen wir, keine Frage." Er zog den zweiten Sessel dicht neben den seiner Frau und ließ sich hineinfallen. „Wie wollen Sie vorgehen?"

„Ich fange mit dem Geschehen an sich an und lasse im Rückblick das Leben Ihres Sohnes ablaufen, erzähle von seinen Plänen und Wünschen für die Zukunft, interviewe seine Freunde und Schulkameraden. Danach schildere ich seinen gesundheitlichen Zustand, die ärztliche Prognose und Ihren täglichen Kampf."

„Das ist hauptsächlich das Ding meiner Frau", gab er zu. „Sie hat extra ihren Job aufgegeben, damit immer jemand um ihn ist. Wir wollten ihn nicht in ein Heim abschieben."

Ich nickte, wie ich hoffte, mitfühlend. „Dann skizziere ich natürlich auch die Täter beziehungsweise die, die dafür gehalten wurden. Ich …"

„Der war es", explodierte er. Das Blut schoss ihm ins Gesicht und er ballte die Hände zu Fäusten. „Seine Kumpel gaben ihm ein falsches Alibi. Dabei standen sie daneben, als es passierte."

„Ich werde mir jeden Einzelnen vornehmen", versuchte ich, ihn zu beruhigen.

„Das hätte ich längst tun sollen." Ich konnte erkennen, dass er nur mit Mühe die Tränen zurückhielt.

„Simon." Seine Frau legte beruhigend ihre Hand auf seine. „Lass Herrn de Silva das machen. Selbst wenn es ihm nicht gelingt, die Wahrheit herauszufinden, ist dieses Buch eine gute Idee. Er hat mir gesagt, er will besonderen Wert darauf legen, das Versagen des Staates darzustellen. Dass jemand nur dreist genug lügen muss, um ungeschoren davonzukommen."

„Nils ist gerade erst achtzehn geworden", presste Herr Fröhlich mühsam hervor. „Er war ein guter Schüler, unser Sohn. In diesem Sommer hätte er die Abiturprüfung abgelegt und danach studiert, Psychologie, er wollte Psychologe werden, um den Benachteiligten und Kranken zu helfen. Das war sein großer Wunsch. Und er hätte es auch geschafft, seine Noten waren bestens. Und jetzt? Kommen Sie!" Er sprang auf und winkte mir energisch zu. „Schauen Sie selbst."

Diesen Besuch hätte ich gern vermieden. Ich konnte mir nur zu gut vorstellen, was mich erwartete. Aber ich musste bei meiner Geschichte bleiben, ich durfte den wahren Hintergrund meiner Recherche nicht aufdecken. Wie ich Herrn Fröhlich einschätzte, wäre er sofort darauf angesprungen und hätte nichts unversucht gelassen, mich zu unterstützen.

Das, was ehemals ein nett eingerichtetes Jugendzimmer gewesen war, wurde nun von einem Krankenbett dominiert, das zum Fenster hin ausgerichtet war, sodass ich beim Eintreten von dem Patienten selbst fast nichts sehen konnte.

„Nils, mein Junge", sagte Herr Fröhlich mit aufgesetzter Freude in der Stimme, „ich bringe dir einen Besucher mit." Er trat ans Bett und winkte mir auffordernd zu.

Ich atmete tief durch und folgte ihm langsam. Der Junge lag wie ein Häufchen Elend da, das höher gestellte Kopfteil hatte ihn nach unten rutschen lassen, der Körper war leicht nach links verdreht, während der Kopf nach rechts zur Seite fiel. Die halbgeöffneten Augen starrten blicklos vor sich hin, aus dem Mund sickerte ein Speichelfaden, rann am Kinn entlang auf das Lätzchen, das ihm jemand fürsorglich umgebunden hatte.

„Das ist der Herr de Silva", plapperte der Vater weiter, als könne sein Sohn ihn hören und erkennen, was um ihn herum passierte. „Er will deine Geschichte aufschreiben. Jeder wird erfahren, was dir angetan wurde."

„Hallo, Nils", übernahm ich schnell. Das war bestimmt nicht die passende Erklärung für jemanden, der im Koma lag. Niemand wusste genau, was er mitbekam. Die Worte seines Vaters würden ihn eher aufregen als begeistern. „Ich freue mich, dich kennenzulernen. Deine

Mutter hat mir schon viel von dir erzählt. Du bist wirklich ein tapferer Kerl." Hm, was sollte ich noch sagen? Irgendetwas Unverfängliches! Ich zermarterte mir den Kopf, doch mir fiel nichts ein. Stumm starrte ich auf das seltsam klein wirkende Bündel Mensch vor mir, das vollkommen regungslos blieb. Seine Mutter hatte ihm die Decke bis zum Hals hochgezogen, mehrere Schläuche wanden sich darunter hervor, einer führte zu einem Tropf, der ihm Flüssigkeit zuführte, ein anderer, dickerer, mit gelblichem Inhalt verschwand unter dem Bett, ein weiterer, den ich überhaupt nicht zuordnen konnte, ebenfalls.

Herr Fröhlich räusperte sich. „So, wir lassen dich wieder allein. Die Mama kommt gleich noch hoch. Ach, das hätte ich fast vergessen." Er nahm einen MP4-Player von dem als Nachttisch umfunktionierten Schreibtisch neben sich und legte den Hörer vorsichtig um Nils' Kopf, bevor er auf ‚Play' drückte. „Das ist unser persönliches Ritual", erklärte er an mich gewandt. „Für die Musik bin ich zuständig. Ich ziehe ihm jede Woche neue Lieder drauf. Damit er Abwechslung hat."

Wir schwiegen beide, bis wir unten im Wohnzimmer wieder Platz genommen hatten.

„Ich habe mich immer noch nicht daran gewöhnt", gestand Herr Fröhlich mit erstickter Stimme. „Ich muss mich regelrecht zwingen, ins Zimmer zu gehen. Und vor allem, nicht loszuweinen. Wenn ich ihn da so sehe – das bisschen, was von ihm übrig geblieben ist."

„Ich verbringe jeden Tag viel Zeit mit ihm", mischte sich seine Frau ein. „Die Ärzte meinen, er erkennt mich. Sein Puls beruhigt sich jedes Mal, wenn ich mit ihm spreche. Also erzähle ich ihm die Neuigkeiten des Tages, lese ihm aus der Zeitung vor, kommentiere den Film, den ich am Abend zuvor gesehen habe oder lese ihm ein Buch vor." Sie seufzte. „Es ist längst zur Routine geworden und trotzdem, manchmal denke ich, ob es für ihn nicht besser gewesen wäre, man hätte ihn sterben lassen."

„Er war zu stark. Sein Herz wollte nicht aufgeben." Ihr Mann starrte auf seine Fußspitzen. „Dabei ist er eigentlich nie ein Kämpfer gewesen, eher das Gegenteil. Nils hat immer versucht zu vermitteln, er mochte keinen Streit, hat sich aus allem rausgehalten." Eine Träne löste sich aus seinem Augenwinkel und tropfte auf einen seiner Schuhe. Er bemerkte es nicht einmal. „Selbst sein Bruder hat es nicht geschafft, ihn zu verärgern."

„Sie haben noch einen Sohn?"

„Lasse ist vier Jahre älter. Er wohnt mit seiner Freundin zusammen." Frau Fröhlich kniff die Lippen fest zusammen, als hätte sie bereits zu viel gesagt.

7

Ich verabschiedete mich mit dem Versprechen, mich bald wieder zu melden. Als er mich zur Tür brachte, fragte Herr Fröhlich, ob ich denn schon zuvor ein Buch herausgebracht hätte. Ich log, ohne zu zögern, dies sei mein erster Versuch. Ich wäre von Haus aus Reporter, zurzeit freiberuflich tätig und hätte mich an einen mir bekannten Verleger gewandt, um die Chancen im Vorhinein auszuloten. Dem gefiele das angedachte Thema. Ich würde mich gleich morgen hinsetzen und ein Exposé erstellen.

Er nickte zufrieden. „Wir hoffen auf Sie."

Nils' Gesicht tauchte auf der Rückfahrt immer wieder vor meinen Augen auf. Sehr blass, mit dünnem blonden Haar und ausdruckslosen blauen Augen, er hatte wie ein Kind ausgesehen und nicht wie ein Teenager an der Schwelle zum Mann. So ähnlich war es mit Isabella gewesen. Nur dass sie überall Verbände hatte, von piepsenden Maschinen umgeben war und beatmet werden musste. Diese bedrohliche Krankenhausatmosphäre eben, die besagt, hier liegt ein schwer kranker Mensch. Aber auch sie war mir wie ein Kind erschienen, viel zu jung, um dieses Leid ertragen zu müssen.

Ein Augenblick der Unaufmerksamkeit oder, wie in Nils' Fall, eines übertriebenen Wutausbruches und das Leben eines Unbeteiligten ist zerstört. Wobei man nach meinem Erachten immer auch die Umstände mitbetrachten muss. Ein unbedachter Schubser mit tödlichem Ausgang ist anders zu werten, als wenn man jemanden absichtlich die Treppe hinunterstößt oder noch gezielt einen bereits am Boden Liegenden gegen den Kopf tritt, ein Augenblicksversagen im Straßenverkehr etwas anderes, als wenn man bewusst die Verkehrsregeln missachtet. Das Letzte gilt im Übrigen auch für Alkoholfahrten. Mittlerweile sollte jedem klar sein, wie stark das Reaktionsvermögen bei einem gewissen Promillewert eingeschränkt ist.

Meine Frau schaute von ihrem Buch auf, als ich eintrat. „Wie war dein Tag?"

„Das Übliche." Ich ließ mich ihr gegenüber in den Sessel fallen. „Wenn alles klappt, habe ich einen neuen Kunden gewonnen. Bei dir was Besonderes?"

„Nur derselbe Wahnsinn wie immer." Sie seufzte. „Nichts, was ich nicht schon gehabt hätte. Marco rief vor einer halben Stunde an. Du sollst dich bitte bei ihm melden."

„Warum …", ich fummelte mein Handy aus der Hosentasche. „Oh, Mist, ich habe vergessen, dass Handy wieder einzuschalten."

„Ein absolutes No-go", scherzte sie. „Während der Arbeitszeit für deine Teilhaber nicht erreichbar sein."

„Ich habe vollstes Vertrauen zu ihnen", gab ich mich gelassen. Die Bande würde dichthalten, davon war ich überzeugt.

„Hast du gerade was am Laufen?", fragte Marco, nachdem ich seine Nummer gewählt hatte. „Oder kann ich dich überreden, was für uns zu übernehmen?"

„Das ist im Moment schlecht." Genauer konnte ich mich nicht ausdrücken, die Wohnzimmertür stand offen. Ramona würde jedes Wort, das ich sagte, verstehen können. „Ich komme morgen früh rein, okay?" Das war unserer Absprache gemäß die Versicherung, ich würde ihn morgen telefonisch kontaktieren.

„Ja, klar. Ruf mich gegen zehn an."

„Probleme?", fragte Ramona, nachdem ich mich wieder zu ihr gesetzt hatte.

„Ein neuer Termin. Eventuell muss ich da morgen hin."

„Du Armer." Sie verzog mitfühlend das Gesicht. „Immer auf Achse."

„Lieber beschäftigt, als den ganzen Tag lang zu Hause rumsitzen und mich langweilen", konterte ich und musterte sie unauffällig. Im Prinzip wartete ich auf den Tag, an dem sie die Wahrheit herausfinden würde. Fast vier Jahre lang war alles glatt gelaufen. Ein langer Zeitraum, wenn man bedachte, was ich mittlerweile geleistet hatte. Doch weder sie noch die Polizei hatten mich in Verdacht. Es lief alles fast zu gut.

„Recht hast du", sagte sie jetzt und lächelte mich versöhnlich an. „Was ist, hast du Lust, was zu gucken? Zum Beispiel den neuen Film, den Caro uns geschenkt hat?"

„Gern." Nein, sie wusste von nichts.

Das Melodrama, das über die Mattscheibe flimmerte, konnte mich nicht reizen. Meine Gedanken wanderten ständig zu dem Jungen in seinem Krankenbett. Ich würde gleich morgen früh mit Frau Fröhlich Kontakt aufnehmen, wenn möglich ein weiteres Mal zu ihr fahren. Sie war der erste Anlaufpunkt, über sie hoffte ich, an alle erforderlichen Daten zu kommen, die ich für meine weitere Recherche benötigte.

„Wir sind im Moment arg knapp mit Leuten", sagte Marco, den ich, kaum dass Ramona das Haus verlassen hatte, anrief. „Es wäre echt toll von dir, wenn du uns aushelfen könntest."

Das passte mir überhaupt nicht in mein Konzept. Anderseits war ich auf die drei angewiesen. „Wann und wo?"

„Eine komplette Sicherheitsprüfung in Altena. Das ist ein neuer Kunde."

„Von wann bis wann?" Gut, damit wussten die nicht, dass ich früher der Inhaber gewesen war, was vielleicht unbequeme Nachfragen nach sich gezogen hätte.

„Ab Montag."

„Ich komme nachher rein, sodass wir die Einzelheiten abklären können. Ich melde mich gleich noch mal."

Zuerst wollte ich Frau Fröhlich anrufen. Um ihren Mann zu umgehen, wäre es vermutlich nicht schlecht, sofort zu ihr zu fahren – wenn sie denn Zeit hatte.

Sie schien sogar erfreut, so schnell wieder von mir zu hören. „Ja, kommen Sie vorbei. Ich bin zu Hause. Wir können uns so viel Zeit nehmen, wie Sie benötigen."

8

„Ich möchte nicht, dass mein Mann weiß, was Sie wirklich vorhaben", sagte sie, nachdem wir uns gesetzt hatten. „Er würde sich sofort daran beteiligen wollen. Es war schon schwer genug, ihn damals von einer Racheaktion abzuhalten."

„Sie haben Angst, dass er überreagieren könnte." Ich ließ sie bei diesen Worten nicht aus den Augen.

Doch sie nickte nur bestätigend. „Genau, er würde sich bei der nächstbesten Gelegenheit auf ihn stürzen, selbst heute noch. Oder vielleicht sogar gerade heute, nach diesem Urteil", verbesserte sie sich. „Er nimmt es unheimlich schwer, hat sich immer noch nicht mit der Situation abgefunden."

Nein, sie erwartete eindeutig nicht von mir, diesen Part zu übernehmen. „Frauen sind besser in solchen Sachen. Sie nehmen die Dinge, wie sie kommen, und können sich wesentlich besser damit arrangieren."

Sie seufzte. „Wem sagen Sie das!" Dann lenkte sie auf den Grund unseres Treffens über. „Sie wollen vermutlich wissen, was wir über die Tat erfahren haben, richtig?"

„Erzählen Sie bitte so ausführlich wie möglich. Alles könnte wichtig sein."

Sie folgte gewissenhaft meiner Bitte und begann ihren Bericht mit dem Moment, da ihr Sohn das Haus verließ. „Er wollte zu seinem Freund Robert, noch ein bisschen quatschen. Danach wollten sie sich auf den Weg in die Stadt machen."

„War der Discobesuch geplant?"

„Ja, wenn nichts anderes dazwischenkam, gingen die zwei jeden Samstag aus: Mal in eine Disco, mal in eine Jugendkneipe, mal ins Kino, das wechselte ständig. In dieser Disco waren sie zum vierten Mal hintereinander, das ist schon fast ein Rekord gewesen. Laut Robert saßen sie in der ersten Stunde herum und tranken Cola, checkten die Lage, wie sie es ausdrückten. Beide waren zu der Zeit ohne Freundin und da gab es wohl welche, für die sie sich interessierten."

„Hat Nils Ihnen das erzählt?"

Sie wirkte leicht verlegen. „Als Mutter weiß man so was. Man hört hier eine Bemerkung und da eine, den Rest reimt man sich zusammen. Dann kam ein Mädchen", fuhr sie fort, „und forderte Nils zum Tanzen auf. Später kam sie mit zu ihm an den Tisch und sie setzten sich. Von der Unterhaltung hat Robert leider nur einzelne Worte verstanden, die Musik war zu laut. Irgendwann tauchte plötzlich dieser Typ auf, packte die Kleine und versuchte, sie von der Bank zu ziehen. Sie wehrte sich und Nils wollte schlichtend eingreifen. Der Kerl schlug zu und traf ihn direkt auf die Nase. Bevor die Situation ganz eskalieren konnte, griff die Security ein. Er und seine Freunde, die neben ihm gestanden hatten, wurden vor die Tür gesetzt. Robert kümmerte sich um Nils, dessen Nase heftig blutete. Das heißt, sie gingen auf die Toilette, wo sie warteten, bis die Blutung stoppte. Das Mädchen war anschließend verschwunden, sie selbst blieben nicht mehr lange, die Stimmung war ihnen verdorben."

„Saß Nils noch oder stand er vor dem Angreifer?"

„Wegen des Blutes auf seinem Schuh meinen Sie?" Sie nickte verstehend.

„Der Typ hatte die Kleine an sich gezogen und Nils hat sich vor ihn gestellt, um zu verhindern, dass er sie wegschleppt. Also könnte seine Aussage stimmen, das Blut stamme von dieser Auseinandersetzung. Nasen bluten heftig."

„Sein Freund Robert griff nicht ein?"

„Es ging alles viel zu schnell, sagt er. Nils wollte im Prinzip vermitteln. Keiner von beiden hat mit dieser Reaktion gerechnet. Und danach war sofort die Security da."

„Machten die beiden sich nach dem Verlassen der Disco auf den Heimweg?"

„Ja, dafür spricht auch der Weg, den sie nahmen. Robert wohnt zwei Straßen weiter, sie gehen immer zusammen nach Hause."

Statt die Straßenbahn zu nehmen, wollten die beiden zurücklaufen. Keiner von beiden hatte es eilig. Etwa auf halber Strecke kamen sie an dem Fabrikgelände vorbei. Wie aus dem Nichts seien die fünf jungen Männer vor ihnen aufgetaucht, hatte Robert berichtet. Drei stürzten sich auf Nils, zwei auf ihn. Ihm gelang es, sich freizukämpfen und wegzurennen. Sobald er sich sicher genug fühlte, blieb er stehen und rief die Polizei an. Er wartete versteckt hinter einem geparkten Auto auf deren Eintreffen und sah, wie die Kerle wegliefen. Er rannte zu seinem Freund, fast im gleichen Moment traf der Streifenwagen ein. Nils sei bewusstlos gewesen. Robert durfte im Krankenwagen mitfahren, allerdings vorn, weil sich hinten der Notarzt um den Freund bemühte. In der Klinik ließ man ihn nicht mehr in dessen Nähe. Er wurde ebenfalls untersucht und anschließend von den Polizisten befragt. In der Zwischenzeit rief er Nils' Eltern und seine eigenen an, sodass er nach seiner Zeugenvernehmung direkt mit den Letzteren heimfahren konnte.

„Er hatte nur ein paar Prellungen, aber das Trauma von dem Überfall belastet ihn heute noch. Er gibt sich die Schuld an Nils' Zustand. Er denkt, wenn er statt wegzulaufen, gekämpft hätte, wäre alles anders gekommen."

„Hat er Ihnen das gesagt?"

„Nein, sein Vater. Robert darf nicht zu uns kommen und soll genauso wenig telefonischen Kontakt zu uns aufnehmen. Angeblich ist das eine Anweisung seines Therapeuten."

„Sie glauben nicht daran?"

„Ich denke, sein Vater will nicht, dass er das Elend sieht. Was ich verstehen kann." Frau Fröhlich biss sich auf die Lippe. „Ich habe ihn seit damals im Krankenhaus nicht mehr zu Gesicht bekommen. Das, was ich Ihnen gerade erzählt habe, weiß ich aus seiner Zeugenvernehmung vor Gericht."

Armer Nils! Falls er doch etwas von seiner Umgebung mitbekam, würde ihn das Fernbleiben seines besten Freundes bestimmt treffen.

Einen Punkt galt es noch abzuklären. „Sie haben noch einen zweiten Sohn?"

Ihre Augen umwölkten sich und sie atmete erst einmal tief durch, bevor sie antwortete. „Die beiden sind immer super miteinander ausgekommen - vor diesem Überfall. Seitdem lässt Lasse sich nur noch selten blicken. Er ist der Meinung, wir hätten Nils in ein Heim geben sollen, anstatt uns unser Leben kaputt zu machen. Er will einfach nicht verstehen, warum wir so entschieden haben. Jedes Mal, wenn er vorbeikommt, gibt es Streit deswegen." Sie seufzte schwer. „Diese Geschichte hat uns im Endeffekt beide Söhne genommen."

9

Es wurde ein langer Vormittag für uns beide. Frau Fröhlich berichtete so genau wie möglich von der Gerichtsverhandlung und den Aussagen der einzelnen Zeugen. Ich notierte mir sämtliche Namen und die ihr bekannten Adressen. Auch von der Diskothek ließ ich mir die Anschrift geben und den Weg beschreiben, den die beiden an jenem verhängnisvollen Abend zurückgelegt hatten.

Erst ganz zuletzt wandte ich meine Aufmerksamkeit den Tätern zu. „Was können Sie mir über die fünf Kerle erzählen? Ich möchte alles hören, was Sie von ihnen wissen, Ihren persönlichen Eindruck, sämtliche Gerüchte, die Ihnen zugetragen wurden, Mutmaßungen, Spekulationen – einfach alles."

„Also gesehen habe ich sie bei der Verhandlung zum ersten Mal. Zwei sind siebzehn, zwei achtzehn und der Hauptverdächtige ist zwanzig. Laut dem, was sie dort vortrugen, leben sie von Hartz IV, keiner hat einen Schulabschluss oder eine abgeschlossene Lehre. Sie wohnen bei ihren Eltern, alle in derselben Ecke. Das ist ein berüchtigtes Viertel hier in der Stadt, die Bewohner kommen aus aller Herren Länder, fast keiner arbeitet, viele sind polizeibekannt. Falls Sie sich das anschauen wollen, seien Sie vorsichtig. Tagsüber geht es einigermaßen, nachts fahren selbst die Streifenwagen nicht mehr einzeln zu einem Tatort."

„Und Ihr Eindruck von ihnen?"

„Die Jüngeren sind Mitläufer, die machen, was der Anführer befiehlt. Also mir schien es, als fühlten sie sich in ihrer Haut nicht gerade wohl. Das sind Kleinstganoven, keine, die freiwillig ein großes Risiko eingehen. Klar, sie haben versucht, den starken Mann zu markieren, sich nicht anmerken zu lassen, wie ihnen wirklich zumute ist. Aber es war schon deutlich zu spüren, dass sie Angst hatten. Der andere, der Haupttäter, ist ein anderes Kaliber. Der verhielt sich selbst dem Richter gegenüber aggressiv."

„Inwieweit?" Frau Fröhlich schien eine gute Menschenkennerin zu sein, zumindest nach dem, was sie sagte und wie sie es sagte. Ähnlich waren die fünf Angeklagten auch von den Reportern beschrieben worden. „Er gab patzige Antworten und blieb völlig uneinsichtig, als es um diesen Schlag in der Disco ging. Der Staatsanwalt sprach ihn darauf an, dass er im Moment unter Bewährung stehe, übrigens ebenfalls wegen Körperverletzung. Er sagte wortwörtlich: Ey, der war dabei, mir meine Freundin auszuspannen. Das kann ich mir doch nicht gefallen lassen. Und er hätte den anderen nicht schlagen wollen, sondern allerhöchstens schubsen. Irgendwie sei seine Hand im Eifer des Gefechts hochgerutscht. Wenn die Security nicht eingegriffen hätte, hätte er sich entschuldigt. Das sei keine Absicht gewesen."

„Daher wird deswegen keine Anklage erhoben", vermutete ich.

„Nein, der Richter hat ihn ermahnt. Es ging ja in erster Linie um die spätere schwere Körperverletzung. Er blieb bei seiner Version, dass er mit seinen Freunden erst eine Weile vor der Disco herumstand, weil sie überlegten, was sie unternehmen könnten, was von dem Türsteher bestätigt wurde. Aber sie gaben auf, lange bevor Nils und Robert herauskamen. Der Angeklagte behauptete, sie seien dann in Richtung ihres Wohnortes losgelaufen und schließlich in diesem Park gelandet, der sich dort in der Nähe befindet. Da hätten sie die unterwegs an einer Bude gekaufte Flasche Wodka zusammen geleert."

„Fanden sich irgendwelche Zeugen, zum Beispiel der Budenbesitzer?"

„Nein, obwohl der zuständige Ermittler angab, bei allen Kiosken in dem entsprechenden Bereich gefragt zu haben."

„Und für die Tat selbst? Niemand, der irgendetwas gesehen oder gehört hat?"

„Das ist eine gottverlassene Gegend, zumindest in diesem Bereich ein reines Industriegebiet. Und es war ja schon relativ spät. Also, nein."

„Demnach stand Aussage gegen Aussage."

„Und genau deshalb wurde das Verfahren eingestellt."

„Es ist mir unverständlich, dass der Staatsanwalt überhaupt Anklage erhob", gab ich zu. Keine Beweise, sich widersprechende Aussagen, keine Zeugen – im Prinzip hatte er nichts in der Hand gehabt, das für eine Verurteilung ausreichte.

„Ich vermute, das hing mit dem riesigen Medienecho zusammen. Es ist in letzter Zeit einfach zu viel passiert, da passte diese Story sozusagen wie die Faust aufs Auge. Die Ermittler sahen sich unter Zugzwang gesetzt, man wollte die Verantwortlichen unbedingt zur Rechenschaft ziehen." Dieses Mal lag es offensichtlich nicht an dem zuständigen Richter, die Beweislage war einfach zu dünn gewesen. Anderseits konnte ich den Staatsanwalt verstehen, er wollte sich nicht vorwerfen lassen, die Sache nicht wenigstens zur Anklage zu bringen. Das, was sich seit Monaten in diesem Land abspielte, zeigte zu deutlich das Versagen des Rechtsstaates auf. Mit dieser Rohheit, die sich wie aus dem Nichts präsentierte, hatte niemand gerechnet, ergo hatte man keine entsprechenden Gesetze für diese Art von Verfehlungen parat. Dazu kam die Tendenz der meisten Richter, bei Erststrafen wenn irgend möglich Bewährung zu verhängen. Ich hatte gerade erst von einem Typ gelesen, der, obwohl mehrfach vorbestraft, unter anderem wegen Körperverletzung, bisher nie ein Gefängnis von innen gesehen hatte. Wie sollte diese gängige Praxis zur Abschreckung dienen?

Eine Diskussion mit Frau Fröhlich zu diesem Thema wäre sinnlos. Ich konnte von der Annahme ausgehen, dass sie die Fakten ähnlich wie ich beurteilte. Sonst säße ich heute nicht hier. „Was wissen Sie noch über den Haupttäter?"

„Da gibt es einiges und alles nichts Gutes. Der ist offensichtlich das, was man einen Intensivtäter nennt."

10

Mit Marco war ich erst am Spätnachmittag verabredet, genug Zeit, mir den Tatort einmal aus der Nähe anzusehen. Ich tippte die Adresse, die Frau Fröhlich mir genannt hatte, in mein Navi und fuhr los.

Ihre Beschreibung war nahezu perfekt: Ich bog in eine breite Straße ein, die links und rechts von Geschäften beherrscht wurde. Direkt an der Ecke befand sich ein großer Supermarkt mit entsprechender Parkfläche. Daran schloss sich einer dieser Billigläden an, danach folgten ein Geschäft für Hundebedarf und ein Blumenmarkt. Nach einem Blick auf die Uhr beschloss ich, zu Fuß weiterzulaufen und stellte mein Auto direkt vor Letzterem ab. „Parken nur für Kunden", stand auf einem Schild.

Bevor ich das Geschäft betrat, musterte ich die gegenüberliegende Straßenseite: Ein Ärztehaus mit Apotheke, ein Optiker, ein Schreibwarenladen und ein Bäcker mit angeschlossener kleiner Freifläche, auf der mehrere Tische standen. Trotz des eher kühlen Wetters heute waren fast alle Stühle besetzt. Passanten eilten an den Pausierenden vorbei, alle mit sich selbst beschäftigt, ihre Umgebung kaum wahrnehmend.

Ich wandte mich ab und trat auf den Blumenladen zu. Im Außenbereich reihte sich bereits Pflanze an Pflanze, darunter auch mehrere Körbe mit gefälligen Arrangements. Einer der kleineren gefiel mir auf Anhieb, eine Mischung aus gelben, roten und blauen Blüten, sehr üppig und vor allem fröhlich wirkend. Ich nahm ihn auf und drängte mich an den unschlüssigen Käufern im Inneren vorbei an die Kasse.

„Sechs Euro achtzig." Die Verkäuferin sah mich fragend an. „Soll ich es als Geschenk verpacken?"

„Nein, das geht so, danke." Ich griff mir das Wechselgeld und verstaute mein Mitbringsel im Kofferraum.

Wann hatte ich eigentlich Ramona das letzte Mal Blumen mitgebracht? Schon lange nicht mehr, musste ich mir eingestehen. Sie war kein Fan von Sträußen für die Vase, deshalb hatte sich diese Form von

Geschenken rasch erledigt. Um den Minigarten hinter unserem Haus kümmerte sie sich allein. Ehrlich gesagt hatte ich schon lange nicht mehr darauf geachtet, was sich dort tat. Und auf der Terrasse saß ich freiwillig nie. Außer wir hatten Besuch, doch das war seit Isabellas Tod kaum noch der Fall. Ich traf meine wenigen Freunde, sie ging mit ihren meist aus, die Anzahl der gemeinsamen Bekannten war, ohne dass wir es bemerkten, deutlich geschrumpft. Irgendwie hatten weder sie noch ich Lust auf Geselligkeit.

Ich schlenderte auf meiner Straßenseite an weiteren Geschäften entlang, einem Frisör und einem Kosmetikstudio vorbei. Im nächsten Gebäude war ein Tierarzt untergebracht, daran schloss sich ein Getränkemarkt an. Tagsüber herrschte hier viel Betrieb, abends und nachts lagen die Bürgersteige bestimmt wie ausgestorben da.

Eine Autowerkstatt, ein Autohändler, ein Anhängerverleih auf dieser Seite, eine Schreinerei und ein Fachgroßhändler auf der anderen, dann erkannte ich an dem schäbigen Maschendrahtzaun, dass ich mein Ziel erreicht hatte. Dieser war kaum noch als solcher zu bezeichnen. Er wies unzählige geflickte Stellen und Beulen auf, wo rohe Kräfte versucht hatten einzudringen oder auch nur zu beschädigen. Das Gelände dahinter hatte sich die Natur zurückerobert, dichtes Unkraut ließ gerade so erkennen, dass der Boden aus festgestampfter Erde bestand, in den zahlreichen Rissen des asphaltierten vorderen Bereichs wuchsen Löwenzahn und Disteln.

Vor der großen Einfahrt, die zu den Hallen führte, waren Baustellenelemente aufgebaut, links und rechts fest verbunden mit den Pfosten des Maschendrahtzaunes. Laut den Angaben der Polizei hatte sich am Tag des Überfalls durch zwei aus der Verankerung gerissene Elemente eine breite Lücke in der Absperrung befunden. Ob dies erst kurz vor der Tat geschah oder schon früher, konnte nicht geklärt werden. Ich blieb stehen und drehte mich einmal um die eigene Achse. Die starken Strahler, die früher das riesige Gelände beleuchtet hatten, wurden bestimmt nicht mehr eingeschaltet, die nächste Straßenlaterne befand sich circa zwei Meter entfernt und war halb unter der dichten Laubkrone eines Baumes verborgen. Demnach musste hier die Dunkelheit allumfassend gewesen sein.

Direkt gegenüber befand sich ein Baustoffhandel. Dass die Parkplatzbeleuchtung auch nachts brannte, bezweifelte ich. Momentan stand selbst an der Straße Auto an Auto, wie sah es wohl hier aus, wenn sämtliche Geschäfte geschlossen hatten? Ich würde noch einmal zurückkehren, um mir über die genauen Verhältnisse bei Nacht ein Bild zu machen.

Ich wanderte weiter in Richtung auf die nächsten Häuser zu. Fast dreihundert Meter Entfernung zu der Fabrik, das war zu weit, als dass man durch Geräusche aufmerksam wurde.

Genug gesehen, mehr als einen allgemeinen Überblick konnte ich mir heute nicht verschaffen.

„Womit bist du zurzeit beschäftigt?", fragte mich Marco neugierig, nachdem wir meinen Einsatz für die nächste Woche abgeklärt hatten.

„Mit der Überprüfung eines Ehemannes, wie üblich", log ich. Bisher hatten meine ehemaligen Mitarbeiter keine Ahnung von dem, was ich trieb, und so sollte es bleiben. „Ist aber kein großes Problem, mal kurz auszusetzen. Das ist einer der minderschweren Fälle."

Marco verzog enttäuscht das Gesicht. „Schade, ich hatte gedacht, wir könnten dich vielleicht überreden, für einen längeren Zeitraum zurückzukehren. Wir sind echt knapp mit Leuten."

„Keine Chance", ich schüttelte nachdrücklich den Kopf. „Meine eigene Arbeit hat mich fest im Griff."

11

Der Freitag und das Wochenende standen noch zu meiner freien Verfügung. Ich beschloss, mir einen ersten Eindruck von den Verdächtigen zu verschaffen. Von Frau Fröhlich hatte ich genügend Einzelheiten erfahren, dass ich wusste, was ungefähr auf mich zukam. Dragan Z. war schon im zarten Alter von vierzehn Jahren das erste Mal aufgefallen. Da hatte er mit seinem älteren Bruder zusammen ein Pärchen ausgeraubt. Ein Handy und zwanzig Euro waren die Beute gewesen. Mit sechzehn schlug er im Streit sein Gegenüber krankenhausreif, mit siebzehn verdächtigte man ihn, zu einer Einbrecherbande zu gehören, was sich jedoch nicht beweisen ließ. Mit achtzehneinhalb, kurz nachdem die Bewährung wegen desselben Delikts abgelaufen war, wurde er erneut wegen Körperverletzung gerichtlich belangt. Die Anklage wegen Erpressung dagegen musste fallen gelassen werden. Daher erhielt er nur eine weitere Bewährungsstrafe.

„Mein Mann hat in jeder freien Minute recherchiert", hatte Frau Fröhlich mir berichtet. „In der Nachbarschaft gibt es haufenweise Menschen, die ihn endlich eingesperrt sehen möchten. Der ist nämlich durch und durch kriminell. Nur wird er meist gar nicht erst angezeigt. Die Opfer haben fast alle Angst vor ihm und seiner Bande. Zwei, die sich trauten und Anzeige erstatteten, wurden kurz darauf im Dunkeln überfallen und zusammengeschlagen. Daraufhin zogen sie ihre Aussage zurück."

„Was genau hat man ihm vorgeworfen? Also um welche Art Delikte handelt es sich?"

Frau Fröhlich gab ein undefinierbares Geräusch von sich. Ihre Stimme sagte umso deutlicher, was sie von dem Kerl hielt: „Der führt sich auf wie der König der Straße. Der hat seinen ganzen Clan hinter sich: Dealer, Zuhälter, Schutzgelderpresser. Inwieweit er darin eingebunden ist, konnte mein Mann nicht feststellen. Es sah so aus, als würde er bisher nur als Handlanger eingesetzt. Diese vier Jungen, die mit ihm rumziehen, sind harmlos. Ohne ihn trauen die sich nichts. Mein Mann glaubt, die gehören dieser Bande nicht an, sondern hängen nur mit diesem Dragan ab. Und der markiert den dicken Max und sonnt sich in ihrer Bewunderung."

Ich parkte außerhalb und fuhr einige Stationen mit der U-Bahn. Als ich zurück ans Tageslicht kam, hatten sich die Gegend und das Publikum deutlich verändert. Allein die alten vergammelten Häuser, über und über mit irgendwelchen sinnlosen Tags beschmiert, gaben mir schon einen guten Eindruck der hier herrschenden Atmosphäre. Die Bewohner des Viertels spiegelten die Vielzahl der vertretenen Ethnien wieder, was nicht negativ sein musste. Doch wer an diesem Ort wohnte, hatte keine Perspektive, entweder noch nicht oder nie gehabt. Sie strahlten zum größten Teil dieselbe Verwahrlosung aus wie die Straße, auf der sie sich bewegten.

Ich war erst gegen Mittag aufgebrochen und hatte wohlweislich meine Kleidung, eine alte fleckige Jeans und ein schwarzes T-Shirt, der Umgebung passend gewählt. Auf die Rasur hatte ich ebenfalls heute verzichtet, sodass mein Gesicht mit schwarz-grauen Stoppeln übersät war, einem starken Bartwuchs sei Dank. Meine uralte Lederjacke trug ich lässig in der Hand. Sie würde mir bei den sinkenden Temperaturen am Abend gute Dienste leisten.

In der Straße schräg gegenüber von dem Haus, in dem Dragan wohnte, befand sich ein griechischer Imbiss. Den steuerte ich an, bestellte und nahm an einem kleinen Zweiertisch am Fenster Platz. Mein Gyrosteller schmeckte überraschend gut, nur den Salat ließ ich nach einem kurzen Blick darauf stehen. Die welken Blätter und braunen Stellen wirkten nicht sehr vertrauenserweckend.

Ich aß langsam und verbrachte fast eine Stunde in dem Laden, von Dragan war bisher nichts zu sehen. Geschäfte gab es hier nicht, dafür reihte sich, soweit ich sehen konnte, ein Haus an das andere, nur unterbrochen von Querstraßen oder Kreuzungen. Ich wanderte in gemächlichem Tempo erst in die eine, dann in die andere Richtung, umrundete anschließend den Block, in dem Dragans Wohnung lag, bevor ich einem Impuls folgend den kleinen Park in der Nähe aufsuchte. Dieser war angesichts des herrschenden Wetters ziemlich bevölkert. Frauen standen oder saßen in der Nähe des Spielplatzes und beobachteten ihre Kleinen, sich dabei lebhaft unterhaltend. Größere Kinder tobten allein über die Wiese oder spielten Fußball, wie früher mit Jackenhäufchen links und rechts, die die Torpfosten markierten. Jugendliche standen in kleineren Gruppen herum, die ich im Vorbeischlendern unauffällig musterte. Heute schien mein Pechtag zu sein, ich konnte weder Dragan noch seine Freunde entdecken.

Frau Fröhlich hatte mir Fotos von allen gegeben. Ihr Mann besaß eine ganze Reihe von Schnappschüssen, die er beim Kommen und Gehen des Hauptverdächtigen an den Gerichtstagen aufgenommen hatte, gestochen scharfe Bilder, teilweise vergrößerte Ausschnitte, teilweise reine Porträtaufnahmen. Ich würde die jungen Männer erkennen, wenn ich sie vor mir sah.

Mittlerweile hatte ich den Ausgang des Parks fast erreicht, war an einer großen Gruppe krakeelender Säufer vorbeigekommen und hatte zwei Penner entdeckt, die sich bereits jetzt einen Platz für die Nacht suchten. Sobald der Abend nahte, wurde es empfindlich kühl, jetzt, Ende September, hatte die Sonne längst nicht mehr die Kraft wie im Hochsommer.

Ich schlüpfte in meine Jacke und ging auf die mit Querbalken versetzte Abgrenzung zu, die verhindern sollte, dass man ein Fahrrad oder gar ein Mofa auf den Wegen benutzte. Links und rechts davon waren schmale Pfade von anderen vor mir getrampelt worden, die genau wie ich es hassten, sich durch die entstandene Reihe schieben zu müssen. Im selben Moment, in dem ich mich für die linke Seite entschied, trat von vorn ein junger, stämmig wirkender Mann darauf zu. Dragan! Ich erkannte ihn sofort.

12

Ich verringerte mein Tempo nicht, sondern steuerte weiterhin auf den Pfad zu, den wir somit gleichzeitig erreichen würden. Aber es war nur für einen von uns Platz. Einer musste warten und das würde ich nicht sein. Das war ein Punkt, den ich schon vor Jahren gelernt hatte und an den ich mich immer noch hielt. Gab man bei derartigen Typen nach, konnte das schnell als Anzeichen von Schwäche ausgelegt werden und weitere Nachteile nach sich ziehen.

Ein winziges Zucken zeigte mir, dass er meine Absicht erkannte. Blöd nur, dass seine Kumpel sich hinter ihm drängten. Wich er mir aus, verlor er vor ihnen sein Gesicht.

Ich beschleunigte, sodass ich den Durchlass kurz vor ihm erreichte. Er wandte sich zur Seite und tat, als krame er nach etwas, einer Zigarette, wie ich kurz danach bemerkte. Da war ich schon halb an ihm vorbei. Er blieb wohl stehen, bis er sie entzündet hatte, was ich an den nörgelnden Sprüchen seiner Freunde hören konnte. Denn Umdrehen war natürlich nicht möglich. Das wäre zu viel Interesse an einem völlig Fremden gewesen.

Schade, dass wir auf diese Art und Weise in Kontakt gekommen waren. Jetzt konnte ich meine Observierung vergessen. Er würde sofort stutzig werden, wenn er mich gleich wieder in seiner Nähe entdeckte.

Auf dieser Seite des Blocks gab es mehrere Geschäfte, deren ausgestellte Waren ich sorgfältig begutachtete. So verging eine weitere halbe Stunde. Dann entdeckte ich einen Handyladen, den ich betrat und mir einige Modelle aus der Nähe anschaute. Die Preise waren durchweg äußerst moderat, der Verkäufer erkannte mein Interesse und verwickelte mich in ein längeres Gespräch. Fast hätte ich gleich zugegriffen, ich widerstand ehrlich gesagt nur widerstrebend. Ich sollte wirklich überlegen, ob ich diesem Laden nicht einen zweiten Besuch abstattete.

Für den Rückweg nahm ich wieder den Park. Die Menge der krakeelenden Trinker war angewachsen, dafür hatten sich die meisten

Mütter mit ihren Kindern auf dem Heimweg gemacht. Die Laternen flackerten auf und tauchten die Wege in ein gelbes Licht, Zeit für einen weiteren Besuch im Imbiss.

Am frühen Nachmittag, meinem ersten Besuch, war kaum etwas los gewesen und ich hatte mir den Tisch aussuchen können. Jetzt befand sich ein Pulk Menschen darin und wartete auf einen freien Platz. Diese Idee konnte ich vergessen.

Am letzten Fenster, das ich passierte, entdeckte ich die fünf Gesuchten. Ein kurzer Blick zeigte mir, dass sie fast aufgegessen hatten. Lange dürfte es nicht mehr dauern, bis sie das Lokal verließen. Ich ging zügig weiter bis zur nächsten Straßeneinmündung und lehnte mich knapp außer Sichtweite an die Hauswand, um ein längeres Telefongespräch zu simulieren. Jemand, der herumstand, fiel mit einem Handy am Ohr kaum auf.

Bereits zehn Minuten später traten die fünf heraus. Sie schlugen die entgegengesetzte Richtung ein und ich folgte ihnen mit einigem Abstand. Es war Freitagabend, sie wollten garantiert ihren Freizeitvergnügungen folgen.

Sie nahmen den gesamten Bürgersteig ein, Dragan in der Mitte, neben sich zwei seiner Freunde, die andern beiden folgten leicht versetzt. Jeder, der ihnen entgegenkam, musste ausweichen, was diejenigen, die noch unterwegs waren, bereitwillig taten. Warum, konnte ich mir denken. Ihr Gehabe entsprach deutlich dem sich unverwundbar Fühlender, verbunden mit einer gewissen Aggressivität ihres Auftretens. Da bog man lieber ab oder drückte sich gegen die Hauswand, statt die Konfrontation zu suchen. Was hätte ein Einzelner schon ausrichten können?

Ich folgte ihnen bis zu einer Kneipe, die deutlich außerhalb ihres angestammten Reviers lag. Es handelte sich anscheinend um einen Jugendtreff, wie ich bei meinem Eintreten merkte. Mein Alter lag deutlich über dem der Anwesenden. Trotzdem bahnte ich mir einen Weg durch die Massen, die die Stehtische umlagerten. An der Theke saß immerhin eine Vierergruppe in den Dreißigern, zwei weitere Männer schätzte ich auf Ende zwanzig.

„Ein Bier, bitte." Ich setzte mich auf einen der freien Hocker und drehte mich in Richtung Innenraum. Dragan und seine Kumpel waren nirgendwo zu sehen. Aber in der hintersten Ecke führte ein Durchgang in einen Nebenraum. Wahrscheinlich hielten sie sich dort auf.

Während ich langsam mein Bier trank, beobachtete ich aus den Augenwinkeln das Kommen und Gehen. Weitere Gäste verschwanden für einige Zeit in dem Raum und gesellten sich wieder zu ihrer Gruppe. Ich bestellte ein Wasser und nahm den Weg zur Toilette, dessen Türen von der hinteren Wand abgingen. Auf dem Rückweg machte ich einen Umweg, um mir einen Überblick zu verschaffen. Zwei Billardtische, mehrere Kicker und ein Dartboard, vor dem, ich hatte es fast erwartet, meine fünf Vermissten standen.

Zwei Wasser später übertönte lautes Grölen den Lärm im immer noch vollen Schankraum. Fünf Minuten später gingen die Stimmen in Beschimpfungen über, ein handfester Streit bahnte sich an. Ich rutschte von meinem Hocker und verließ die Gaststätte. Meine Getränke hatte ich, damit ich schnell aufbrechen konnte, jeweils direkt bezahlt. Schade, eigentlich hatte ich überlegt, mir wenn möglich gleich heute einen der Typen zu schnappen.

Ich wartete auf der gegenüberliegenden Seite, bis die Polizei gleich mit drei Streifenwagen vorfuhr. Nicht lange danach wurden Dragan, einer seiner Freunde und zwei Unbekannte abgeführt. Das Glück schien auf meiner Seite: Drei waren noch übrig.

Leider tauchte fünf Minuten später ein Taxi auf, meine drei Überwachungsobjekte stiegen ein und verschwanden in der Nacht. Das war auch für mich das Signal zum Aufbruch.

Trotz der späten Stunde, oder besser gesagt, gerade weil die Uhrzeit mittlerweile fast mit der damaligen Tatzeit übereinstimmte, nahm ich auf dem Rückweg die Straße, die an der stillgelegten Fabrik vorbeiführte. Ich hatte mit meiner gestrigen Einschätzung richtig gelegen, vor dem Eingang lag ein großes Dunkelfeld, das keine Einzelheiten erkennen ließ. Die Betriebe drumherum versanken ebenfalls in der Dunkelheit. Auch die städtische Beleuchtung war nicht gerade das, was ein nächtlicher Fußgänger schätzte. Die Lampen erhellten nicht einmal den Gehweg vernünftig. Als Frau hätte ich nicht hier hergehen mögen.

Ich blieb mitten auf der Fahrbahn stehen und sah mich aufmerksam um. Die nächsten geparkten Wagen befanden sich etliche Meter entfernt. War

Nils' Freund ein Sprinter oder hatten die Täter gar nicht versucht, ihm zu folgen? Ich musste unbedingt noch einmal mit Frau Fröhlich sprechen.

13

Meiner Frau hatte ich erzählt, ich sei bereits in puncto Firmensicherheit im Einsatz. Dass ich dabei auch ab und zu am Wochenende arbeiten musste, kannte sie zur Genüge, genauso wie die Tatsache, dass ich keine genaue Stundenanzahl pro Tag festlegen konnte. Daher stand meiner Wochenendrecherche nichts im Weg.

Heute wollte ich versuchen, mit Nils' Freund Robert zu sprechen. Frau Fröhlich hatte mir erzählt, dass er noch zu Hause wohne und bald ein Studium beginne. Natürlich hätte ich mich wieder als Buchautor vorstellen können, doch mein Gefühl sagte mir, dass sein Vater mich nicht hereinlassen würde. Es war besser, auf eine Gelegenheit zu warten, ihn ohne seine Eltern zu erwischen.

Ich beobachtete ab mittags den Bungalow der Richters, ein moderner langgestreckter Bau mit einem großen Garten, im vorderen Bereich durch einen hohen Metallzaun gesichert. Vor der Doppelgarage parkte ein Mini-Cooper, bestimmt das Auto des einzigen Sohnes. Robert hatte keine Geschwister, sein Vater war ein erfolgreicher Baulöwe, die Mutter setzte sich für karitative Einrichtungen ein. Nils und sein Freund waren seit der Grundschule befreundet, sie interessierten sich beide für Computer, spielten gemeinsam Schach, lasen dieselben Bücher, hassten beide sportliche Aktivitäten. Kontakte zu anderen bestanden kaum, keiner hatte bisher eine längere Mädchenfreundschaft gehabt.

Angeblich, so hatte Frau Fröhlich gehört, ging Robert seit dem Überfall kaum aus dem Haus, was ich einerseits verstand, andererseits nicht guthieß. Wenn er mein Sohn wäre, würde ich alles dafür tun, ihm die beste psychologische Hilfe angedeihen zu lassen.

Kurz vor acht kamen ein Mann und eine Frau die Vortreppe herunter und steuerten die Garage an. Ihre elegante Kleidung deutete darauf hin, dass sie an diesem Abend zu einer Party eingeladen waren. Damit hatte ich freie Bahn.

Ich beobachtete, wie sie in ihrem Mercedes davonfuhren. Das Tor vor der Einfahrt schwang langsam auf und noch langsamer wieder zu. Dank Herrn Richters rasantem Fahrstil gelang es mir, durch den Spalt zu schlüpfen, ohne seine Aufmerksamkeit auf mich zu ziehen. Er befand sich bereits mehrere Meter entfernt.

Die Tür war eine schwere Bronzeausführung, der Ton der melodischen Klingel kaum zu vernehmen. Ich wartete, legte meinen Finger ein zweites Mal auf die Schelle, dann ein drittes Mal. Nichts rührte sich. Nun, die erleuchteten Fenster im Obergeschoss konnten eine Vorsichtsmaßnahme gegen Einbrecher sein. Aber ich vermutete, dass der Sohn des Hauses nur keine Lust hatte, das Begehr des Besuchers zu erfragen. Deshalb ließ ich meinen Finger auf der Schelle liegen.

Fast fünf Minuten hielt er durch. Ich hörte, wie er die Treppe hinunterpolterte und wummerte gegen die Tür, damit er wusste, der Eindringling stand bereits davor. Er war äußerst vorsichtig, öffnete das kleine vergitterte Fenster direkt daneben, von dem er einen guten Ausblick hatte und fragte: „Ja, bitte?"

„Antonio de Silva. Ich bin Buchautor und möchte die Geschichte, die Ihnen und Ihrem Freund passiert ist, aufschreiben. Würden Sie mit mir über Ihre Eindrücke sprechen?"

Einen Moment blieb es still. Ich hatte ihn völlig überrascht. „Nein, das will ich nicht. Ich bin froh, wenn ich das endlich vergessen kann."

„Es geht mir hauptsächlich um die unfassbare Wendung, die der Fall vor Gericht nahm. Nils' Eltern sind entsetzt über die Einstellung des Verfahrens. Ich möchte die Hintergründe darlegen und jeden befragen, der etwas zur Aufklärung beitragen kann. Mein Fokus liegt auf den Tätern. Sie sollten für das, was geschehen ist, zur Rechenschaft gezogen werden, meinen Sie nicht?"

„Ich rede nicht mit Ihnen." Schon während meiner kleinen Ansprache hatte sich das Fenster halb geschlossen. Jetzt rammte er es mit einem Knall zu.

Ich legte den Finger wieder auf die Schelle und rief: „Herr Richter, bitte! Ihrem Freund zuliebe!"

Das Fenster öffnete sich einen Spalt. „Verschwinden Sie oder ich rufe die Polizei."

„Fall Sie Ihre Meinung ändern, ich …" Wumm, er schnitt mir mitten im Satz das Wort ab. Ich drehte mich um und ging langsam in Richtung auf das Tor zu, dessen Oberkante durchweg mit scharfen Spitzen besetzt war, die mich beim Hinüberklettern arg behindern würden. Netterweise zeigte Robert Erbarmen und öffnete es für mich. Ich schritt, ohne mich umzusehen, hindurch, trotzdem war ich mir sicher, dass Robert meinen Abgang vom Haus aus beobachtete, bis ich außer Sichtweite gelangte. Gut, der erste Versuch war gescheitert. Ich würde abwarten, bis er zu seinen Kursen an der Uni fuhr, und ihn da abpassen.

Statt sich über meine frühe Heimkehr zu freuen, beäugte mich meine Frau misstrauisch. „Boris hat angerufen. Wieso weiß er nichts von deinem Einsatz?"

„Hat er das etwa gesagt?", gab ich mich entrüstet. „Klar weiß er davon. Na ja, vielleicht nicht, dass ich sofort angefangen habe. Eigentlich sollte ich erst Anfang der Woche antreten. Kann sein, dass er diese Absprache nicht mitbekam. Was wollte er denn?"

„Keine Ahnung." Ihr Misstrauen war beschwichtigt, aber nicht beseitigt. „Er sagte, du sollst zurückrufen, wenn es nicht zu spät wird."

Ich griff nach dem Telefon und blieb im selben Raum. „Hi, ich bin's. Was liegt an?"

„Entschuldige, ich hatte keine Ahnung, dass du ermittelst. Weil du doch nächste Woche bei uns einspringst."

„Ging nicht anders. Bei denen liegt einiges im Argen. Jetzt sag bloß nicht, es ist schon wieder jemand ausgefallen!"

Er verstand, dass ich nicht frei sprechen konnte. „Nein, es geht um einen anderen Auftrag. Ich bräuchte deinen Rat."

Ich überlegte, kratzte mich dabei am Kopf und beobachtete gleichzeitig unauffällig Ramona, die so tat, als ob sie las. Nur hatte sie seit Beginn meines Telefongesprächs nicht umgeblättert. „Morgen muss ich erst gegen Mittag los. Um elf im Büro, ja?"

„Okay, danke. Und entschuldige, dass ich mich bei deiner Frau ein bisschen doof angestellt habe."

„Kein Problem. Bis morgen." Ich legte das Telefon zurück auf den Tisch. „Das war leider nichts mit dem Ausschlafen. Boris kann mal wieder die Entscheidung nicht allein treffen."

14

„Du sollst mich auf dem Handy anrufen, immer!"

Boris duckte sich, als hätte ich vor, ihn zu schlagen. „Tut mir leid. Hat sie was gemerkt?"

„Sie war ganz schön misstrauisch. Und beim Frühstück hat sie gemeint, es liefe in letzter Zeit einiges aus dem Ruder, fast so schlimm wie damals, als ich noch die alleinige Verantwortung hatte. Ehrlich, Boris, ich kann nicht andauernd einspringen. Ihr müsst euch eine vernünftige Reserve aufbauen, auf die ihr wenn nötig zurückgreift."

„Toni, wir sind am Erweitern! Das geht nicht so schnell. Das Geschäft brummt. Du hast ja keine Ahnung! Und jeder will uns am liebsten sofort!"

Ich grinste. „Gutes Argument, werde ich an meine Frau weitergeben. Trotzdem kann ich nicht immer springen, wenn ihr mich braucht. Du musst lernen, Aufträge abzulehnen oder zumindest nach hinten zu verschieben." Ich winkte ab, als er sich rechtfertigen wollte. „Lass uns anfangen! Ich habe wirklich nicht viel Zeit."

Eine Stunde später machte ich mich auf den Weg zu meinem nächsten Termin, einem Detektiv, mit dem ich schon früher viel zusammengearbeitet hatte und der mich auch jetzt ab und zu unterstützte. Er würde für mich die Überwachung von Dragan und seinen Freunden übernehmen, mit wechselnden Leuten versteht sich, und direkt am Montag beginnen.

„Jeder will immer alles sofort", flachste er grinsend, als wir unseren Espresso orderten. „Na ja, für gute Kunden reißen wir uns schon mal ein Bein aus."

Armer Boris, im Endeffekt war ich nicht besser als seine Ansprechpartner. Dazu noch ein Treffen an einem Sonntag einzufordern!

„Ich weiß deinen Einsatz zu schätzen."

„Immer wieder gerne. Du bist wenigstens jemand, der seine Rechnung zügig bezahlt." Er klopfte sich auf seinen deutlich vorstehenden Bauch. „Außerdem ist jedes Mal ein Essen mit drin."

Anschließend fuhr ich ein weiteres Mal zu Familie Fröhlich. „Mein Exposé ist fast fertig", begrüßte ich den Hausherrn, der mir die Tür öffnete. „Ich hätte noch zwei, drei Fragen und hoffe, Sie können mir helfen."

Er bat mich herein und führte mich ins Wohnzimmer. „Meine Frau ist oben. Soll ich sie rufen?"

„Nicht nötig. Ich würde gern mit diesem Mädchen aus der Disco sprechen. Ist sie damals als Zeugin vernommen worden?"

„Nein, ich glaube nicht. Die Leute aus der Disco sind ja befragt worden und der Robert. Deren Aussagen stimmten so ziemlich überein."

„Also können Sie mir keinen Namen nennen?"

Er zuckte bedauernd die Schultern. „Nein. Fragen Sie bitte trotzdem meine Frau danach. Seltsamerweise weiß sie oft mehr als ich."

„Wissen Sie, welches Fach Robert Richter studiert?"

„Ich nicht, aber meine Frau bestimmt." Er machte Anstalten, sich zu erheben.

„Halt, warten Sie! Ich habe noch eine weitere Frage an Sie." Ich beugte mich vor und blinzelte ihm verschwörerisch zu. „Haben Sie zufälligerweise Akteneinsicht nehmen können?"

Er nickte eifrig. „Klar, über unseren Anwalt. Wir sind als Nebenkläger aufgetreten. Soll ich Ihnen seinen Namen geben?"

„Das wäre perfekt. Die Polizei stellt sich bei Nichtautorisierten, wie ich einer bin, mit Auskünften an." Ich hatte eigentlich gehofft, er wäre damals weitergegangen.

Er warf einen Blick zur Tür und beugte sich nun seinerseits vor. „Ich habe einen Detektiv eingeschaltet, der über dieses Schwein Fakten sammeln soll, ich will, dass der in den Knast wandert. Irgendwas wird sich bei dem bestimmt finden lassen."

Interessant! War ich mit meiner eigenen Aktion vielleicht ein bisschen vorschnell gewesen?

„Bitte nicht meiner Frau sagen! Ich nehme das Geld, das als finanzielle Unterstützung für Nils gedacht war, wenn er studiert. Er braucht es nicht mehr. Ich will es wenigstens in seinem Sinne einsetzen, auch wenn es ihm nicht mehr hilft. Wollen Sie den Namen des Detektivs auch haben?"

„Ja, unbedingt. Das erspart mir einiges an Arbeit." Ich fertigte zwei handschriftliche Formulare an, dass er mir das Recht einräumte, die Akten einzusehen.

Gerade als ich sie in meine Brieftasche legte, kam Frau Fröhlich die Treppe herunter. „Herr de Silva! Gibt es schon Neuigkeiten?"

„Ich denke, ich kann Ihnen Ende der Woche Bescheid geben, ob der Verleger mit meinem Exposé einverstanden ist."

Sie gab sich erfreut. „Das klappt schneller, als ich gedacht hätte. Sie hängen sich anscheinend ordentlich rein."

Beinahe hätte ich mein Lachen nicht unterdrücken können. „Besitzen Sie Kopien der ärztlichen Befunde? Ich möchte wenigstens einen kurzen Abriss über die Schäden geben, die Ihr Sohn davongetragen hat." Das gehörte meiner Meinung nach auch in ein Buch mit hinein.

„Selbstverständlich. Sie befinden sich oben. Soll ich sie holen?"

„Nein, ich schaue ja wahrscheinlich noch öfter bei Ihnen vorbei." Dann fragte ich Frau Fröhlich nach Robert.

„Er müsste eigentlich bald anfangen mit seinem Studium. Wann geht die Uni los? Er wollte ja eigentlich Wirtschaftspsychologie studieren, aber dafür reichte sein Abi-Schnitt nicht", setzte sie, ohne eine Antwort abzuwarten, hinzu. „Ich weiß nur, dass er sich für irgendein Fach eingeschrieben hat, bei dem der NC nicht so hoch ist." Sie schüttelte den Kopf. „Noch ein Opfer, das die fünf auf dem Kerbholz haben."

„War sein Notenschnitt vor dieser Geschichte besser?"

Sie zögerte. „Ehrlich gesagt weiß ich das nicht genau. Ich nahm es halt an, weil er felsenfest davon überzeugt schien, es zu schaffen."

„Intelligent ist er auf jeden Fall", warf ihr Mann ein. „Das merkt man."

Noch ein Punkt, den ich mit seiner Frau bei einem weiteren Gespräch abklären musste.

Da sie leider auch nichts über das gesuchte Mädchen beitragen konnte, verabschiedete ich mich von den beiden.

15

Im Auto googelte ich die Öffnungszeiten der Diskothek. Eine Stunde würde es noch dauern - zu wenig Zeit, nach Hause zu fahren, zu viel, um vor dem Eingang zu warten.

Ich parkte in der Nähe der Innenstadt und bummelte durch die autofreie Einkaufsmeile. Früher hatten meine Frau und ich oft gemeinsame Spaziergänge unternommen. Besonders als Isabella begann, ihre eigenen Verabredungen zu treffen. Nach ihrem Tod suchten wir uns andere Beschäftigungen. Ramona ging immer mehr in ihrer Arbeit auf, besuchte zusätzliche Fachseminare, für die sie früher keinen freien Tag hätte sausen lassen, und engagierte sich seit neuestem als ehrenamtliche Helferin in der Obdachlosenszene. Die Stunden zu Hause waren wie ein Ruhepol in der Hektik des Alltags, in denen widmete sie sich ihren Hobbys. Sie las viel und malte gerne mit Acrylfarben. Für gemeinsame Aktivitäten blieb wenig Zeit.

Auch ich hatte mich anfangs regelrecht in meiner Arbeit vergraben – und mich in meine vermeintliche Pflicht gestürzt, die Menschen, vor allem die Politiker aufzurütteln, damit endlich etwas gegen die Raser mitten in der Stadt getan wurde. Dass sich die Gesetze mittlerweile geändert hatten, lag jedoch weniger an meinem Tun, sondern daran, dass in den letzten Monaten immer mehr schwere Unfälle mit Unbeteiligten passiert waren. Es dauerte eben länger, bis Entscheidungen gefällt wurden, wenn man nicht durch eigenes Leid betroffen war.

Der Entschluss, mein Leben umzukrempeln, um mehr Opfern zu helfen, hatte sich für mich als die beste aller Entscheidungen herauskristallisiert. Wie meine Frau hatte ich eine Beschäftigung entdeckt, in der ich aufgehen konnte, die mir die Befriedigung verschaffte weiterzumachen, die meinem Leben einen Sinn gab. Zwar stellte meine Arbeit nur einen Tropfen auf den heißen Stein dar, aber immerhin tat ich etwas Nützliches und hatte im Laufe der Zeit eine erkleckliche Anzahl Opfer retten können.

In meinen Gedanken versunken hatte ich eine beachtliche Wegstrecke zurückgelegt. Der Gong des nahen Kirchturms brachte mich in die Wirklichkeit zurück. Es war an der Zeit, meine Nachforschungen aufzunehmen.

Zu dieser frühen Stunde gab es außer mir gerade einmal fünf Besucher, drei Männer an der Theke und zwei junge Frauen an einem Tisch direkt neben der Tanzfläche. Der Discjockey sortierte noch seine heutige Musikauswahl und hatte die Anlage nicht voll aufgedreht, das Licht war heller als am späten Abend, die Stroboskoplampen drehten sich wie in Zeitlupe.

Ich suchte mir die freie Ecke der Bar aus und bestellte eine Bacardi-Cola.

„Arbeiten Sie schon länger hier?", fragte ich die weibliche Bedienung, als sie das Glas vor mich hinstellte.

„Was verstehen Sie unter länger?", gab sie zurück. Lust auf eine Unterhaltung hatte sie definitiv nicht.

„Können Sie sich an den Vorfall vor einem Jahr erinnern? Ein Junge bekam einen heftigen Schlag auf die Nase. Es muss viel Blut geflossen sein. Der andere wurde anschließend von Ihrem Sicherheitspersonal rausgeschmissen."

„Nee, ich bin erst seit ein paar Monaten hier angestellt. Fragen Sie mal den Jimmy." Sie wies mit einer Kopfbewegung auf den Discjockey. „Vielleicht weiß der das noch. Aber machen Sie sich keine großen Hoffnungen, es passiert andauernd was. Sonst hätten wir garantiert kein extra Personal dafür." Sie verzog abfällig das Gesicht. „Sonst spart der Besitzer an allen Ecken und Enden."

Ich schob ihr einen Fünfer Trinkgeld über die Theke, was ihr ein kleines Lächeln entlockte. „Gehen Sie und fragen Sie ihn", wiederholte sie.

Der Mann war schon älter, wie ich im Näherkommen sah, schmal und drahtig, langes, zu einem Pferdeschwanz gebundenes Haar und ein von tiefen Falten durchzogenes Gesicht. Er warf mir einen fragenden Blick zu, als ich neben ihm stehen blieb.

„Eine Schlägerei?" Er runzelte die Stirn.

„Der Typ wurde vor kurzem angeklagt, das damalige Opfer später überfallen zu haben", half ich ihm auf die Sprünge.

Er nickte heftig. „Ja, klar. Schade, dass die den nicht drangekriegt haben. Das ist eine miese Ratte, ständig auf Stunk aus, besonders wenn er einiges intus hat. Na ja, bei uns darf der seit damals nicht mehr rein, hat Hausverbot. Da lässt der Chef nicht mit sich reden. Was wollen Sie denn von dem?"

„Mich interessiert dieses Mädchen, um das es damals ging. Kennen Sie sie? Kommt sie immer noch her?"

Dieses Mal musste er länger nachdenken. „Nee, die habe ich schon ewig nicht mehr gesehen. Die kam mit diesem Typ, danach nicht mehr."

Es war zumindest einen Versuch wert gewesen. Ich schob ihm einen Zehner zu und wollte gehen.

„He! Warten Sie! Da war noch ein Mädchen, ihre Freundin schätze ich", fuhr er fort, nachdem ich mich ihm wieder zugewandt hatte. „Die habe ich letztens erst gesehen. Die ist meist freitags und samstags hier, sonntags nicht."

„Können Sie sie mir beschreiben?"

Er zuckte die Schultern. „Lange blonde Haare mit roten Strähnen, bisschen pummelig, relativ klein. Die ist auf der Suche, sitzt an der Bar und beobachtet die Typen. Kommen Sie doch einfach nächstes Wochenende wieder, dann zeige ich sie Ihnen, wenn sie da ist. Nur müssten Sie später kommen. Vor zehn tut sich hier nicht viel."

Ich bedankte mich bei ihm und verließ die Diskothek endgültig. Insgesamt war ich recht zufrieden mit dem, was ich bisher herausgefunden hatte. Die Weichen waren gestellt, jetzt hieß es abwarten.

155

16

Die Firma, die ich für Marco aufsuchte, hatte verschwiegen, dass sie bereits ein gewaltiges Sicherheitsproblem hatte. In den letzten Wochen waren in nicht unerheblichen Mengen Materialien verschwunden, dieser Betrieb hatte sich auf die Herstellung von hochwertigem Werkzeug spezialisiert. Trotz vermehrter Kontrollen des zuständigen Wachpersonals hatte man bisher niemanden stellen können.

Mir wurde schnell klar, dass dies nur bedeuten konnte, jemand vom Sicherheitsdienst war ebenfalls beteiligt. Genau deshalb tat sich natürlich während meiner Anwesenheit nichts. Offiziell hatte man mich als Sicherheitsberater vorgestellt, doch jeder, der hier arbeitete, ahnte, weswegen ich gerufen worden war.

An den ersten drei Tagen machte ich genau das, was im offiziellen Auftrag stand: Ich überprüfte sämtliche Vorgänge auf Lücken, die entweder von innen oder von außen ausgenutzt werden konnten. Anschließend besprach ich mich mit dem Betriebsleiter und dem Chef. Wir mussten dringend einen weiteren Mann hinzuziehen, um die Diebstähle aufzudecken. Oder sie ließen sich überreden, eine vernünftige Kameraüberwachung anzubringen.

Nach einigem Hin und Her konnte ich sie von der schnelleren Alternative überzeugen. Wir vereinbarten, dass ich direkt nach der letzten Schicht am Samstagmorgen mit einem Techniker zusammen die nötigen Arbeiten vornehmen würde, mich bis dahin allerdings pro forma in den Morgenstunden weiterhin zur „Recherche" sehen ließ.

Dadurch hatte ich zwei Nachmittage zur freien Verfügung. Den ersten nutzte ich, um einen Termin bei Familie Fröhlichs Anwalt zu vereinbaren, der leider erst in der nächsten Woche für mich Zeit hatte, und mich mit ihrem Detektiv in Verbindung zu setzen, der mich netterweise noch am selben Abend empfangen wollte. Für den Freitag verabredete ich mich mit Julius Käfer, meinem eigenen Detektiv. Vielleicht schaffte ich anschließend noch einen Abstecher in die Disco.

„Also ich habe jede Menge Kleinkram zusammenbekommen", erklärte mir Herr Strecker und winkte ab, als ich ihm die Erklärung von Herrn Fröhlich zeigen wollte. „Ich habe selbstverständlich zuerst mit meinem Kunden Kontakt aufgenommen. Ich soll Ihnen alles zeigen, was ich habe."

„Kleinkram heißt?", fragte ich nach, weil er sinnend auf die Papiere vor sich starrte.

„Nötigung, Beleidigung, vermutlich auch Erpressung und, da bin ich noch dran, eventuell gewerbsmäßiger Diebstahl."

„Kein Drogenhandel oder Ähnliches?"

„Nein, leider keine Anzeichen." Er schüttelte bedauernd den Kopf. „Ganz ehrlich? Das ist eine miese Zecke, der wird vermutlich sein gesamtes Leben lang keiner ordentlichen Arbeit nachgehen, sondern sich mit kleinkriminellem Kram und Hartz IV begnügen. Ich weiß nicht, ob der zu doof ist, als dass sie ihn mit in ihre Organisation nehmen, oder ob es an seinem aufbrausenden Verhalten liegt. Der geht nicht nur keinem Streit aus dem Weg, der inszeniert regelmäßig welchen. Seine Freunde, das sind Mitläufer, die sonnen sich in seinem Ruhm. Die haben noch weniger drauf als er."

„Sie meinen, das Vorgefallene passt genau in sein Schema?"

Herr Strecker hob die Schultern und ließ sie wieder fallen. „Meine Leute haben ihn nicht einmal ein Messer benutzen sehen. Der verlässt sich auf seine Fäuste und auf das Überraschungsmoment. Der fackelt nicht lange, schlägt sofort zu und kann sich auf die Rückendeckung seiner Freunde verlassen. Also ich kann mir schon vorstellen, dass er extrem überreagiert, wenn er denkt, jemand macht sich an seine Freundin ran. Dazu die Demütigung, dass man ihn rauswirft. Ich lasse ihn seit ungefähr drei Wochen beobachten. So genau kann ich mich nicht dazu äußern."

„Was ist mit Anzeigen? Müsste es die nicht geradezu hageln?"

Der Detektiv lachte. „In den Kreisen, in denen der sich bewegt? Das können Sie vergessen. Die regeln das ohne Polizei. Macht er im Imbiss oder in der Kneipe Randale, fliegt er halt raus."

„Ich habe gesehen, wie er abgeführt wurde", widersprach ich.

„Ja und?" Er schüttelte nachdrücklich den Kopf. „Einfache Sachbeschädigung, das kommt nicht mal vor Gericht."

„Diese Freundin, um die es damals ging, haben Sie die ausfindig machen können?"

„Die ist nie wieder in seinem Umfeld aufgetaucht. Also nein, darum haben wir uns nicht weiter gekümmert."

„Wie lange arbeiten Sie noch weiter?"

Er seufzte schwer, legte seine Fingerspitzen aneinander und betrachtete sie angelegentlich. „Herr Fröhlich hat mein Mitgefühl, aber ich muss auch sehen, dass mein Betrieb wirtschaftlich arbeitet. Ein, zwei Wochen noch, dann ist der Betrag, den er andachte, verbraucht. Ich habe bei meinem letzten Telefongespräch schon deutlich gemacht, dass ich der Meinung bin, er solle die Überwachung abbrechen oder wenigstens herunterfahren. Das will er nicht. Obwohl ihm selbst klar ist, dass wahrscheinlich nichts Relevantes dabei herumkommt."

„Das Geld war für seinen Sohn gedacht, er möchte es in seinem Sinne verwenden."

„Das verstehe ich durchaus. Aber ich möchte ihn nicht abziehen, nicht sinnlos abkassieren. Die Chance, den Typ hinter Gitter zu bekommen, ist minimal. Für das bisschen Kleinkram bekäme er eine weitere Bewährung, das ist nicht im Sinne von Herrn Fröhlich."

„Und wenn man ihn provoziert? Sagen wir mal, in einer Gegend, in der er nicht mit irgendwelchen Zeugen rechnen muss?"

Herr Strecker musterte mich nachdenklich. „Das wäre vielleicht eine Möglichkeit. Wie hatten Sie sich das vorgestellt?"

„Wie würde Ihr Mann reagieren, wenn es zu einem Kampf käme?", fragte ich zurück. „Bei dem ersichtlich ist, dass der andere gut vorbereitet ist?"

Er sah mich ausdruckslos an. „Er würde sich nicht einmischen. Wir sollen beobachten, mehr nicht."

„Und wenn der andere gewinnt?"

Er lehnte sich gemütlich in seinem Stuhl zurück. „Solange es sich dabei nicht um einen Mord handelt, müsste dieser nichts befürchten. Ich denke, wir würden die Observierung an dem Tag für vorzeitig beendet erklären."

17

Das Treffen mit Julius Käfer gestaltete sich kurz. Er war der gleichen Meinung wie sein Kollege, allerdings schätzte er das Gewaltpotenzial des Mannes höher ein. „Der wird sich irgendwann wegen schwerer Körperverletzung oder gar Totschlags vor Gericht verantworten müssen, das ist sicher."

„Also denkst du, er hat die Tat begangen?"

Er zog überrascht die Augenbrauen hoch. „Ich dachte, das stände für dich längst fest!"

„Es gibt einige kleine Ungereimtheiten, die ich noch überprüfen muss", wich ich einer direkten Antwort aus. „Danke, für deine schnelle Arbeit."

Er grinste. „Die Rechnung kommt am Montag."

Ich gönnte mir ein verspätetes Schläfchen, damit ich abends fit für meinen Discobesuch sein würde. Meiner Frau erklärte ich, ich müsse die Nachtschicht überwachen und wisse nicht, wann ich zurück sei.

Gegen zweiundzwanzig Uhr stieg ich die Treppen zum Eingang hinab. Um diese Zeit herrschte wesentlich mehr Betrieb, einige der Besucher standen rauchend vor der Tür, an der Kasse bezahlte gerade ein Pärchen seinen Eintritt. Ich schob einen Zehner über den Tisch und erhielt dafür einen Getränkecoupon. Schon im Vorraum hallte mir laute Musik entgegen, die für meine Ohren nahezu unerträglich wurde, als ich mich Richtung Bar schob. Ich war definitiv nicht mehr in dem Alter, diesen Aufenthalt zu genießen.

Ich bestellte mir ein Bier und sah mich in dem Raum, soweit das zuckende Licht es zuließ, um. Fast alle Nischen schienen besetzt, die Tanzfläche dagegen war nur mäßig voll. Kleinere Grüppchen verteilten sich an den Wänden entlang, die meisten der Jugendlichen starrten schweigend auf die Tanzfläche und wippten im Takt der Musik. Neben mir unterhielt sich ein Pärchen, das hieß, sie schrien sich gegenseitig an, um den Lärm zu übertönen. Richtige Gespräche waren hier nicht möglich.

Ich schlängelte mich durch die Tanzenden zum Discjockey und stellte mich direkt vor ihn hin. Er nickte mir kurz zu, widmete sich aber weiter seiner Arbeit. Erst als das nächste Lied ertönte, wandte er sich mir zu. „Hab Sie schon reinkommen gesehen. Ist nicht da. Bleiben Sie noch eine Weile?"

„Ja, klar. Ich stehe an der Bar."

„Gut, ich sag Ihnen Bescheid, wenn sie kommt."

Zwei Stunden später gab ich auf. Ich würde mein Glück morgen wieder versuchen.

Die Stille auf der Straße war die reinste Wohltat. Mir graute jetzt schon vor dem morgigen Abend. Waren diese Etablissements in meiner Jugend ähnlich laut gewesen? Was hatte mich dorthin getrieben und was zog die heutigen Kids an diese Orte? Das Tanzen konnte nicht der Grund sein. Über die Hälfte der Besucher stand die meiste Zeit wie festgewachsen an ihrem Platz, Unterhaltungen waren kaum möglich und neue Leute kennenzulernen, schien nach meinen Beobachtungen auch nicht zu funktionieren.

Na ja, vielleicht war ich zu früh gegangen. Je später der Abend, desto voller wurde es. Ich hatte mich tatsächlich durch die Massen zum Ausgang drängen müssen. Und morgen würde mich wahrscheinlich Ähnliches erwarten.

Doch zuerst stand die Beendigung des Sicherheitsauftrages an. Der Wachmann, der an diesem Samstag und Sonntag den Tagdienst übernahm, war laut dem Betriebsleiter ein integrer Typ und über jeden Verdacht erhaben. Daher konnten wir in aller Ruhe unsere Arbeit erledigen. Am späten Nachmittag führten wir den letzten Check durch, dann verabschiedete ich mich. Alles Weitere oblag dem anwesenden Wachmann, der von uns in seine neue Aufgabe eingewiesen worden war.

Als Entschuldigung für mein Abendvergnügen musste Marco herhalten.

„Kein Problem. Ich sitze eh zu Hause rum und gehe früh zu Bett. Ich muss morgen zusammen mit Boris Bürokram erledigen."

Ja, das Leid eines jeden Selbstständigen! Feste Arbeitszeiten gab es nicht.

Wieder erschien ich gegen zweiundzwanzig Uhr. Dieses Mal blieb ich sogar bis zwei. Ohne Erfolg, das Mädchen ließ sich nicht blicken.

Den Sonntag verbrachte ich mit meiner Frau. Wir besuchten ihre Eltern und unternahmen anschließend einen langen Spaziergang durch den Park. Ich war froh, endlich einmal die Wahrheit erzählen zu können, und berichtete ihr ausführlich von meinem Einsatz. Sie brachte mich auf den neuesten Stand über ihre Klienten, was in letzter Zeit wesentlich öfter geschah und was mich ehrlich gesagt auch brennend interessierte. Gerade in diesem Bereich gab es immer wieder die abartigsten Konstellationen, man machte sich als Laie überhaupt keinen Begriff davon, wie heftig es in manchen Familien ablief.

Meine Frau hatte in den letzten Monaten genügend Beispiele zu bieten gehabt, sodass ich immer mehr ins Grübeln kam. Ich meine, ich war auch vorher nicht blauäugig, ich glaubte zu wissen, was sich um mich herum abspielte, dass nicht überall eitel Sonnenschein herrschte. Wie schlimm die Wirklichkeit aussah, davon hatte ich jedoch nicht die geringste Ahnung.

Hier sah ich ein weiteres vielversprechendes Betätigungsfeld für mich. Oft gab es nicht den einen Schuldigen, sondern die Verhältnisse in der Familie waren derart katastrophal, dass man sich als Normalo kaum vorstellen konnte, dass diese Kinder nicht sofort dort herausgenommen und anderweitig untergebracht wurden. Vernachlässigung war an der Tagesordnung, meist waren die Kleinen jedoch viel Schlimmerem ausgesetzt. Wie sollte eine kindliche Seele unter diesen Voraussetzungen ohne Schaden bleiben?

Sobald ich Nils' Fall gelöst hatte, würde ich mir Strategien überlegen, wie ich eingreifen konnte, um zu helfen. Mit ein wenig Druck von außen und nachhaltigen Kontrollen musste es möglich sein, so manche Eltern zurück in die Spur zu bringen.

18

Am Montagvormittag erschien ich pünktlich im Anwaltsbüro der Fröhlichs. Die Rezeptionistin bat mich, einen Moment im Wartezimmer Platz zu nehmen. Herr Weiß habe noch einen Klienten zur Besprechung. Neugierig sah ich mich in dem kleinen Raum um. Es schien sich um eine Allerweltspraxis zu handeln, sechs Korbstühle, ein Tischchen mit Zeitungen, dunkles Laminat zu weißen Wänden, eine vor sich hin mickernde Blume auf dem Fensterbrett. Herr Weiß vertrat sicherlich nicht die Reichen und Mächtigen.

Zehn Minuten später durfte ich ins Allerheiligste, das gediegen eingerichtet war, dessen Möbel jedoch ihr Alter verrieten. Der Anwalt selbst stellte sich als schmächtiges Männchen mit schütterem, weißem Haar heraus, auf dessen Nase eine Nickelbrille thronte. Er empfing mich freundlich und zuvorkommend, obwohl er meinen Besuch wahrscheinlich nicht abrechnen können würde.

Er schob mir sofort die Akte zu. „Wollen Sie zuerst lesen?"

Ich schlug sie auf und vertiefte mich in die Berichte. Im Prinzip fand ich nichts Neues. Die Aussagen gaben genau das wieder, was die Fröhlichs mir erzählt hatten. Die beiliegenden Fotos dagegen waren sehr interessant. Robert hatte nicht gelogen. Der Fotograf, bemüht, die Szene aus jeder Richtung aufzunehmen, hatte die im Hintergrund parkenden Autos mit abgelichtet. Die Strecke, die er zurücklegen musste, um dahinter in Deckung zu gehen, war nicht sehr lang.

Als Letztes entdeckte ich das Vorstrafenregister des Hauptangeklagten und pfiff leicht durch die Zähne. Das konnte sich sehen lassen. Nun verstand ich auch, warum Polizei und Staatsanwaltschaft so erpicht darauf gewesen waren, ihn vor Gericht zu stellen. Seit seinem vierzehnten Lebensjahr hatte er bereits vier Vorstrafen wegen Körperverletzung kassiert – alle zur Bewährung ausgesetzt. Dazu kamen zwei Diebstähle und eine Anzeige wegen Nötigung. Warum der Kerl bisher nicht hinter Gittern gelandet war, verstand selbst ich nicht.

„Die Jugendrichter setzen auf Einsicht", erklärte mir Herr Weiß auf meine Frage. „Der Täter musste mehrfach Sozialstunden ableisten. Man hofft halt, dass diese Strafen zu einer Umkehr führen."

„In diesem Fall wohl vergebens", konnte ich mich nicht enthalten zu erwidern.

„Vor Gericht sind die meisten Angeklagten bemüht, einen guten Eindruck zu machen. Ich sehe es wie Sie, die zuständigen Richter müssten sich mehr auf die Aussagen der Ermittler stützen und das Hintergrundmaterial miteinbeziehen: Mit was für einem Typ haben wir es zu tun? Wie ist sein Umfeld? Kann er sich in der Situation, in der er sich befindet, überhaupt ändern oder benötigt er eine ihn unterstützende Umgebung?" Er hob die Hände. „Womit ich jetzt nicht sagen will, ein Jugendknast ist dafür geeignet. Manchmal zur Abschreckung schon zu empfehlen, aber ich bin eher der Meinung, wir müssen mehr Anstrengungen unternehmen, einer kriminellen Karriere vorzubeugen. Dafür wären speziellere Einrichtungen angebracht, die mehr auf Therapie setzen."

„Wie sehen Sie die Einstellung des Verfahrens?", brachte ich ihn auf das Thema zurück, das mir wichtiger war.

„Solange seine Freunde ihm ein Alibi geben, ist daran nicht zu rütteln."

„Meinen Sie, die lügen?"

Er überlegte fast fünf Minuten lang. „Als ich den Fall übernahm, hätte ich spontan gesagt, ja. Dieser hinterhältige Überfall würde genau ins Schema passen. Und seine Kumpane sind ihm hörig, die sagen, was ihnen vorgibt. Andererseits klang ihre Geschichte durchaus glaubwürdig. Ich will damit sagen, nicht abgesprochen. Mit der Zeit bekommt man ein Gespür dafür, ob die Zeugen lügen. Also entweder waren die klüger, als ich denke, oder ..." Er brachte den Satz nicht zu Ende, sondern sah mich auffordernd an.

„Oder der Freund lügt", ergänzte ich seine Vermutung.

Er hob abwehrend die Hände. „Das ist Ihre Interpretation."

Das war ja wohl die einzig mögliche.

„Mir kam er glaubwürdig vor. Er wirkte sehr betroffen, konnte kaum in zusammenhängenden Sätzen sprechen. Nein, ich halte ihn nicht für den Täter."

„Was ist dann passiert?" Ich konnte kaum noch an mich halten. Was wollte er eigentlich mit diesen Worten ausdrücken?

„Ich weiß es nicht. Ich weiß es wirklich nicht", wiederholte er. „Sie sehen mich ratlos. In diesem Fall war ich froh, nicht urteilen zu müssen."

Ich erhob mich. „Vielen Dank für das Gespräch und die Akteneinsicht."

„Verstehen Sie mich bitte nicht falsch. Als Anwalt der Nebenkläger hätte ich mir natürlich gewünscht, es wäre anders gelaufen. Ich habe mich bemüht, Ihnen meine objektive Meinung mitzuteilen." Er erhob sich mühsam aus seinem Sessel und lächelte mich väterlich an. „Im Gegensatz zu Ihnen wollte ich mit offenen Karten spielen. Dachten Sie wirklich, ich würde mich nicht im Vorfeld über Sie informieren? Sie sind kein Reporter, sie wollen kein Buch über diese Geschichte schreiben. Wer hat Sie engagiert, Herr oder Frau Fröhlich?"

Was für ein gerissener alter Mann! Meine Hochachtung vor ihm stieg. „Weder noch. Ich habe mich selbst ins Spiel gebracht. Ich möchte mich bemühen, die Wahrheit herauszufinden. Frau Fröhlich kennt meine Motivation, sie möchte nicht, dass ihr Mann davon erfährt, daher die Lüge mit dem Buch."

„Sie sind Mitinhaber einer Firma für Sicherheitsfragen?"

„Nur noch stiller Teilhaber", gab ich aus einem instinktiven Gefühl heraus ehrlich zu. „Mein Hauptinteresse gilt Fällen wie diesem. Ich möchte, dass der Schuldige gefunden wird."

„Was treibt Sie an?"

Das wusste er sicherlich ebenso gut wie ich. „Der Wille nach Gerechtigkeit."

„Ich wünsche Ihnen alles Glück, diese zu finden." Verabschiedend hielt er mir die Hand hin. Als ich zugriff, hielt er meine in seiner fest. „Ein guter Rat von mir: Manchmal kann man nicht siegen."

Ich machte mich frei und ging zur Tür. Dann wandte ich mich noch einmal um. „Nehmen Sie auch neue Mandanten an?"

Er nickte langsam. „Ich hoffe, es kommt nicht dazu."

19

Herr Weiß hatte mir jede Menge Stoff zum Nachdenken gegeben beziehungsweise meine bereits bestehenden Zweifel noch genährt. Wie sollte ich vorgehen? Da ich mich in der Nähe vom Haus der Fröhlichs befand, rief ich an, ob sie mich empfangen könne. Sie sagte sofort zu.

„Und? Gibt es Neuigkeiten?", fragte sie sofort.

„Nichts Relevantes, aber keine Sorge, ich gebe nicht auf." Ich setzte mich wie üblich auf die Couch.

„Robert hat sich für ein Studium im IT-Bereich eingeschrieben. Am Mittwoch beginnt die Einführung für die neuen Studenten."

„Super", lobte ich sie.

„Das war ganz einfach", wehrte sie ab. „Ich habe Nils' ehemalige Schulfreunde abtelefoniert. Angeblich, weil es mich interessierte, was aus ihnen wird. Es war für sie unangenehmer als für mich. Den meisten war es peinlich, dass sie sich nie wieder gemeldet haben."

Das konnte ich mir vorstellen. Mit dem Unglück anderer umzugehen, war schwer. Kaum einer wusste, wie er sich verhalten sollte. „Wie sahen Sie Robert?", fragte ich rundheraus.

„Als Freund oder als Mensch?" Diese Frau war nicht so leicht aus der Fassung zu bringen.

„Beides, wenn möglich."

„In erster Linie tat er mir leid." Ich konnte erkennen, dass sie sich um eine ehrliche Antwort bemühte. „Sein Vater ist offen gesagt ein Arschloch, jemand, der gleich ausflippt, wenn irgendeine seiner Steinzeitregeln gebrochen wird. Robert litt sehr unter ihm. Wenn er bei uns war, drehte er teilweise richtig auf. Nein, halt", unterbrach sie sich selbst. „Das war früher so, als er klein war. Später hatte ich das Gefühl, ich kam nicht mehr an ihn heran. Er und Nils igelten sich richtig im Zimmer oben ein. Ich glaube, ich habe die letzten Jahre bis auf die Begrüßung kaum einen Satz mit ihm gewechselt. Und wenn, dann nur oberflächliches Zeug: Wie geht es dir? Wie läuft es in der Schule? Möchtest du was trinken?" Sie hielt inne und zuckte die Schultern.

„Was sagte Ihr Instinkt?", bohrte ich nach. Durch meine eigene Tochter hatte ich gelernt, dass Mütter meist ziemlich gut die Freunde ihres Kindes einschätzen können. Besser jedenfalls als Väter. Ich hatte Ramona gegenüber immer gescherzt, das wäre das Muttergen.

„Dass er nicht gut für Nils war", gab sie unumwunden zu. „Er hinderte ihn daran, weitere Freundschaften zu schließen, wollte ihn für sich allein. Nur war mein Sohn nicht in der Lage, das zu sehen. Jedes Wort von mir in diese Richtung ..." Sie seufzte schwer. „Nils ist ebenfalls nicht einfach gewesen. Auch er tat sich anfangs schwer damit, Freunde zu finden. Robert war über lange Zeit der einzige und beste, den er hatte. Die beiden waren eng miteinander verbunden, jeder sah großzügig über die Fehler des anderen hinweg. Ich ... Es ist schwer, diese Freundschaft vernünftig zu erklären. Sie hatten viele Gemeinsamkeiten und ... Mir war Robert zu besitzergreifend, wenn Sie verstehen, was ich meine."

Ich nickte. „Sie hofften, eine Freundin oder die Trennung durch das Studium würde das Problem lösen."

„Genau. Jugendliche in dem Alter lassen sich sowieso nichts sagen. Und ich wäre bei meinem Sohn auf Granit gestoßen, hätte ich gesagt, er bräuchte mehr Freiraum."

„Mal von Nils abgesehen, wie schätzen Sie Robert ein?"

Dieses Mal überlegte sie länger. „Kalt. Er zeigt keine Emotionen. Man weiß nie, woran man bei ihm ist. Früher war das anders. Die beiden haben oft zusammen Federball oder Fußball gespielt. Damals war direkt gegenüber noch freies Feld. Robert konnte nicht gut verlieren, er schrie und tobte, bis sein Gesicht puterrot anlief. Das war schon extrem, gefiel mir aber, wenn ich jetzt so nachdenke, besser, als gar keine Reaktion zu zeigen."

„Trotzdem hat er durch den Vorfall ein Trauma erlitten." Ich war gespannt, was sie antworten würde.

Sie zögerte wieder. „Vielleicht löste sich dadurch endlich der Knoten. Ich meine, er muss vorher alles in sich reingefressen und es so weit von sich weggeschoben haben, dass es ihn nicht mehr berührte. Das ist auf Dauer kein Zustand."

„Was ist mit seiner Mutter?"

„Ach, die", sie winkte ab. „Die hat von Anfang an nie Zeit für ihren Sohn gehabt. Ihre gesellschaftlichen und karitativen Verpflichtungen sind immer wichtiger gewesen. Nein", verbesserte sie sich. „Ich denke, sie konnte mit ihm nie was anfangen. Mütterliche Gefühle sind ihr anscheinend ein Fremdwort. Der Junge hatte zu funktionieren, dann war alles gut." Das klang nun wirklich nicht nach einem normalen Familienleben. Ich ertappte mich dabei, dass mir Robert leidzutun begann. „Wie oft haben die beiden Jungen sich getroffen?"

„Zuletzt meist am Wochenende. Nils nahm die Schule sehr ernst. Er wollte unbedingt den benötigten Abiturschnitt für das Studium zu seinem Traumberuf schaffen. Außerdem gab er zweimal in der Woche Nachhilfe. Durch ihre Computerspiele hatten sie trotzdem viel Kontakt. Und natürlich durch dieses WhatsApp. Ohne ihr Handy können die jungen Leute ja nicht mal mehr auf die Toilette gehen." Versunken in ihre Erinnerungen huschte ein Lächeln über ihr Gesicht.

„Wer war intelligenter, Ihr Sohn oder Robert?"

„Robert", war die spontane Antwort. „Nils musste sich vieles hart erarbeiten. Robert flog alles mehr oder weniger zu. Ihm fehlte der Ehrgeiz, sich anzustrengen. Besser kann ich es nicht ausdrücken. Also von den Noten her gab es kaum Unterschiede. Deshalb wundert es mich, dass Robert seinen Schnitt nicht halten konnte."

„Was wäre passiert, wenn Nils eine Freundin gehabt hätte?" Eigentlich wusste ich die Antwort, bevor Frau Fröhlich den Mund öffnete.

„Das hatten wir schon. Allerdings war es eine sehr kurze Beziehung. Sie hielt gerade mal acht Wochen. Robert beanspruchte hartnäckig ihre regelmäßigen Treffen und Nils drehte sich im Kreis, um beiden gerecht zu werden." Sie richtete sich kerzengerade auf. „Wissen Sie, mein Sohn ist Konflikten lieber aus dem Weg gegangen. Er wollte sich nicht streiten. Selbst wenn er im Recht war, hat er oft um des lieben Friedens willen nachgegeben. Konfliktscheu, das ist das richtige Wort. Ich habe immer gehofft, dass später einmal …" Ihr versagte die Stimme und sie sackte in sich zusammen.

Ich ließ es für heute gut sein und verabschiedete mich.

„Warum wollten Sie so viel über Robert erfahren?", fragte sie mich an der Tür. „Vermuten Sie etwa, er könnte …?" Sie schüttelte energisch den Kopf. „Nein, niemals. Sie waren beste Freunde."

„Ich möchte mich im Vorfeld gut informieren", beruhigte ich sie. „Hinter die Kulissen schauen, jede Möglichkeit genau abwägen. Ich verdächtige ihn keineswegs."

Aber es gab nun mal nur zwei mögliche Szenarien: Entweder hatte Dragan dem Jungen aus Rache aufgelauert oder sein bester Freund war der Täter.

20

Ich hatte das Gefühl, mich in einer Sackgasse zu befinden. Welche Annahme war wahrscheinlicher? Die, dass Dragan auf Nils eingestochen hatte, oder die, dass Robert seinen besten Freund angegriffen hatte? Oder sollte ich lieber abwarten, bis ich die Gelegenheit fand, mit Letzterem zu reden, um mehr Klarheit zu erhalten?

Ich beorderte Boris zu dem Fabrikgelände, damit er mir bei der Lösung einer weiteren Frage helfen würde. Wir verabredeten uns für einundzwanzig Uhr direkt vor dem Gebäude.

Dieses Mal standen tatsächlich mehr Autos auf den Seitenstreifen. Ich parkte direkt hinter Boris' Opel. Wir stiegen fast gleichzeitig aus. „Komm mit." Wir schritten nebeneinander auf den ehemaligen Tatort zu.

„Was genau willst du abklären?", fragte er.

„Wenn möglich sämtliche Details, die mir aufstoßen." Ich zeigte auf den Bauzaun. „Zuallererst werden wir uns Zugang verschaffen. Einer von uns muss dahinter warten."

Die Stangen waren, wie ich bei meiner vorherigen Erkundung gesehen hatte, nur mit einem Draht verbunden. Die Zange, die ich extra dafür bei mir trug, trennte diesen mühelos durch. Wir bogen die zwei Elemente so weit auf, dass ein schmaler Durchgang entstand. Für unser Experiment würde das ausreichen.

Dann schickte ich Boris in die Richtung, aus der die beiden Jungen damals gekommen waren. Dreimal musste er den Weg ablaufen, bis ich mir sicher war, dass derjenige, der ihnen aufgelauert hatte, sie durchaus hatte erkennen können, als sie in den Schein der Laterne traten. Zwar trug der Baum noch eine relativ vollständige Krone, trotzdem reichte das Licht aus, sie zu identifizieren.

Als er sich mir beim dritten Mal näherte, sprang ich vor und griff nach seinem Arm. Er ließ sich von mir hinter die Absperrung ziehen und schüttelte den Kopf. „Neuer Versuch. Kauere dich dicht an den Boden. Ich habe dich viel zu früh entdeckt."

„Ich kann dich nur aus dieser Position herankommen sehen", begann ich. Falsche Argumentation, sie waren schließlich zu fünft gewesen. Also ging ich dicht neben dem Zaun in die Hocke und startete den nächsten Angriff.

„Passt wieder nicht. Noch einmal."

Auch der nächste und übernächste Versuch brachte uns nicht weiter. Trotz der Dunkelfelder war ein Angreifer früh genug zu erkennen.

„Es sei denn, sie unterhielten sich angeregt und achteten nicht auf den Weg." Boris drehte sich einmal um die eigene Achse. „Oder sie haben hinter den geparkten Autos gelauert, sind im letzten Moment über die Straße gerannt und haben sie sich gepackt. Bist du sicher, dass dieser Junge aussagte, sie seien schon auf dem Fabrikgelände gewesen? Vielleicht hat er sich getäuscht", fuhr er auf mein Nicken fort. „Die Angreifer sind von hinten gekommen. Er konnte gar nicht sehen, von wo sie losrannten. Oder einer hockte hinter einem Auto und gab den andern Bescheid, die sich so weit zurückgezogen hatten, dass sie nicht mehr zu sehen waren."

Ich gab mich geschlagen. Alle diese Möglichkeiten bestanden tatsächlich. Es blieb dabei, ich musste unbedingt mit Robert selbst sprechen. „Einen Punkt möchte ich noch abklären. Woher wussten sie, welche Straßen ihre Opfer nehmen würden?"

„Ein guter Einwurf", sagte Boris anerkennend. „Das ist der interessanteste Punkt überhaupt. Sie können denen gar nicht aufgelauert haben. Sie müssen ihnen gefolgt sein."

Was wir direkt abklärten. Danach stand fest, es war theoretisch möglich, unbemerkt hinter ihnen herzuschleichen, unmöglich jedoch, sie zu umgehen und an dem Fabrikgelände auf sie zu warten. Ich war genauso schlau wie vorher.

„Was willst du machen? Dir zuerst den Jungen vornehmen, der dabei war, oder die Tatverdächtigen befragen?"

Während unserer Experimente hatte ich Boris in groben Zügen über meinen selbst ernannten Auftrag informiert.

„Ich an deiner Stelle würde mir einen der Mitläufer greifen. Falls du Unterstützung brauchst, kannst du auf mich zählen."

„Zunächst muss ich herausfinden, wie sich das bewerkstelligen lässt", wehrte ich vorsichtig ab. Boris und Marco waren gute Kumpel und genau deshalb wollte ich sie nicht in diese Geschichte verwickeln. Ich hatte mit meinen Nachfragen bereits gehörig Staub aufgewirbelt. Noch wusste ich nicht, wie ich genau verfahren wollte, aber es kristallisierte sich langsam heraus, dass sich dieser Täter nicht im Stillen fangen und bestrafen ließ. Den Feiertags-Dienstag nutzte Ramona für einen Besuch bei ihrer Schwester zu einem Frauengespräch. Carolin lebte endlich in einer vernünftigen Beziehung und dachte sogar an Heirat. Ihr Freund war Krankenpfleger in der Psychiatrie, was meiner Ansicht nach eine gute Grundvoraussetzung darstellte. Meine Schwägerin hatte nun mal eine spezielle Macke. Sie ordnete sich anfangs zu sehr unter und ließ sich viel zu viel gefallen. Ihr neuer Typ arbeitete bereits daran, sie auf eigene Füße zu stellen, was nicht ohne Streitigkeiten abging. Glücklicherweise besaß er eine Engelsgeduld – und fand stets bei mir den nötigen Rückhalt.

Seitdem ich Carolin gerettet hatte, war ich in ihren Augen der Held schlechthin. Von mir nahm sie so manchen Ratschlag an. Bei jedem anderen hätte sie die Flucht nach vorn angetreten, nur bei mir nicht. Daher musste ich den Neuen auch als Erster begutachten, sie legte Wert auf meine Meinung.

Mein Freund Julius hatte wie versprochen am Montag die Rechnung geschickt und mit ihr einen detaillierten Bericht über die Aktivitäten der fünf. Obwohl sein Hauptaugenmerk natürlich auf Dragan lag, erfuhr ich einiges Wissenswerte über seine Kumpel, unter anderem deren genaue Adressen und Gepflogenheiten, soweit man diese innerhalb dieser kurzen Zeit erkennen konnte. Einer von ihnen entpuppte sich schon beim Durchlesen als der ideale Kandidat. Er lebte noch bei seinen Eltern und wurde von denen anscheinend direkt am frühen Morgen rausgeschmissen. Jedenfalls war er der Einzige, der sich ziellos in den Straßen herumtrieb, bis die anderen endlich auftauchten. Den würde ich mir wenn möglich heute noch vornehmen.

21

Es war bereits elf, als ich das Haus, in dem Branko lebte, erreichte. Es handelte sich um einen dieser Altbauten, der dem Krieg und all seinen zahlreichen Bewohnern danach getrotzt hatte, was man ihm auch ansah. Die Backsteinfassade wirkte matt und bröckelig, zahlreiche Risse durchzogen die Vorderfront. Der Eingangsbereich mit der übergroßen Tür stammte offensichtlich noch aus dem neunzehnten Jahrhundert. Seitdem war nichts mehr gepflegt worden. Es war eine dieser Unterkünfte, in denen diejenigen lebten, die zum sogenannten Bodensatz der Gesellschaft gehörten und die sich mit all den Unzulänglichkeiten zufrieden gaben, Hauptsache, sie hatten ein Dach über dem Kopf.

Eigentlich zog sich dieses Bild durch die gesamte Straße, dementsprechend war auch das Publikum, dem ich begegnete. Trotz des noch relativ kühlen Morgens herrschte reger Betrieb. Kinder rannten hin und her, Frauengrüppchen, meist verschleiert, wanderten plaudernd in Richtung des geöffneten kleinen Supermarktes, Männer nutzten den freien Tag zu improvisierten Treffen, eine Horde Jugendlicher begutachtete ein aufgemotztes Auto, dessen Fahrer lautstark die Vorteile aufzählte.

Inmitten dieser Gruppe entdeckte ich mein Zielobjekt. Branko hielt sich am Rand, den Blick auf irgendetwas weiter die Straße hinunter gerichtet. Seine Körperhaltung deutete an, dass er auf dem Sprung war. Traf er sich ausgerechnet heute eher mit den Freunden?

Eine ältere Frau wurde sichtbar, stellte ihre Einkäufe ab und winkte energisch. Folgsam trottete er zu ihr hin, griff nach den Tüten und schleppte sie zu dem Haus, in dem er wohnte. Ich folgte ihnen langsam in einiger Entfernung. Wie ich erwartet hatte, sprang er kurz darauf die Stufen wieder hinunter.

Dieses Mal schlug er den entgegengesetzten Weg ein, also anscheinend kein verfrühtes Treffen mit Dragan und Konsorten. Diese wohnten gut vier Blocks entfernt in die andere Richtung in einer, wie ich nun im direkten Vergleich erkennen konnte, wesentlich angenehmeren Gegend. Das hier war so ziemlich das Schlimmste, was mir in all den Jahren meiner Ermittlertätigkeit untergekommen war.

Ich beschleunigte mein Tempo, bis ich direkt neben ihm ging. „Hi! Willst du dir einen Zwanni verdienen?"

Er zuckte zusammen und schüttelte, ohne mich anzusehen, den Kopf.

„Du sollst mir dafür nur ein paar Fragen beantworten", verdeutlichte ich. Damit hatte ich sein Interesse. Er blieb stehen. „Worum geht's?"

„Um den Überfall auf diesen Jungen. Ich schreibe ein Buch darüber."

Seine Miene verschloss sich sofort wieder. „Da gibt's nichts zu erzählen."

„He, ich will einfach Interviews mit den Beteiligten einbauen, verstehst du? Nichts Besonderes. Aber die Leser stehen auf so was." Ich konnte wohl davon ausgehen, dass er nicht gerade ein Bücherwurm war. „Mir reicht es, wenn du deine Sicht schilderst. So ungefähr: Wie war das für dich, als plötzlich die Polizei vor deiner Tür stand? Hast du Angst gehabt, dass du im Knast landest? So was in der Art. Ich will eine halbe Stunde deiner Zeit und du kriegst zwanzig Euro dafür. Ist doch leicht verdientes Geld!"

In seinem Gesicht arbeitete es. „Okay", sagte er schließlich. „Aber ich will dreißig Euro."

„Einverstanden. Sollen wir uns dort drüben reinsetzen?" Ich deutete auf ein türkisches Café schräg gegenüber.

Er zögerte. Ich konnte an seinem Gesicht ablesen, dass er sich verfluchte, nicht mehr gefordert zu haben. Dieser neugierige Schriftsteller hätte bestimmt noch draufgezahlt. „Nee, lieber drüben bei McDonald's was essen gehen."

„Einen Kaffee spendiere ich dir", blieb ich hart. „Sei lieber froh, dass ich dich ausgesucht habe. Ich kann es genauso gut bei einem deiner Kumpel versuchen."

Er gab sich geschlagen und trottete schweigend neben mir her.

„Also", begann ich, nachdem ich für jeden von uns einen Kaffee und einen Bagel besorgt hatte. „Wir war das in der Disco? Wieso ist Dragan gleich ausgerastet?"

„Ist doch klar! Seine Tussi macht per SMS Schluss und wirft sich gleich an den nächsten Typ ran. Kein Wunder, dass der sauer wurde."

Aha. Und diese Wut ließ man dann an dem ahnungslosen Unbeteiligten aus. „Am selben Tag?"

„Nee, die hatte am Abend vorher die SMS geschickt. Er ist nur dorthin gegangen, weil er mit ihr reden wollte. Die hat keinen seiner Anrufe beantwortet. Und dann sieht er, wie sie sich gleich den Nächsten klarmacht. Wir haben die eine Weile beobachtet, das war eindeutig."

„Und darunter musste dieser Junge dann leiden", konnte ich mir jetzt doch nicht verkneifen einzuwerfen.

„Das hatte der sich selbst zuzuschreiben. Dragan wollte nur mit ihr reden, der hätte sich nicht einmischen sollen."

Es brachte nichts, auf diesem Punkt herumzureiten. „Was war später?", fragte ich deshalb. „Die Leute vom Sicherheitsdienst warfen euch raus. Was habt ihr gemacht?"

„Zuerst wollte der Dragan dableiben und auf die Tussi warten. Der war mächtig sauer, kriegte sich gar nicht mehr ein. Wir standen uns die Beine in den Bauch, bis wir ihn endlich überreden konnten abzuhauen. Die wäre eh nicht so schnell gekommen und an dem Abend war es saukalt. Wir sind ..."

„Moment!", unterbrach ich ihn. „Hatte dein Freund keinen Brass auf den Jungen? Wegen dem war er schließlich aus der Disco geflogen?"

„Hä?" Das Wort Brass kannte er anscheinend nicht.

„Wut", verdeutlichte ich. „War er nicht wütend auf den Typ, der ihm die Freundin weggenommen und sich eingemischt hatte?"

„Nee, der hatte sein Fett weg. Die Tussi wollte er sich vornehmen. Das ist keine Art. Sie sollte ihm ins Gesicht sagen, warum sie einfach so Schluss gemacht hat."

„Wie hätte er reagiert, was glaubst du?"

Er grinste und trank seinen Kaffee aus. „Kann ich noch einen haben?"

Da er sich bisher durchaus kooperativ gezeigt hatte, erfüllte ich seinen Wunsch.

„Dragan hätte sie zur Sau gemacht. Danach wäre sie so klein gewesen."

Er ließ zwischen Daumen und Zeigefinger einen winzigen Spalt.

„Hätte er sie zusammengeschlagen?"

„Nee, so was nicht." Er wirkte ehrlich empört. „Mal ne Ohrfeige, wenn sie nicht aufhörte, ihn auf Hundert zu bringen, das kam vor. Aber er ist doch kein Schläger."

„Da habe ich andere Dinge gehört."

„Das ist was anderes", erwiderte er vollkommen überzeugt. „Er muss sich behaupten, sonst ist er am Arsch. Dazu gehört ..." Er hielt inne, biss sich auf die Lippe und musterte mich vorsichtig, während er an seinem Kaffee nippte.

„Dazu gehört, dass man als Erster zuschlägt, richtig?", vervollständigte ich seinen Satz. „Was ..." Ich wurde durch die Neueintretenden abgelenkt. Wie immer hatte ich mich so gesetzt, dass ich das Kommen und Gehen der anderen Gäste im Blick hatte, eine reine Gewohnheit meinerseits. Ich behielt gern die Kontrolle über die Situation, was mir schon bei der einen und anderen Gelegenheit zum Vorteil gereicht hatte. Wie vermutlich jetzt auch, denn bei den vier jungen Männern, die direkt auf uns zukamen, handelte es sich um Dragan und seine Freunde.

22

„Was liegt an?" Der junge Mann hatte seine Augen drohend zusammengekniffen und blickte seinen Freund aus schmalen Spalten wütend an. Mich schien er gar nicht zu beachten, doch ich blieb auf der Hut. Seine gesamte Haltung zeigte deutlich, dass er auf Ärger aus war. Und dieser würde vermutlich in erster Linie mich treffen.

„Du, der hier", Branko zeigte auf mich, „will ein Buch über diese ganze Geschichte schreiben. Es …"

„Ist was für 'n Arsch", unterbrach ihn Dragan grob. „Bist du blöd oder was? Du weißt, wie das abläuft. Wir sind wie immer die Bösen."

„Nein", beeilte ich mich zu versichern. „Ich bin in keinster Weise parteiisch. Ich möchte die Wahrheit schreiben, alles genau so, wie es abgelaufen ist, erzählen."

„Red keinen Stuss, Mann." Er kam näher heran und baute sich drohend vor mir auf. „Von so einem wie dir kommt nichts Gutes über uns. Schreib, was du willst, aber lass uns in Ruhe. Also zisch ab!"

Ich blickte auf ihn, seinen mir gegenüber sitzenden Freund und wieder zu ihm. Klar, ich hätte aufstehen und gehen können, nur widerstrebte es mir, mich herumschubsen zu lassen. Außerdem las ich in seinen Augen, dass er mich nicht ohne weiteres davonkommen lassen würde. Ein niederträchtiger Schlag in den Rücken oder ein direkter Frontalangriff – ihm war beides zuzutrauen. Daher lehnte ich mich zurück und sagte schlicht: „Nein."

Er benötigte einen Moment, um meine Weigerung zu verstehen. Dann schoss seine Hand vor. Ich hatte genau damit gerechnet. Ich packte seinen Arm und drückte zu. Gleichzeitig schoss ich von meinem Sitzplatz hoch und warf mich gegen ihn. Der Aufprall verschaffte mir genügend Raum, seinen nächsten Angriff in Ruhe abzuwarten.

Ich werde von Raufbolden meist unterschätzt. Sie sehen einen mittelgroßen, relativ kompakten Mann, der aussieht, als könne er kein Wässerchen trüben. Nicht gerade ein Weichei, eher jemand, der an den

Verstand seines Gegenübers appelliert, statt sich auf einen Kampf einzulassen. Dass mein Körper hauptsächlich aus Muskeln besteht und ich weiterhin über hervorragende Reflexe verfüge, ahnt niemand, genauso wenig, dass ich schon früh die Entscheidung traf, mich nie feige zurückzuziehen.

Dragan fasste sich relativ schnell wieder. Statt es gut sein zu lassen, schoss er einen rechten Haken auf mich ab, na ja, zumindest das, was er dafür hielt. Ich wehrte mit der flachen Hand ab und setzte sofort mit einem gemeinen Tritt nach, der ihn von den Beinen hebelte. Seine Augen weiteten sich, als er mit einem Stöhnen zu Boden ging.

„Stopp!" Meine ausgestreckte Hand reichte aus, seine Freunde zu überzeugen, es nicht gemeinsam gegen mich zu versuchen. „Ruft lieber einen Krankenwagen."

Ein Aufstöhnen aus der Menge, die sich mittlerweile in einigem Abstand gebildet hatte, warnte mich. Trotzdem gelang es Dragan, mich mit dem Messer zu verletzen. Die Klinge drang in meine Wade ein, nur eine oberflächliche Fleischwunde, aber mir reichte es endgültig. Mein Fuß schnellte vor und traf sein Handgelenk, das mit einem Knacken brach. Ein weiterer Tritt zertrümmerte sein Kniegelenk. Selbst die besten Ärzte würden nicht verhindern können, dass er ein Leben lang humpelte.

Ich wandte mich zu Branko, der wie angenagelt auf der Bank sitzen geblieben war, stützte meine Hände auf den Tisch und schob mein Gesicht so nah vor seins, dass ich sämtliche roten Äderchen in seinen Augen sehen konnte. „Also raus mit der Sprache! Was habt ihr damals gemacht?", fragte ich leise.

„Wir sind abgehauen. Dragan wollte sich die Tussi am nächsten Tag greifen", sprudelte es aus ihm heraus. „Wir haben uns im Park volllaufen lassen. Ehrlich!"

„Red keinen Scheiß!", fauchte ich. „Die Wahrheit!" Ich wusste, mir blieb nicht mehr viel Zeit. Noch hielt die Menge gebührenden Abstand, noch war kein Polizist zu sehen. Das konnte sich schlagartig ändern.

„Wir sind bei einem Kumpel von mir gewesen", flüsterte er so leise, dass außer mir mit Sicherheit niemand ein Wort verstand. „Sein Vater hat einen Kiosk. Wir saßen hinten und haben getrunken, Bier, Wodka, Wein, alles durcheinander."

„Warum habt ihr das nicht bei eurer Aussage bei der Polizei angegeben?"
Er warf einen Blick auf seine Freunde, die sich nicht in unsere Nähe wagten, sondern sich um den am Boden Liegenden kümmerten. „Dragan ist ausgerastet und hat randaliert. Es ging fast alles kaputt. Wir haben dann einen Einbruch vorgetäuscht, die Tür beschädigt und die Zigaretten und das Geld genommen."

Ich griff in meine Hosentasche und zog drei Zehner hervor. „Hier! Du hast es dir verdient."

Seine Finger schlossen sich um das Geld, das ich auf den Tisch geworfen hatte. Er ließ es augenblicklich in der Jackentasche verschwinden. „Werden Sie den Bullen die Wahrheit sagen?"

Ich schüttelte den Kopf. „Wozu?"

Bevor er antworten konnte, teilte sich die Menge und zwei Streifenbeamte kamen auf uns zu. „Was ist hier passiert?"

„Er hat mich angegriffen." Ich deutete auf Dragan. „Als er schon am Boden lag, zog er ein Messer und verletzte mich am Bein." Meine Hose war an der Seite Blut getränkt, sogar der Schuh glänzte nass.

„Das stimmt. Er hat sich nur verteidigt." Ein junger Mann vom Verkaufspersonal gesellte sich zu uns. „Wir alle haben gesehen, was passiert ist. Den da", er nickte mit dem Kinn zu Dragan hinüber, „kennen wir schon. Der ist ständig auf Streit aus."

Meine Stichwunde musste genäht werden, die Polizisten entließen mich gnädig, nachdem ich eine vollständige Aussage gemacht hatte. Sie schluckten meine Erklärung, der Tritt gegen das Knie wäre eine Art Abrutscher gewesen, ich hätte mit meinem verletzten Bein das Gleichgewicht nach der Attacke gegen Dragans Hand nicht halten können. Die Tritte waren so schnell hintereinander erfolgt, dass die Umstehenden die Absicht dahinter wahrscheinlich nicht erkannt hatten. Auch der Umstand, dass ich bei diesem Ausflug Springerstiefel trug, wurde von den Beamten weder kommentiert noch schriftlich vermerkt. Sie schienen ganz froh darüber zu sein, den Aggressor endlich festnehmen zu können.

Mit dem von den Sanitätern angelegten festen Verband hätte ich vermutlich die U-Bahn nehmen und mit dem Auto bis zum Krankenhaus fahren können. Ich genehmigte mir lieber ein Taxi. Für heute hatte ich genug von dieser Gegend.

23

Als meine Frau von ihrem Ausflug zurückkehrte, saß ich bereits im Sessel und hatte, wie von dem behandelnden Arzt empfohlen, das verletzte Bein hochgelegt.

„Kannst du dir vorstellen, warum jemand seinen besten Freund umbringt?", fragte ich sie. „Was muss passieren, damit jemand so reagiert?"

„Läuft wieder eine deiner Privatermittlungen?" Sie warf einen vielsagenden Blick auf den Verband.

„Das ist harmloser, als es aussieht." Wie üblich bei einer derartigen Versorgung war eher zu viel des Guten getan worden. Der Sanitäter hatte meine gesamte Wade bandagiert, sodass sie auf das Doppelte angeschwollen war und ich das hochgekrempelte Hosenbein nicht mehr hinunterrollen konnte. „Ein kleiner Schnitt. Ehrlich." Ich versuchte ein Lachen. „Du müsstest mal den anderen sehen."

„Lass mich raten: Er wurde mit einem Krankenwagen abtransportiert." Ihr Tonfall klang eisig. „Also? Habe ich recht? Du spielst wieder den Opferbeauftragten?"

Es hatte sich leider nicht vermeiden lassen, dass sie ab und zu mithörte, wenn ich mit Susannah telefonierte. Allerdings wusste sie definitiv nur von zwei, drei Einmischungen meinerseits.

Wenn sie in dieser Stimmung war, half keine Rechtfertigung, sondern Klartext. „Diese Geschichte hat nichts mit Susannah zu tun. Ich versuche, den brutalen Überfall aufzuklären, bei dem dieser Junge ins Koma geprügelt wurde", erwiderte ich. „Ich weiß nicht, ob du dich daran erinnerst. Das Gericht hat vor kurzem das Verfahren gegen den Haupttäter mangels Beweisen eingestellt."

„Natürlich, wir haben schließlich letztens erst darüber gesprochen … und jetzt bist du natürlich wieder mal klüger als die Polizei." Sie schüttelte verständnislos den Kopf.

„Ich habe andere Möglichkeiten", verbesserte ich sie.

„Brutalere Methoden", setzte sie noch eins drauf. „Über kurz oder lang wirst du die Quittung dafür bekommen."

„Ich habe den Jungen gesehen. Und mit den Eltern gesprochen. Sie sind in einer ähnlichen Lage wie wir damals. Nur dauert ihre schon über ein Jahr an – ohne Aussicht auf großartige Besserung."

Sie schluckte und setzte sich jetzt doch zu mir. „Wieso immer du? Was bringt dir das?"

Sie wirkte gleichzeitig besorgt und interessiert, besorgt um mich und ehrlich interessiert an dem, was mich antrieb. Beinahe hätte ich alle Vorsicht fahren lassen und mich ihr offenbart. Nun, besser, ich berichtete zuerst von dem aktuellen Fall. „Ich kann nicht damit leben, dass niemand für diese Tat zur Verantwortung gezogen wird. Es schien so offensichtlich, dass der Angeklagte schuldig war. Deshalb wollte ich versuchen, mich einzubringen."

„Und ein Geständnis aus ihm herausprügeln", ergänzte sie. „Weil du ja nicht davor zurückschreckst, im Sinne der Gerechtigkeit Gewalt anzuwenden."

Spielte sie auf die Anfänge meiner Tätigkeit an? Mein Handeln bei ihrer Schwester und bei Susannah? Von weiteren Vorfällen hatte sie meiner Ansicht nach nichts mitbekommen. „Ich bin ganz anders vorgegangen." Um sie nicht noch wütender zu machen, begann ich meinen Bericht mit den heutigen Erlebnissen.

„Musstest du ihn derart zurichten?", lautete ihr einziger Kommentar, nachdem ich geendet hatte.

Das war typisch Ramona. Kein Wort darüber, dass ich mich bemüht hatte, einer direkten Konfrontation aus dem Weg zu gehen. Nur Ärger darüber, dass mein Konter etwas härter ausgefallen war. „Es hat keinen Unschuldigen getroffen. Der junge Mann ist ein typischer Schläger."

„Und? Ist er der Täter?"

„Nein, in dem Fall des Komapatienten nicht." Sonst hätte ich meine Befragung auch anders aufgezogen. Normalerweise hätte ich nicht den Umweg über seinen Kumpel genommen, sondern ihn mir direkt vorgenommen. Wenn nicht schon diese Zweifel aufgekommen wären!

„Und was hat dir dann diese körperliche Auseinandersetzung gebracht?"

Obwohl sie sich um eine harmlose Ausdrucksweise bemühte - normalerweise nahm sie kein Blatt vor den Mund -, verwarf ich den Gedanken, sie ihn alles einzuweihen, was wahrscheinlich für sie und für mich das Bessere war. Ich weiß bis heute nicht, wie sie reagiert hätte, wäre ich zu diesem Zeitpunkt mit allem herausgeplatzt. „Für mich ist eindeutig klar, wer der Täter sein muss. Ich verstehe bloß nicht, warum er es tat."

Ihre Neugier war geweckt. „Wer ist es?"

„Sein bester Freund. Es kann nicht anders sein. Er ist der Einzige, der infrage kommt."

„Vielleicht sind sie von irgendwelchen Chaoten überfallen worden", widersprach Ramona. „Vielleicht war es gar keine geplante Tat. Die fuhren im Auto an den Jungen vorbei und beschlossen, sie zu drangsalieren."

Ich schüttelte den Kopf. „Das hätte der Freund zugeben können. Stattdessen beschuldigte er die fünf aus der Disco."

„Vielleicht sahen sie denen ähnlich. Ich finde, dein Verdacht steht auf sehr schwachen Füßen."

„Das gesamte Szenario, so wie er es darstellte, stimmt nicht. Ich habe es nachgeprüft. Die Geschichte ist niemals so abgelaufen, wie er sagt."

„Vielleicht kennt er die Täter und wurde dermaßen von ihnen unter Druck gesetzt, dass er sich nicht traut, die Wahrheit zu erzählen. Hast du dich mal in seinem Umfeld kluggemacht? Eventuell gab es damals an der Schule eine Gruppe, die ihn und seinen Freund schon länger striezte. Du und ich, wir wissen beide, dass so was vorkommt."

In meinem Gehirn machte es regelrecht klick. „Ja, das könnte sein Verhalten erklären", gab ich ihr recht. „Dass er den Freund nicht besucht, dass er nach wie vor traumatisiert ist, dass seine Schulleistungen abgesackt sind. Es passt. Danke, Ramona. Du hast mir enorm weitergeholfen."

„Und was willst du jetzt machen?"

„Weitergraben natürlich." Nein, unbedingt mit Robert selbst sprechen! Wenn ich mit meinem Verdacht richtig lag, würde ich auf keinem anderen Weg die Wahrheit herausfinden.

„Geh lieber zur Polizei und gib denen deine Informationen."

War da ein flehentlicher Unterton in ihrer Stimme? Ich beschloss, jeder Konfrontation aus dem Weg zu gehen. „Ja, das wäre wohl passender. Mein Zeitplan für die nächsten Tage ist mehr als eng. Ich rufe gleich morgen beim zuständigen Revier an."

Ramona nickte sichtlich erleichtert. „Du hast wirklich genug getan."

24

Am Mittwoch verließ ich noch vor ihr das Haus. Kaum war ich außer Sichtweite, schlug ich den Weg zur Uni ein. Ersti-Woche! Durch meine Tochter hatte ich eine ungefähre Vorstellung, wie das ablief. Ältere Studenten nahmen sich der Neuen an, führten sie über das Gelände und durch die einzelnen Gebäude und beantworten sämtliche Fragen, die die Studienanfänger drückten. Zwischendurch gab es zur Auflockerung kleine Spielchen und eine gemeinsame Mittagspause in der Mensa. Isabella hatte sich damals begeistert gezeigt und war fest entschlossen gewesen, diesen Part später einmal selbst zu übernehmen. Dazu kam es leider nicht mehr, doch ich wettete, dass sie sich ähnlich intensiv ins Zeug gelegt hätte.

Ich schob den Gedanken an meine Tochter energisch zur Seite. Die Erinnerung tat immer noch viel zu weh und die altbekannten Wut- und Hassgefühle drohten überhandzunehmen. Dabei musste ich dringend an meinem Konzept feilen, wie ich mit Robert umgehen wollte. Mehr als diesen einen Versuch würde ich nicht bekommen.

Die Bundesstraße war wie jeden Morgen total verstopft, über ein Stop-and-go kam ich die nächsten vier Kilometer nicht hinaus. Zeit genug also, mir einen Plan zurechtzulegen.

Als ich den Uni-Parkplatz erreichte, begann es zu nieseln. Ich blieb im Auto sitzen, hoffte auf Besserung und griff noch einmal zu dem Foto, das Nils' Mutter mir überlassen hatte. Die Aufnahme war kurz vor dem Überfall entstanden. Irgendjemand musste sie gerufen haben, denn sie hatten beide ihre Gesichter fragend der Kamera zugewandt. Allzu sehr konnte sich Robert in der kurzen Zeit, die vergangen war, nicht verändert haben.

Zehn Minuten später schüttete es wie aus Kübeln. Gut, musste ich eben umdisponieren. Ich würde abwarten, bis dieser Kennenlerntag endete, und anschließend mein Glück bei Robert versuchen. Da ich weder wusste, ob er mit dem Auto oder mit der Bahn kam, ob allein oder mit jemandem zusammen, war diese Vorgehensweise bei dem Wetter sinnvoller.

Grüppchen für Grüppchen hastete an mir vorbei, alle mit Schirmen ausgestattet, die sie zum Schutz gegen den böigen Wind vor sich hielten. Die einen wählten den erstbesten Eingang, die anderen schienen ein weiter entferntes Ziel zu haben, einige wenige bogen nach links ab, während der Großteil nach halb rechts marschierte. Ich wäre hoffnungslos überfordert gewesen, die richtige Gruppe zu finden.

Die Mensa! Am besten ich wartete dort auf Robert. Vielleicht konnte ich ihn sogar überreden, sich gleich nach dem Essen mit mir zu unterhalten. Zumindest aber würde ich in Erfahrung bringen, wann und wo der Tag endete. Entkommen ließ ich ihn nicht.

Gegen Mittag ließ der Regen dann auch nach, sodass ich mein Ziel fast trockenen Fußes erreichte. Trotz der für die meisten Studenten noch freien Zeit war der riesige Raum gut besetzt. Ich schob mich durch die Reihen der Tische und versuchte, unter den aufgeregt Schwatzenden den Richtigen zu finden, ein fast schon aussichtsloses Unterfangen, da die Reihe an der Essensausgabe immer länger wurde und sich regelmäßig Neuankömmlinge mit ihrem Tablett zwischen den Sitzenden niederließen. Immerhin war ich nicht der einzige Ältere unter den Anwesenden, die plaudernde Gruppe, die ich gerade passierte, bestand wohl aus Dozenten oder Angestellten, die den Altersschnitt deutlich anhoben.

Im hinteren Bereich entdeckte ich einen jungen Mann, der von seiner Statur her der Gesuchte sein konnte. Er saß mit zwei Studentinnen zusammen und hörte ihnen eifrig nickend zu. Da ich ihn nur von hinten sah, ging ich bis zum Fenster weiter und auf demselben Weg zurück. Nein, er war es definitiv nicht. Im Gegensatz zu Robert hatte er ein schmales Gesicht und ein wildwuchernder Bart bedeckte die untere Hälfte.

Ich postierte mich am Ausgang und wartete. Irgendwann musste er ja an mir vorbeikommen.

Zwei junge Mädchen erweckten mein Interesse. Nach einem Blick auf die Uhr steuerten sie im Stechschritt auf mich zu, als hätten sie es eilig, ihr Ziel pünktlich zu erreichen.

Ich stellte mich ihnen in den Weg. „Entschuldigen Sie bitte. Gehören Sie zu den Erstsemestern, die gerade ihre Einweisung erhalten?"

Die eine schüttelte kichernd den Kopf, die andere musterte mich mit hochgezogenen Augenbrauen. „Und warum interessiert Sie das?"

„Ich suche meinen Neffen. Ich muss ihn unbedingt … Es ist ein Unfall passiert, sein Vater …" Ich tat, als könne ich nicht weitersprechen.

„Hm." Ich war wohl überzeugend genug gewesen. „Zu welchem Bereich gehört er denn? Was studiert er?", setzte sie hinzu, meine verwirrte Miene richtig deutend.

„Äh, irgendwas mit IT. Wieso?"

„Weil jede Gruppe ihr eigenes Ding durchzieht", erklärte mir die Zweite, während die Erste, die mir ein kurzes „Warten Sie!", hingeworfen hatte, zu einem älteren Studenten mit Schnäuzer eilte und ihn ansprach.

„Warum rufen Sie Ihren Neffen nicht einfach auf dem Handy an?"

„Sein Vater ist sehr schwer verletzt. Das kann ich ihm doch nicht am Telefon sagen." Ich hatte die richtige Mischung von Verzweiflung und Schockiertheit in meine Stimme gelegt. Sie nickte. „Brian wird Sie hinbringen." Sie deutete auf ihre Freundin, die mit dem Mann im Schlepptau auf uns zukam.

„Sie sind Roberts Onkel?"

Ich machte lieber einen kleinen Rückzieher. „Sein Nennonkel. Er ist mein Patensohn. Seine Mutter schickt mich. Ich …"

„Kommen Sie. Ich bin eh spät dran. Die sind bestimmt schon alle drüben im Gebäude." Er setzte sich bereits in Bewegung. „Soll ich Robert rausschicken oder wollen Sie mit reingehen?"

„Wenn Sie ihn zu mir schicken könnten, das wäre ideal, denke ich. Nur überlassen Sie es bitte mir, ihm die schlechte Nachricht mitzuteilen."

„Sehe ich genauso", brummte er. „Ich werde ihm einfach sagen, da ständ ein Typ, der irgendwas von ihm wolle."

„Perfekt."

Ich stellte mich hinter die Tür, sodass der Junge ein, zwei Schritte vorwärtsmachen musste, um mich zu sehen. Dadurch würde eine rechtzeitige Flucht für ihn unmöglich. Ich hatte ihn!

25

Fast hätte ich mich verrechnet! Das Türblatt öffnete sich gerade weit genug, dass Robert hindurchschlüpfen konnte. Er entdeckte mich viel zu früh und trat sofort die Flucht an. Geistesgegenwärtig sprang ich vor und umfasste hart seinen Oberarm. „Keinen Mucks, sonst komme ich dir nach und erkläre vor versammelter Mannschaft, was vor einem Jahr mit deinem besten Freund passiert ist." War es die körperliche Gewalt oder mein drohender Ton, er wurde leichenblass und fiel sichtlich in sich zusammen. Ohne Gegenwehr ließ er sich von mir mitziehen, hinüber zum nächsten Parkplatz, wo wir ohne Störung miteinander reden konnten. Ich löste meinen Griff und nickte ihm zu. „Willst du freiwillig auspacken?"

Mit hängenden Schultern blieb er vor mir stehen, sein Blick irrte wie hilfesuchend über den Parkplatz, als wäre er auf der Suche nach jemandem, der mir Paroli bieten würde. Doch es gab niemanden, an den er sich hätte wenden können, wir standen inmitten der vom Regen nassglänzenden Autos allein auf weiter Flur. Der frische Wind, der aufkam, drückte die grauen Wolken auseinander, sodass er die Augen von den gleißenden Sonnenstrahlen abwenden musste. „Ich war es nicht", quetschte er hervor.

In diesem Moment tat er mir wirklich leid. Seit einem Jahr hielt er dem Druck stand, sich zu offenbaren, hin- und hergerissen zwischen Schuldgefühlen und Angst. Ja, Robert hatte definitiv enorme Probleme. Sein bester Freund, sein einziger Freund, lag seitdem im Koma – und er trug Schuld daran. So dachte er zumindest.

„Ich weiß", nickte ich und sah wie zur Bestätigung die Bestürzung in seinen Augen.

„Ich hätte sagen sollen, ich war es. Nils ist …", seine Stimme versagte.

„Du wärest nicht gegen deinen Vater angekommen. Er ist niemand, der sich in seine Pläne hineinreden lässt. Du musstest tun, was er sagt."

„Ich habe nicht gewusst, dass er ihn umbringen will. Ehrlich nicht!" Sein Blick wurde flehend. „Er hat behauptet, er will noch mal in Ruhe mit ihm reden, an einer Stelle, wo uns niemand stört. Ich dachte, er droht ihm, den Mund zu halten. Im Drohungen aussprechen ist er nämlich einsame Spitze, wissen Sie. Als ich merkte, was er wirklich vorhatte, war es zu spät. Nils lag auf dem Boden und ich habe mich auf ihn gestürzt. Er gab mir einen Tritt, dass ich mich überschlug. Ich hasse ihn! Ich hasse ihn!" Er brach schluchzend zusammen.

Ich hockte mich neben ihn auf den Boden und legte den Arm um ihn. Er zuckte zusammen und versuchte wegzurutschen. Selbst dafür reichte seine Kraft nicht mehr. Er hatte vollständig aufgegeben.

„Du bist selbst ein Opfer", versuchte ich, ihm begreiflich zu machen. „Dein Vater ist dir und Nils gegenüber zum Täter geworden. Du hättest nichts tun können, gar nichts."

Meine Worte schienen Robert nicht zu erreichen. Er starrte stumm vor sich hin.

„Nils hat irgendetwas gehört oder gesehen", tastete ich mich langsam vor. Nicht nur, um meinen Verdacht bestätigt zu wissen, sondern auch, um dem Jungen eine Reaktion zu entlocken. Er musste sich endlich alles von der Seele reden.

„Gehört", sagte Robert nach einer langen Pause. „Er ist zu früh gekommen, ich stand noch unter der Dusche. Er wollte lieber im Garten auf mich warten, weil …" Er schüttelte den Kopf und verfiel wieder in Schweigen. „Ach, ist jetzt auch egal. Nils hatte Joints besorgt. Bei mir oben ging das nicht, meine Mutter hätte es garantiert gerochen. Er hockte sich unter das Fenster vom Arbeitszimmer zwischen die Büsche. Wir hatten gedacht, mein Vater sei gar nicht da."

„Euer erster Versuch?", fragte ich nach.

„Nein, das war schon so Usus, wenn wir rausgehen wollten. Wir sind beide nicht gerade die Aufreißer gewesen. Das Zeug machte uns lockerer." Er starrte trübsinnig auf seine Schuhspitzen.

„Also zog Nils sich einen Joint durch, während dein Vater im Zimmer telefonierte", half ich ihm weiter.

„Das Telefon klingelte, mein Vater stürzte ins Zimmer und er konnte nicht mehr weg", bestätigte Robert meine Theorie. „Das Fenster stand auf Kippe, er bekam jedes Wort mit. Na ja, die Antworten meines Vaters halt, aber das reichte völlig. Der machte seinen Gesprächspartner zur Sau, weil der schlampig gearbeitet hatte. Ja, und dann fiel der Satz: Die Leiche hätte spurlos verschwinden sollen. Nils war komplett von den Socken. Der wagte keinen Mucks, bis mein Vater das Zimmer wieder verlassen hatte. Ich kam gerade die Außentreppe runter, er ist wie ein Irrer zu mir hin, hat mich an der Hand gepackt und hinter sich her gerissen, bis wir fast einen Kilometer Abstand zwischen uns und das Haus gebracht hatten." Völlig in seine Erinnerungen versunken, begann er zu zittern.

„Nun, Nils steht laut seiner Mutter nicht auf direkte Konfrontation. Er beschloss, zuerst zu recherchieren, ob dein Vater tatsächlich einen Mord in Auftrag gegeben haben könnte", riet ich.

„Genau. Wir wollten uns am nächsten Tag bei ihm treffen." Er sah beschämt zur Seite. „Wir haben zur Beruhigung jeder einen ganzen Joint geraucht. Den ersten hatte Nils ja direkt ausgemacht, als er die Stimme meines Vaters hörte. Wir standen beide ziemlich neben uns. Außerdem meinte er, wir müssten vernünftige Beweise finden, seine Aussage allein würde vermutlich nicht ausreichen. Wir sind in die Disco, um abzuschalten. Kaum waren wir dort, rief mein Vater mich auf dem Handy an. Ein Nachbar hatte Nils zwischen den Büschen hocken sehen und nichts Eiligeres zu tun gehabt, als es ihm zu stecken. Der zählte eins und eins zusammen und wusste Bescheid. Komischerweise blieb er ganz ruhig, redete total vernünftig mit mir. Nils habe da etwas völlig falsch verstanden. Es ginge nicht um einen Mord, die Geschichte sei kompliziert, er wolle sie uns beiden vernünftig erklären, am besten gleich heute noch. Er ließ nicht locker und ich versprach schließlich, ihn anzurufen, wenn wir auf dem Heimweg wären."

„Deshalb hast du der Kleinen, die scharf auf deinen Freund war, gedroht, damit sie euch in Ruhe lässt", kombinierte ich. „Deshalb ist sie nicht mehr aufgetaucht."

„Nicht wegen meinem Vater, nein. Ich fand die echt dreist, hat kaum mit dem einen Schluss gemacht und wirft sich gleich dem Nächsten an den Hals." Er verzog das Gesicht. „Sie hätten die sehen sollen! Die war nichts für Nils, ehrlich nicht."

„Wann hast du ihn angerufen?"

„Kurz bevor wir los sind. Ich bin auf die Toilette gegangen und habe ihm gesagt, dass wir nach Hause laufen wollen und welche Strecke wir nehmen. Er war total cool. Ich hätte niemals gedacht ... wenn ich geahnt hätte ..." Er schüttelte resigniert den Kopf. „Ich bin schuld. Ich habe ihm Nils praktisch ausgeliefert."

26

„Meine Frau ist im Krankenhaus", sagte Herr Fröhlich. „Nils ist gestern eingeliefert worden. Es sieht nicht gut aus. Ich wollte gerade auch losfahren."

„Liegt er auf der Intensivstation?"

„Ja, in einem speziellen Einzelzimmer."

Ich schielte zu Robert hinüber, der bereits in meinem Auto saß. „Darf er Besuch von einem guten Freund empfangen?"

„In seinem Fall ist das kein Problem. Die Ärzte …", Herr Fröhlich hielt inne, er schien jetzt erst zu begreifen, was ich mit dieser Frage bezweckte.

„Sie meinen, Robert will ihn sehen?"

„Ja, wenn es möglich ist."

„Unbedingt. Kommen Sie!"

„Wir müssen umdisponieren", erklärte ich dem Jungen, während ich den Motor anließ. „Nils ist im Krankenhaus. Es ist vielleicht deine letzte Chance."

Er wurde blass und biss sich auf die Lippe. „Ich ziehe das durch."

Den Rest der Fahrt über schwiegen wir. Jeder hing seinen eigenen Gedanken nach. Roberts schienen selbst nach seinem Geständnis immer noch ziemlich düster zu sein. Bisher hatte er nicht wissen wollen, was ich zu unternehmen gedachte. Ich musste spätestens auf dem Rückweg ein weiteres Mal mit ihm reden.

Ich selbst überlegte hin und her. Sollte ich den Jungen zwingen, gegen den eigenen Vater auszusagen? Was, wenn dieser den Spieß einfach umdrehte und behauptete, seinem Sohn nach der Tat zu Hilfe geeilt zu sein? Nach allem, was ich über ihn erfahren hatte, war das die wahrscheinlichste Möglichkeit. Ich glaubte nicht, dass Herr Richter seinem Sprössling große Gefühle entgegenbrachte. Er würde ihn opfern, so wie er Nils geopfert hatte.

Herr Fröhlich wartete im Eingangsbereich der Intensivstation auf uns. „Du musst Kittel, Überschuhe und Mundschutz tragen", erklärte er an Robert gewandt. Dann sah er mich fragend an.

Ich schüttelte den Kopf. „Ich setze mich vor die Tür."

Ich sah den beiden nach, wie sie nebeneinander den Gang hinunter schritten. Wenigstens dieses kleine Happy End hatte ich den beiden Jungen bescheren können.

Robert wirkte dermaßen erschüttert, dass ich schon dachte, diese Konfrontation würde ein weiteres Trauma bei ihm auslösen. Daher war ich überrascht, als er noch auf dem Weg zum Auto mit dünner Stimme fragte: „Was werden Sie unternehmen?"

„Deinen Vater mit seiner Tat konfrontieren." Ich hatte mich extra vage geäußert. Ich war gespannt, wie er reagieren würde.

Er schwieg, bis wir uns angeschnallt hatten. „Frau Fröhlich sagt, das ist nicht die erste Krise. Es gab schon drei zuvor. Sie meint, er wird auch diese überstehen. Ich habe ihr versprochen, regelmäßig vorbeizukommen, das bin ich ihm schuldig. Er wird über Sie lachen", fuhr er übergangslos fort. „Sie kennen ihn nicht. Er ist zu allem fähig."

„Es besteht durchaus die Möglichkeit, ihn zu einem Geständnis zu bringen." Ich überließ es seiner Fantasie, wie ich vorgehen würde.

„Selbst wenn Ihnen das gelingt, er widerruft es später - nichts einfacher als das. Sie haben nichts gegen ihn in der Hand."

Zu einem ähnlichen Ergebnis war ich selbst gekommen. Ohne zu antworten, fädelte ich mich in den fließenden Verkehr ein.

„Ich habe versucht rauszukriegen, worum es bei dem Telefongespräch, das Nils mitanhörte, ging." Robert sah starr geradeaus durch die Windschutzscheibe, seine Stimme klang angespannt. „Mein Vater baute diesen Riesenkomplex am Bahnhof mit, was ihn, so wie er sagte, den letzten Nerv kostete. Von Anfang an klappte nichts richtig, noch vor einigen Monaten hinkten sie gewaltig hinter dem zugesicherten Terminplan her. Aber natürlich gelang es ihm, das Steuer herumzureißen. Irgendwie gelingt ihm das immer. Der windet sich aus allem raus."

„Was hast du herausgefunden?"

„Vor einem Jahr gab es einen bedauerlichen Unfall, ein städtischer Kontrolleur stürzte aus dem Rohbau in der dritten Etage ab. Er war sofort tot. Angeblich hat keiner was gesehen oder gehört."

„Einer, den er nicht schmieren konnte?" Ich wusste, wie jemand wie Roberts Vater agierte.

„Das ist seine dritte Firma. Zwei sind pleitegegangen. Er hat den Dreh raus. Wird irgendeine Bausünde im Nachhinein aufgedeckt, schlittert der Betrieb in die Insolvenz. Irgendwie fällt er trotzdem auf die Füße. Und er hat weitreichende Beziehungen. Manchmal verstehe ich die Welt nicht mehr. Mein Vater ist ein Arschloch, das sich auf Kosten anderer bereichert, und wird von vorne bis hinten hofiert. Sie glauben nicht, wen der alles zu seinen Freunden zählt."

Doch, ich konnte es mir lebhaft vorstellen. „Was ist mit dir und deiner Mutter? Hängt er an euch?" Auch diese war eher eine pro-forma-Frage. Wer sein eigenes Kind so unter Druck setzte, wie er es getan hatte, konnte nicht lieben.

Roberts bitteres Auflachen war im Prinzip Antwort genug. „Er ist sich selbst der Nächste. Meine Mutter dient zum Repräsentieren. Das kann sie nämlich perfekt. Ansonsten sind wir nettes Beiwerk, auf das man im Zweifelsfall verzichten kann."

Mir blieb keine Wahl, wenn ich es denn durchziehen wollte. Ich war weder wirtschaftlich firm genug, noch hatte ich dementsprechende Kontakte, noch sah ich irgendeine andere Möglichkeit, diesen Mann einer Straftat zu überführen. Außerdem besaß er exzellente Verbindungen, die ihn vermutlich schützen würden.

Ich blinkte und fuhr an den Straßenrand. „Willst du, dass er bestraft wird?"

Er wandte mir den Kopf zu und sah mir fest in die Augen. „Wenn ich nicht so feige wäre, hätte ich es längst selbst getan."

27

Meine Entscheidung war gefallen. Ich hatte Robert in der Nähe seines Elternhauses abgesetzt und befand mich auf dem Heimweg. Zunächst musste ich mir genau überlegen, wie ich vorgehen wollte.

Da ich seit heute Morgen nichts mehr gegessen hatte, hielt ich bei dem Imbiss direkt bei uns an der Straßenecke. Ich setzte mich an einen der freien Plätze am Fenster und bestellte ein Zigeunerschnitzel mit Pommes frites und Salat, dazu ein Bier. Das Getränk stand binnen Sekunden vor mir, ich nahm einen langen Schluck und blickte dabei hinaus. Mir fiel sofort die Gruppe Männer auf, die nebeneinander die Straße entlang schlenderten, und mich beschlich ein ungutes Gefühl.

Unser Haus stand in einer reinen Wohnstraße inmitten ähnlicher, alles kleinerer Einfamilienhäuser der unteren Preisklasse, groß genug für eine Familie, aber nichts Besonderes, genau das Richtige für mittlere Einkommen. Dementsprechendes Publikum fand sich hier. Diese Männer passten überhaupt nicht ins Bild. Ihre Art sich zu bewegen, wie sie sich interessiert und doch bemüht unauffällig umschauten, löste bei mir einen instinktiven Alarm aus. Gehörten sie zu einer Bande, die die Gegend ausbaldowerte und sich entsprechende Ziele für Einbrüche merkte? Oder, was mir wahrscheinlicher erschien, handelte es sich um ein Bestrafungskommando, das nach mir suchte?

Dieser Dragan, den ich verletzt hatte, gehörte zu einer Sippe, die sich außerhalb unserer Gesetze bewegte. Selbst wenn er in ihren Reihen nur ein kleines Licht gewesen war, die Familie fühlte sich in ihrer Ehre angegriffen, dass ein Außenstehender es gewagt hatte, gegen ihn vorzugehen. Und das ja nicht zu knapp! Mittlerweile mussten sie über seine Verletzungen Bescheid wissen. Und waren dementsprechend sauer auf den Verursacher.

Ich schob mich aus der Bank und trat an die Theke. „Packen Sie mir das Essen bitte ein, ich nehme es mit."

Die Bedienung nickte ungerührt, noch schwammen Schnitzel und Pommes in der Fritteuse.

„Kann ich bitte sofort zahlen? Ich möchte eben noch Ihre Toilette benutzen."

Während sie umständlich die Beträge zusammenzählte, lauschte ich mit einem Ohr zum Eingang. Natürlich wäre es ein wahnsinniger Zufall, wenn die Männer eintraten, ausschließen ließ es sich jedoch nicht. Ich musste auf alles vorbereitet sein.

„Zehn achtzig."

Ich legte elf Euro auf die Theke, murmelte: „Stimmt so", und verschwand in Richtung auf die Toiletten, die sich in einem Nebenraum im hinteren Bereich befanden. Ich lehnte mich an die Wand direkt neben dem Durchlass und horchte auf das Stimmengemurmel, das aus dem Innenraum drang. Außer mir waren fünf Kunden anwesend, eine dreiköpfige Familie und zwei Rentner, die wie ich ein frühes Abendessen einnehmen wollten. Sollten die vier Männer eintreten, würde ich das mitbekommen.

Ich wartete gute fünf Minuten, bis ich sicher sein konnte, dass sie das Lokal passiert haben mussten, bevor ich mein Versteck verließ. Die Bedienung hatte mein Essen bereits verpackt und schob mir die kleine Tüte zu. „Guten Appetit!"

Als ich aus dem Imbiss trat, schaute ich aufmerksam in alle Richtungen. Die Männer waren verschwunden. Ich fuhr die letzten Meter zu meinem Haus und achtete auf jedes geparkte Auto am Straßenrand. Nein, sie lauerten mir nicht auf. Es hatte sich, wie vermutet, um ein erstes Sichten der Begebenheiten gehandelt. Wann und wie sie zuschlagen würden, konnte ich nur erahnen.

Dieses neu aufgetretene Problem musste mein weiteres Handeln bestimmen. Roberts Vater war im Moment zweitrangig. Zuerst hatte ich mich um die Sicherheit meiner Frau zu kümmern.

Ramona packte gerade die Einkäufe aus und blickte verwundert auf mein Päckchen. „Pommes-Bude?" Sie rümpfte angeekelt die Nase. „Lüfte ja gut durch. Der Geruch hält sich ewig."

„War irgendwas Besonderes?" Ich setzte mich an den Küchentisch.

„Was meinst du damit?"

„Hat irgendwer nach mir gefragt?"

„Nein." Sie schloss die Schranktür und griff nach der leeren Tasche. „Ich gehe rüber. Denk an das Fenster."

Wie sah ihr Plan aus? Auch nachdem ich aufgegessen hatte, war ich keinen Schritt weiter. Wollten sie mich morgen früh auf dem Weg zum Auto abpassen? Oder würden sie uns im Haus angreifen? Ich konnte schlecht von meinen eigenen Maßstäben ausgehen. Bei mir herrschte der Grundsatz, Kollateralschäden zu vermeiden. Ich bestrafte den Verursacher, nicht Unbeteiligte.

Und wie sollte ich mich gegenüber meiner Frau verhalten? Sie vorwarnen, dass eventuell ein Angriff erfolgen konnte? Sie würde vermutlich darauf bestehen, die Polizei einzuschalten. Doch von dieser Seite hatten wir keine Hilfe zu erwarten. In unserem Land war es ja leider Usus, erst die Straftat passieren zu lassen und anschließend zu reagieren. Vorbeugenden Schutz gab es nicht.

Ich würde mal wieder einen Gefallen einfordern müssen – und meine Frau belügen.

Marco war sofort bereit einzuspringen. „Ich erzähle Ramona, du hättest Streit mit deiner Freundin", schärfte ich ihm ein. „Wie lange du uns beehrst, stände noch nicht fest."

„Soll ich irgendwas mitbringen?"

Ich wusste, was er meinte. „Ja, alles, was du offiziell besitzen darfst."

Er lachte. „Dann schleppe ich mein gesamtes Arsenal an."

„Je mehr, desto besser." Damit hatte ich eine Sorge weniger. Ich musste davon ausgehen, dass die vier, die mir aufgefallen waren, auch die Angreifer sein würden. Zwei für mich, zwei für Marco, das musste mit dem richtigen Equipment zu bewältigen sein.

28

Ramona erhob sich, kaum dass ich die vorbereitete Erklärung abgegeben hatte. „Ich gehe nach oben. Dann habt ihr freie Bahn."

„Das ist nicht nötig", protestierte ich. „Wir können uns in die Küche setzen oder im Gästezimmer bleiben", dem Raum, der früher das Refugium unserer Tochter gewesen war.

„Ich möchte mich sowieso ausstrecken und lesen. Das kann ich im Bett ebenso gut. Und Marco will sich bestimmt bei dir ausheulen." Sie blieb im Türrahmen stehen. „Komisch, ich hatte gedacht, dieses Mal klappt es mit der Beziehung."

Prompt bekam ich ein schlechtes Gewissen. „Abwarten. Wie ich es verstanden habe, handelt es sich um eine ernsthafte Meinungsverschiedenheit. Das muss nicht gleich das Ende der Partnerschaft bedeuten."

„Na, wenn du es sagst." Ihr Blick blieb skeptisch.

Ich beendete das Thema lieber, indem ich nach der Tageszeitung griff und mich in den Sessel setzte, den sie gerade freigemacht hatte. Nicht dass sie noch argwöhnisch wurde, warum er tatsächlich bei uns auftauchte.

Andererseits hatte sie für Marco sowieso nicht viel übrig. Das war der wahre Grund, warum sie sich zurückzog. Obwohl er sich im Laufe der Jahre wirklich geändert hatte, sah sie in ihm immer noch den Unruhestifter, der er während unserer gemeinsamen Zeit bei der Bundeswehr gewesen war. Weder hatte sie damals verstanden, warum ich ihn vor dem drohenden Verfahren rettete, noch war sie später darüber erfreut gewesen, dass ich ihn einstellte. Dabei lag unter seiner rauen Art ein weiches, mitfühlendes Herz versteckt. Sah sie das wirklich nicht?

Marco kam eine halbe Stunde später. Ich nahm ihm die größere und schwerere seiner beiden Taschen ab und brachte sie ins Wohnzimmer, während er die Treppe hinauflief und seinen persönlichen Kram ins Gästezimmer stellte. Ohne auf seine Rückkehr zu warten, zog ich den

Reißverschluss auf und begutachtete den Inhalt: Zwei Schlagstöcke, ein Nachtsichtgerät, zwei stichsichere Westen, ein Elektroschocker, dazu ein Paar neuwertige Kampfstiefel, wie ich sie gegen Dragan eingesetzt hatte. Damit zeigte ein Tritt die nötige Wirkung.

„Ich dachte, ich bleibe besser wach und scanne die Gegend." Marco trat neben mich und deutete auf das Nachtsichtgerät.

„Schlechte Idee. Wer weiß, wann sie angreifen."

„Heute Nacht oder morgen", war er sich sicher. „Die fackeln nicht lange."

„Besser, ich übernehme das. Du musst anschließend noch arbeiten."

„Und wie willst du Ramona deine Abwesenheit erklären?" Er musterte mich mit hochgezogenen Augenbrauen. „Nee, lass mal. Eine durchwachte Nacht ist in meinem Alter kein Problem", er grinste mich frech an. „Ich lege mich drüben am Schuppen auf die Lauer und melde mich per Handy, wenn sich was tut."

„Aber geh erst später raus", wandte ich ein. „Sonst wird Ramona garantiert aufmerksam." Ich schloss den Reißverschluss der Tasche und schob sie neben die Couch, sodass meine Frau sie nicht bemerken konnte, falls sie noch einmal herunterkam.

„Okay. Dann erzähl mal, wie es dazu gekommen ist." Marco warf sich auf die Couch und streckte sich darauf aus.

Das war das mindeste, was er verlangen konnte. Ich setzte ihn ausführlich ins Bild.

„Das heißt, dieser kleine Mistkäfer war es wirklich nicht?" Die Geschichte schien ihn zu erheitern. „So ein Scheiß! Dieser ganze Ärger für nichts und wieder nichts!"

„Immerhin hat mich das Gespräch auf die richtige Spur gebracht", gab ich zu.

Marco richtete sich gespannt auf. „Du weißt, wer den Jungen ins Koma geprügelt hat?"

Also berichtete ich ihm auch den Rest der Geschichte. „Der alte Richter kam angefahren und gab sich väterlich freundlich. Es handle sich um ein kolossales Missverständnis und er wolle es auf der Stelle aufklären. Er überredete die Jungs, ihm auf das Gelände der Fabrik zu folgen, weil er ihnen etwas Wichtiges zeigen müsse und er das nicht auf offener Straße tun könne. Kaum waren sie durch die Öffnung im Zaun getreten, rammte er Nils ein Messer in den Bauch, versetzte seinem Sohn, der diesem zu Hilfe eilen wollte, einen heftigen Tritt und trat anschließend mehrfach gegen den Kopf seines Opfers, um, wie er Robert später erklärte, die Tat wie die eines vor Wut Ausrastenden hinzustellen. Dann befahl er seinem Sohn, die Polizei anzurufen und zu behaupten, sie seien von einer Gruppe Jugendlicher überfallen worden."

„Stattdessen gab der an, es hätte sich bei den Angreifern um die Typen aus der Disco gehandelt." Robert schüttelte verständnislos den Kopf. „War ihm das Risiko, dass die ein Alibi haben könnten, nicht bewusst?"

„Er tat es gerade deswegen. Er hoffte, dass die Ermittler bei auftretenden Unstimmigkeiten stutzig würden."

„Verstehe ich nicht."

„Es sind ziemlich verquere Gedankengänge." Auch mir blieb der Sinn dahinter verborgen. Es war ein aus der Not geborener Plan, auf sich aufmerksam zu machen. „Nach der Tat sagte sein Vater, es gebe nur zwei Alternativen. Entweder er bezichtige sich selbst oder schiebe eine Gruppe Fremder vor. Sage Robert die Wahrheit, würde er abstreiten, überhaupt in der Nähe gewesen zu sein. Kleidung und Schuhe entsorge er auf dem Weg, ein passendes Alibi für den fraglichen Zeitraum hätte er sich bereits besorgt. Keiner würde die Anschuldigungen glauben. Eher stände Robert damit selbst unter Verdacht. Und dann wäre es für ihn ein Leichtes zu behaupten, er und sein Freund hätten sich an dem Abend heftig gestritten. Robert könne sich selbst ausrechnen, wem die Ermittler glaubten."

„Was für ein Arschloch! Trotzdem verstehe ich nicht, wieso er die fünf beschuldigte."

„Er stand völlig neben sich. Das war die erstbeste Idee, die ihm einfiel. Er dachte, er könne selbst Beweise gegen seinen Vater finden, also das, was Nils von dem Telefonat mitbekommen hatte, nachverfolgen und zur Anzeige bringen. Sobald dieser unter Verdacht stände, wäre auch seine Glaubwürdigkeit verloren."

„Hätte er die Kerle in den Knast wandern lassen?"

Ich zuckte die Schultern. „Kann ich mir eigentlich nicht vorstellen", präzisierte ich dann. „Im Gegensatz zu seinem Vater ist er durch und durch ehrlich und anständig. Er wäre an der Geschichte fast kaputtgegangen."

„Und was willst du jetzt unternehmen?" Für Marco war klar, dass ich mich der Sache annehmen würde.

„Keine Ahnung", behauptete ich. „Das überlege ich mir, sobald wir das hier überstanden haben."

29

Gegen elf verschwand Marco in Richtung Schuppen und ich verrammelte das Haus, ließ sämtliche Rollläden herunter und schloss die Eingangstür von innen ab. Anschließend überzeugte ich mich, dass die Kellerfenster geschlossen waren, und sicherte den Durchlass zum Garten mit den Schieberiegeln, die wir regelmäßig vergaßen vorzulegen. Als Letztes holte ich die Pistole aus ihrem Versteck, sicher war sicher. Ich schob sie unter das Bett neben den Schlagstock. Das Handy legte ich auf den Nachttisch. Entgegen meiner sonstigen Gewohnheit ließ ich meine Hose und meine Schuhe direkt auf den Vorleger fallen, obendrauf kamen die Weste und mein Sweat-Shirt, Socken und Unterwäsche behielt ich an, damit ich notfalls schneller einsatzbereit war.

Das Brummen meines Handys weckte mich aus tiefem Schlaf. Die beleuchtete Uhr zeigte halb drei, ich meldete mich mit einem knappen Ja. „Sie kommen", flüsterte Marco. „Drei von vorn, drei von hinten. Ich nehme die Letzteren, du kümmerst dich um den Rest."

Ohne Licht zu machen, schlüpfte ich in die bereitgelegten Kleidungsstücke und griff nach Pistole und Schlagstock. Sechs Mann gegen einen! Sie mussten echten Respekt vor mir haben.

Bevor ich das Zimmer verließ, weckte ich Ramona. „Marco hat mich gerade informiert, dass draußen ein paar seltsame Typen ums Haus schleichen. Nein, mach kein Licht! Wir wollen abwarten, was passiert. Versuchen sie einzubrechen, ruf bei der Polizei an." Ohne ihr Zeit zu einer Erwiderung zu lassen, schlüpfte ich aus dem Zimmer und tastete mich im Dunkeln die Treppe hinunter. Eine Lampe mit dünnem Strahl wäre jetzt nicht schlecht gewesen.

In der Diele blieb ich stehen und horchte. Aus dem Keller – die Verbindungstür hatte ich wohlweislich aufgelassen – drangen dumpfe Geräusche an mein Ohr. Ich grinste. Die Tür zum Garten bestand aus Stahl, die zusätzlichen Riegel, die ich angebracht hatte, saßen fest in der

Wand. Keine Chance, auf diesem Weg ins Haus zu gelangen. Und die Fenster waren zu klein, als dass jemand durchschlüpfen konnte.

Wieder brummte mein Handy. „Sie haben vor, euch Molotowcocktails reinzuwerfen", zischte Marco. „Zwei hocken an den Kellerfenstern, die anderen haben sich ums Haus verteilt und warten auf den Befehl loszuschlagen. Was soll ich tun?"

Ich ahnte, wie sie vorgehen wollten. Rollläden aus Aluminium bieten keinen richtigen Schutz. Der Mechanismus, um ein Hochschieben zu verhindern, ist schnell ausgehebelt. Zwar macht man dabei Krach, aber hier ging es um Schnelligkeit. Bis die ersten Nachbarn aus tiefem Schlaf gerissen ans Fenster eilten, waren die Verursacher längst über alle Berge.

„Ich komme raus und gebe ein paar Warnschüsse ab. Bleib in Deckung!"

Der Schlüssel lag auf der Kommode. Ich schob ihn leise ins Schloss und drehte ihn ebenso leise herum. Mit der entsicherten Pistole in der Rechten öffnete ich mit der Linken vorsichtig die Tür, griff wieder nach dem Schlagstock, den ich kurz abgestellt hatte, und sprang nach draußen. Fast gleichzeitig ertönte das Krachen der aus ihrer Verankerung gerissenen Rollläden. Ich gab schnell hintereinander drei Schüsse ab und schrie: „Stehen bleiben oder ich schieße gezielt!"

Sie dachten wohl, ihre bloße Überzahl würde ausreichen, mich zu stoppen. Zwei Molotowcocktails flogen in meine Richtung, vier Typen stürzten hinterher. Ich sprang zur Seite und gab einen weiteren Schuss ab, tiefer gezielt, direkt vor ihre Füße. Einer warf die Stange nach mir, mit der er den Rollladen aufgehebelt hatte. Ich musste mich mit einem weiteren Sprung in Sicherheit bringen. Dadurch zog sich das Kampffeld auseinander. Der Werfer flog auf mich zu, ich rammte ihm die Pistole mitten ins Gesicht und setzte einen Fußtritt hinterher. Einer ausgeschaltet!

Dafür erreichten mich die nächsten zwei fast gleichzeitig. Ich stieß dem Linken den Schlagstock in den Bauch, drehte mich dabei zur Seite, sodass ich den Rechten mit meinem abgewinkelten Ellenbogen erwischte und er nach hinten taumelte. Bevor ich nachsetzen konnte, erhielt ich einen derben Stoß in den Rücken. Der vierte Angreifer hatte sich hinter mich geschlichen. Sein Versuch, mir den Kopf einzuschlagen, war nur durch meine bereits erfolgte Vorwärtsbewegung gescheitert. Trotzdem reichte der Schlag, mir für einen Moment die Luft zu nehmen. Ich glich den Nachteil aus, indem ich mich nach vorn warf, auf den noch Taumelnden zu, ihn packte und ihm die Pistole an den Hals setzte. Ich zwang ihn, sich umzudrehen. „Stopp! Oder dein Kollege ist ein toter Mann!" Der Vierte zögerte und sah sich nach Verstärkung um - die er nicht mehr hatte. Nummer eins und zwei lagen am Boden, von den anderen beiden war nichts zu sehen oder zu hören. „Es ist mein Ernst", drohte ich. „Machst du eine dumme Bewegung, schieße ich." Das Heulen der Polizeisirenen nahm ihm die Entscheidung ab. Jetzt tauchte Marco hinter ihm auf und entwand ihm den Stock, mit dem er mich erwischt hatte. „Sorry. Ich musste erst deiner Frau helfen. Ein Molotowcocktail war bereits im Keller gelandet."

Die Polizei erschien gleich mit zwei Einsatzwagen und zwei Dreier-Teams. Mittlerweile war das Feuer auf dem Rasen, verursacht von den restlichen Brandbomben, fast erloschen, zeigte jedoch eindrucksvoll, was die Angreifer geplant hatten. Auch der in Mitleidenschaft gezogene Keller – Gott sei Dank war es Marco und Ramona gelungen, ein Ausbreiten des Feuers zu verhindern – und die ramponierten Rollläden unterstützten unsere Version.

„Ich habe direkt, nachdem mein Mann mich weckte, angerufen", erklärte Ramona. „Vorsichtshalber. Da war eigentlich noch unklar, was genau passiert."

„Ich bin durch Zufall aufmerksam geworden", gab Marco zu Protokoll. „Ich konnte nicht schlafen und da im Haus selbst nicht geraucht werden darf, ging ich in den Garten. Gerade als ich wieder reingehen wollte, hörte ich verdächtige Geräusche. Deshalb versteckte ich mich im Gebüsch und beobachtete von dort aus, was sich tat. Glücklicherweise trug ich meine Jacke, in der mein Handy steckte. Ich informierte meinen Freund und blieb in Deckung. Nein, ich ging durch die Vordertür raus und zog sie hinter mir zu", antwortete er auf die Frage, weshalb die Terrassentür fest verschlossen war. „Toni gab mir gestern Abend noch einen Schlüssel."

„Die Schlagstöcke gehören mir", sagte ich aus. „Sie liegen für den Notfall im Schlafzimmer unter dem Bett. Einen warf ich meinem Freund aus dem Fenster zu, den anderen nahm ich selbst. Die Pistole stammt noch von meinem Vater. Auch diese dient nur unserem Schutz im Haus."

Natürlich hörte sich die Story ziemlich seltsam an und natürlich wusste meine Frau genau, dass diese nicht stimmte. Wie Marco trug ich über der Weste eine geschlossene Jacke, unser Schuhwerk wurde nicht beachtet, das Nachtsichtgerät lag versteckt im Gebüsch, den Taser hatte er nicht benutzt. Also konnten die Beamten uns nicht nachweisen, dass wir von dem geplanten Überfall gewusst hatten. Sie nahmen die sechs Angreifer mit zur Wache und baten uns, am nächsten Tag, besser gesagt in einigen Stunden, vorbeizukommen und eine vollständige Aussage zu machen.

30

„Ihr wusstet davon", Ramona tigerte wütend in der Küche herum, in der wir es uns nach dem Aufbruch der Polizisten gemütlich gemacht hatten. An Schlaf war sowieso nicht mehr zu denken. Dazu waren wir alle viel zu aufgeregt. Ramona, weil sie sich von uns hintergangen fühlte, Marco und ich, weil der Adrenalinpegel noch nicht genug gesunken war. Bei der Vernehmung hatten wir auf der Hut sein müssen, ein falsches Wort und sie hätten uns gleich mitgenommen. Richtig entspannen konnten wir erst jetzt.

„Du hast mich belogen", sie wies anklagend mit dem Finger auf mich.

„Marco hat keine Beziehungskrise. Er war hier, um dich zu unterstützen."

„Ich wollte dich nicht aufregen." Ich bemühte mich, ruhig zu bleiben. „Es war nur ein Verdacht, keine Gewissheit."

„Warum hast du nicht gleich die Polizei gerufen?"

Bevor ich es verhindern konnte, entschlüpfte mir ein Lachen. „Du weißt genau, dass die nichts getan hätten. Ich sah heute Nachmittag vier Männer, die unsere Straße unauffällig inspizierten, mehr nicht."

„Ich habe ihm angeboten, zu kommen und mit aufzupassen", stand Marco mir bei. „Wir dachten, zu zweit würden wir einen Angriff früh genug mitkriegen."

Ramona ließ sich nicht beruhigen. „Und warum hast du dann nicht gleich den Notruf gewählt?", giftete sie ihn an.

„Das war viel zu riskant. Sie befanden sich bereits in Hörweite und hätten ihn vermutlich sofort angegriffen", mischte ich mich ein. „Wir hatten ein stummes Signal vereinbart, er musste nur meine Nummer drücken."

„Und die Pistole und die Waffen hast du, nachdem ich eingeschlafen bin, unter dem Bett versteckt. Ach, nein!" Sie funkelte uns beide nacheinander an. „Marco hatte seinen Schlagstock vorsichtshalber gleich mitgenommen." Sie betonte das Wort vorsichtshalber auf eine Weise, die klar erkennen ließ, dass sie uns kein Wort glaubte. „Feiert ihr ruhig euren Sieg. Ich gehe noch mal ins Bett." Wutschnaubend verließ sie die Küche.

„Einen Whiskey?", unterbrach ich das betretene Schweigen, das ihrem Abgang folgte.

„Einen kleinen für die Nerven." Marco grinste schwach. „Danach verschwinde ich lieber. Das Frühstück darfst du allein mit ihr einnehmen."

Ich konnte ihm seine Haltung nicht verübeln. Ein paar Stunden würden nicht ausreichen, um Ramona erkennen zu lassen, dass wir auf die einzig richtige Weise reagiert hatten.

Nachdem Marco gegangen war, schüttete ich mir mein Glas voll und setzte mich im Wohnzimmer auf die Couch. Ein vernünftiger Plan musste her, und zwar schnell. Das Geschehene hatte für mich in einem riesigen Desaster geendet, schlimmer hätte es kaum kommen können. Bevor mein Leben völlig auseinanderbrach, musste ich wenigstens meine letzte Aufgabe erfüllen.

Lieber Kommissar,

tja, durch diesen blöden Zufall haben Sie mich erwischt. Mir war von Anfang an klar, dass die Pistole rein routinemäßig überprüft und das Ergebnis mit den Spuren aus ungeklärten Fällen abgeglichen würde. Und das versprach für Sie einen großen Erfolg: Die Morde an den Hintermännern eines Pädophilen-Rings waren damit aufgeklärt. Dass sich darunter auch Zufallsopfer befanden, ist eine Lüge. Alle Toten, die Ihre Kollegen in dem Haus entdeckten, waren direkte Beteiligte. Die anderen, um die ich mich anschließend kümmerte, an die wären Sie sowieso nie herangekommen. Es hat eben schon seine Vorteile, wenn man sich nicht an die Buchstaben des Gesetzes halten muss. Und mal ganz ehrlich: Die Beweislage gegen diese stellte sich äußerst dünn dar - erpresste Geständnisse gelten vor Gericht ja leider nicht. Zusätzlich gehörten die Letztgenannten zur sogenannten ‚besseren Gesellschaft'. Es tut mir leid, und vielleicht sehe ich es falsch, aber ich bin der Meinung, dass in unserem Land sehr wohl mit zweierlei Maß gemessen wird. Diejenigen mit weitreichenden Beziehungen, die sich dazu noch die besten Anwälte leisten können, schlüpfen oft genug durch die Maschen der Gesetze.

Die Schusswaffe stammt tatsächlich von meinem Vater. Er hatte sie kurz vor seinem Tod bei einem Urlaub in Italien gekauft. Warum, kann ich Ihnen nicht sagen. Meine Mutter, die das ‚gefährliche Ding' nach der Beerdigung aus dem Haus haben wollte, erzählte mir, er sei von dem Gedanken besessen gewesen, besonderen Schutz zu benötigen. Dabei besuchten hauptsächlich junge Erwachsene und Familien seine Pizzeria.

Nun, die Waffe lag sorgfältig verstaut im Keller, immer noch in dem Karton, in dem er sie gekauft hatte. Ich nahm sie an mich und deponierte sie ebenfalls in einem der Kellerräume in meinem Haus. Erst als ich begann, mich für diesen Fall zu interessieren, erinnerte ich mich wieder an sie. Warum ich sie nach getaner Arbeit nicht entsorgte? Keine

Ahnung. Wahrscheinlich weil ich dachte, Sie könnten die Verbindung zu mir sowieso nie ziehen.

Dass ich sie noch besaß, war immerhin ein Vorteil. Sonst wären meine Frau und ich vermutlich tot. Das ist der Punkt, der mich tröstet. Ich habe sie gerettet, auch wenn ich damit in Ihren Fokus geriet.

Keine Angst, eine genauere Erklärung zu den besagten Verbrechen folgt später, genauso wie mein Geständnis weiterer Morde. Nach dieser Lektüre können Sie also noch einige Fälle abschließen (Ich schicke Ihnen gesondert eine detaillierte Auflistung meiner ‚Opfer' und deren ‚Vergehen'). Doch zuerst erkläre ich Ihnen, wie es mit meinem aktuellen Fall zu Ende ging. Denn dass ich diesen Täter unbedingt zur Strecke bringen musste, stand für mich jetzt an erster Stelle.

31

Ich wusste nicht, wie viel Zeit mir blieb. Daher machte ich mich gleich am nächsten Morgen auf den Weg. Robert hatte mir gesagt, dass sein Vater sich meist gegen neun in sein Büro begab. Ich stellte mein Auto um acht am Ende der Straße ab, von wo ich zwar sein Haus nicht sehen konnte, aber durch seinen Sohn genau wusste, dass er hier vorbeikommen musste.

Gegen Viertel vor neun schoss er in seinem Audi Q5 heran, schnitt die Kurve und gab mit quietschenden Reifen Gas. Ich hatte Mühe, an ihm dran zu bleiben. Geschwindigkeitsbegrenzungen sagten ihm offensichtlich nichts. In Dreißig-Zonen fuhr er fünfzig, sonst mindestens siebzig.

Es ging nicht zum Büro, wie ich kurz darauf feststellte. Herr Richter hatte einen Außentermin auf einer Baustelle und war spät dran. Als er gegen Viertel nach neun dort eintraf, stand ein kleines Grüppchen Wartender bereits vor dem Rohbau. Er stieg aus, nickte kurz und strebte vor ihnen her auf den provisorischen Eingang zu. Er wirkte sehr geschäftsmäßig, trug wie die anderen einen gelben Schutzhelm, an den Füßen derbes Schuhwerk und eine Art Parka.

Ich blieb im Auto sitzen und überdachte meinen ersten Eindruck von ihm. Eindeutig ein Leitwolf, das sprach aus jeder Bewegung, aus seiner gesamten Ausstrahlung. Groß und vierschrötig gebaut glich er von der Statur her seinem Sohn, wobei sich bei ihm die Haarpracht auf einen braungrauen Kranz beschränkte. Im Gegensatz zu Robert strahlte er Vitalität und Tatkraft aus. Herr Richter war es gewohnt, die Führung zu übernehmen.

Sein Aufenthalt auf der Baustelle dauerte circa eine Stunde. Er blieb mit seinem Trupp fast die ganze Zeit im Gebäude. Als er herauskam, wurde er nur noch von einem Mann begleitet, dem Bauleiter, vermutete ich. Herr Richter sprach eindringlich auf ihn ein. Anscheinend waren sie verschiedener Meinung. Mehrmals setzte der andere an, um seinen

Widerspruch kundzutun, wurde jedoch jedes Mal abgeblockt. Schließlich gab es ein paar harsche Worte von beiden Seiten, dann drehte sich Herr Richter abrupt um und stiefelte zu seinem Wagen. Der Bauleiter zog ein finsteres Gesicht und spuckte hinter ihm aus, aber so, dass sein Chef das nicht bemerkte.

Ich hätte liebend gern gewusst, worum es bei ihrer Auseinandersetzung gegangen war und überlegte, ob ich nicht versuchen sollte, mit dem Mann zu reden, anstatt Herrn Richter zu folgen, der sich vermutlich direkt ins Büro begeben würde. Ich entschied mich, bei meinem ursprünglichen Plan zu bleiben. Dieses Gespräch hätte sowieso keinerlei Einfluss auf mein weiteres Vorgehen gehabt.

Statt ins Büro fuhr Herr Richter zur nächsten Baustelle, wo sich das Prozedere bis auf den Streit am Ende wiederholte. Hier herrschte Eintracht, man verabschiedete sich sogar mit Handschlag und einem Lächeln.

Danach ging es endlich ins Büro. Herr Richter verschwand in der Tiefgarage, ich fand einen Parkplatz zwei Straßen weiter.

Was immer ich mir vorgestellt hatte, kam an die Wirklichkeit nicht heran. Das Baubüro befand sich im Parterre in einem riesigen Komplex, in dem ein ständiges Kommen und Gehen herrschte. Ich gesellte mich zu dem Strom der Eintretenden und wandte mich wie die meisten in Richtung der Aufzüge. Vor mir standen bereits mehrere Wartende, sodass ich mich in aller Ruhe umblicken konnte. Die Tür zum Büro war aus durchsichtigem Glas. Ich konnte den Empfangsbereich erkennen, in dem gleich zwei Angestellte schwer beschäftigt schienen.

Dann öffneten sich die Aufzugtüren und ich wurde mit der Masse der Wartenden hineingeschoben. Ich stieg in der vierten Etage aus, wanderte einmal über den Flur an der Tür eines Rechtsanwaltes und eines Steuerberaters vorbei, drehte um und stellte mich neben den Aufzug, um wieder hinab zu fahren. Ich nahm den Umweg über die Tiefgarage, in der ebenfalls ein ständiges Kommen und Gehen herrschte. Außerdem sah ich gleich zwei Überwachungskameras, zwei weitere hatten sich im Eingangsbereich befunden. Damit musste ich meinen ursprünglichen Plan ad acta legen.

Ich schlenderte zurück zu meinem Auto und gab Roberts Handynummer, die er mir gestern gegeben hatte, ein. „Kennst du die Termine deines Vaters? Eventuell die privaten?", schob ich nach.

Er wusste, auch ohne dass ich mich mit Namen meldete, wer in der Leitung war. „Nein, weder noch."

„Gibt es keine regelmäßigen Aktivitäten wie Golfspielen oder Herrenabende?"

„Nur ab und zu Einladungen zu wichtigen Partys. Oder mal ein Essen mit Geschäftsfreunden. Mein Vater ist ein Arbeitstier, der geht auch am Wochenende ins Büro oder auf eine der Baustellen. Oder er sitzt halt zu Hause an irgendeinem seiner Projekte."

Schlecht, sehr schlecht. „Und deine Mutter? Hat sie regelmäßige Verpflichtungen, denen sie nachgeht?"

„Sie meinen, ob sie ihn allein lässt?" Er zögerte. „Samstagvormittags besucht sie normalerweise ihre Eltern. Und sonntags geht sie in die Kirche, jeden Sonntag", setzte er mit Nachdruck hinzu.

Das wäre eine Möglichkeit, wenn auch eine schlechte. „Ich nehme mal an, dein Vater fährt das Auto direkt in die Garage, wenn er nach Hause kommt, richtig?"

„Und er hat ein elektrisches Garagentor mit Sensor", fügte Robert hinzu. „Von der Garage aus führt eine Tür direkt ins Haus. Die benutzt er immer."

In meinem Kopf begann ein neuer Plan zu reifen. „Hat er feste Zeiten, wann er heimkommt?"

„Nicht direkt, je nachdem, was er zu tun hat. Mal ist er früh zurück, mal spät. So genau achte ich nicht darauf."

„Okay, das war alles. Ach, und Robert? Lösch bitte meinen Anruf aus deinem Speicher."

Er fragte nicht warum und wieso, stattdessen sagte er: „Ich bin auf dem Weg ins Krankenhaus. Frau Fröhlich hat sich heute Morgen gemeldet. Nils geht es schlechter, sie müssen mit dem Schlimmsten rechnen."

Es mag herzlos klingen, aber vielleicht war es für beide Seiten besser, wenn es zu Ende ging. Denn dieses Dahinvegetieren ohne Aussicht auf Besserung, konnte man das noch Leben nennen? Eigentlich war der plötzliche Tod von Isabella wesentlich humaner gewesen, als dass, was die Fröhlichs zu verkraften hatten, wurde mir plötzlich klar.

32

Mein Kurzbesuch auf dem zuständigen Polizeirevier verlief ohne Vorkommnisse. Ich gab alle Einzelheiten des gestrigen Überfalls zu Protokoll und durfte gehen. Anschließend wärmte ich mir eine Tiefkühlmahlzeit im Backofen auf. Seit dem Tod unserer Tochter aß meine Frau in der Kantine. Lagen keine Termine bei mir an, kochte ich am Wochenende - ein bisschen hatte die elterliche Pizzeria auch auf mich abgefärbt -, sonst begnügten wir uns ebenfalls mit einem Fertiggericht.

Die nächsten zwei Stunden verbrachte ich damit, die Rollläden, die die Angreifer aus den Schienen gerissen hatten, zu richten. Mit etwas Mühe ließen sie sich danach wieder heraufziehen und herunterlassen, was jedoch auf Dauer kein Zustand sein konnte. Nächste Woche sollten wir besser einen Fachmann bestellen. Wahrscheinlich mussten die betreffenden Lamellen ausgetauscht werden.

Im Keller reichte ein neuer Anstrich. Marco und Ramona hatten das Feuer erstickt, bevor es um sich greifen konnte. Ich warf einen Blick hoch zu dem kleinen Fenster, das weit offen stand. Auch hier musste ein Handwerker nach dem Rechten sehen.

Übernahm eigentlich unsere Versicherung diese Kosten? Es handelte sich ja nicht um einen versuchten Einbruch, sondern um mutwillige Zerstörung zum Zwecke eines Angriffs gegen uns. Oder würden wir die Täter regresspflichtig machen müssen? Ich tippte eine Nachricht an Ramona, damit sie gleich bei der Polizei nachfragte. Sie hatte ihren Termin auf spätnachmittags gelegt und fuhr direkt von ihrer Arbeitsstelle dorthin.

Bin wahrscheinlich länger unterwegs, teilte ich ihr zusätzlich mit, bevor ich mir aus dem Nebenraum einen dieser Universalanzüge nahm. Dabei handelte es sich um einen Ganzkörperanzug mit Kapuze, ideal, wenn man keine DNA-Spuren hinterlassen möchte. Zusätzlich griff ich nach den Schuhüberziehern aus Plastik und einem Paar Lederhandschuhe, das letzte, wie ich registrierte. Vermutlich würde ich nicht mehr dazu kommen, neue zu kaufen.

Warum machte ich mir überhaupt die Mühe mit dieser Verkleidung? War es nicht egal, ob sie mich für einen weiteren Mord vor Gericht stellten? Aber wenn alles nach Plan klappte, würde niemand in Herrn Richters Ableben ein Tötungsdelikt vermuten - das war ich Robert schuldig. Daher mussten alle notwendigen Anstrengungen unternommen werden, damit ich keine verräterischen Spuren hinterließ.

Da der Feierabendverkehr bereits eingesetzt hatte und ich nicht wissen konnte, wann Herr Richter den Heimweg antrat, fuhr ich direkt zu der Straße, die an dem Grundstück vorbeiführte. Erwartungsgemäß waren weder Herr noch Frau Richter zu Hause. Außer in einem der oberen Räume, vermutlich Roberts Zimmer, brannte nirgendwo Licht.

Das konnte sich zu einem Nachteil für mich entwickeln. Traf Herr Richter als Erster ein, würde ich damit rechnen müssen, dass seine Frau zum falschen Zeitpunkt zurückkehrte. Besser für sie und mich war es, wenn sie sich im Haus befand.

Im Prinzip hasste ich ein dermaßen unorganisiertes Vorgehen. Normalerweise hätte ich mein Opfer mindestens eine Woche lang überwacht, bevor ich zuschlug, und im Zweifelsfall den Zugriff verschoben, bevor ich ein Risiko einging. Nur wollte ich Herrn Richter auf keinen Fall davonkommen lassen. Und mir saß die drohende Verhaftung im Nacken.

Noch hatte ich nur eine vage Vorstellung davon, wie ich vorgehen würde. Es war zu hell, als dass ich versuchen wollte, den Zaun zu überwinden, um mich in der Nähe der Garage zu verstecken. Gut, ich hätte Robert einspannen können. Aber das wäre unverantwortlich gewesen. Egal wie hasserfüllt er sich gab und wie sehr er seinen Vater für das, was er Nils angetan hatte, zur Verantwortung gezogen sehen wollte, er würde auf seine Art leiden und sich höchstwahrscheinlich zusätzlich die Schuld an dessen Tod geben. Daran hatte er schwer genug zu tragen.

Ich parkte in der Nähe der Wohnstraße. Es war mittlerweile nach fünf Uhr. Wenn ich Glück hatte, brauchte ich nicht lange zu warten. Ich kippte den Sitz ein wenig nach hinten, sodass ich mich zurücklehnen konnte, und schaute mich um. Lange sollte ich hier nicht stehen bleiben, wollte ich keine unliebsame Aufmerksamkeit erregen. Ich griff zum Handy und mimte den Autofahrer, der für ein längeres Gespräch rechts rangefahren war.

Etwas später startete ich den Motor und stellte den Wagen in einer anderen Nebenstraße ab. Dann durchstreifte ich das Viertel zu Fuß, um mir ein möglichst genaues Bild der Örtlichkeiten zu machen. Unter der Jeans und einer Jacke, deren Reißverschluss ich bis zum Hals hochgezogen hatte, trug ich den Maleranzug. Handschuhe und Überzieher waren in der rechten Tasche verstaut.

Bis auf einen älteren Herrn, der seinen Pudel ausführte, begegnete ich niemandem. Wer hier wohnte, musste mobil sein, Geschäfte gab es in der näheren Umgebung nicht. Dafür standen auf den großzügig bemessenen Grundstücken mindestens zwei, meist sogar drei bis vier Autos parat. Zu Fuß wurden keine Wege erledigt. Wahrscheinlich wurde auch der Nachwuchs überallhin gekarrt.

Das konnte sowohl ein Nachteil als auch ein Vorteil für mich sein. Einerseits würde kaum jemand einen Spaziergänger bemerken, da er von den Häusern her kaum auszumachen war. Andererseits fiel jemand, der längere Zeit ohne auszusteigen in der Nähe parkte, jedem Heimkommenden auf. Nein, ich musste eine Möglichkeit finden, ungesehen auf das Grundstück der Richters zu gelangen und mir ein passendes Versteck suchen, in dem ich auf das Auftauchen meines Zielobjektes warten konnte.

Ich machte kehrt, schlenderte zurück und sondierte meine Möglichkeiten. Die Nachbarn zur Rechten hatten sich für eine mannshohe Hecke entschieden, die zwar einige Lücken aufwies, aber insgesamt viel zu dicht war, um sich hindurchzuzwängen. Die Torpfosten pressten sich auf beiden Seiten regelrecht in das Geäst, auf den Toren selbst befanden sich die üblichen oben spitz zulaufenden Stäbe, der gesamte Bereich wurde zusätzlich durch mehrere Strahler geschützt, die über Bewegungsmelder gesteuert wurden.

Die Nachbarn zur Linken hatten sich gleich doppelt gesichert. Hinter einer Hecke aus Lebensbäumen zog sich ein Maschendrahtzaun entlang bis zum Tor, auch hier wieder die anscheinend obligatorischen Strahler verbunden mit Bewegungsmeldern. Erst der vierte Nachbar auf dieser

Straßenseite begnügte sich mit Buchsbäumen, die abwechselnd in Säulen- und in Kugelform geschnitten waren. Eine einzelne Laterne erhellte notdürftig den Weg zum Haus, über die Törchen hätte ich mühelos hinüberflanken können.

Doch ich hatte mich bereits entschieden. Ich würde wie beim letzten Mal durch das sich öffnende Tor der Richters huschen und in aller Seelenruhe auf die beste Möglichkeit des Zugriffs warten.

33

Ich ging das Risiko ein und verbrachte ein verlängertes Wochenende zu Hause. Vor Anfang nächster Woche rechnete ich nicht mit dem Erscheinen der Polizei. Ich verbrachte viel Zeit mit Ramona, lud sie zum Essen mit anschließendem Kinobesuch ein, besuchte am Sonntag gemeinsam mit ihr die Schwiegereltern und führte ein langes Telefongespräch mit meiner Mutter.

„Ich habe am Montag einen Job außerhalb", erklärte ich meiner Frau am Abend. „Ich schätze, er dauert bis Mittwoch. Ich melde mich zwischendurch wie immer."

Da sie Ähnliches aus der Vergangenheit kannte, fragte sie nur: „Hast du schon gepackt?"

„Erledige ich morgen früh. Viel brauche ich ja nicht."

Kaum war sie aus der Tür, stopfte ich alles, was ich benötigte, in einen Rucksack. Das Wetter meinte es gut mit mir. Tagsüber erreichten die Temperaturen Werte bis zwanzig Grad, nur die Nächte wurden empfindlich kühl. Die Thermounterwäsche, die ich mir herausgesucht hatte, würde mir gute Dienste leisten.

Zum Schluss füllte ich zwei Literflaschen mit Wasser und steckte einen Vorrat der Energieriegel ein. Ich achtete immer sehr genau darauf, genügend in Reserve zu haben. Es gab nichts Besseres, wenn man eine langwierige Observierung erledigen musste.

Meine eigentliche Arbeit wollte ich erst am Abend beginnen. Daher stattete ich Boris einen Besuch ab. Wie erwartet saß er im Büro. Bei meinem Anblick erhellte ein Lächeln sein Gesicht. „Willst du mich unterstützen?"

Warum eigentlich nicht? „Wenn du was für mich zu tun hast, gern."

Die nächsten Stunden verbrachten wir in tiefer Konzentration. Ich verbannte sämtliche Gedanken an meinen bevorstehenden Auftrag und half ihm bei dem für ihn besonders lästigen Schriftverkehr. Er spendierte mir voll Dankbarkeit noch ein Mittagessen, bevor ich mich auf meine

Erkundungstour machte. So konnte ich in aller Ruhe überprüfen, welches Objekt das geeignetste war.

Gegen fünf fuhr ich befriedigt zum Haus der Richters. Mein weiteres Vorgehen stand fest. Jetzt musste ich nur noch den Mann in meine Gewalt bringen.

Es wurde kurz nach acht, bis ich sein Auto kommen sah. Ich verließ meinen Wagen, den ich gerade erst umgeparkt hatte, dieses Mal direkt vor dem Nachbargrundstück, weil ich fest damit rechnete, dass er bald auftauchen würde. Tief gebückt fummelte ich im Kofferraum herum, bis ich hinter mir das Tor aufgehen hörte. Wie erwartet schoss er mit quietschenden Reifen los, kaum dass die Flügel weit genug aufschwangen. Ich ließ mir Zeit, bis er die Garage ansteuerte, und quetschte mich durch den sich schließenden Spalt.

Die Dämmerung hatte bereits eingesetzt, trotzdem tastete ich mich lieber innen am Zaun entlang, bis ich hinter den großen Tannen, die fast auf der Grenze zum Nachbarn standen, innehielt. Das musste genügen. Erst gegen Mitternacht würde ich mir ein besseres Versteck suchen. Ich setzte mich auf meinen Rucksack und schaltete ab, so gut es mir möglich war.

Obwohl ich mich entsprechend warm angezogen hatte, fühlte ich mich steif und durchgefroren, als ich mich gegen halb eins wieder erhob. Die Lichter im Haus waren erloschen, ringsumher schien alles zu schlafen. Ich benutzte die Minitaschenlampe an meinem Handy, um den Weg vor mir zu erleuchten, hielt mich jedoch abseits der Zufahrt. Auf diese Weise geriet ich zumindest nicht in den Bereich der Bewegungsmelder.

Zwischen Garagenrückwand und Zaun tat sich ein gepflasterter Weg auf, der vermutlich in den Garten führte. Ich folgte ihm in der Hoffnung, vielleicht auf ein Gerätehaus in der Nähe zu stoßen, in dem ich die nächsten Stunden verbringen konnte. Falsch gedacht, ich sah in der Dunkelheit nur den Anfang einer Rasenfläche und einige dunkle Umrisse, bei denen es sich vermutlich um Büsche handelte.

In die Rückfront der Garage war eine Stahltür eingelassen. Ich drückte probehalber die Klinke. Natürlich abgeschlossen! Sie aufzubrechen, würde zu viel Lärm veranstalten.

Ich ließ mich in dem Durchgang nieder und schloss die Augen. Halb dösend, halb wachend verbrachte ich die Stunden bis zum Tagesanbruch.

Gegen acht Uhr hörte ich zum ersten Mal Schritte, schnell und leicht. Es musste sich um die Frau des Hauses handeln. Mein Verdacht bestätigte sich, als ich sie davonfahren sah. Sie benutzte den Mini-Cooper, den ich anfangs Robert zugeschrieben hatte.

Eine halbe Stunde später ertönte die energische Stimme von Herrn Richter. Er sprach laut in sein Handy und ließ seinen Gesprächspartner kaum zu Wort kommen. Keine Chance für mich! Ich zog mich etwas weiter zurück, während er seinen Audi aus der Garage rangierte, das Telefon weiterhin am Ohr. Er preschte davon, das Tor ließ er offen. Kaum war er um die Ecke verschwunden, erhob ich mich und huschte hinein. Leider erwartete mich ein fast leerer Raum. Nur zwei Herrenfahrräder lehnten an der einen und ein schmales Regal mit einigen Utensilien zur Autopflege an der anderen Wand, nichts, wohinter ich mich verstecken konnte.

Dafür war der Garten eine angenehme Überraschung. Die links und rechts zu den Nachbarn als Sichtschutz gepflanzten Büsche erlaubten es mir, mich ungesehen zum hinteren Ende zu begeben. Dort befand sich ein riesiges Holzhaus, größer als so manche Laube in den Kleingärten. Mitten in die gefliese Terrasse war ein Schwenkgrill eingebaut. Der Rest der rückwärtigen Front diente als Holzlager, natürlich in Schuppenform, sehr gepflegt und bis zum Dach gefüllt.

Wie erwartet ließ sich die Tür des Häuschens ohne weiteres öffnen. Neben drei Aluminiumtischen und mehreren gestapelten Stühlen standen zwei äußerst bequem aussehende Liegen, an der Wand ein Elektrogrill neben einem Vorratsschrank, auf der anderen Seite vier leere Kästen Bier neben einem offen stehenden Kühlschrank. Anscheinend war die Grillsaison für dieses Jahr beendet.

Ich aß mehrere Energieriegel und trank eine halbe Flasche Wasser, stellte meinen Handywecker auf vier Uhr und machte es mir auf der Liege gemütlich. Der lange Tag forderte sein Tribut, ich schlief innerhalb von Sekunden ein.

34

Ich erwachte durch das Geräusch prasselnden Regens. Einen Moment dachte ich, die Dämmerung hätte bereits begonnen und ich verschlafen. Dann erkannte ich, dass die tiefgrauen Wolken den hereinbrechenden Abend nur vortäuschten. Ein Blick auf meine Armbanduhr gab mir die Gewissheit, es war früher Nachmittag. Ich hatte noch genug Zeit. Nach einem weiteren Mahl erleichterte ich mich in die nun leere Wasserflasche und zog die Thermounterwäsche an. Dem Unwetter nach zu urteilen waren die Temperaturen gefallen, unnütz frieren wollte ich nicht. Darüber kam nach Jeans, Sweatshirt und Jacke der schwarze Maleranzug. Ich konnte nur hoffen, dass er nicht zu schnell durchweichte.

Ich lugte durch die Glasaussparungen der Tür nach draußen. Der Regen hatte nachgelassen und war in eine Art Dauernieseln übergegangen. Sämtliche Fenster des Hauses waren geschlossen, nirgendwo brannte Licht. Ich zog die Handschuhe über, griff nach meinem Rucksack und spurtete los. Selbst wenn jemand ausgerechnet in dem Moment in den Garten geschaut hätte, ich huschte so schnell über die Terrasse und tauchte in den Büschen unter, dass derjenige nur einen Schatten bemerkt hätte. Trotzdem verhielt ich und lauschte, bis ich sicher war, unentdeckt geblieben zu sein. Langsam arbeitete ich mich durch die Büsche zurück zu den Garagen, lief den gepflasterten Weg entlang und lugte um die Ecke. Das Garagentor stand weiterhin offen, der Innenraum war leer.

Eine Stunde später kehrte die Dame des Hauses zurück, parkte ihren Wagen und schloss das Tor. Ich wartete geduldig in dem Durchgang. Es wurde sechs, sieben, halb acht, dann acht, dann neun. Herr Richter kam nicht. Die stete Feuchtigkeit hatte mittlerweile meine Kleidungsstücke durchzogen, ich fror und spürte, dass meine Muskeln sich verkrampften. Ich begann, auf der Stelle zu wippen und dabei meine Arme wie im Lauf vor und zurückzubewegen, um den Blutkreislauf anzuregen. Das Rascheln der Kapuze übertönte die Außengeräusche, ich schob sie nach hinten. Gerade rechtzeitig. Ich hörte das Zischen der Reifen auf dem nassen Asphalt, bevor ich die Scheinwerfer herumschwenken sah. Das Tor öffnete sich mit leisem Summen und der Audi schoss heran. Als Herr Richter langsamer wurde, um das Garagentor zu öffnen, lauerte ich an der Ecke. Das Licht erlosch, der Motor wurde abgeschaltet, dann das leise Knarzen der Tür. Ich sprang vorwärts und auf ihn zu. Das Rascheln der Überzieher verriet mich. Herr Richter wandte sich um, ich donnerte ihm die Faust gegen die Schläfe und fing den wie ein gefällter Baum Stürzenden auf, bevor ich ihn sanft zu Boden gleiten ließ.

Für die nächste Viertelstunde war er garantiert außer Gefecht gesetzt, daher holte ich in aller Ruhe meine Jacke und meinen Rucksack von draußen, entriegelte den Kofferraum und fesselte und knebelte meinen Gefangenen. Herrn Richter dort hineinzuwuchten, war schweißtreibend, aber ich schaffte es, bevor er zu sich kam. Ich warf den Rucksack in den Fußraum des Beifahrersitzes, entledigte mich der Überzieher und klemmte mich hinter das Steuer. Über die Kapuze stülpte ich eine schwarze Cap, die ich tief ins Gesicht zog.

Den Audi ohne Licht aus der Garage zu rangieren, klappte besser als gedacht, ich erreichte das Tor, öffnete es mit der Fernbedienung aus der Ablage, schwenkte auf die Straße ein und betätigte den Lichtschalter. Als hätte ich mein Lebtag nichts anderes getan, kutschierte ich den Q5 durch die Vororte.

Kurz darauf erwachte mein Fahrgast und tat seine Verärgerung, soweit es ihm noch möglich war, kund. Die meisten Laute gingen im Rauschen des Regens unter. Wie auf Stichwort hatte es angefangen, im wahrsten Sinne des Wortes zu schütten. Im Nu wirkten die Bürgersteige wie leer gefegt. Vorsichtshalber schaltete ich die ausgezeichnete Musikanlage an und drehte auf die höchste erträgliche Lautstärke. An der einzigen roten Ampel, an der ich halten musste, bewegte ich die Lippen, als sänge ich mit und ruckte mit dem Kopf im Takt der Musik. Sollten mich die anderen ruhig für seltsam halten. Dann störten sie sich auch nicht an dem einen oder anderen Geräusch, das von hinten aus dem Kofferraum drang.

Nach einer Viertelstunde Fahrzeit hatte ich mein Ziel erreicht, die abgelegene Baustelle, die Herr Richter am ersten Tag meiner Beschattung aufgesucht hatte. Ich parkte den Audi so dicht wie möglich am Eingang, verstaute die Cap wieder im Rucksack, zog die Schuhhüllen über und stieg aus. Bevor ich meinem Gefangenen aus dem Kofferraum half, schnitt ich die Kabelbinder an seinen Knöcheln auf, was er mir dankte, indem er sofort versuchte, nach mir zu treten. Ich hatte damit gerechnet, tat einen schnellen Schritt zur Seite, packte seinen Arm und zerrte ihn grob heraus, sodass er sich fast die Schulter ausrenkte. Eingedenk seiner Gegenwehr ließ ich seine Hände gefesselt.

„Los!" Ich verdrehte seinen Kragen, dass er kaum Luft bekam, und schob ihn vor mir her die provisorische Treppe hinauf. Wie erwartet befanden sich auch im Innern hölzerne Stiegen, die in die einzelnen Etagen, fünf insgesamt, führten. Ich trieb ihn bis nach oben, löste seine Handfesseln und gab ihm einen heftigen Stoß, sodass er zu Boden fiel. Bis er sich wieder aufgerappelt hatte, betätigte ich unsichtbar für ihn den Aufnahmeknopf an meinem Handy. „Was ist bei der Bauprüfung vor einem Jahr passiert?"

Er stürzte sich auf mich, kaum dass er auf den Beinen war. Zwei schnelle gezielte Tritte später wiederholte ich meine Frage.

Da er verstanden hatte, dass er gegen mich nicht ankam, mimte er nun den Unschuldigen, der überhaupt nicht wusste, was ich von ihm wollte. Selbst als ich ihm zeigte, dass ich es ernst meinte, versuchte er nacheinander, mich mit Geld zu bestechen, sich herauszureden und die Schuld auf andere zu schieben. Es dauerte länger als gedacht, ein vernünftiges Geständnis zu bekommen.

„Was war mit Nils?"

Wieder kostete es mich einige Mühe, ihn zu überzeugen, mir die Wahrheit zu sagen.

Danach richtete er sich stöhnend in eine sitzende Position auf. „Gehen Sie nun zur Polizei und zeigen mich an?"

„Wir erledigen das zusammen", erwiderte ich und zog ihn unsanft hoch.

Er war kaum fähig zu laufen. Wie unabsichtlich schwenkte ich in einem großen Bogen auf die Treppe zu. Der Rohbau war auf dieser Etage fertig gemauert. Die Wohnung würde später einmal über großzügige, bis zum Boden reichende Fenster verfügen. Ein kurzer Zug und Herr Richter konnte das funkelnde Lichtermeer unter sich bewundern. Erst in diesem Moment schien er zu begreifen, was ich wirklich vorhatte.

„Nein, Sie können …"

Seine schwache Abwehr ein letztes Mal zu durchbrechen, war keine Kunst. Ein energischer Stoß und er taumelte über den gemauerten Rand hinaus. Sein Schrei endete in einem dumpfen Klatschen.

35

„Es war Roberts Vater, nicht die Fünfer-Bande", erklärte ich dem Ehepaar Fröhlich. Bei meinem Anruf am Morgen hatte die Frau mir die frohe Nachricht überbracht, dass Nils' Krise überstanden war und er sich auf dem Weg der Besserung befand. Was so viel hieß wie: Er würde ungefähr den Zustand erreichen, den er zuvor gehabt hatte.

„Deshalb der Selbstmord." Der Mann fasste sich als Erster wieder. „Sie brachten es am Mittag in den Lokalnachrichten."

„Wie haben Sie es rausgekriegt?" Frau Fröhlich musterte mich mit kritischem Blick. Vermutlich ahnte sie, dass Herr Richter nicht völlig freiwillig aus dem Leben geschieden war.

„Über Robert. Der Junge litt deshalb so sehr, weil er sich schuldig fühlte." Ich gab ihnen eine Kurzversion dessen, was sich damals ereignet hatte. „Seine Schuldgefühle hinderten ihn, Nils zu besuchen. Er müsste das Geschehene dringend zusammen mit einem Psychologen aufarbeiten."

„Ich werde mit ihm sprechen", nickte Frau Fröhlich. „Mir ist auch aufgefallen, wie sehr er sich verändert hat. Wir werden ihn nun hoffentlich wieder öfter sehen. Da kann ich versuchen, ihn in diese Richtung zu schieben. Vor allem, nachdem sein Vater sich nun selbst gerichtet hat. Hoffentlich fühlt er sich dafür nicht auch verantwortlich." Ihr Blick ließ bei diesen Worten den meinen nicht los.

„Nach unserem Gespräch war sich Herr Richter bewusst, dass ich zur Polizei gehen und ihn anzeigen würde. Es stand ja nicht nur die schwere Körperverletzung im Raum, sondern zusätzlich die Anstiftung zu einem Mord. Und wenn die Ermittlungen erst einmal begonnen hatten … Ich denke, es gab noch viel mehr, was man ihm anlasten konnte. Wer so reagiert, hat sicher einiges auf dem Kerbholz."

„Aber wie sind Sie überhaupt darauf gekommen, dass diese Bande Jugendlicher nicht die Täter waren?", ging Herr Fröhlich dazwischen.

„Ich habe mich mit einem von ihnen unterhalten und dabei durchblicken lassen, dass ich nicht an ihre Schuld glaube. Es gab zu vieles, was nicht zusammenpasste. Wie hätten die fünf Nils und Robert auflauern können? Sie wussten ja nicht, welchen Heimweg sie nahmen. Das ist nur ein Beispiel", fuhr ich schnell fort. „Es gab noch mehr Ungereimtheiten. Der Junge wollte anfangs nicht mit der Sprache herausrücken. Ich versprach ihm schließlich, nichts von dem, was er mir sagte, zu verwenden. Daraufhin gab er zu, dass sie zur maßgeblichen Zeit betrunken einen Kiosk verwüstet hatten und es anschließend nach einem Raub aussehen ließen."

„Waren Sie das, der den mutmaßlichen Haupttäter zusammenschlug?", fragte Frau Fröhlich ganz direkt.

Wie hatte sie davon erfahren?

„Er griff mich an, während ich mich mit seinem Kumpel unterhielt", stellte ich richtig.

„Kann es sein, dass dieser Umstand die Zunge seines Freundes löste?"

Sie wäre ein idealer Ermittler gewesen! „Ja, durchaus möglich. Allerdings werde ich mein Versprechen halten und der Polizei diese Aussage nicht weitergeben."

„Und so rückte Robert in Ihren Fokus?" Ihr Mann schluckte aufgeregt. „Wie sind Sie es angegangen?"

„Sehr behutsam. Der Junge ist psychisch vollkommen instabil. Irgendwann fasste er Vertrauen zu mir und berichtete mir den genauen Hergang. Es war für ihn eine Erleichterung, endlich das loswerden zu können, was ihn die ganze Zeit über quälte. Er hatte bereits selbst versucht aufzudecken, was dieser ominöse Telefonanruf, den Nils mit anhörte, bedeutete. Leider gelang es ihm nicht. Er wollte, dass sein Vater gefasst und bestraft wird. Er sehnte sich mit jeder Faser seines Herzens danach."

„Der arme Junge!"

Ja, das war er wirklich. Ich hoffte ehrlich, dass er sein Leben wieder auf die Reihe kriegen würde.

„Und Herr Richter traf sich freiwillig mit Ihnen?", fragte Frau Fröhlich nach. „Was hatte sich denn für ihn geändert? Ich meine, es gab doch weiterhin keine Beweise, oder?"

Ich verfluchte mich, dass ich es nicht bei einem kurzen Telefongespräch hatte bewenden lassen. Aber die beiden taten mir leid, viel mehr, als sich in Worte fassen ließ. Sie waren neben Nils weitere Opfer. Ihr Leben hatte sich mit dieser Tat für immer grundlegend verändert. Deshalb wollte ich ihnen persönlich mitteilen, was ich herausgefunden hatte. Die Wahrheit würde ja so nie bekannt werden.

„Ich behauptete, es gäbe welche und muss wohl höchst glaubwürdig geklungen haben. Denn er schlug diesen Treffpunkt spätabends auf der Baustelle vor."

„Das heißt, Sie haben miterlebt, wie er gesprungen ist?"

„Nicht direkt. Dieses Treffen war ein Hinterhalt. Er hat versucht, mich ebenfalls mundtot zu machen, was ihm zum Glück nicht gelang. Ich rief ihm aus sicherer Entfernung zu, ich würde sofort zur Polizei gehen und Anzeige gegen ihn erstatten. Vermutlich wäre bei einer genauen Untersuchung genug entdeckt worden, um ihn zu diskreditieren. Er zog den Freitod vor." Ich erhob mich. „Da die ganze Wahrheit wohl nie ans Licht kommen wird, wollte ich Ihnen wenigstens das genaue Ergebnis mitteilen."

Herr Fröhlich sprang auf und kam mit ausgestreckter Hand auf mich zu. „Wie können wir Ihnen jemals danken, für das, was Sie für uns getan haben?"

Ich ergriff seine Hand und legte meine andere darüber. „Das ist nicht nötig. Ich habe es aus eigenem Antrieb gemacht. Auch ich wollte unbedingt den Täter finden."

Er musste gegen seine Tränen ankämpfen. „Denken Sie bitte an mich, falls Sie irgendwann einmal Hilfe benötigen. Bitte! Es wäre mir eine Freude."

„Haben Sie die Polizei gerufen?" Frau Fröhlich, die mich zur Tür gebracht hatte, blieb mit der Hand auf der Klinke stehen. „Nach dem Selbstmord?"

„Er war sofort tot. Wem hätte es genutzt?" Bevor sie mich weiter in die Zange nehmen konnte, wechselte ich das Thema. „Ihr Mann hat mich gar nicht gefragt, wann ich anfange zu schreiben?"

Sie lachte. „Er ist vielleicht nicht so clever wie ich, aber auch nicht blöd. Ihm ist längst klar gewesen, dass Sie nicht der sind, für den Sie sich ausgeben."

Fast fluchtartig verließ ich das Haus. Diese Frau als Gegner und ich wäre längst erledigt gewesen!

Lieber Kommissar,

ein bisschen gewundert hat es mich schon, dass der Tod von Herrn Richter als Selbstmord eingestuft wurde. Eigentlich hatte ich erwartet, die Rechtsmedizin würde die kurz zuvor erfolgten Misshandlungen nachweisen können und die Ermittler deshalb zumindest einen Mord nicht ausschließen.

Oder wurde hier einiges vertuscht, weil sonst die Vergehen eines prominenten Bürgers dieser Stadt an die Öffentlichkeit gekommen wären? Na ja, eine Antwort darauf werde ich vermutlich nie bekommen, denn einen Tag später wurde ich von Ihnen verhaftet - für eine ganz andere Tat. Gegen diese Beschuldigung konnte ich nicht ankämpfen. Sie stimmte ja auch. Dumm von mir, sie anschließend wieder zurück in den Keller zu legen, anstatt sie zu entsorgen und mich nach einem Ersatz umzusehen. Ja, Hochmut kommt vor dem Fall.

Fast sechs Jahre lang hatte ich mich erfolgreich für die Opfer eingesetzt. Nun musste ich meine Strafe annehmen. Trotzdem schwieg ich bei den Vernehmungen und hatte eigentlich auch nicht vor, alles niederzuschreiben. Den Impuls dazu erhielt ich von Susannah Fischer, der ich bei einem ihrer Besuche nach meiner Verurteilung die Wahrheit enthüllte. Statt entsetzt reagierte sie verständnisvoll. Aus diesem Gespräch heraus keimte langsam die Idee, meine Taten offenzulegen, damit das an die Öffentlichkeit kommt, was normalerweise im Verborgenen abläuft. Dass es noch immer unzählige Menschen gibt, die von den Gesetzen nicht ausreichend geschützt werden. Dass vor Gericht noch immer der Täter mehr zählt als das Opfer.

Ich habe mehrere Artikel dazu gelesen, die ungefähr alle das Gleiche sagen: Der Strafprozess ist nicht dafür da, den Opfern Genugtuung zu geben. Der Richter urteilt über die Schuld des Angeklagten nach den festgelegten Gesetzen. Es geht dabei um Rechtssicherheit, nicht um Gerechtigkeit.

Für mich, und vermutlich stehe ich mit diesem Gedanken nicht allein, bedeutet eine vernünftige Rechtsprechung, dass der Unschuldige vor allem Unrecht geschützt werden sollte, und zwar so, dass ihm möglichst gar nicht erst eins zustößt. Kommt es trotzdem dazu und wird der Täter gefasst, ist in meinen Augen eine angemessene Strafe unumgänglich. Angemessen bedeutet in meinen Augen, Buße tun zu müssen. Jeder Taschendiebstahl, jeder Einbruch schafft bei dem Opfer zumindest Verunsicherung, jede Bedrohung, jede Körperverletzung schränkt massiv die Lebensfreude ein, sexuelle Übergriffe oder gar eine Vergewaltigung lösen bei den meisten Betroffenen ein Trauma aus. Und dafür erhält so mancher Täter bloß eine Bewährungs- oder minimale Haftstrafe? Natürlich geht es vor Gericht in erster Linie um den Täter. Doch sollte das Leiden des Opfers nicht übersehen werden. Auf der einen Seite wird jede Minderung der Schuld strafmildernd bewertet, sei es eine schlimme Kindheit, ein niedriger IQ, Alkohol- oder Drogenmissbrauch. Auf der anderen Seite soll die psychische Schädigung des Opfers unwichtig sein?

Gern gesehen, besonders bei Sexualdelikten, ist auch ein Schuldeingeständnis des Täters, damit seinem Opfer die Aussage vor Gericht mit einer ausführlichen Schilderung der erlittenen Schmach erspart bleibt. Das heißt, der Täter darf auf ein milderes Urteil hoffen, weil er zugibt, was sowieso schon bewiesen ist! Ob er nun aus Reue oder aus juristischem Kalkül sein Schweigen bricht, wer will das beurteilen?

Für mich ist es ein absolutes No-Go, jemanden, der einem anderen körperlichen oder seelischen Schaden zugefügt hat, ohne eine Gefängnisstrafe davonkommen zu lassen.

Es gäbe noch so viel zu diesem Thema zu sagen, doch ich denke, Sie wissen, was ich ausdrücken will. Gerade Sie als Polizist kennen die ständige Frustration, dass trotz all Ihrer Mühen so mancher Verdächtige wieder auf freien Fuß gesetzt wird.

Ich habe einen interessanten Spruch dazu gefunden, den ich Ihnen nicht vorenthalten will. Er passt zu gut: Das eine sind juristische Urteile, das andere ist menschliche Moral. Und diese beiden Welten liegen doch weit auseinander.

III

Der eigentliche Beginn

1

Susannah Fischer war es, die mich, wenn auch unabsichtlich, in die Richtung schubste, die mein späteres Leben bestimmen sollte. Während ihres Aufenthaltes im Frauenhaus hatte sie sich mit einer der Betreuerinnen angefreundet und blieb auch nach ihrer Rückkehr mit dieser in Kontakt. Ungefähr fünf Monate nach diesem schrecklichen Todesfall bat sie mich aufgeregt, sie bald wieder einmal zu besuchen. Es gebe wichtige Neuigkeiten.

Ich fuhr gleich am nächsten Tag nach der Arbeit zu ihr. Die wenigen Andeutungen, die sie sich hatte entlocken lassen, ließen mich neugierig werden.

„Diese Mutter, die erstochen wurde, es ließ mir einfach keine Ruhe", begann sie, nachdem sie mich in die Küche geführt hatte.

Die Kinder saßen im Wohnzimmer vor der Spielekonsole und waren völlig in ihr Tun vertieft. Wir konnten also offen reden.

„Wenn du nicht gewesen wärest, wer weiß, ob ich noch leben würde."

„Du hättest deinen Mann längst umgebracht", warf ich ein. Wir hatten bisher nie offen über ihr damaliges Vorhaben gesprochen. Es war ja auch nicht mehr wichtig.

Sie schüttelte zweifelnd den Kopf. „Ob ich das wirklich durchgezogen und geschafft hätte? Ich glaube, ich war nicht stark genug."

„Doch, du hattest endlich erkannt, dass sich nie etwas ändern würde."

Sie winkte ab. „Ist auch egal. Jedenfalls dachte ich mir irgendwann: Das sind jetzt schon zwei ähnlich gelagerte Fälle. Also muss es viel mehr Typen wie die geben. Ich bin glücklich da rausgekommen. Ich sollte mich einbringen und versuchen, Frauen in der gleichen Lage zu helfen. Ich weiß schließlich genau, wie hilflos und verlassen man sich fühlt."

Ich war ehrlich verblüfft. Hatte sie nicht genug damit zu tun, ihr eigenes Leben wieder auf die Reihe zu bringen? So ein jahrelanges Martyrium ließ sich nicht innerhalb kürzester Zeit aufarbeiten. Und trotzdem wollte sie sich für die Notleidenden einsetzen „Wie hast du dir diese Hilfe vorgestellt? Die Frauen sind doch eigentlich im Frauenhaus relativ sicher untergebracht. Willst du anregen, den Schutz dort zu verstärken?"

„Das habe ich mit meiner Freundin schon durchgesprochen. Das lässt sich aus verschiedenen Gründen nicht umsetzen. Zum einen sollen die Kinder möglichst weiter zur Schule und die betroffenen Frauen, wenn sie denn berufstätig sind, zur Arbeit gehen. Zum anderen gibt es leider immer wieder Bewohner, die sich nicht an die Regeln halten und mit ihren Ehemännern oder Freunden Kontakt aufnehmen. So kann man mit ein bisschen Mühe durchaus herausfinden, wo sich das entsprechende Heim befindet."

„Oder wenn, wie bei dir, ein unwissender Sozialarbeiter oder ein Familiengutachter den Mann zu der Einrichtung führt", ergänzte ich. Es war nie geklärt worden, wie Olaf Fischer an die Adresse gekommen war. Aber es gab im Prinzip nur diese beiden Möglichkeiten.

„Oder die Kinder rufen den Vater an und geben zu viel preis", nickte sie.

„Auch das ist schon mehrmals passiert. Deshalb will ich Gelder sammeln, um Detektive und Security zu bezahlen. Die können echten Schutz gewährleisten."

Eine Mammutaufgabe! „Ist dieses Ziel nicht ein bisschen zu hoch gegriffen?", fragte ich vorsichtig nach.

„Wir fangen klein an. Meine Freundin meint, mehr als ein bis zwei Fälle pro Heim sind es meist nicht, wo der Mann so extrem reagiert. Natürlich sind alle, die da landen, hilfebedürftig. Sonst müssten sie nicht ein sicheres Umfeld für sich und die Kinder suchen. Aber wie gesagt, diese extremen Auswüchse sind seltener."

„Und wie willst du das Geld beschaffen?"

„Ich habe meine Geschichte verkauft", sie strahlte mich an. „An eine Zeitung. Vielleicht wird sogar ein Buch daraus. Damit rücke ich in den Fokus der Öffentlichkeit."

Ich war baff. Die Susannah, die ich anfangs kennenlernte, hatte enorme Fortschritte gemacht. „Und deine Kinder?"

„Sie wissen ja, was passiert ist. Ich gehe auch ihnen gegenüber offen mit dem Thema um: Der Papa ist krank gewesen, in der Seele krank. Nur deshalb war er so, wie er war. Und dass das eben falsch ist, dass niemand einen anderen so behandeln darf. Und dass sich niemand eine derartige Behandlung gefallen lassen sollte."

Sie handelte in guter Absicht, erreichen würde sie kaum etwas – weder mit der Veröffentlichung ihres persönlichen Leidenswegs noch mit der Überwachung gefährdeter Frauen. Das Erste würde zu einer regen Diskussion führen und im Sande verlaufen, wie immer, wenn man gewisse menschliche Abgründe vor Augen geführt bekam. Es gab Dinge, die sich nicht ändern ließen, nicht mit den momentanen Gesetzen. Das Zweite konnte durchaus einige Bluttaten verhindern. Andererseits, vermutlich fand nicht einer dieser Männer, deren Familie ins Frauenhaus geflüchtet war, ohne Behandlung aus seiner gegenwärtigen Rolle heraus. Sie würden sich das nächste potenzielle Opfer suchen und genauso weitermachen wie bisher.

„Typen wie Olaf haben ein Gespür für Frauen, die kein Selbstbewusstsein haben und bereit sind, sich unterzuordnen", hatte mir Susannah einmal erklärt. „Die wissen instinktiv, wer sich nicht wehrt, sondern aus falsch verstandener Liebe alles erduldet. Schau mich an. Ich hätte gleich bei den ersten Schlägen abhauen sollen. Stattdessen bin ich auf seine Entschuldigungen und Versprechungen hereingefallen. Weil ich ihn doch liebte, wie ich glaubte. Und er mich ja auch, zumindest hat er es mir immer wieder gesagt. Und es lag ja auch an mir, dass er so oft ausrastete. Weil ich andauernd alles falsch machte. Heute frage ich mich, wie konnte ich so blind, so blöd sein?"

Wenn sie also diese Art von Arbeit tun wollte, würde ich der Letzte sein, der versuchte, sie davon abzubringen. Daher behielt ich meine Bedenken für mich und ließ mir von ihr sämtliche Details berichten.

2

„Sie wollte mich einspannen, ihr zu helfen", erzählte ich meiner Frau beim Abendessen. „Sie dachte, meine Firma könnte die Sicherheitsmitarbeiter stellen, gegen angemessene Entlohnung versteht sich."

Ramona lachte ungläubig. „Habt ihr nie darüber geredet, was du genau tust?"

„Nein, sie wusste bisher nur, dass ich mich um die Sicherheit von Betrieben kümmere. Daraus schloss sie, ich würde ein Wachunternehmen leiten."

Sie musterte mich misstrauisch. „Den Zahn hast du ihr hoffentlich gezogen."

„Natürlich", gab ich mich empört. „Das ist schließlich nicht mein Metier." Gut, ich hatte auf der Rückfahrt wirklich ganz kurz erwogen, ob ich meine Firma nicht um diese Sparte erweitern sollte, jedoch ebenso schnell davon Abstand genommen. Ich verstand mich darauf, allgemeine Sicherheitsprüfungen durchzuführen, sowohl in der Produktion als auch im kaufmännischen Bereich. Ab und zu bekamen wir auch den Auftrag, einen unserer Mitarbeiter einzuschleusen, um ein offenkundiges Problem vor Ort zu beheben, des Weiteren hatte ich schon vor längerem ein wahres Computergenie eingestellt. Chris war hauptsächlich damit beschäftigt, das System der betreffenden Firma zu optimieren. Reines Wachpersonal besaßen wir dagegen nicht. Das war eine völlig andere Branche. „Und? Wie findest du ihre Idee?"

Ramona brachte die gleichen Argumente, die mir ebenfalls durch den Kopf geschossen waren. „Es ist ähnlich wie bei mir. Manchmal kriege ich das Grausen, wenn ich an die Zukunft denke. Wenn du siehst, in was für Verhältnissen diese Kinder aufwachsen, bei Eltern, die vermutlich unter den gleichen Umständen groß geworden sind. Dass sich nichts ändert und wahrscheinlich auch nie ändern wird, wenn das System nicht endlich angemessen reagiert. Sie hätte lieber in eine ausreichende psychologische Behandlung der Kinder investieren sollen."

Es war müßig darauf einzugehen. Trotz alledem, was sie tagtäglich hörte und sah, hatte sie sich ihre soziale Ader, wie ich es bei mir nannte, bewahrt. Sie setzte sich mit aller Kraft für ihre Klienten ein und half, soweit es möglich war – aber immer im Rahmen der Gesetze natürlich.

Ich an ihrer Stelle wäre sicherlich längst verzweifelt. Allein der Umstand, dass, wenn das Amt völlig überforderten Familien eine Hilfe zur Seite stellte, diese nicht zu fordernd vorgehen durfte, hätte mich in den Abgrund des Wahnsinns getrieben. Ich konnte nicht mehr zählen, wie oft Ramona mir schon berichtet hatte, diese oder jene Familie habe verlangt, die Hilfe durch eine andere zu ersetzen. Für andere schien es völlig normal, dass eine fremde Frau morgens den Nachwuchs aus dem Bett trieb, ihm das Frühstück zubereitete und es anschließend mit einem vernünftigen Pausenbrot versehen in die Schule brachte. Viele der Kinder hatten noch nie etwas anderes als Süßigkeiten eingekauft oder mitgeholfen, eine selbstgekochte Mahlzeit zuzubereiten. Und wehe, man verlangte von den Eltern, sie sollten sich an diesen Unternehmungen beteiligen, oder versuchte, sie mehr in die Pflicht zu nehmen. Dann wurde ganz schnell Beschwerde beim zuständigen Amt eingereicht, dass man mit dieser Hilfe nicht klarkäme und lieber eine andere hätte. Denn das Ganze funktionierte ja auf freiwilliger Basis. Da musste Rücksicht auf die Eltern genommen werden, die sich nicht in der Lage fühlten, die notwendige Kraft zur Verrichtung des täglichen Einerleis auf sich zu nehmen.

Das war der eine Punkt, der mich immer wieder zur Weißglut trieb. Rücksichtnahme schön und gut. Kein Mensch verlangte von ihnen, sich von heute auf morgen zu ändern. Dass so eine Umstrukturierung des eigenen Lebens ein langer Prozess war, wusste jeder. Aber ein bisschen Bereitschaft, selbst Verantwortung zu übernehmen, sollte sich mit der Zeit einstellen. Stattdessen suhlten sich nicht wenige in ihrer Bequemlichkeit, die Kinder waren und blieben die Leidtragenden.

Der zweite Punkt war der wesentlich schlimmere. Als Normalo bekam man viel zu wenig von dem, was sich in solchen Familien abspielte, mit. Noch immer fiel es mir schwer, die Tatsache zu akzeptieren, dass desolate Verhältnisse nicht unbedingt ein Grund waren, die Kinder dort herauszunehmen. Und ich spreche hier nicht von Armut. Suchtkranke Eltern, sichtbare Vernachlässigung, psychische oder physische Misshandlungen – es musste schon Gravierendes passieren, bis das Jugendamt zum letzten Mittel, der Inobhutnahme, griff.

Kein Wunder also, dass die Zahl der jugendlichen Straftäter und derer, die auf dem besten Weg waren, welche zu werden, ständig anstieg.

Da tat sich gleich das nächste Problem auf. Es gab viel zu wenig Einrichtungen und Therapieplätze. Auch davon konnte Ramona ein Lied singen. Besonders im Bereich der strikteren Verwahranstalten wurde es eng. In letzter Zeit war es zweimal passiert, dass Kinder, die für eine einfachere Heilfürsorgeeinrichtung zu gestört waren, erst einmal wieder nach Hause geschickt wurden, da durch sie die Sicherheit für die Gruppe nicht mehr gewährleistet werden konnte. Dann musste man erst mühsam eine geeignete Unterbringung suchen, was am besten über weitreichende Beziehungen und Kontakte funktionierte. Denn wie gesagt: Plätze waren Mangelware.

Den dritten Punkt, ein ewiger Aufreger für mich, stellten manche Urteile des Familiengerichts dar, wo ich mich wirklich fragte, ob denn gesunder Menschenverstand nicht die Mindestvoraussetzung für dieses Amt beinhaltete. Für mich haben Mutter und Vater irgendwann das Recht auf ihr Kind verwirkt. Dieser Mythos, Eltern sind die Wichtigsten und die Besten für ihr Kind! Einige sind einfach nur die Erzeuger, mehr nicht. Ein Baby gezeugt zu haben, ist kein Garant für einen liebevollen Umgang. Warum tun sich einige Richter so schwer damit, denen, die, aus welchem Grund auch immer, die Gesundheit ihres Kindes bedrohen, für immer und ewig das Sorgerecht zu entziehen, wenn keine grundlegende Besserung der Situation zu erwarten ist? Wieso ist der Elternstatus für sie derart schützenswert?

„Trotz all meinem Frust bemühe ich mich immer darum, so gut ich kann zu helfen", war Ramonas Wahlspruch geworden. „Man lernt, bescheiden zu werden und sich auch über kleinste Erfolge zu freuen."

Wie gesagt, ich hätte vermutlich längst das Handtuch geworden.

3

Es dauerte nicht lange, bis Susannah mich wieder auf ihre Aktion ansprach. Tatkräftig wie sie mittlerweile war, hatte sie innerhalb von wenigen Wochen einen Detektiv gefunden, der sich erbot, für das nötige Sicherheitspersonal zu sorgen, und schon nach kurzer Zeit ein Team auf die Beine stellte.

„Ich würde dich gern mit Herrn Mehring bekanntmachen. Könntest du morgen Abend vorbeikommen?"

Ich war trotzdem überrascht über ihr Tempo. Ja, sie hatte sich in den Monaten nach dem Tod ihres Mannes mithilfe eines guten Therapeuten zu einer Frau entwickelt, die ihr Leben selbst in die Hand nahm und genau wusste, was sie wollte. Auch diese Idee, anderen Schicksalsgenossinnen zu helfen, konnte ich nachvollziehen. Doch dass sie so schnell gehandelt hatte! „Hast du schon genügend Geld in deinem Fonds?"

Sie lachte vergnügt. „Die ersten Einlagen stammen von mir und meinen Verwandten. Auch etliche Sozialarbeiter, die ich angesprochen habe, zeigten sich großzügig. Das reicht für den Anfang."

„Dein Erbe?", fragte ich ahnungsvoll nach. Olaf Fischer hatte kein Testament hinterlassen, sie waren nicht geschieden gewesen, daher stand ihr und den Kindern sein nicht unbeträchtliches Vermögen, wie ich wusste, zu.

„Nur mein Anteil. Ich will nicht von seinem Geld leben", erwiderte sie heftig. „Das der Kinder ist fest angelegt und wird von mir nicht angerührt", fuhr sie ruhiger fort. „Also, wie ist es? Kommst du? Es gibt viel zu besprechen."

Ich sagte zu. Es wird bestimmt interessant zu hören, wie ihr Unternehmen anläuft, redete ich mir selbst ein. Hatte sie wirklich schon genügend ähnlich anmutende Fälle gefunden? Wie ging der Detektiv vor? Was unternahm er, um die betreffenden Frauen zu schützen? Bestimmt konnte ich den einen oder anderen nützlichen Ratschlag geben. Dass ich bereits auf dem Sprung war, mich selbst einzubringen, gestand ich mir in diesem Moment nicht ein.

Herr Mehring entpuppte sich als gemütlich wirkender Endvierziger, mittelgroß, ein bisschen übergewichtig, mit vollem lockigem hellblondem Haar, das sein rundes Gesicht wie ein Heiligenschein umrahmte. Dass er mit allen Wassern gewaschen war, merkte man erst im intensiven Gespräch. Bereitwillig erzählte er mir, wie er seine Mannschaft einsetzte. Ich konnte nicht anders, als ihm beipflichten. Er tat alles Menschenmögliche, um die Frauen und ihre Kinder vor Übergriffen zu schützen.

„In einem meiner Fälle sehe ich enormes Konfliktpotenzial", wurde er deutlicher. „Ich würde Ihnen gern sämtliches Material, das ich bisher habe, zeigen, um Ihre Meinung dazu zu hören. Frau Fischer deutete an, dass Sie selbst über einige Erfahrung verfügen."

Ich warf Susannah einen vorsichtigen Blick zu. Was hatte sie ihm bloß erzählt?

„Herr Mehring weiß, dass du mich gerettet hast, und auch von deiner Schwägerin", flocht sie schnell ein. „Wir möchten deine Einschätzung zu diesem Typ."

Der Detektiv hielt mir auffordernd eine Mappe hin. „Das ist mein Dossier über ihn."

Ziemlich ausführlich! Er musste ihn über mehrere Tage hinweg beobachtet haben. Außerdem gab es Aufzeichnungen von Gesprächen mit der Ehefrau und dem ältesten Sohn.

Ich blätterte die Papiere flüchtig durch. Der Mann hatte anscheinend eine Schreckensherrschaft ohnegleichen aufgebaut. „Kann ich die Unterlagen mit nach Hause nehmen und in Ruhe studieren?"

Bevor Herr Mehring, der nicht gerade begeistert schien, sich äußern konnte, sagte Susannah: „Selbstverständlich. Wir hoffen ja darauf, dass du uns irgendwie helfen kannst."

Ich blieb die halbe Nacht wach. Die hier aufgezählten Fakten hätten mich sowieso nicht schlafen lassen.

Johannes M. war Vater eines Sechs- und eines Achtjährigen. Beide Kinder wurden mehrfach im Krankenhaus behandelt, der Kleinere zum ersten Mal mit fünf Monaten. Damals vermutete man ein Schütteltrauma, konnte diese Vermutung aufgrund der Tatsache, dass bereits durch eine Komplikation bei der Geburt eine Schädigung vorlag, jedoch nicht hundertprozentig bestätigen. Durch die bleibende Behinderung würde er nie ein selbstbestimmtes Leben führen können.

„Er hat das Baby geschüttelt, bis es blau anlief und sich nicht mehr rührte", hatte die Mutter Herrn Mehring berichtet. „Auf der Fahrt in die Klinik drohte er, ein falsches Wort von mir und ich könne seinen Bruder auch gleich einliefern lassen."

Der achtjährige Nick erzählte von regelmäßigen Schlägen, so zwischen zwei- bis viermal pro Woche, ausgelöst durch ein falsches Wort, zu lautes Toben oder andere kleine Verfehlungen. Besonders schlimm sei es, wenn der Vater getrunken habe. Dann käme es oft vor, dass er in der Nacht hereinplatze, die Jungen aus dem Bett zerre und auf sie einschlage, meist mit seinem Gürtel. Sein Bruder hätte immer furchtbare Angst und würde sich in die Hose machen. Das reize den Vater noch mehr. Er sei sich sicher, dass er, wäre die Mutter nicht dazwischengegangen, schon längst tot wäre.

Die Frau selbst sei vollkommen eingeschüchtert und traue sich immer noch nicht, mit Einzelheiten über all das, was ihr und den Kindern widerfahren war, herauszurücken, hatte Her Mehring notiert. Sie hatte ihm allerdings die Erlaubnis erteilt, ihre Krankenakte einzusehen, und die sprach eine klare Sprache: immer wiederkehrende großflächige Prellungen, zwei ausgeschlagene Zähne, gebrochene Rippen und so weiter. Eine Fehlgeburt, ausgelöst durch einen Treppensturz, war ebenfalls angegeben.

Der Detektiv, der das Vorleben des Mannes durchforstete, fand heraus, dass Frau M. nicht die Erste war, die unter ihm gelitten hatte. Zwei Beziehungen zuvor waren an seiner Brutalität gescheitert, der Mann hatte sogar schon eine Bewährungsstrafe wegen Körperverletzung erhalten, was ihn augenscheinlich nicht beeindruckt hatte, wenn ich mir die Aufzählung seiner Verfehlungen ansah.

Viel schlimmer war allerdings der letzte Vermerk von Herrn Mehring. Zwei Wochen nach ihrer Anzeige gegen ihren Lebensgefährten wurde die Frau abends im Dunkeln überfallen und brutal zusammengeschlagen. Der Täter konnte nie identifiziert werden.

Nein, ich hatte mich nicht einmischen wollen. Aber wenn man das las, musste man einfach handeln.

4

Sobald es mir möglich war, nahm ich ein paar Tage frei und stellte eigene, ergänzende Nachforschungen an.

„Der ist völlig irre", sagte seine Schwester, die nach ihren Angaben schon seit Jahren keinen Kontakt mehr zu ihrem Bruder hatte. „Ich bin ihm als Kind immer aus dem Weg gegangen, soweit es ging. Der hat jede Gelegenheit genutzt, mich irgendwie zu drangsalieren."

Die ehemaligen Lebensgefährtinnen hielten sich bedeckt, keine der beiden wollte mit mir sprechen. Ob das damit zusammenhing, dass sie noch in derselben Stadt wie ihr Peiniger wohnten?

In seinem Arbeitsumfeld, Herr M. war bei den städtischen Elektrizitätswerken angestellt, schien es keine Probleme zu geben. Er galt als netter Kollege, wie meine vorsichtige Recherche ergab, immer bereit, für andere einzuspringen oder sie zu unterstützen. Sein Freundeskreis bestand aus zwei, drei Saufkumpanen, mit denen er sich stets außerhalb der Wohnung traf. Bis auf seine Mutter, die wohl ab und zu vorbeikam, erhielt die Familie keinerlei Besuch. Den Hausbewohnern war aufgefallen, dass die beiden Jungen am Wochenende, egal bei welchem Wetter, draußen spielten, bis sie zum Abend hereingerufen wurden. Dass sie andere Kinder mit hochbrachten, hatte nie jemand mitbekommen.

Dem Mann selbst sah man seine brutale Ader auf den ersten Blick nicht an. Er war klein und schmächtig, sodass man kaum glauben konnte, zu welcher Gewalt er fähig war. Ich beobachtete ihn mehrere Tage lang bei den verschiedensten Aktivitäten: sein Kontakt zu den anderen Bewohnern des Hauses, sein Verhalten beim Einkaufen und beim Saufen mit seinen Kumpeln in der Kneipe. Alles relativ normal - bis auf die Tatsache, dass er sich einen Detektiv gesucht hatte.

Das Treffen fand in einem Imbiss in der Nähe seiner Arbeit statt. Mir gelang es, den Tisch direkt hinter ihnen zu bekommen, sodass ich das meiste von ihrer Unterhaltung verstehen konnte.

„Und? Irgendwelche Fortschritte?", fragte Herr M. sofort, nachdem sie Platz genommen hatten.

„Es ist schwerer als gedacht", erwiderte sein Gegenüber, der fast Rücken an Rücken mit mir saß. „Ich weiß nicht, was Ihre Frau erzählt hat. Jedenfalls sind Vorkehrungen getroffen worden, ihren Aufenthaltsort geheim zu halten. Es wird länger dauern, bis ich Ihnen Ergebnisse bieten kann."

Herr M. knurrte ungehalten. „Sie war schon immer eine gute Lügnerin. Warum nur glaubt man ihr unbesehen? Die macht die schlimmsten Anschuldigen gegen mich und kommt damit durch."

„Alles wird gründlich geprüft", versuchte der Detektiv ihn zu beschwichtigen. „Auch Sie werden noch zu Wort kommen."

Das Essen wurde serviert und die beiden schwiegen, bis die Bedienung außer Hörweite war.

„Das dauert mir zu lange. Ich will endlich meine Kinder sehen."

„Das werden Sie, sobald sich der entsprechende Gutachter davon überzeugt hat, dass die Anschuldigungen Ihrer Frau falsch sind."

„Ein Gutachter?" Herr M. war eindeutig empört.

„Ihre Frau hat Anzeige gegen Sie erhoben. Ein Gericht wird prüfen, ob diese gerechtfertigt ist."

„Das glaube ich jetzt nicht!" Ein Besteck wurde klirrend auf den Teller geworfen. „Mache ich sie nicht ausfindig, dauert es also Monate, bis ich meine Kinder wiedersehen kann?"

„So stellt es sich im Moment leider dar", bestätigte der Detektiv. „Ich denke, Sie sollten sich an die Vorgaben halten. Es wäre kontraproduktiv, wenn Sie versuchen würden, Ihre Familie vorher zu treffen."

Eine längere Pause entstand. Vermutlich musste Herr M. sich zwingen, nicht auszurasten. Als er endlich sprach, klang seine Stimme immer noch gepresst. „Da heißt, Sie wollen nicht weiter ermitteln?"

„Nachdem ich die näheren Umstände kenne, nein. Es ist definitiv der falsche Ansatz."

Langsam verstand ich, warum sich die Herren in diesem Imbiss getroffen hatten. Nachdem der Detektiv von sämtlichen Anschuldigungen wusste, wollte er mit diesem Fall nichts mehr zu tun haben. Ein öffentliches

Lokal war für eine Abfuhr besser geeignet als die Intimität seines Büros, gerade bei diesem Klienten.

„Ich verstehe." Wieder eine Pause. „Dann schicken Sie mir bitte Ihre Rechnung." Ein Stuhl rückte. „Sie werden bestimmt verstehen, dass mir der Appetit vergangen ist. Einen schönen Abend noch."

Herr M. schien über eine hervorragende Beherrschung zu verfügen, zumindest nach außen hin. Er bezahlte an der Theke sein Essen und verließ das Lokal. Der Detektiv beendete sein Mahl zügig und verschwand ebenfalls.

Eigentlich hatte ich genug gehört. Nur wollte ich auf Nummer sicher gehen. Dazu musste ich selbst mit seiner Frau sprechen.

„Von allein hört der nicht auf", erklärte ich Susannah. „Ich brauche einen Punkt, an dem ich ansetzen kann. Dabei muss mir Frau M. helfen."

„Du willst eingreifen?" Sie schüttelte abwehrend den Kopf. „Das ist viel zu gefährlich. Du weißt, wie diese Typen sind."

„Ich sehe keine andere Möglichkeit. Ich brauche irgendetwas, womit ich ihm drohen kann. Nur dann wird er sie in Ruhe lassen."

Das, was Frau M. mir berichtete, war dermaßen heftig, dass ich mitten im Gespräch zur Toilette rannte und mein Frühstück erbrach. Wieso lief dieser Kerl überhaupt noch frei herum?

Trotz all der sicheren Erkenntnisse, die ich gewonnen hatte, suchte ich zusätzlich den Rat eines Psychologen. Der Freund meiner Schwägerin vermittelte mir einen kurzfristigen Termin.

„Wie erkenne ich einen Psychopathen?", fragte ich ihn.

5

Mir den richtigen Plan auszudenken, war nicht schwer. Ich rief Herrn M. an und verabredete mich mit ihm an einer Autobahnraststätte in der Nähe.

Ich hatte mich als Sozialarbeiter ausgegeben, der ihn nach einem kurzen Vorgespräch zu seinen Söhnen bringen würde, ein arrangiertes Zusammentreffen, um die Reaktion seiner Kinder mitzuerleben. Er schien nicht sonderlich begeistert, sagte aber zu.

Schon zwei Stunden später fuhr sein Opel vor der Gaststätte vor. Es war Samstagnachmittag und der Laden rappelvoll, hier würde sich später niemand mehr an uns erinnern.

Ich hatte die Verabredung extra sehr kurzfristig getroffen, so konnte ich halbwegs sicher sein, dass er sie niemandem gegenüber erwähnte. Er murrte auch, als ich auf ihn zutrat, ob man ihn nicht hätte eher informieren können, es wäre schließlich Wochenende und ich hätte seine gesamte Planung durcheinandergebracht.

Ja, ein weiterer feuchtfröhlicher Abend in der Kneipe, dachte ich. „Seien Sie lieber froh, dass ich diesen Besuch überhaupt durchgedrückt bekam. Für mich ist die Beziehung zum Vater genauso wichtig wie die zu der Mutter. Es kann nicht sein, dass man darauf keine Rücksicht nimmt." Ich winkte ihm, mir zu folgen. „Kommen Sie, wir nehmen einen Kaffee und führen dabei das notwendige Vorabgespräch."

„Die Jungen werden mich vielleicht nicht sehen wollen", wandte er ein, nachdem wir mit unserem Getränk Platz genommen hatten. „Die sind von meiner Frau bestimmt aufgehetzt worden, jetzt, wo sie die beiden ganz unter ihrer Fuchtel hat."

„Das kennen wir", nickte ich und blinzelte ihm zu. „Ich erwarte nicht, dass sie Ihnen um den Hals fallen. Es ist ein kleines Vortasten, ob Ihre Kinder willens sind, Zeit mit Ihnen zu verbringen."

„Die können sich das aussuchen?" Er schüttelte energisch den Kopf und kniff die Lippen zusammen. „Dann wird das nichts. Die hat genügend

Vorarbeit geleistet." Er beugte sich vor und senkte seine Stimme. „Meine Frau ist psychisch geschädigt, müssen Sie wissen. Ihre eigene Kindheit war ein Albtraum. Sie projiziert das Tun ihres Vaters auf mich."

„Ihre Frau hat Anzeige gegen Sie erstattet wegen Kindesmisshandlung." Ich beobachtete genau seine Reaktion. Bisher hatte er sich wie erwartet aufgeführt: Ich bin die Unschuld in Person. Es ist ein Komplott gegen mich.

Es blitzte einmal kurz auf in seinen Augen, dann hatte er sich wieder unter Kontrolle. „Wie ich sagte, sie ist psychisch krank. Wahrscheinlich muss sie dringend in Behandlung, selbst mir ist aufgefallen, dass es in den letzten Monaten immer schlimmer mit ihr wurde."

Er wollte mir tatsächlich einreden, sie habe damals den Kleinen dermaßen geschüttelt. Er habe nur geschwiegen, um sie zu schützen. Seitdem hätte es gute und schlechte Phasen gegeben, wobei Letztere immer häufiger geworden wären. „Trotzdem hängen die Jungen an ihr. Sie ist halt ihre Mutter. Sie liebt sie, das will ich nicht bestreiten. Nur ...", er hielt inne. „Sie kann sich sehr gut verstellen. Wer sie nicht kennt, wird ihr alles, was sie erzählt, glauben. Und für die Kinder ist sie nun mal die Bezugsperson Nummer eins. Meine Frau war ja diejenige, die zu Hause blieb."

Der nächste Schluck Kaffee, den ich nur getrunken hatte, um nicht sofort antworten zu müssen, hinterließ einen schalen Geschmack in meinem Mund. Den Verständnisvollen zu spielen, überforderte mich langsam. Ich rettete mich mit einem Blick auf meine Armbanduhr. „Wir müssen los."

Als wir sein Auto erreichten, hatte ich mich so weit wieder gefangen, dass ich ihm aufmunternd auf die Schulter klopfte. „Wir erwarten keine Wunder. Ich bleibe mit im Zimmer, wenn die Jungen hereinkommen. Gemeinsam wird uns schon etwas einfallen, sie für ein Stündchen zu beschäftigen."

Ich hatte ihm im Vorfeld bereits gesagt, dass er die Kinder in einem Gebäude träfe, dass sich weitab des Frauenhauses befand. Eine reine Vorsichtsmaßnahme, wie ich betonte. Das würde immer so gehandhabt. Daher folgte er mir arglos bis zur nächsten Autobahnabfahrt und von der Landstraße in einen kleinen Weg, der zu einem Parkplatz führte.

245

„Ab hier geht es nur zu Fuß weiter." Ich stand bereits auf dem Pfad, den ich ausgewählt hatte. „Es sind knappe fünf Minuten." Der Weg war so schmal, dass wir hintereinanderlaufen mussten. Es ging stetig bergauf. Nach ein paar hundert Metern blieb ich schwer atmend stehen und mimte den Erschöpften. „Vielleicht sollte ich endlich das Rauchen aufgeben", japste ich und trat einen Schritt zur Seite, damit er sich an mir vorbeischieben konnte.

Er schöpfte urplötzlich Verdacht. Seine Augen wurden schmal, sein gesamter Körper erstarrte in Abwehr.

Ich schoss auf ihn zu und packte ihn. Dann würde es eben direkt hier passieren.

Er war stärker, als ich erwartet hatte. Fast wäre es ihm gelungen, sich aus meinem Griff zu lösen. Ich verstärkte den Druck auf seinen Hals, seine Hände umklammerten die meinen, während er gleichzeitig nach hinten austrat. Ich fand endlich den Punkt in der Halsbeuge und grub meine Fingerkuppe hinein. Er sackte in sich zusammen und ich schob ihn schweratmend über die Kante des Abhangs. Befriedigt sah ich zu, wie sein Körper gegen den ersten Felsen prallte, sich drehte und weiter hinabstürzte, sich mehrfach überschlug und zuletzt mit dem Kopf zuerst von einem weiteren zerklüfteten Gesteinsbrocken gestoppt wurde.

Nach einem gründlichen Rundumblick – es war wie erwartet niemand in der Nähe, denn dieser Weg führte wenige Meter weiter ins Nichts – machte ich mich humpelnd auf den Rückweg. Ein Psychopath weniger auf dieser Welt.

6

Es gibt Menschen, die nicht in der Lage sind, Gefühle für andere zu entwickeln. Sie sehen stets nur sich und ihren Vorteil. Und genauso handeln sie. Sie haben, würde der Laie sagen, kein Gewissen, zudem verspüren sie keine Angst vor den Folgen ihres Tuns. Sie setzen auf ihre Fähigkeit zur Manipulation, um sich aus Schwierigkeiten herauszulavieren. Man kennt sie unter dem Begriff Psychopathen.

Aus diesem Grund wäre ein Typ wie Herr M. kaum therapierbar gewesen, denn er konnte im Prinzip nicht nachvollziehen, was er seinen Opfern antat, wie Forschungsarbeiten zu diesem Thema belegen.

So lautete auch die Erklärung des Psychologen, die ich in ähnlicher Weise bereits im Internet gefunden hatte. Ohne dass ich näher auf meinen speziellen Fall einging, beschrieb er mir ausführlich die genaueren Anzeichen, um eine Unterscheidung zu anderen Krankheiten zu setzen. Nach diesem Gespräch lag es auf der Hand. Es gab nur eine Lösung: Herr M. musste sterben. Dieser Typus ist erschreckend gut darin, seine wahren Gedanken zu verbergen und die nicht vorhandenen Gefühle vorzutäuschen. Hat einmal die dunkle Seite die Oberhand ergriffen, kann man weder mit Drohungen noch mit Gewalt eine Änderung erreichen.

Die zuständigen Ermittler kamen zu dem Schluss, es sei Selbstmord gewesen, weil Herr M. die Trennung von Frau und Kindern nicht verkraftet habe. Susannah und Herrn Mehring spielte ich den Überraschten vor. Ob sie mir glaubten, kann ich nicht beurteilen, vermutlich schon, ich bin ziemlich überzeugend, wenn ich will.

In diesem ersten Jahr suchten Susannah und Herr Mehring insgesamt noch fünfmal meinen Rat. In zwei Fällen blieb in meinen Augen nichts anderes übrig, als die ‚Endlösung'. Wenn es nur die Wahl gab, schwer traumatisierte Kinder vor ihrem Vater zu retten oder auf die Ämter zu hoffen, griff ich lieber zeitnah ein, statt abzuwarten.

Ich rede hier von Männern, bei denen klar ersichtlich war, dass auch eine längere Trennung kein Grund für sie darstellte, in ihrer Meinung, die

Frauen und die Kinder seien ihr Besitz und damit ihr Eigentum, schwankend zu werden. Die hätten selbst nach Monaten und Jahren noch versucht, ihrer habhaft zu werden und sie zu ‚bestrafen'.

Ich machte mir diese Identifikation nie leicht. Jedes Mal ging meinem Entschluss eine gründliche Recherche und Abwägung aller Aussagen unter Einbeziehung eines Experten voraus. Zusätzlich überzeugte ich mich noch durch eigene Ermittlungen davon, dass es wirklich keinen anderen Weg gab.

Zweimal fand ich immerhin andere Möglichkeiten, die Frauen und ihre Kinder zu schützen, dann nämlich, wenn ich mir sicher war, dass entsprechende Drohungen, die deutlich zeigten, dass ich durchaus bereit war, diese auch in Taten umzusetzen, ausreichten, die Männer fernzuhalten. Sie wurden über längere Zeit heimlich observiert. Bei einem musste ich deutlicher werden, bis er Ruhe gab, aber letztendlich konnten die Frauen aufatmen.

Der letzte Fall war der seltsamste, in diesem war der Mann das Opfer. Die beiden Kinder, eineinhalb und drei Jahre alt, hatten deutliche Spuren von körperlicher Gewalt davongetragen, auch ihre Mutter wies zahlreiche Verletzungen auf. Ihre Geschichte klang durchaus glaubwürdig: Ihr Mann sei sehr jähzornig, gerate er in Wut, wäre keiner sicher vor ihm.

Meine Überprüfung und die Recherchen zeigten allerdings ein anderes Bild. Wie mir selbst die Nachbarn bestätigten, war er derjenige, der sich um den Haushalt und die Kinder kümmerte - obwohl die Frau den ganzen Tag zu Hause war und er Vollzeit arbeitete. Auf dem nahegelegenen Spielplatz hatte keiner miterlebt, dass er laut wurde, im Gegenteil, er sei das Sinnbild eines liebenden und sorgenden Vaters. Die beiden Kleinen würden deutlich sichtbar an ihm hängen, von Angst ihm gegenüber sei nichts zu spüren. Die Mutter dagegen sehe man nie mit den Kindern irgendwo, mehrere Personen deuteten an, sie sei irgendwie seltsam.

Im Frauenhaus glaubte man bis dahin, ihr Verhalten sei eine Folge des erlittenen Traumas. Auf Susannahs Intervention hin, wurde eine psychiatrische Untersuchung veranlasst. Sie litt an einer schweren Persönlichkeitsstörung. Die zuständige Gutachterin setzte sich sofort mit dem Gericht in Verbindung, der Mann bekam die Kinder zugesprochen -

unter strengen Auflagen versteht sich. Die Frau selbst lehnte eine Behandlung ab, packte ihren Koffer und verschwand.

Dies war, soweit ich das beurteilen kann, das einzige Mal, dass es so endete. Zumindest ist mir kein weiterer Fall untergekommen.

Bei den zwei ‚Endlösungen' ließ ich mir etwas Zeit, damit Susannah und der Detektiv keinen Verdacht schöpften, sorgte allerdings dafür, dass die Männer auf Schritt und Tritt beobachtet wurden, was mich eine Stange Geld kostete. Nur gut, dass Ramona und ich getrennte Konten unterhielten. So war von dieser Seite kein Misstrauen zu befürchten.

Als Susannahs Buch dann dank einer hervorragenden Schriftstellerin und eines engagierten Verlags die Bestsellerlisten stürmte und sie daraufhin in mehrere Talkshows eingeladen wurde, begannen auch die Spendengelder zu fließen. Sie konnte ihr ‚Unternehmen' ausweiten, was auch für mich mehr Arbeit bedeutete.

Das Thema ist nach wie vor hoch aktuell, wie ich letztens erst gelesen habe. Die Zahlen des Bundeskriminalamtes für das Jahr 2017 - neuere gibt es leider noch nicht - belegen, dass im Schnitt jeden zweiten bis dritten Tag ein Mann seine bei ihm oder schon getrennt von ihm lebende Frau oder Freundin tötet. Die Zahlen derjenigen, die misshandelt, gestalkt und bedroht werden, sind deutlich gestiegen. Dabei reichen schon jetzt die vorhandenen Plätze in den Frauenhäusern bei weitem nicht aus!

7

Anfang des zweiten Jahres wurde ich zum ersten Mal mit sexuellem Missbrauch konfrontiert. Zwar hatte meine Frau in all den Jahren ihrer Tätigkeit ebenfalls ab und zu damit zu tun, doch hielt sie sich gerade bei diesen speziellen Fällen äußerst bedeckt. Mehr, als dass sie erschüttert über die Gräueltaten sei, die diesen Kindern angetan wurden, konnte ich ihr nie entlocken. Sie berief sich auf ihre Schweigepflicht und nahm lieber die Hilfe der hauseigenen Psychologin in Anspruch.

Daher war es wieder Susannah, die mich darauf ansetzte. „Ich weiß nicht, inwieweit du überhaupt helfen kannst. Wir haben eine Neuaufnahme, die angibt, dass beide Jungen vom Vater missbraucht würden. Eigentlich ist sie bei uns falsch. Sie hat sich unter Vorspiegelung falscher Tatsachen Einlass verschafft. Sie sah keinen anderen Ausweg."

Ich fuhr noch am selben Abend bei ihr vorbei. Dieses Mal trafen wir uns allein. Statt Herrn Mehring hatte sie zuallererst mich informiert.

„Ihr Mann ist Polizist. Das macht die Sache äußerst schwierig."

Laut dem, was die Frau, nennen wir sie der Einfachheit halber Sabina, meiner Freundin erzählt hatte, war ihr Mann ein aufopfernder, liebevoller Vater, der sich viel um die beiden Söhne, zwei und vier Jahre alt, kümmerte. Hatte er Frühschicht, übernahm er freiwillig das abendliche Baden. Wenn die Kinder nachts schrien und er war zu Hause, stand er auf, um sie zu trösten. An jedem freien Wochenende unternahm er lange Ausflüge mit ihnen, damit seine Frau, die als freischaffende Designerin ein kleines Zubrot für die Familie verdiente, in Ruhe arbeiten konnte. Er drängte sie sogar, sich regelmäßig allein mit ihren Freundinnen außerhalb zu treffen. Sie sollte sich in keiner Weise eingeschränkt fühlen.

Dass er sie nach der Geburt des zweiten Sohnes kaum noch anrührte, fiel ihr erst im Nachhinein auf. „Kinder, Arbeit, Haushalt, da blieb kaum Zeit für gemeinsame Aktivitäten. Dazu kam sein Schichtdienst. Jetzt ist mir natürlich klar, warum sich nichts mehr tat."

Wie fast immer in solchen Fällen war es der Zufall, der die Sache ans Licht brachte. Sabina hatte sich an dem besagten Abend mit ihren Freundinnen verabredet. Noch während des Essens stellte sich eine heftige Migräne ein, die sie zwang, nach Hause zu fahren. Sie rief sich ein Taxi und verzichtete wegen der Lichtempfindlichkeit darauf, das Hausflurlicht einzuschalten.

„Ich muss wohl sehr leise gewesen sein, anders kann ich es mir nicht erklären. Jedenfalls betrete ich die Wohnung und höre leises Weinen aus dem Kinderzimmer. Da bin ich sofort hin und habe die Tür aufgemacht. Mein Mann saß auf der Bettkante, der Große hatte sich die Decke über den Kopf gezogen. Ich fragte, was denn los sei. Daraufhin begann er ganz laut zu weinen. Ich wollte ihn in den Arm nehmen, aber mein Mann raunzte mich an, er würde sich schon kümmern."

Sie hatte ein ungutes Gefühl, verzichtete aber wegen ihrer rasenden Kopfschmerzen und der offensichtlich schlechten Laune ihres Mannes auf einen Disput. Am nächsten Morgen, kaum dass er zur Arbeit aufgebrochen war, versuchte sie, mit ihrem Sohn zu reden. Vergebens, er weigerte sich, ihr zu erzählen, was am Abend vorgefallen war. Trotz ihrer Vorahnung brachte sie ihn in den Kindergarten, eine Stunde später rief die Erzieherin an, er klage über Schmerzen, sie solle ihn bitte abholen.

„Sie sagte, er rücke nicht mit der Sprache raus, was er hätte. Ihr sei aufgefallen, dass er nicht richtig sitzen könne, ob er vielleicht auf den Steiß gefallen sei? Ich dachte, mein Mann hätte ihn vielleicht verhauen, ihm rutscht schon manchmal die Hand aus. Zu Hause habe ich mir gleich seinen Po angeschaut. Ja, und dann bin ich aus allen Wolken gefallen. Der Anus war dick geschwollen und rundherum rot."

Der Kinderarzt, zu dem sie fuhr, deutete vorsichtig an, es könne sich um Missbrauch handeln. Weil der Junge stumm blieb, empfahl er den Besuch bei einem entsprechend geschulten Psychologen.

„Selbst da dachte ich immer noch nicht an meinen Mann als Täter. Im Gegenteil, ich habe mir den Kopf zerbrochen, wer die Möglichkeit hatte, an unser Kind heranzukommen. Als ich ihm nachmittags von dem Arztbesuch und dem Verdacht des Doktors erzählte, wurde er gleich unwirsch. Ich hätte zuerst ihn anrufen sollen. Dann hätte er mir gesagt, dass der Kleine sich immer wieder Gegenstände in den Po stecken würde.

Gestern sei er so sauer gewesen, weil er ihn wieder dabei erwischt habe. Er hätte es im Guten versucht und ihn auch schon geschlagen deswegen. Anscheinend wolle er nicht damit aufhören."

Diese Erklärung erschien ihr absolut grotesk. Kaum war ihr Mann am nächsten Tag wieder zur Arbeit aufgebrochen, nahm sie sich das Kind vor. Nach gefühlten Stunden brach es endlich aus ihm heraus: Der Papa täte ihm weh.

Sabina packte das Notwendigste zusammen und fuhr zu ihrer alleinstehenden Mutter, um in Ruhe ihre nächsten Schritte zu planen. Ihrem Mann gegenüber erklärte sie, diese sei plötzlich erkrankt und benötige ihre Unterstützung.

„Die Zeit wurde mir knapp. Er wollte die Kinder zu sich holen, wenn er frei hatte. Damit ich mich in Ruhe um meine Mutter kümmern könnte. Das Einzige, was mir einfiel, war, im Frauenhaus Zuflucht zu suchen. Hier kann er nicht an uns heran."

8

„Sie rückte erst nach einer Woche mit der Wahrheit heraus", berichtete Susannah. „Anfangs behauptete sie, er würde sie und die Kinder schlagen." Sie sah mich hoffnungsvoll an. „Was können wir tun?"

Nachdem sie damals ihre Stiftung zum Schutz verfolgter Frauen gegründet hatte, war die Idee mit einer Ausbildung zur Erzieherin fallen gelassen worden. Stattdessen engagierte sie sich mittlerweile gegen ein Minigehalt jeden Tag für die misshandelten Frauen. Das sei, so sagte sie, die einzig richtige Tätigkeit für sie. Und es schien, als hätte sie die richtige Wahl getroffen. Sie war oft diejenige, die das Vertrauen der Hilfesuchenden gewann und die näheren Einzelheiten erfuhr – als hätte ihre eigene Erfahrung sie besonders dafür prädestiniert, als Anlaufstelle zu dienen. Sie machte deren Probleme zu ihren und hoffte und bangte mit ihnen, dass alles zu einem guten Ende kam.

Auch wenn ich damals manchmal das Gefühl hatte, sie involviere sich viel zu stark, bei diesem Fall konnte ich ihren Drang nach einer vernünftigen Lösung nachvollziehen. Mir war bei ihrer Erzählung richtig schlecht geworden. „Sie soll ihn anzeigen. Sofort!"

„Das geht nicht", widersprach Susannah energisch. „Sabina hat sich im Vorfeld klug gemacht. Es ist unheimlich schwer, einen Missbrauch nachzuweisen. Vor allem wenn der Vater behauptet, der Junge führe sich selbst Gegenstände ein. Der wird die Wahrheit so verdrehen, dass sie dem Kind die Worte in den Mund gelegt hat, weil sie nach der Trennung das alleinige Sorgerecht beantragen wolle."

„Es muss einen Weg geben", war ich überzeugt. „Kann ein dementsprechender Kinderpsychologe nicht die Wahrheit herausfinden?"

„Du, ich habe selbst eine Gutachterin für das Familiengericht gefragt. Sie bestätigt, dass es ein elend langer Prozess würde, ohne dass man genau sagen kann, wie er ausgeht. Der Vater wird steif und fest behaupten, die Mutter habe das Kind beeinflusst. Er ist Polizist, gegen ihn lag bisher nichts vor. Anderes belastendes Material ist offensichtlich nicht vorhanden."

„Und wie verfahrt ihr jetzt im Heim mit ihr?"

Susannah lächelte schwach. „Wir bleiben bei der offiziellen Version, dass er sie geschlagen hat. Dann steht natürlich auch Aussage gegen Aussage. Aber immerhin kann sie erst einmal in dem geschützten Raum verbleiben."

„Du bist sicher, dass die Vorwürfe stimmen?" Ich konnte nicht anders, ich musste nachfragen. Es kam tatsächlich ab und zu vor, dass sich Frauen unter falschen Voraussetzungen Einlass verschafften, nur um ihrem Mann eins auszuwischen. Und gerade bei einem derart sensiblen Thema war mir ihre Einschätzung wichtig.

„Ein Kinderpsychologe hat bereits mit dem Jungen gesprochen. Er ist sich relativ sicher, dass der Junge die Wahrheit sagt. Ob seine Aussage allerdings vor Gericht ausreicht, ist fraglich."

„Ich verstehe immer noch nicht, warum ihr keine Anzeige machen wollt. Dieser Mann muss gestoppt werden."

Sie seufzte leise. „Das sehe ich genauso. Wenn es nach mir ginge, wäre das längst geschehen."

Am nächsten Morgen fuhr ich ins Büro und begann umgehend mit meiner Recherche. Bisher hatte ich, so wie wahrscheinlich die Mehrheit der nicht selbst Betroffenen, zwar schon von Pädophilen gehört, aber mir keine weiterführenden Gedanken zu diesem Thema gemacht. Ich hatte gedacht, es handle sich um vereinzelte Auswüchse. Ab und zu gab es Zeitungsberichte über ein Gerichtsverfahren, ganz selten einen aufsehenerregenden Fall. Wie die Wirklichkeit aussah, ahnte ich daher nicht.

Was mich zutiefst erstaunte, war, dass nur die Minderheit der wegen sexuellen Missbrauchs angeklagten Täter als echte Pädophile eingestuft wurde. Viel öfter handelte es sich bei dieser Art von Übergriffen um den antisozialen Täter, für den die Sexualität das Mittel ist, Macht und Gewalt über andere auszuüben. Er vergreift sich gern an Kindern, weil sie die einfachsten Opfer sind. Dann gab es die Perversen, die ihren Drang zu quälen, an Kindern ausleben, um nur zwei Beispiele zu nennen. Der weitaus größte Teil der Täter sei eigentlich sexuell auf Erwachsene ausgerichtet, ihm gelinge jedoch keine vernünftige Beziehung mit diesen, klärten mich die entsprechenden Seiten auf. Daher vergriffen sie sich an Kindern, sie seien eigentlich ein Ersatzobjekt. Den echten Pädophilen nennt man kernpädophil, erfuhr ich weiter. Dessen sexuelles Interesse bezieht sich ausschließlich auf Kinder, entweder auf jüngere oder auf ältere. Er setzt vornehmlich auf psychische Manipulation, um sein Ziel zu erreichen. Er bemüht sich, das Vertrauen seines Opfers zu gewinnen und eine emotionale Abhängigkeit herzustellen. Sexuelle Handlungen werden nach und nach ins Spiel gebracht. Er redet sich ein, das Kind wäre daran genauso interessiert wie er selbst. Kernpädophile machen prozentual gesehen den kleinsten Teil der Missbrauchstäter aus. Allerdings ist die Rückfallquote, haben sie bereits einmal ein Kind missbraucht, immens hoch.

Mittlerweile deutet immer mehr darauf hin, dass Kernpädophile so etwas Ähnliches wie einen genetischen Defekt haben, das heißt vereinfacht ausgedrückt, ihre sexuelle Orientierung ist angeboren. Daher muss versucht werden, den Betreffenden klarzumachen, dass sie ihr Leben lang in der Pflicht sind, dieses Verlangen zu unterdrücken.

Noch hatten all die Studien, in die ich mich einlas, vor allem die Männer im Blick. Neuere Forschungen verwiesen jedoch darauf, dass sexueller Missbrauch durch Frauen gar nicht so selten ist, wie man denkt. In diesem speziellen Bereich sei die Dunkelziffer zurzeit noch weitaus höher als bei den männlichen Tätern.

Nun interessierten mich natürlich die absoluten Zahlen: Die Weltgesundheitsorganisation geht in Deutschland von insgesamt einer Million Mädchen und Jungen aus, die sexuelle Gewalt erleben oder erlebt haben, las ich und klickte die Fenster eines nach dem anderen zu. Für den Anfang hatte ich genug erfahren, das musste ich erst einmal verdauen.

9

Ich hatte einiges an Arbeit aufzuholen. Es wurde halb neun, bis ich an den wohlverdienten Feierabend denken konnte. Doch bevor ich das Büro verließ, rief ich Susannah an. Meine Frau durfte nicht erfahren, dass ich mich immer noch für sie engagierte.

Zu Anfang hatte ich Ramona erzählt, dass man mich gebeten hatte, ein abschließendes Urteil abzugeben, was ihr ganz und gar nicht gepasst hatte. „Lass dich da nicht mit hineinziehen. Das ist ein Sumpf ohne Ende."

Ich wusste, sie wollte mich schonen. Es hatte lange genug gedauert, bis ich den Tod unserer Tochter einigermaßen verkraftete. Aus ihr sprach die Angst, dass ich, wie direkt nach dem Geschehenen, meine gesamten Kräfte auf die Verfolgung der Täter richten würde. Sie verstand einfach nicht, dass ich eine sinnvolle Aufgabe brauchte, um mein Leben zu füllen. Als Isabella starb, hatte die Zukunft aufgehört, für mich zu existieren. Alles war so sinnlos geworden! Ja, es gab noch Ramona, aber das reichte nicht, den Verlust zu kompensieren. Ich bin nie der Typ gewesen, der großartige Ansprüche stellt. Die Aufgaben in der Firma reizten mich längst nicht mehr so wie früher. Würde ich verkaufen, hätte ich bis zu meinem Lebensende ausgesorgt. Nur - was sollte ich dann den ganzen Tag tun?

„Bei dem Typ handelt es sich augenscheinlich nicht um einen echten Pädophilen", sagte ich, nachdem Susannah sich gemeldet hatte. „Es wird schwer, ihm irgendetwas nachzuweisen."

„Du hast dich schon informiert?" Ihre Stimme klang erfreut.

„Es ist schlimmer als die schlimmste meiner Vorstellungen", gestand ich.

Eine Pause entstand, keiner von uns wusste, was er dazu sagen sollte.

„Bevor ich beginne, in seinem Umfeld zu recherchieren, möchte ich alle Unterlagen einsehen, die du gesammelt hast, sowohl die offiziellen als auch die inoffiziellen", setzte ich hinzu.

„Das wird schwierig werden."

„Susannah, ich kann schlecht hingehen und mit ihm selbst reden. Ich benötige das Hintergrundwissen von dir."

Zusätzlich bat ich Chris, unseren Computerspezialisten, um Hilfe. Er sollte versuchen, sich in den Computer des mutmaßlichen Täters einzuhacken.

Bei der Party am Wochenende bei meinem alten Freund Arnold Specht setzte ich mich dieses Mal direkt neben die Gruppe der anwesenden Sozialarbeiter. Früher hatte ich mich immer über ihre Art des Zusammengluckens geärgert. Dass diese Leute, statt zu feiern, sich abschotteten und endlos fachsimpelten, fand ich nervig. Mittlerweile war ich direkt froh, auf sie zu treffen.

Eine Weile saß ich am Rand und verhielt mich möglichst unauffällig, spitzte aber die Ohren, damit mir kein Wort ihrer Unterhaltung entging. Als ich mitbekam, dass sich eine Psychologin unter ihnen befand, nutzte ich die erste sich bietende Gelegenheit, um sie anzusprechen. Eine gute Freundin von mir arbeite in einem Frauenhaus, sagte ich wahrheitsgemäß. Die hätte mir die Augen geöffnet, dass der sexuelle Missbrauch von Kindern, viel, viel häufiger vorkomme, als der Laie wisse.

Sie hatte schon bei meinen ersten Worten angefangen zu nicken. „Fragen Sie die hier Anwesenden. Jeder wird Ihnen bestätigen, dass die Mütter, mit denen wir es zu tun haben, häufig in ihrer Kindheit selbst misshandelt oder missbraucht worden sind. Das ist ein altbekannter Fakt. Und diese geraten dann als Erwachsene oft an Männer, die ähnlich dem oder denen sind, die ihr eigenes Trauma ausgelöst haben."

„Stimmt es denn, dass es sich bei den Tätern oft um Familienangehörige handelt?"

Sie schien mein ehrliches Interesse zu erkennen und erwiderte bereitwillig: „Ich würde es anders formulieren. Bei Mädchen sind es in erster Linie die Väter oder die männlichen Verwandten, bei Jungen eher die näheren Bekannten und Freunde der Eltern oder Bezugspersonen aus Vereinen oder Ähnlichem. Wir nennen das den sozialen Nah-Raum. Dass sich Fremde an Kindern vergreifen, ist die Ausnahme, auch wenn es sich dabei meist um spektakuläre Fälle handelt, die von den Medien aufgegriffen werden."

„Dieses falsche Bild hatte ich ebenfalls", gab ich zu. „Heißt das, alle diese Kinder haben ein Trauma und bekommen, salopp ausgedrückt, ihr Leben niemals mehr auf die Reihe?"

„Die Auswirkungen schwanken natürlich. Sie sind umso gravierender, je größer der Altersabstand zwischen Täter und Opfer ist, je größer die verwandtschaftliche Nähe ist, je länger die sexuelle Traumatisierung andauert, je jünger das Kind zu Beginn des Missbrauchs ist, je mehr Gewalt angedroht oder angewendet wird, je vollständiger die Geheimhaltung ist." Sie holte tief Luft und vergewisserte sich, dass ich ihr noch folgen konnte.

„Ein äußerst komplexes Thema", nickte ich. Schade, eine einfache Antwort auf meine Frage hätte mir mehr gebracht als dieser Vortrag. „Ist denn nun eine Therapie in jedem Fall erforderlich?"

„Meiner Meinung nach ja. Beim Kindesmissbrauch gilt nicht: Zeit heilt alle Wunden, sondern das Trauma wirkt bis in das Erwachsenenalter nach. Also sollte so schnell wie möglich ein Psychologe hinzugezogen werden. Sonst sehe ich schwarz."

„Ich habe im Internet eine Studie gefunden, die besagt: Über die Hälfte der Prostituierten sind als Kind sexuell missbraucht worden."

„Ein gutes Beispiel", nickte sie. „Mit diesem Problem haben auch die Sozialarbeiter im Jugendamt zu kämpfen. Entweder sind die Mütter, die sie betreuen, stark depressiv und nicht in der Lage, sich ausreichend um ihre Kinder zu kümmern oder sie rennen", sie grinste, „salopp gesagt, jedem Mann hinterher und die Kinder sind Nebensache. Die haben von klein auf gelernt, sich über ihren Körper zu identifizieren."

„Wenn jetzt eine Frau den Verdacht hat, ihr Mann könnte sich an den Kindern vergreifen. Was soll sie tun?", wurde ich deutlicher.

„Ihn sofort verlassen und uns einschalten", lautete die prompte Antwort.

„Wird ihre Aussage ernst genommen?"

„Sie meinen, wird der Vater angeklagt oder ihm wenigstens der Umgang mit den Kindern verboten?" Sie wiegte nachdenklich den Kopf. „Das hängt wiederum von vielen Faktoren ab: Gibt es Zeugen, wie alt ist das Kind, liegen andere Indizien vor? Und vor allem: Wie sehr ist der betreffende Richter über dieses Thema informiert? Die meisten bemühen sich, muss ich ehrlicherweise sagen. Aber vielen fehlt elementares Wissen."

„Vielleicht sollte man in diesem Bereich regelmäßige Fortbildungen durch involvierte Psychologen vorschreiben", warf ich ein.

„Das wäre schön. Leider wird man mit dieser Art von Vorschlägen nicht gerade begeistert aufgenommen."

Ramona trat mit einem Glas Wein in der Hand zu uns und ich sorgte dafür, dass sich das Gespräch anderen Themen zuwandte. Hoffentlich hatte sie keinen Verdacht geschöpft.

10

„Du scheinst dich ja gestern Abend gut unterhalten zu haben", bemerkte meine Frau am nächsten Morgen beim Frühstück.

„Eure Psychologin hat interessante Ansichten", erwiderte ich vorsichtig. Bloß nicht zu sehr ins Detail gehen.

Sie bestrich ihre zweite Brötchenhälfte sorgfältig mit Leberwurst, bevor sie antwortete. „Ich dachte, du magst diese ewige Fachsimpelei auf Partys nicht."

„Es ärgert mich halt, dass sich deine Kollegen meist von den übrigen Gästen absondern", verbesserte ich sie, „und es immer nur um das eine Thema geht: Was der Einzelne gerade wieder erlebt hat. Vielleicht solltet ihr mal extra Stunden zum untereinander Austauschen einführen."

„Als wenn dafür Zeit übrig bliebe!"

„Ab und zu ist es allerdings echt interessant, mal mit einem Insider zu sprechen, der kein Blatt vor den Mund nimmt", konnte ich mir dann doch nicht verkneifen zu sagen. „Nein, sie hat keine relevanten Details ausgeplaudert. Trotzdem fand ich die Unterhaltung aufschlussreich. Meine Hochachtung vor dir und deinen Kollegen ist jedenfalls immens gestiegen. Ich könnte diese Arbeit niemals leisten."

Ramona war besänftigt und begann nun ihrerseits die Neuigkeiten zu berichten, die sie gestern erfahren hatte. „Hast du dir schon Gedanken gemacht, wann und wie wir deinen Geburtstag dieses Jahr angehen?", fragte sie schließlich.

Ich wurde in zwei Monaten fünfzig, ein Ereignis, das in unserem Bekanntenkreis normalerweise groß gefeiert wurde. Mir stand jedoch nicht der Sinn danach. Am liebsten hätte ich den Tag unter den Tisch fallen lassen. Oder Ramona zu einem netten Abendessen ausgeführt, das wäre völlig ausreichend. „Können wir nicht einfach wegfahren und uns eine schöne Woche machen?"

Ihr Aufschrei war vorprogrammiert. Also diskutierten wir den restlichen Vormittag über eine gelungene Alternative, um sowohl Verwandte als auch Bekannte in einer gemeinsamen Feier unter einen Hut zu bringen. Zu einem anderen Kompromiss war ich nicht bereit.

Obwohl alles in mir danach drängte, an meinem Fall zu arbeiten, bezwang ich meine Unruhe und widmete mich auch in den restlichen Stunden meiner Frau. Irgendwie war es schon traurig, dass ich mit ihr nicht über das, was mich am meisten bewegte und antrieb, reden konnte. Aber im Gegensatz zu Susannah hätte sie weiter nachgehakt. Sie hätte sich nicht mit einfachen Erklärungen zufriedengegeben, hätte mich vermutlich schnell durchschaut und geahnt, was ich unternahm.

Susannah wusste definitiv nichts von meinen Aktivitäten. Sie zog mich tatsächlich zurate, weil sie Wert auf meine Meinung legte. Außerdem war ich bei den letzten zwei Morden sehr vorsichtig gewesen, hatte ihr in beiden Fällen ans Herz gelegt, die betreffenden Frauen besonders gut zu schützen, weil von den Männern meiner Meinung nach durchaus Gefahr ausginge, mehr könne man leider nicht tun, und jeweils einige Wochen gewartet, bis ich zuschlug. Bei dem einen arrangierte ich einen Autounfall, der auch als solcher zu den Akten gelegt wurde, bei dem anderen einen Raubüberfall mit tödlichem Ausgang.

Der neue Fall war anders gelagert. Einen Psychopathen konnte ich entlarven, doch wie erkannte man einen Missbraucher, wenn es keine Möglichkeit gab, ihn auf frischer Tat zu ertappen? Mittlerweile war es Chris gelungen, sich in seinen Computer zu hacken - wie er das geschafft hatte, wollte ich gar nicht wissen. Doch die Daten gaben nichts her, es fanden sich weder Filme noch Bilder, nicht einmal Links zu entsprechenden Seiten. Es half alles nichts, ich musste mir den Kerl persönlich vornehmen.

Susannah gab ich den Rat, Sabina solle Anzeige erstatten und den entsprechenden Bericht des Psychologen mit einreichen. Nur so könne er auf Dauer gestoppt werden. Dürfe sie nicht im Frauenhaus bleiben, würden wir gemeinsam nach einer Lösung suchen, sie und die Kinder sicher unterzubringen. Eine Kontaktsperre müsste sich auf jeden Fall erreichen lassen.

Ich biss mich derart fest, dass meine eigentliche Arbeit deutlich darunter litt. Boris und Marco hatten die Hauptlast zu tragen, ich wälzte die meisten meiner Aufgaben auf sie ab und stellte eine zusätzliche Kraft ein, um sie wenigstens etwas zu entlasten. Trotzdem merkte ich, dass die Stimmung in meinem Team schlechter wurde. Später, dachte ich, wenn alles vorbei ist, muss ich dringend umstrukturieren. Später, wenn ich den Kopf wieder frei habe. Das hier ist wichtiger!

Ich observierte den Typ bei jeder sich bietenden Gelegenheit. Zum Glück für mich schien er nach festen Abläufen zu leben. Er fuhr grundsätzlich nach Schichtende direkt in seine Wohnung, suchte dreimal in der Woche ein Sportstudio auf und traf sich vierzehntägig mit Freunden zu einem Skatabend, der reihum stattfand. Die Treffen und die Zeiten, wann er Sport trieb, variierten mit dem Schichtdienst, es dauerte eine Weile, bis ich das genaue Schema kannte. Danach war es im Prinzip vorhersehbar, wann ich ihn wo antreffen würde, er liebte eine gewisse Regelmäßigkeit.

Irgendetwas Gravierendes, was sich gegen ihn verwenden ließ, fand sich nicht. Anscheinend hatte ich mit meiner Einschätzung richtig gelegen. Bei ihm handelte es sich vermutlich nicht um einen echten Pädophilen, sondern um den antisozialen Typ, der durch sein Handeln Macht über andere erlangen will.

Gut drei Monate nachdem mich Susannah auf ihn angesetzt hatte, schlug ich zu. Der Parkplatz des rund um die Uhr geöffneten Fitnesscenters war um diese späte Stunde fast leer. Er kam wie immer allein und würde vermutlich wie immer die Sporttasche im Kofferraum verstauen wollen. Ich lauerte neben dem Transporter, den ich für diesen Abend gemietet und direkt neben seinem Auto abgestellt hatte.

In dem Moment, als er sich nach dem offenen Deckel reckte, schlug ich ihn von hinten bewusstlos. Ein schneller Rundumblick – es war niemand auf uns aufmerksam geworden. Ich zerrte den Leblosen in den Transporter und fesselte ihn gründlich. Bevor ich startete, schloss ich den noch offen stehenden Kofferraum und sammelte den Autoschlüssel vom Boden auf, der ihm aus der Hand gefallen war.

Dann brachte ich ihn in die für diese Zwecke ausgesuchte Neubausiedlung, deren Häuser noch im Rohbaustadium waren. Mir blieben mindestens sechs Stunden, um die Wahrheit aus ihm herauszupressen.

Lieber Kommissar,

es gibt genügend Methoden, jeden zu brechen. Ich hatte bei der Bundeswehr einige gelernt. Grobe körperliche Gewalt ist mir eigentlich zuwider, nur geht es manchmal leider nicht ohne, um ein Geständnis zu bekommen. Gerade jemand, der etwas Schlimmes zu verbergen hat, redet nicht freiwillig darüber.

Es dauerte fast zwei Stunden, bis ich ihn so weit hatte. Ich weiß heute noch, wie hundeelend ich mich nach seiner Beichte fühlte. Wie konnte man seinem eigenen Kind Derartiges antun?

Wie jeder Täter fand er tausend Entschuldigungsgründe für seine Taten und versprach mir das Blaue vom Himmel herunter, als er merkte, dass ich ihn nicht davonkommen lassen wollte.

Natürlich hätte ich ihn zur nächsten Wache schleifen und darauf hoffen können, dass er seine Strafe erhält. Aber ich hatte mich vielleicht ein bisschen zu sehr mit dem Thema beschäftigt, um darauf zu bauen. Ein Ersttäter, der dazu mit einem Geständnis seinem Kind eine Aussage vor Gericht ersparte und hoch und heilig versprach, sich sofort in Therapie zu begeben – es hatte sich herausgestellt, dass er doch eindeutig pädophil war -, so jemand wurde normalerweise nicht einmal zu einer Gefängnisstrafe verurteilt, sondern kam mit Bewährung davon. Dass er mit seiner Tat dem Kind womöglich für immer ein normales Leben verbaut hatte, zählte nicht.

Und wer wachte darüber, dass sich Ähnliches nicht wiederholte? Mich dabei auf unser Rechtssystem verlassen? Ehrlich gesagt war ich da skeptisch. Selbst meine Frau sprach manchmal tief enttäuscht von der Selbstherrlichkeit der Richter, die sich erst Hilfe in Form von Psychologen holten, dann aber deren Empfehlung als zu extrem abtaten und ihr Urteil nach eigenem Gutdünken fällten.

Stört es Sie nicht auch manchmal, Herr Kommissar, dass jeder Richter einen gewissen Spielraum für sein Urteil hat und er derjenige ist, der die alleinige Entscheidungsgewalt hat, egal wie er sich seine Meinung bildet?

Die einzige Möglichkeit, weiter auf Gerechtigkeit zu hoffen, ist der Gang zur nächsthöheren Instanz.

Sicherlich gibt es unter den Richtern nur vereinzelt schwarze Schafe, die entweder zu lasch oder zu hart urteilen. Trotzdem sehe ich es als Unding, einem einzelnen Menschen diese Macht zu geben und als einziges Kontrollinstrument das übergeordnete Gericht vorzusehen, besonders unter dem Umstand, dass der erste Richter selbst bei einem Fehlurteil nicht belangt wird.

Nun, ich schweife ab. Zurück zu meinem Fall. Ich entschied mich, diesen Mann nicht zu töten, und legte ihn auf dem hinteren Parkplatz einer Klinik ab, nachdem ich die Blutung, wie ich hoffte, einigermaßen fachmännisch gestoppt hatte. Seinen Penis nahm ich vorsichtshalber mit. Nicht dass die Ärzte es schafften, ihn wieder anzunähen. Außerdem deponierte ich sein iPhone gut sichtbar auf seinem Bauch, nachdem ich darüber einen Notruf abgesetzt hatte. Darauf befand sich seine ausführliche Beichte, auf die ich extra per Zettel hinwies.

Eine vernünftige Beschreibung von mir würde er nicht zustande bringen, da war ich mir sicher. Der Schutzanzug mit Kapuze, den ich überzog, bevor ich ihn aus dem Wagen holte, ließ nicht mal meine Statur richtig erkennen, vor dem Gesicht trug ich eine Maske, meine Hände steckten selbstverständlich in Handschuhen. An den Transporter hatte ich falsche Kennzeichen geschraubt, die ich von einem anderen Auto auf einem anderen Parkplatz stahl. Er war sowohl beim Hin- als auch beim Rücktransport bewusstlos. Zeugen gab es nicht.

Ich kam davon, er ebenso. Wie ich vorausgesagt hatte, wurde er zu einer Bewährungsstrafe verurteilt, allerdings wie erhofft in Verbindung mit einer Therapie. Die Familienrichterin setzte sein Umgangsrecht für die nächsten zwei Jahre aus, danach würde darüber neu verhandelt.

Wie sehen Sie das, Herr Kommissar? Sollte ein Vater, der sein Kind sexuell missbraucht hat, die Möglichkeit bekommen, nach kurzer Pause wieder Umgang zu haben? Oder sollte man jeglichen Kontakt bis zur Volljährigkeit verbieten und dann das Kind selbst entscheiden lassen, ob es diesen wieder herstellen möchte? Ihre Meinung würde mich brennend interessieren.

11

Der Fall schlug hohe Wellen, in erster Linie natürlich bedingt durch die Art und Weise, wie der Täter im Vorfeld abgestraft worden war. Trotzdem versuchten die Opferorganisationen, Kapital aus dieser Geschichte zu schlagen, und meldeten sich zu Wort, um nachdrücklich auf die Leiden der Opfer hinzuweisen. Fälle dieser Art waren plötzlich in aller Munde. In mir keimte die Hoffnung, dass durch die intensive Beschäftigung mit den Gräueltaten auch die Richter mehr Sensibilität entwickeln würden.

Das war leider nicht so, wie ich schon ein paar Wochen später feststellen musste. Ich hatte mir angewöhnt, regelmäßig die Internetzeitungen zu durchforsten, und las mit echtem Entsetzen den Bericht über einen Täter, der den Missbrauch an Jungen in über hundert Fällen gestanden hatte und zu einer Bewährungsstrafe verurteilt worden war. Wieder hatte sich die Richterin von der angeblichen Reue, dem freiwilligen Geständnis und einer bereits begonnenen Therapie einwickeln lassen. Das zumindest war mein Eindruck.

Wurden diese Typen denn wenigstens vernünftig über einen längeren Zeitraum hinweg überwacht? Höchstwahrscheinlich nicht, wo sollten denn die Leute dafür hergenommen werden?

Damit stand für mich fest: Ich hatte eine zweite wichtige Aufgabe zu erfüllen. Für mich gab es nichts zu verlieren, aber viel zu gewinnen.

Ich setzte mich mit meinen drei wichtigsten Angestellten Boris, Marco und Chris zusammen und machte ihnen folgenden Vorschlag. Ab sofort würden sie die Firma übernehmen und ich nur noch als stiller Teilhaber fungieren. Das hieß, ich bekam weiterhin ein Gehalt, mit dem sie mich sozusagen kleinschrittig auf lange Sicht auszahlten, und stand falls erforderlich als stille Reserve zur Verfügung. Außerdem würde ich sie natürlich so lange wie nötig mit Rat und Tat unterstützen.

Nach kurzer Bedenkzeit willigten sie ein und ich beauftragte einen Anwalt, das Geschäft unter Dach und Fach zu bringen. Teil des Deals war, dass der Firmenname erhalten blieb und ich für die nächsten Jahre mit den anderen drei zusammen als Geschäftsführer genannt wurde. Für mich hatte das den Vorteil, dass meine Frau nicht von meiner neuen Beschäftigung erfuhr, der ich ab sofort in größerem Maßstab nachgehen wollte.

Ihr gegenüber behauptete ich, zu diesem Schritt gezwungen worden zu sein, um erstens meine Männer zu halten und zweitens das massiv gewachsene Arbeitsaufkommen besser bewältigen zu können. Allerdings stellte ich es so dar, dass wir als gleichberechtigte Partner fungierten. Da ich aufgrund meiner Zusatzaktionen wirklich immer weniger Freizeit hatte, reagierte sie freudig auf diese Ankündigung und stimmte mir vorbehaltlos zu.

Marco, Chris und Boris tischte ich eine abgewandelte Geschichte der Wahrheit auf. Ich würde im Auftrag verschiedener Frauenhäuser und den Anwälten der Betroffenen arbeiten, und zwar immer dann, wenn es an den nötigen Beweisen fehlte. Da mein Verdienst gering sei, ich quasi nur meine Unkosten berechne, wolle ich nicht, dass Ramona von dieser neuen Tätigkeit erfahre. Sie würde für diesen Schritt keinerlei Verständnis aufbringen. Ich schwor die drei darauf ein dichtzuhalten und mir für die wenigen Male, die meine Frau in der Firma anrief, ein Alibi zu geben. Selbstverständlich versicherten sie mir, dass ich auf ihre Hilfe zählen könnte – Männerfreundschaft eben.

Bevor ich zu dem komme, weswegen man mich schließlich anklagte, will ich einen kurzen Abriss über meine gesamten Aktivitäten bis zu diesem Zeitpunkt geben:

Im Laufe der folgenden Jahre kümmerte ich mich um einige dieser auf Bewährung freigelassenen Kindes-Missbraucher. Ein Einziger war darunter, der tatsächlich sein Bestes gab und zumindest in der Zeit meiner Beobachtung nicht auffällig wurde. Alle anderen gingen ihrer ‚Obsession' weiterhin nach. Ich richtete sie nach der bewährten Weise: Ich schnitt ihnen den Penis ab und legte sie an einer abgeschiedenen Stelle eines Krankenhauses ab, inklusive eines ausführlichen Geständnisses auf Band, versteht sich.

Zeitgleich arbeitete ich weiterhin für Susannah und eliminierte mehrere Psychopathen. Für mich stand in diesen Fällen jedes Mal zweifelsfrei fest, dass ich der Menschheit damit einen Dienst erwies. Wer einmal in dem Ausmaß wie diese fünf gehandelt hatte, würde nicht mehr davon ablassen - selbst nach einer Haftstrafe nicht. Die arrangierten ‚Unfälle' bestanden alle die polizeilichen Ermittlungen.

Zweimal wich ich von meiner üblichen Routine ab, beide Male wurde mein Interesse von einem Zeitungsartikel geweckt. Zuerst half ich einer Mutter – die bis heute nichts davon weiß – und holte das von dem Vater in sein Heimatland entführte Kind zurück, ohne Blutvergießen und ohne anderweitige Bestrafung.

Ein Unding in meinen Augen, dass es in diesem Bereich Gesetzeslücken gibt, die es den Betroffenen unmöglich machen, ihr Recht durchzusetzen. Der Mutter war bereits das alleinige Sorgerecht zugesprochen worden, die Entführung eindeutig illegal und trotzdem konnte man von offizieller Seite her angeblich nichts unternehmen.

Die nächste Geschichte war dann ausgerechnet die, die mich auf die Spur der Pädophilen-Bande brachte. Eine Gruppe Jugendlicher terrorisierte die gesamte Nachbarschaft und vor allem auch die dort wohnenden Kinder. Wieder war unser Rechtssystem nahezu machtlos. Wie ich vorging, kann ich leider nicht genauer ausführen, da ich die Personen, die mir hilfreich zur Seite standen, nicht gefährden möchte. Nur so viel sei gesagt: Wir machten ihnen deutlich, dass ihr Tun nicht erwünscht sei und eine einzige Wiederholung sehr restriktive Maßnahmen nach sich zöge.

Und da schlug das Schicksal zu: Einer dieser Jugendlichen, ein Bürschchen von gerade mal vierzehn, wies mich auf einen Kinderschänder hin. Der Junge war sichtlich empört, dass wir uns einmischten und uns um den Kerl „bei dem es die Spatzen von den Dächern pfeifen würden, was der macht" nicht kümmerten. Das wüsste jeder in der Gegend, dass der sich an Kindern vergreife.

Eine Lüge, um von sich und seiner Bande abzulenken, oder die Wahrheit, die bisher nur unter Seinesgleichen bekannt war? Ich musste es auf jeden Fall überprüfen.

12

Christian Zöllner war von seinem Äußeren her ein unscheinbarer Mann, Ende dreißig, mit schütterem Haar, das er relativ lang trug, einer Hornbrille und einer ruhigen freundlichen Art, die ihm bestimmt bei seinem Beruf als Verkäufer in der Hi-Fi-Abteilung eines Kaufhauses zugutekam. Er wohnte allein und erhielt wenig Besuch. Seine Freizeit verbrachte er größtenteils im Gemeindehaus in der Nähe, wo er unentgeltlich als Jugendbetreuer arbeitete. Mehrere dieser Kinder schauten auch gelegentlich bei ihm zu Hause vorbei, allerdings waren sie zu zweit oder dritt, sodass ich mir nicht vorstellen konnte, dass dort in seiner Wohnung tatsächlich etwas lief.

Trotzdem beobachtete ich die, die am häufigsten bei ihm auftauchten, zwei Jungen von etwa zwölf, dreizehn, über einen längeren Zeitraum hinweg. Schlauer wurde ich dadurch nicht. Ja, es handelte sich bei den beiden um Außenseiter. Die Eltern arbeiteten bis zum Abend, sie trieben sich viel auf der Straße herum oder gingen in das Jugendheim. Sie rauchten heimlich und tranken am Wochenende gern Alkohol, wobei ich den Verdacht hatte, dass dieser Christian ihnen in seiner Wohnung auch welchen gab. Alles in allem waren sie nicht gerade das, was ich als netten Umgang bezeichnen würde.

Ich wartete, bis Herr Zöllner zur Arbeit gegangen war, und brach in seine Wohnung ein. Das Haus war ein Altbau, die Türen aus Holz. Man hatte in der Zwischenzeit die Schlösser gegen moderne Zylinder ausgewechselt, das stellte einen etwas größeren Aufwand, aber kein Hindernis dar. Angst vor neugierigen Nachbarn brauchte ich nicht zu haben. Bis auf einen zittrigen Rentner im Parterre waren alle Mieter berufstätig. Ich hatte nur warten müssen, bis der Letzte das Haus verließ. Er hielt mir sogar die Tür auf, als ich mit einem großen Paket den Eingang ansteuerte und behauptete, es sei für den alten Herrn. Kaum hatte ich die Schwelle überschritten, faltete ich es zusammen und schleppte den Karton mit die Treppe hinauf. Besser kein Risiko eingehen!

Die Wohnung entpuppte sich als behagliche Höhle. Auf den Dielen lagen überall flauschige Teppiche, die üppige Couch im Wohnzimmer lud mit ihren Fellkissen zum Herumfläzen ein, außerdem hatte der Typ ein Faible für Kerzen, auf der Fensterbank, auf dem niedrigen Tisch, sogar an der Wand befanden sich die unterschiedlichsten Gefäße, die allesamt Teelichter enthielten. Ansonsten war der Raum mit technischen Geräten vollgestopft: eine Wii, eine Playstation und eine X-Box unter dem übergroßen Fernseher, daneben auf dem Regal mehrere Reihen der neuesten Spiele. Die Stereoanlage inklusive der fünf Boxen konnte sich ebenfalls sehen beziehungsweise hören lassen. Ein Kabel schlängelte sich hinüber zum Fernseher: Filme mit Kinosound, das gab bestimmt zusätzlichen Anreiz.

An der rechten Wand hinten in der Ecke befand sich der Computerbereich. Auch dieser Monitor war überdimensional und mit einem teuren Soundsystem ausgestattet. Ich ließ mich in den bequemen Drehstuhl fallen und drückte auf Start. Während das System hochfuhr, kontrollierte ich die Schubladenbox neben dem Tisch. Wieder jede Menge Spiele, Handbücher, Kabel, zwei Mäuse und ein Päckchen Rohlinge. Letztere sahen allerdings unbenutzt aus.

Auf dem Monitor erschien ein Eingabefeld, der Computer forderte mich auf, das Passwort einzutippen. Wozu benötigte ein normaler Nutzer diese Sicherung?

Ich versuchte erst gar nicht mein Glück und drückte den Aus-Button. Anschließend durchsuchte ich die komplette Wohnung. Irgendetwas musste zu finden sein, wenn es sich bei diesem Mann wirklich um einen Missbraucher handelte.

Im Bad, im Unterschrank unter dem Waschbecken, lagen haufenweise Pornohefte. Ich blätterte sie flüchtig durch. Vollbusige nackte Frauen beim Geschlechtsverkehr, allein oder zu zweit, in allen möglichen Stellungen – nichts Besonderes, also das, was dem üblichen Geschmack entsprach. Entweder lag ich mit meinem Verdacht falsch oder diese Hefte waren ein weiterer Ansporn für die diversen Jugendlichen, ihn aufzusuchen.

Im Schlafzimmer herrschte wie in den anderen Zimmern eine fast schon penible Ordnung. Die Schränke gaben nichts her, im Nachttisch entdeckte ich eine Packung Kondome und eine Tube Gleitcreme.

Ohne große Hoffnung nahm ich mir die Küche vor, die ebenfalls weitestgehend aufgeräumt wirkte, bis auf eine benutzte Kaffeetasse und einen Teller mit Besteck im Spülbecken. Alle Oberflächen glänzten. Neben dem Fenster befand sich eine kleine Speisekammer, wohlgefüllt, wie ich kurz darauf feststellte. Ich durchstöberte jedes Fach, das Einzige, was ich fand, waren dreihundert Euro in einem Becher hinter einem Turm Konservendosen.

Bei den Oberschränken genügte ein Blick, für die Unterschränke nahm ich mir mehr Zeit und schaute in jeden Topf beziehungsweise alles, was einen Deckel trug. Selbst die Brotbackmaschine zerrte ich heraus, damit ich sie öffnen konnte. Bingo! Statt dem Teigbehälter enthielt sie mehrere DVD-Rohlinge, jeweils in einer Klarsichthülle verpackt. Ich zog sie hervor. Keine Beschriftung, kein Hinweis, was sie enthielten. Bis auf eine packte ich sie zurück, in der Hoffnung, ihr Fehlen würde Herrn Zöllner nicht sofort auffallen.

Bevor ich verschwand, kontrollierte ich, ob ich keine Spuren hinterlassen hatte. In einer derart penibel aufgeräumten Wohnung fiel wahrscheinlich schon ein falsch liegendes Kissen auf.

Ich schlich die Treppe hinunter und huschte hinaus, gerade rechtzeitig. Kurz bevor die Tür zuklappte, hörte ich ein lang anhaltendes Husten. Der Rentner war anscheinend auf dem Rückweg aus dem Keller. Ich hatte noch einmal Glück gehabt.

13

Zu Hause angekommen legte ich sofort die DVD in das Laufwerk meines Computers. Schon nach der ersten Sequenz kam mir das Frühstück hoch. Ich hing geschlagene zehn Minuten über der Toilette und konnte nicht mehr aufhören zu würgen. Das Geschehen auf dem Monitor war das Übelste, was ich je in meinem Leben gesehen hatte. Trotz der frühen Stunde, es war noch nicht mal Mittag, genehmigte ich mir einen großen Schnaps. Nur so ließen sich diese Szenen ertragen. Ich hielt tatsächlich bis zum Ende durch. Danach brauchte ich einen zweiten Schnaps. Die widerwärtigen Bilder wollten einfach nicht verschwinden. Die Jungen in diesem Machwerk waren vielleicht acht, neun, älter bestimmt nicht. Wie konnte man einem Kind derartige Qualen zufügen?

Der Mann beziehungsweise die Männer, es handelte sich um insgesamt drei verschiedene Sequenzen, waren auf der Aufnahme nie deutlich genug zu sehen. Meinen Verdächtigen konnte ich allerdings ausschließen, es handelte sich durchweg um schlanke, trainierte Kerle. Christian Zöllner hatte eindeutig nicht ihre Statur.

Der Alkohol war mir zu Kopfe gestiegen, ich beschloss, ein langes Mittagsschläfchen zu halten. Danach hatte ich den erforderlichen Abstand gewonnen, mich mit einem Essen zu stärken. Doch zuerst nahm ich die DVD aus dem Laufwerk, steckte sie zurück in ihre Hülle und anschließend in die Innentasche meiner Jacke. Heute Abend würde ich Herrn Zöllner mit diesem Film konfrontieren.

„Ich muss gleich weg", begrüßte ich meine Frau. „Wird hoffentlich nicht lange dauern. Eine kurzfristig angesetzte Überwachung. Mit etwas Glück bin ich vor Mitternacht zurück."

Ausgerechnet heute tauchte der Typ zusammen mit zwei Jugendlichen auf. Das Beste wäre gewesen, ich hätte meine Aufgabe auf den nächsten Tag verschoben. Doch ich brannte darauf, ihn zu befragen. Daher trieb ich mich in der Nähe herum, bis die zwei endlich gegen halb elf das Haus verließen. Kaum hatten sie sich ein paar Meter entfernt, klingelte ich. Vielleicht würde Herr Zöllner denken, sie hätten etwas vergessen. Genauso war es. Ohne nachzufragen, drückte er auf. Erst als er mich die Treppe heraufkommen sah, zuckte er zurück. Ich war schneller als er und warf mich gegen die sich schließende Tür, sodass wir beide in die Diele taumelten.

„Ich schreie!", drohte er.

„Garantiert nicht", konterte ich und zauberte die DVD aus der Jackentasche hervor. „Sonst erzähle ich der Polizei, wo sie noch mehr davon findet."

Der Mann wurde blass. „Sie … Sie …" Er fing sich wieder. „Ich habe keine Geheimnisse. Bitte, rufen Sie ruhig die Polizei. Das da ist nicht von mir. Sie wollen mir was unterschieben."

Ich schloss die Tür hinter mir und trat einen Schritt vor. „Und was ist mit den restlichen in Ihrem Backautomaten?"

Er wurde noch blasser. „Wenn da was sein sollte, haben Sie mir das untergeschoben", behauptete er. „Ich mache nichts mehr in der Richtung."

Ich spürte, wie die Wut in mir hochschoss. Mit zwei weiteren Schritten war ich bei ihm. Ich packte ihn mit der Rechten an der Kehle und drückte ihn gegen die Wand. „Du Scheißkerl! Du weißt genau, wovon ich spreche." Ich musste mich bremsen, um ihn nicht gleich umzubringen.

Er röchelte, seine Hände verkrallten sich in meinem Arm. Ich kam langsam wieder zur Besinnung und lockerte meinen Griff. Sein Bein schnellte hoch, ich hieb mit der linken Faust auf die Stelle über seinem Knie und er schrie auf.

„Ruhe!", zischte ich. „Oder ich rufe die Bullen. Ich will nur mit dir reden." Ich war automatisch ins Du verfallen, diesen Abschaum zu siezen, brachte ich nicht mehr über mich. „Los! Da rein!" Ich schubste ihn in Richtung Wohnzimmer und stieß ihn auf die Couch.

Er sank wie ein Häufchen Elend darauf nieder und schlug die Hände vors Gesicht.

„Woher hast du diesen Dreck?" Ich deutete mit dem Kinn in Richtung Diele, da ich den Rohling bei seinem Angriff auf den Boden hatte fallen lassen. Er würde schon wissen, was ich meinte.

„Ich … das sieht nur so aus … ich bin nicht so einer … ich kann Ihnen das erklären."

„Kein Bedarf." Ich fühlte die Wut wieder hochsteigen. „Pass auf, du hast genau zwei Möglichkeiten. Entweder du redest freiwillig oder ich prügle die Wahrheit aus dir raus." Um meine Ansage zu verdeutlichen, zog ich die Jacke aus und legte sie auf den Couchtisch.

Er schreckte zurück und hob abwehrend die Hände. „Ich habe bloß mal eine aus Neugier gekauft. Jetzt zwingt dieser Mann mich, ihm die Filme regelmäßig abzunehmen."

Dachte er tatsächlich, ich würde ihm diese Ausrede glauben? Aber immerhin redete er. „Wie heißt er und wo wohnt er?"

„Keine Ahnung. Wirklich!" Er kroch noch weiter in Richtung Couchecke. „Ich treffe ihn alle zwei Wochen am Kiosk, samstags so gegen acht." Er wagte es, den Kopf zu heben, um meine Reaktion abzuschätzen. „Ich gucke diesen Scheiß nicht, ehrlich."

„Was ist mit den Jungen, die dich besuchen?"

„Ich biete ihnen eine Anlaufstelle, mehr nicht. Die einen Eltern arbeiten den ganzen Tag, die anderen wollen ihre Ruhe, keiner kümmert sich. Ich hole sie von der Straße weg. Bei mir haben sie einen Platz zum Reden, Spielen und Abhängen."

Ich atmete tief durch, sonst hätte ich mich sofort auf ihn gestürzt. Was für ein Schwachsinn! „Du hast vorhin angedeutet, du wärst schon einmal aufgefallen. Wann war das?"

Er wand sich sichtlich.

Ich zückte mein Handy. „Soll ich doch lieber die Polizei rufen?"

„Vor zehn Jahren."

„Und weswegen?"

„Die haben mich dabei erwischt, wie ich einen Film gekauft habe. Das war noch in so einem Videoladen. Die Polizei hat den beobachtet, um möglichst viele Käufer dranzukriegen. Ich habe eine Bewährungsstrafe bekommen. Seitdem mache ich nichts mehr in der Richtung, ehrlich."

Gut für ihn, dass ich an die Hintermänner heranwollte. Ich nickte, als glaubte ich ihm. „Wir vergessen die Geschichte, wenn du mir hilfst. Wann ist das nächste Treffen?"

Er schüttelte angsterfüllt den Kopf. „Die bringen mich um, wenn ich sie verpfeife."

„Ich werde nicht eingreifen, sondern dem Typ folgen", beruhigte ich ihn. „Keiner wird wissen, dass du mir den Tipp gegeben hast." Ich blickte auf mein Handy und hob es etwas an.

Er kapitulierte. „Schon gut, schon gut. Nächsten Samstag. Der Mann trägt immer eine schwarze Lederjacke und eine ebenfalls schwarze Baseball-Kappe."

„Du benimmst dich wie sonst auch", befahl ich. „Warnst du ihn, merke ich das."

„Werde ich nicht, nur halten Sie mich bitte da raus." Seine Stimme klang flach und gepresst. Er hatte eindeutig Angst vor dem Kerl.

14

Über eine Woche warten müssen! Am liebsten hätte ich sofort zugeschlagen. Trotz eines nahezu ausgebuchten Wochenendes und freiwilliger Arbeitsstunden in meiner alten Firma verging die Zeit quälend langsam. Selbst Ramona fragte am vierten Tag besorgt, was mit mir los sei. Ich redete mich auf eine aufwendige Angebotserstellung heraus, die mir den letzten Nerv raubte. Sie tätschelte mir tröstend den Arm und war beruhigt. Sie kannte mich als Mann der Tat, längere Bürotätigkeit schlug mir aufs Gemüt und machte mich unzufrieden, ein Wesenszug, der mir jetzt zugutekam. Sie nahm mir meine Ausrede ohne Zweifel ab.

Am Freitag wanderte ich durch die Straßen rund um den Kiosk und machte mir ein Bild von den Gegebenheiten. Es handelte sich um ein reines Wohngebiet, der nächste Supermarkt lag fast einen Kilometer entfernt. Außer einer Bäckerei um die Ecke und einem Imbiss an der nächsten Kreuzung gab es hier nichts. Das hieß wohl, dass die Bude reichlich Umsatz machte, vor allem am Wochenende. Da achtete keiner auf einen Mann, der sich zum Beispiel mit einer Flasche Bier in der Hand länger in der Nähe aufhielt.

Der Parkraum war knapp, stellte ich fest. Daran würde sich in den Abendstunden bestimmt nichts ändern, eher im Gegenteil. Ich musste zusehen, rechtzeitig vor Ort zu sein.

Am nächsten Tag machte ich mich früh genug auf den Weg. Nach langem Herumgekurve stellte ich mein Auto zwei Straßen weiter ab. Ich konnte nur auf mein Glück vertrauen. Wenigstens das Wetter meinte es gut mit mir. Ein kurzes Hoch bescherte uns sonnige zwanzig Grad, selbst in der Nacht blieben die Temperaturen im zweistelligen Bereich, für Ende Oktober ein kleines Wunder der Natur.

Bevor ich mich zum Kiosk begab, umrundete ich den Block, sodass ich mich von der anderen Seite her näherte. Dadurch hatte ich einen längeren Anmarsch und konnte, bis ich direkt davor stand, die Lage checken.

Neben dem Kiosk lungerten drei Männer mit Bierflaschen in der Hand herum, die ich jedoch beim Näherkommen eher dem Penner-Milieu zuordnete. Der Mann vor der Scheibe orderte zwei Päckchen Zigaretten und lief zu seinem Auto zurück, das er vor der nächsten Garagenausfahrt geparkt hatte. Er stieg ein und fuhr davon.

Ich kaufte ein Waffeleis und stellte mich auf die andere Seite in die Nähe des Abfalleimers. Während ich genüsslich knabberte, sah ich Christian Zöllner herantraben. Ohne mich zu beachten, trat er vor und kaufte eine Zeitung. Dann wanderte er gemächlich in die Gegenrichtung weiter, blieb unter der nächsten Laterne stehen und studierte die Schlagzeilen. Kurz darauf trat ein Mann aus dem Schatten und stellte sich neben ihn.

Ich muss zugeben, er ging sehr geschickt vor. Er schirmte mit seinem Körper den Deal nahezu perfekt ab. Nur einem guten Beobachter gelang es, den schnellen Austausch von Geld und Ware zu erkennen. Jeder Vorbeigehende hätte nichts davon bemerkt.

Der Mann zog sich wieder in den Schatten zurück. Ich verschlang mein Eis mit drei großen Bissen und warf das Papier in den Abfalleimer, bevor ich mich in Bewegung setzte. Ich sah ihn gerade noch um die nächste Ecke verschwinden. War er auf dem Weg zu seinem Auto? Ich rannte los. Mist, er stieg tatsächlich in einen dieser Möchtegern-Trucks. Bis ich meinen Wagen erreicht hatte, wäre er über alle Berge. Und wie immer in solchen Momenten war natürlich kein Taxi weit und breit zu sehen. Aber zumindest das Kennzeichen prägte ich mir ein.

Gleich am Montag aktivierte ich meine Kontakte und erfuhr Namen und Adresse des Fahrzeughalters. Ich besorgte mir einen unauffälligen Leihwagen und postierte mich in der Nähe des Hauses, das in einer dieser typischen Wohnsiedlungen stand: Zwei, drei vierstöckige Häuserzeilen hintereinander, dazwischen Grünflächen und Parkplätze, Letztere jedoch nicht in ausreichender Zahl, sodass eine lange Reihe Fahrzeuge direkt an der Straße parkte. Hier würde ich mit meinem Opel Corsa nicht auffallen.

Es wurde später Nachmittag, bis ein schmal gebauter Typ auftauchte und in den Truck kletterte. Er trug wie am Samstagabend eine Lederjacke und eine Cap, beides in Schwarz. Ich ließ genügend Abstand und folgte ihm.

Er fuhr seine Käufer ab, einmal quer durch die Stadt. Er handelte dabei durchaus clever, nie empfing er zwei Kunden am selben Ort, jedes Mal wickelte er das Geschäft ohne Aufsehen zu erregen ab. Zehn Anlaufstellen besuchte er an diesem Abend, dann machte er offensichtlich Feierabend. Er stellte den Wagen wieder auf dem Parkplatz in der Nähe seiner Wohnung ab und schlenderte zu der nächstgelegenen Kneipe.

Ich wartete eine halbe Stunde, bevor ich ebenfalls eintrat und den Tresen ansteuerte. „Ein Bier", bestellte ich bei dem Wirt hinter der Theke.

Es war nicht besonders voll. Links und rechts neben mir saßen drei Männer, nur zwei der Tische waren besetzt. Mein Verdächtiger hatte sich zu einer Gruppe Gleichaltriger gesetzt und amüsierte sich anscheinend prächtig. Lautes Gelächter schallte herüber, Getränke flossen reichlich. Ich trank mein Bier mit schnellen Schlucken aus und trat den Rückzug an. Eine geschäftliche Besprechung sah anders aus.

Am nächsten Morgen gab ich den Leihwagen zurück und besorgte mir bei einem anderen Händler einen neuen. Dann bezog ich meinen Posten vor dem Haus. Der Ablauf von gestern wiederholte sich, auch am Mittwoch und am Donnerstag. Am Freitag bekam ich den Kerl gar nicht zu Gesicht, ebenso wenig am Samstag und Sonntag. Dafür benutzte eine junge Frau das Auto, um zum Einkaufen und zum Frisör zu fahren.

Am Montag zahlte sich meine Hartnäckigkeit endlich aus. Der Typ verließ das Haus direkt um neun und steuerte seinen Truck an. Ich folgte ihm mit genügend Abstand, obwohl man bei dem heute herrschenden Regenwetter kaum den Hintermann erkennen konnte. Unaufhörlich prasselten dicke Tropfen auf die Windschutzscheibe, das nasse Laub in den Rinnen verhinderte ein gleichmäßiges Abfließen des Wassers, sodass über die Straße ein stetiger Strom floss. Entgegenkommende Fahrzeuge, in Richtung Innenstadt unterwegs, versprühten zusätzlich Gischt.

Erst nach einer ganzen Weile ließ der Verkehr nach. Ich verringerte meine Geschwindigkeit und bemühte mich, weiterhin mindestens zwei Autos zwischen mir und ihm zu lassen. Er fuhr zügig, so, wie man fährt, wenn man die Strecke regelmäßig nutzt.

Er blinkte und bog links in eine Anliegerstraße ab. Ich hielt kurz hinter der Einmündung. Das Reklameschild an der Ecke hatte mehrere Firmennamen enthalten. Eine von ihnen musste sein Ziel sein.

Wohnhäuser gab es dort nicht. Wir befanden uns in einem reinen Industriegebiet.

Ich zog die neben mir liegende Regenjacke über und zurrte das Band der Kapuze fest. Hoffentlich suchte der Kerl nicht nur seine Autowerkstatt auf.

15

„Chris, ich brauche deine Hilfe." Ich hatte nicht angerufen, sondern war direkt zur Firma gefahren, in der Hoffnung, ihn dort anzutreffen. Er saß an seinem Schreibtisch und war so vertieft in seine Arbeit, dass er mein Eintreten überhaupt nicht bemerkte. Jetzt sah er auf und grinste. „Hast wohl wieder ein Computerproblem, was?"

Für ihn waren wir die Deppen, nicht in der Lage, analytisch zu denken und auf die erforderlichen Anwendungen zur Lösung selbst zu kommen. Wobei ich schon zugeben muss, dass er auch unser System überprüfte und wartete. Keiner von uns hatte Lust, sich die dafür notwendigen Kenntnisse anzueignen.

„Ich bräuchte für einen ganz besonderen Einsatz einen erfahrenen Hacker. Kennst du so jemanden?"

Ohne genauer nachzufragen, griff er zu seinem Handy und drückte auf eine der Nummern im Kurzwahlspeicher. Mit meinen „illegalen" Geschäften wollte er nichts zu tun haben, war aber durchaus bereit, mir entsprechende Kontakte zu vermitteln.

„Es handelt sich um einen Fremdrechner, auf den ich gern zugreifen möchte", erklärte ich meinem Gesprächspartner, nachdem Chris das Handy an mich übergeben und ich den Raum verlassen hatte. Ich gab ihm einen kurzen Abriss, um welche Art von „Unternehmen" es sich handelte. „Die werden Vorkehrungen getroffen haben, damit man nicht so einfach auf ihre Computer zugreifen kann."

„Wie wäre es mit einem Trojaner?"

„Lieber nicht. Ich will unter allen Umständen verhindern, dass diese Typen aufmerksam werden."

„Wie sieht es aus mit Alarmanlage oder Hund?"

„Einen Hund können wir wohl ausschließen, das Gelände ist nicht eingezäunt. Eine Alarmanlage konnte ich nicht entdecken. Ich verlasse mich da auf dich."

Er seufzte gespielt kummervoll auf. „Deine Vorstellungen über mein Können sind ja nicht gerade klein. Ich habe Ahnung von Computern, das heißt aber nicht, dass ich über genügend Kenntnisse im Bereich Gebäudesicherheit verfüge."

Ich wartete schweigend ab, da ich bereits zu ahnen glaubte, dass er mir unbedingt helfen wollte. Am Lohn konnte es nicht liegen. Über den hatten wir noch gar nicht gesprochen.

„Ich muss rumtelefonieren, ob ich jemanden finde, der Ahnung und Zeit hat", fuhr er denn auch fort.

Wir klärten die notwendigen Einzelheiten ab, ebenso die Bezahlung. Zwei Stunden später rief er mich zurück und gab grünes Licht für den heutigen Abend. Wir verabredeten, uns um neun Uhr auf dem Supermarktparkplatz in der Nähe des Gewerbegebiets zu treffen.

Das, worum ich, nennen wir ihn Hans, bat, war kein Pappenstiel. Umso erfreuter war ich, dass er sofort zusagte. Wir verabredeten uns für denselben Abend um neun.

Die beiden erwarteten mich schon. Wie ich trugen sie ein komplett schwarzes Outfit, selbst ihre kleinen Rucksäcke waren schwarz.

„Namen tun nichts zur Sache", erklärte Hans, nachdem er bei mir eingestiegen war. „Mein Freund fährt mit seinem eigenen Auto. Sobald er seine Arbeit erledigt hat, ist er wieder weg."

Das war mir nur recht. Immerhin gingen wir mit unserem Vorgehen ein gewaltiges Risiko ein.

Nachdem wir ausgestiegen waren, betrachten wir die vor uns liegende langgestreckte Halle.

„Du bist sicher, dass wir hier richtig sind?"

„Ich habe gesehen, wie der Typ sein Auto mit den DVDs vollgeladen hat", erklärte ich nicht ganz wahrheitsgemäß. Der Truck war so geparkt gewesen, dass man von der Straße aus nichts erkennen konnte. Aber ich hatte beobachtet, wie er anschließend mehrere Pakete in seine Wohnung schleppte. Das sagte ja wohl genug.

„Was vertreiben die offiziell?"

„Laut Internet ist das ein Großhandel für Computerteile, also Zubehör halt."

Es gab keine Beleuchtung und der Schein der Straßenlaterne erhellte nur die ersten Meter. Ich knipste meine Taschenlampe an und marschierte voran. Wir liefen an dem großen Tor vorbei und steuerten eine kleine Seitentür an. Gemeinsam besahen wir uns das Schloss, das viel hochwertiger war, als man normalerweise erwartet hätte. Für mich schon der erste Hinweis, dass ich mit meinem Verdacht richtig lag.

Hans' Freund fummelte ein Gerät aus dem Rucksack und schob sich an mir vorbei. Ich leuchtete ihm und behielt gleichzeitig die Umgebung im Auge.

Kurze Zeit später brummte er zufrieden. „Das war's. Lasst mich vorgehen. Wir können wohl davon ausgehen, dass es eine Alarmanlage gibt."

Gut, dass ich nicht allein losgezogen war. Ich hätte sofort die Aufmerksamkeit der Bande erregt. Denn Hans' Freund behielt recht. „Die Luxusausführung!" Er pfiff beeindruckt durch die Zähne.

„Kannst du sie abstellen?"

„Bin ich der Beste?" Die Herausforderung schien ihm eher zu gefallen. Für dieses Hindernis benötigte er länger. Ich war schon fast so weit, das Unternehmen abzublasen, als er endlich zurücktrat. „Erledigt. Der Alarm war nicht nur mit dieser Tür gekoppelt, sondern noch mit zwei weiteren."

Wir schlichen einen langen Gang entlang. An seinem Ende gingen zwei Türen ab. Die linke führte in die Fabrikhalle, die rechte vermutlich in die Büros. Wieder war das Schloss eine Herausforderung.

„Das war's für mich, ich bin dann weg."

Meinen Dank wehrte er mit einer knappen Handbewegung ab. „In diesem speziellen Fall hätte ich die Arbeit auch umsonst übernommen. Seht zu, dass ihr die entsprechenden Beweise findet!"

Ich trat gefolgt von Hans ein. Der erste Raum diente anscheinend für den Handel, jedenfalls lagen auf dem Schreibtisch Rechnungen und Geschäftsbriefe, die diese Deutung zuließen. Ich wandte mich dem hinteren Raum zu. An den Wänden standen mehrere Regale gefüllt mit Kartons. Diese nahm ich mir vor. Hans setzte sich an den Schreibtisch und startete den Computer.

Ich öffnete den ersten Karton. Er enthielt verpackte Rohlinge, genauso wie die restlichen. Ich fand nicht eine einzige bespielte DVD. Enttäuscht stellte ich die ursprüngliche Ordnung wieder her und begab mich zu meinem Komplizen.

„Nichts auf den Festplatten, war ja eigentlich klar. Ich habe sie trotzdem kopiert. Ich hoffe, dass wir über die E-Mail-Adressen fündig werden." Er zögerte. „Oder willst du lieber die Polizei einschalten?"

„Nein, ich will wenn möglich die Hintermänner selbst stellen."

„Dir ist klar, dass die nicht mal in Deutschland sitzen müssen?"

„Lass uns sehen, ob wir was rauskriegen. Zur Polizei kann ich immer noch gehen." Diese Kinderquäler würden mit ein paar Jährchen Knast davonkommen. Das konnte ich nicht akzeptieren. Dutzende von zerstörten Seelen pflasterten ihren Weg. Ich war mir nicht sicher, ob es möglich war, ein derartiges Erleben jemals zu überwinden.

„Es wird eine Weile dauern, bis ich dir Genaueres sagen kann." Hans fuhr den Computer herunter.

„Das würde bei den Ermittlern auch nicht schneller gehen!"

Er seufzte und erhob sich aus dem bequemen Chefsessel. „Hoffen wir das Beste!"

„Merken die, dass ein Fremder in ihrem System war?", wollte ich wissen, sobald wir im Auto saßen.

„Hast du irgendwelche Einbruchspuren gesehen?", fragte er zurück.

„Nein."

Er grinste. „Wir sind eben echte Profis."

16

Vierundzwanzig Stunden später rief Hans mich an. Wir verabredeten uns im Büro.

Fast gleichzeitig trafen wir dort ein. Er nickte mir schweigend zu und folgte mir in den Raum, den ich, wenn ich einmal offiziell arbeitete, nutzte. Kaum hatte ich das Licht eingeschaltet, erkannte ich, wie fertig der Mann aussah. Seine Lider waren tiefrot, seine Augen von unzähligen Äderchen durchzogen, die Gesichtsfarbe ließ sich am besten mit einem fahlen Grau beschreiben, die Falten um den Mund hatten sich richtiggehend eingekerbt.

„Ich habe durchgearbeitet", erklärte er kurz und drängte sich an mir vorbei, um den Computer zu starten.

Ich holte mir einen Stuhl und überließ ihm den Sessel.

„Ich hoffe diese Spur hilft uns weiter." Er wies auf den Bildschirm.

Ich beugte mich vor und sah, dass es sich um einen kürzlich stattgefundenen E-Mail-Verkehr zwischen dem Inhaber der durchsuchten Halle und einem Fremden handelte, von dem jeweils nur der Vorname ‚Kurt' erschien. Oberflächlich betrachtet ging es um irgendwelche Waren beziehungsweise die genauen Lieferzeiten und Mengen. Nichts deutete darauf hin, dass es hierbei um Kinderpornografie ging.

„Das ist die einzige Auffälligkeit, die ich gefunden habe", erläuterte mir Hans. „Alles andere waren echte Kundenkontakte. Und deren Daten gehen weit zurück."

„Kein einziger Film?" Ich war ziemlich enttäuscht über diese magere Ausbeute.

Er schüttelte belustigt über meine Frage den Kopf. „Die ziehen sich den im Darknet über die entsprechende Webadresse und brennen ihn gleich ab. Alles andere wäre viel zu gefährlich. Wahrscheinlich sind die genauen Angaben in der Mail versteckt."

Ich las den Text auf dem Monitor noch einmal. Ja, vom Tonfall her handelte es sich einwandfrei um Bekannte, die schon öfter miteinander kommuniziert hatten. Vermutlich wurde jedes Schreiben zügig gelöscht. „Vor allem gestaltete es sich äußerst schwierig, die dazugehörige Adresse zu ermitteln. Dieser Typ hat sich verdammt gut abgesichert. Diese Verschleierung nutzen normalerweise nur Leute, die was zu verbergen haben", setzte Hans hinzu.

„Aber du hast es geschafft!" Sonst wäre er heute bestimmt nicht bei mir aufgetaucht.

„Ich habe mir Hilfe von ein paar Kumpeln geholt." Er grinste schief. „Teamwork ist bei so was besser. Ob wir allerdings den Richtigen haben? Keine Ahnung. Da bist du gefragt."

Kurt war angeblich Antiquitätenhändler und wohnte in einem kleinen Kaff, sogar etwas außerhalb, wie Hans überprüft hatte. Die Gegebenheiten waren damit ideal. Kein Mensch würde etwas von seinem Tun mitbekommen.

„Hört sich zumindest vielversprechend an", stellte ich daher fest. „Den Kerl schaue ich mir näher an."

Hans und ich googelten den Ort und ließen die Fahrtstrecke berechnen. Fast drei Stunden würde ich dorthin unterwegs sein.

„Wann willst du los?"

„Sobald der Mann, den ich mitzunehmen gedenke, vor meiner Tür steht." Für das, was ich vorhatte, benötigte ich jemanden, der mir den Rücken freihielt. Ich hatte bei demjenigen schon vorgefühlt, er stand auf Abruf bereit.

Hans warf sich in die Brust. „Benötigst du noch eine weitere Hilfe?"

„Du bist ein Kopfmensch, ein Genie, wenn es darum geht, mit dem Computer zu recherchieren. Das Kämpfen überlass besser anderen", hätte ich beinahe geantwortet. „Nein, du bist zu wertvoll, als dass ich dich dabei einsetzen könnte. Falls es uns gelingt, deren Computer zu stehlen, bin ich wieder dringend auf deine Fähigkeiten angewiesen", erwiderte ich stattdessen. „Ohne dich wäre ich echt aufgeschmissen."

Er schien mit dieser Aussage zufriedengestellt.

Ich erhob mich und gab ihm einen leichten Klaps auf die Schulter. „Erst einmal: danke, an dich und deine Freunde. Ihr seid die Größten!"

Er grinste geschmeichelt. „Du darfst gern ihre Gratifikation übernehmen."

„Das ist selbstverständlich. Was rufst du für eure, also deine und ihre Arbeit auf?"

Hans hob abwehrend die Hände. „Ich mach das umsonst. Mir reicht es, dass ihr diese Schweine drankriegt."

Die Summe, die er mir für seine Freunde nannte, war äußerst bescheiden. Ich drückte ihm das Doppelte in die Hand. „Damit ihr eine Riesenparty feiern könnt!"

Hans fuhr den Rechner herunter und überreichte mir den Stick mit den Daten.

„Ganz untätig bin ich in der Zwischenzeit auch nicht gewesen", informierte ich ihn, während wir das Büro verließen. „Seit den frühen Morgenstunden wird der Typ, der die DVDs verkauft, von einem Detektivbüro überwacht. Sobald er sich mit einem Käufer trifft, folgt diesem ebenfalls ein Überwacher. Ich will, dass das gesamte Netz auffliegt."

„Gut." Er nickte befriedigt. „Die sollen alle bestraft werden."

Auf dem Weg nach Hause informierte ich meinen Freund und anschließend meine Frau, dass ich wieder einmal kurzfristig verreisen müsse. Dann packte ich meine Tasche.

Da wir direkt am nächsten Morgen aufbrechen wollten, blieb mir nichts anderes übrig, als die Pistole meines Vaters mitzunehmen, eine Beretta. Wir mussten bei derartigem Gesocks auf alles vorbereitet sein.

Ich wartete, bis meine Frau zu Bett gegangen war, holte sie aus ihrem Versteck, reinigte sie und nahm sämtliche vorhandenen Reservemagazine mit.

Bei meinen anderen Kandidaten hatte ich immer dafür gesorgt, dass deren Tod wie ein Unfall, ein Überfall oder Selbstmord aussah. Nichts sollte auf einen Mord hindeuten. Der Einsatz einer Pistole wäre aber auch aus einem zweiten Grund ein zu großes Risiko gewesen. Die Ermittler hätten anhand der Kugeln bald eine Übereinstimmung gefunden und eins und eins zusammengezählt. Vermutlich wäre zuerst Susannah unter Verdacht geraten. Man hätte ihre Verbindung zu mir aufgedeckt und tiefer gegraben.

In diesem Fall allerdings konnte ich auf eine vernünftige Waffe nicht verzichten. Gut, dass ihre Konturen durch die dicke Steppjacke, die ich trug, verdeckt wurden. Endlich einmal war diese dunkle, kalte Jahreszeit, die ich normalerweise hasste, von Vorteil.

Ich traf mich mit meinem Freund, nennen wir ihn John, in der Nähe einer Autovermittlung. Er war von Anfang an mein Lieblingskandidat für diesen Job gewesen, auf ihn konnte ich mich hundertprozentig verlassen. Ihm gegenüber redete ich von Anfang an Klartext: „Wir kümmern uns selbst darum, egal was wir vorfinden."

Wir mieteten uns einen schwarzen Audi mittlerer Größe. Auf dem Weg zu unserem Zielort legten wir die letzten Einzelheiten unseres vorläufigen Plans fest. Alles Weitere würde sich nach unserer Ankunft und einem ersten Blick auf das Objekt, das wir zu stürmen gedachten, ergeben.

17

Durch die üblichen Staus gelangten wir erst gegen Mittag in die Kleinstadt, an deren westlichem Rand sich laut Google das Geschäft des Antiquitätenhändlers befand. Eigentlich handelte es sich eher um ein Dorf. Soweit wir erkennen konnten, war die Hauptstraße gleichzeitig die Einkaufsstraße, dahinter zogen sich auf der einen Seite reine Wohnbereiche, auf der anderen Felder und Wiesen, die zu den vereinzelt da liegenden Gehöften gehörten, hin.

John parkte vor einer Gaststätte, der einzigen, so wie es aussah. Dementsprechend gut besucht war sie. Wir ergatterten einen Tisch, der gerade frei wurde, und nahmen die Speisekarte zur Hand. Ganze fünf Gerichte standen zur Auswahl, wir entschieden uns beide für Gulasch mit Nudeln und Salat.

Nach und nach leerte sich der Raum. Während er bezahlte, erkundigte sich John nach dem Antiquitätengeschäft. Die Bedienung stutzte kurz. „Ach, Sie meinen diesen Kunstverein. Die leben da in einer Art Kommune. Ich glaube, fünf Männer und drei Frauen sind das. Die stellen Kunstwerke aus Metall her." Sie schnaubte abfällig. „So zusammengeschweißte Gebilde in allen Größen. Verkaufen die auch Antiquitäten?"

„Wir haben eine Anzeige gelesen", erwiderte John. „Es hörte sich sehr vielversprechend an."

Sie zuckte die Schultern. „Kann sein, ich weiß nichts über deren Geschäfte. Aber die scheinen ganz gut davon leben zu können, so oft, wie ich den Transporter hier durchfahren sehe." Sie beschrieb uns den Weg.

Es handelte sich um einen ehemaligen Bauernhof. Das zweistöckige Wohngebäude aus Holz lag etwas zurückgesetzt, links und rechts von der Einfahrt standen zwei große Scheunen. Über der linken prangte ein Schild: Kunstgewerbe und Antiquitäten Kurt Mendel. Der eine Torflügel stand offen, vor dem anderen warteten einige übergroße Skulpturen aus

Metall auf Käufer. Die Bedienung hatte recht gehabt, sie waren ausnehmend hässlich, scheinbar sinnlos zu einem Gesamtbild zusammengefügt, das zumindest für mich weder schön noch professionell aussah.

Wir traten ein. Fast die gesamte Scheune war mit ähnlichen Exponaten gefüllt. Mehrere schmale Wege führten bis in die hinterste Ecke, die angebrachten Strahler waren kaum in der Lage, den Raum ausreichend zu erhellen.

„Kann ich Ihnen helfen?" Ein vierschrötiger Mann mit auffallend rosigen Wangen trat auf uns zu.

„Wir suchen einen Schrank für unser Wohnzimmer", erklärte John. „Sie haben doch auch Antiquitäten, richtig?"

„Im Moment sind wir bis auf die Essecke da drüben und zwei Kronleuchter ausverkauft", erwiderte der Mann mit bedauernder Stimme und zeigte auf die entsprechenden Stücke. „Neue Ware kommt leider erst später."

Die Teile hatten unverkennbar Alibifunktion. Wer stellte sich schon freiwillig zerschrammte Stühle mit von Motten zerfressenen Sitzpolstern hin! Der Tisch sah auch nicht viel besser aus. Außerdem war er vollkommen eingestaubt, genauso wie die Kronleuchter, die darauf lagen.

John stieß mich an. „Was meinst du, würde sich diese Skulptur nicht hervorragend im Eingangsbereich machen?"

Sehr witzig! „Erst die Möbel, dann die Deko", sagte ich mit fester Stimme.

Mit einem letzten bedauernden Blick auf das Ungetüm wandte sich John ab. „Dann vielleicht bis bald", verabschiedete er sich von dem Händler.

Draußen blieben wir vor dem Audi stehen und gestikulierten mit Händen und Füßen. Für einen Beobachter musste es aussehen, als stritten wir über unser weiteres Vorgehen. In Wahrheit nutzten wir den Moment zu einem gründlichen Rundumblick.

„Was meinst du?", fragte John, kaum dass wir im Wagen saßen.

„Die zweite Scheune dient als Filmstudio. Die Fenster sind von innen zugeklebt, am Tor ist ein stabiles Vorhängeschloss angebracht, die tiefen Reifenspuren davor deuten darauf hin, dass es in den letzten Tagen genutzt wurde." Für mich stand mittlerweile fest, dass wir hier an der richtigen Adresse waren. Der Antiquitätenhandel hatte eindeutig Alibifunktion. Und die Kunstwerke? Dienten demselben Zweck. Ob die davon überhaupt schon ein einziges Stück verkauft hatten?

„Das Wohnhaus macht mir Sorgen", gestand John. „Hast du die Bewegungsmelder gesehen? Und die Eingangstür scheint mir ziemlich robust zu sein. Wenn sich hier tatsächlich acht Personen aufhalten, könnte es haarig werden."

„Du musst nicht mitmachen", stellte ich klar. Obwohl ich natürlich auf mich allein gestellt noch schlechter dran wäre. Denn Aufgeben kam für mich nicht in Frage. Ich wollte diese Bande ausheben.

„Darum geht es nicht." John warf mir einen tadelnden Seitenblick zu. „Du kannst nach wie vor auf mich zählen. Wir sollten uns nur gut überlegen, wie wir vorgehen wollen."

Wir suchen uns eine Übernachtungsmöglichkeit gut hundert Kilometer entfernt und nahmen die Zimmer gleich für zwei Nächte, denn wir würden erst am Abend des folgenden Tages aufbrechen. Wenn wir Glück hatten, überraschten wir die Typen im Schlaf.

„Diese seltsamen Gebilde, die sie da ausstellen, sind wirklich der letzte Dreck. Jeder, der die Dinger sieht, dreht sofort um und kommt nie wieder", kommentierte John unseren Besuch in der Scheune später beim Abendessen. „Das Einzige, was mich wirklich interessiert, ist, wie die ihre Ausgaben und Einnahmen dem Finanzamt gegenüber erklären. Ein paar Einkünfte müssen die schließlich angeben, um keinen Verdacht zu erregen."

„Wahrscheinlich nehmen sie horrende Preise", witzelte ich. „Und du weißt doch, die Geschmäcker sind verschieden." Dann wurde ich ernst. Wir mussten langsam einen genauen Plan ausarbeiten, wie wir vorgehen wollten.

18

Wir verließen unsere Unterkunft um zweiundzwanzig Uhr dreißig. Damit blieb genügend Zeit, uns in aller Ruhe an unser Zielobjekt heranzuarbeiten. Doch zuerst mussten wir uns davon überzeugen, dass wir tatsächlich am richtigen Ort gelandet waren. Das extra für diese Aufgabe erstandene Spezial-Werkzeug knackte das Schloss beim ersten Versuch. Langsam schob ich den Torflügel einen Spaltbreit auf und direkt hinter uns wieder zu. Durch die zugeklebten Fenster fiel kein Licht nach draußen, daher riskierte ich es, meine Taschenlampe einzuschalten.

Auf den ersten Blick schien es sich nur um eine Lagerhalle zu handeln, bis zur Decke reichende Regale setzten sich in endlosen Reihen fort. Ich war maßlos enttäuscht. Sollten sich die Produktionsräume an einem geheimen Ort befinden? Oder noch schlimmer, hatte ich vorschnell geurteilt und die Bewohner waren genau das, was sie im Dorf zu sein vorgaben?

Im Gegensatz zu mir hielt John nicht inne, sondern marschierte los, um die Scheune bis in den letzten Winkel zu inspizieren. Noch bevor ich ihm folgen konnte, winkte er mit seiner eigenen Lampe. Und dann sah ich es. Durch die raffinierte Stellung der Regale hatte man kleine verdeckte Räume geschaffen, ausreichend, um eine Kamera darin aufzubauen, klein genug, dass eine intime Szene vermittelt wurde.

Der erste war wie ein Kinderzimmer eingerichtet, mit einer fröhlichen Luftballon-Tapete, einem Regal voller Plüschtiere und einem Mini-Schreibtisch mit passendem Stuhl. Nur das Bett war überdimensional groß geraten. Von der Decke hingen mehrere Strahler herab, die den Raum bestimmt taghell erleuchten konnten.

Das zweite Zimmer wurde von einem Himmelbett dominiert. Als John neugierig die Türen des danebenstehenden Schrankes öffnete, fiel der Schein seiner Lampe auf Dildos in verschiedenen Größen und Farben, die dort aufgereiht waren. Darüber und darunter befanden sich alle nur erdenklichen Sex-Spielzeuge, teilweise hatte ich keine Ahnung, wofür sie dienen sollten.

John gab ein würgendes Geräusch von sich und stürzte hinaus. Das Nächste, was ich von ihm hörte, war ein erstickter Schrei. Als ich zu ihm stieß, lehnte er an der Wand neben dem nächsten Zimmer und atmete keuchend ein und aus. Ich ließ den Strahl meiner Taschenlampe durch den Raum huschen und geriet ebenfalls ins Wanken. Einige der aufgestellten Folterinstrumente waren eindeutig zu klein für einen Erwachsenen. Die Kinder wurden nicht nur sexuell missbraucht, sondern weit Schlimmerem ausgesetzt.

Der letzte Raum, der wie ein Badezimmer gestaltet war, allerdings mit Jacuzzi und einer nach allen Seiten offenen Dusche, konnte mich nicht mehr schocken. Fast gleichgültig blickte ich zu den zwei Kameras, die so aufgebaut waren, dass sie alles, was geschah, erfassten, packte John und schob ihn in Richtung Ausgang. „Komm, wir haben genug gesehen."

Bevor wir die Scheune verließen, hob er mehrere der Kartons aus dem uns nächstgelegenen Regal und klappte die Pappe auf. „Leer. Sie dienen als Staffage."

Klar, die Täuschung war nahezu perfekt. Jeder, der durch Zufall einen Blick hier hineinwarf, würde denken, auf ein riesiges Warenlager gestoßen zu sein.

Nachdem wir uns einigermaßen erholt hatten, umrundeten wir in einem großen Radius das Gelände, wobei uns die beiden Nachtsichtgeräte aus Johns Equipment gute Dienste leisteten. Wie es aussah, verließen sich die Anwohner auf die Bewegungsmelder und vielleicht eine zusätzliche Alarmanlage, das würden wir später feststellen.

Die Paintball-Pistolen, die wir am Vormittag in einem Waffengeschäft gekauft hatten beziehungsweise über einen alten Kumpel von John kaufen ließen, wofür wir zweihundert weitere Kilometer hatten zurücklegen müssen, erfüllten ihren Zweck, die Sensoren auszuschalten, hervorragend. Vor allem arbeiteten sie relativ geräuschlos.

Ich hatte diese Technik zuvor in einem Film gesehen, das schien das geeignete Werkzeug für uns. Auf Johns Anraten hatten wir uns für relativ lange Läufe entschieden, da diese bei der Entfernung, die wir einhalten mussten, eine bessere Präzision boten. Wir hatten sie in einem abgelegenen Waldgebiet ausprobiert und ich war begeistert gewesen, wie gut sie funktionierten.

Wir nutzten die dichten Wolkengebirge, die sich immer wieder vor den fast vollen Mond schoben, um die Freiflächen zu überwinden. Niemand, der zufällig aus dem Fenster im oberen Stock sah, würde uns bemerken. In der unteren Etage versperrten dicke Holzläden die Sicht. Obwohl das gesamte Haus aus der Nähe betrachtet ziemlich vergammelt wirkte - überall fanden sich tiefe Risse und verfaulte Stellen - war hier für uns trotzdem kein Durchkommen. Die stabile Eingangstür, die ähnlich heruntergekommen aussah, wurde anscheinend innen durch einen Holzbalken oder eine Eisenstange gesichert. Damit schied dieser Weg ebenfalls aus.

Wir blockierten als Erstes diesen Fluchtweg, indem ich Sekundenkleber in das Schloss hineinträufelte, sodass sich kein Schlüssel würde drehen lassen. Zusätzlich verklebten wir den Spalt am Boden und an den Zargen mit einer dicken Schicht, die zumindest die Fliehenden aufhalten würde, falls sie sich nur auf den Riegel verließen. Dann setzten wir unseren Rundgang fort. John stupste mich an und deutete auf das Regenrohr. Ich nickte, das wäre eventuell eine Alternative.

Die Kellerfenster waren winzige Luken, die Hintertür stabil und genauso gesichert wie die andere. Auch hier manipulierten wir das Schloss und den Spalt am Boden. Für mehr reichte leider unser Kleber nicht.

„Wir holen uns zur Unterstützung die größere der Skulpturen und klettern über sie hoch", wisperte ich John zu. Ich traute dem Regenrohr nicht. Die Schellen und die Wandbefestigungen waren arg verrostet, als würden sie bei der kleinsten Belastung abbrechen.

„Nein, in der Scheune mit den Antiquitäten müsste sich, wenn ich mich richtig erinnere, eine lange Leiter befinden. Das ist wesentlich einfacher."
Das Schloss dieser Scheune war ein Witz. Klar, hier gab es ja auch nichts Nennenswertes zu stehlen.

Johns Gedächtnis hatte ihn nicht getrogen. Gleich am Eingang lag an der linken Wand eine Teleskopleiter, sogar aus Aluminium. Wir trugen sie über den Hof und lehnten sie an die Hauswand neben ein kleines Fenster, das Bad, wie ich vermutete.

Ich kletterte als Erster hinauf. Der morsche Holzrahmen ließ sich mühelos und fast geräuschlos aufhebeln, ich gelangte in ein winziges Badezimmer, dessen Tür halb offen stand. John folgte mir auf dem Fuße. Er zog seine Pistole heraus. Ich folgte seinem Beispiel, bevor wir uns vorsichtig in Bewegung setzten. Alles war ruhig. Die Bewohner schienen fest zu schlafen.

19

Wir schlichen in die dunkle Diele und wandten uns dem ersten Zimmer zu. Ich öffnete behutsam die Tür und näherte mich dem Doppelbett von der einen, John von der anderen Seite. Gleichzeitig schlugen wir zu, er kannte genau wie ich die richtige Stelle, um das Opfer sofort auszuschalten. Vorsichtshalber fesselten und knebelten wir den Mann, bei dem es sich um den vierschrötigen Kerl aus der Scheune handelte, und die Frau und ließen sie auf dem Boden zurück.

Im nächsten Zimmer wiederholten wir unser Vorgehen. Vier ausgeschaltet, blieben womöglich noch vier weitere, falls die Bedienung in der Gaststätte recht gehabt hatte.

Bevor wir die gegenüberliegende Tür erreicht hatten, wurde diese geöffnet. Ohne in unsere Richtung zu sehen, schlurfte ein Mann an uns vorbei. John war im Nu hinter ihm und schlug ihn k. o., ich stürzte hinzu und fing ihn auf, bevor er den Dielenboden erreicht hatte. Während ich ihn fesselte und knebelte, kontrollierte mein Freund das Zimmer. „Nur er."

Im nächsten Raum trafen wir auf einen weiteren Schläfer, der jedoch hochschreckte, bevor wir ihn erreicht hatten. Er schrie laut auf und sprang mit einem Satz aus dem Bett. John, der näher heran war, stürzte sich auf ihn. Ineinander verknäult landeten sie auf dem Boden.

Ich sprang zur Tür und lugte vorsichtig um die Ecke. Der Schrei musste die übrigen zwei Bewohner geweckt haben, damit waren sie vorgewarnt. Wenn sie aus ihren Zimmern kamen, dann garantiert bewaffnet. Ein Kampf war nicht länger zu vermeiden.

Seltsamerweise blieb alles ruhig. Als John seinen Gegner versorgt hatte, gab er mir Deckung. Ich schlich leise zum nächsten Raum, der eindeutig bewohnt wirkte. Das Doppelbett war allerdings heute Nacht noch nicht benutzt worden. Ich kontrollierte die üblichen Verstecke und überprüfte das Fenster. Nein, es musste zum Zeitpunkt des Schreis leer gewesen sein.

Im Bad am Ende des Flurs hielt sich niemand auf, im letzten Zimmer ebenfalls nicht. Ich gab John mit einer Handbewegung zu verstehen, dass wir ins Erdgeschoss wechseln mussten. Er schob sich näher an die Holztreppe heran, die nach unten führte, und nickte mir zu. Ich legte mich auf den Bauch und robbte an ihm vorbei langsam auf die erste Stufe zu.

Dank der tiefschwarzen Nacht und der im unteren Bereich angebrachten Holzläden herrschte auch im Haus Dunkelheit. Nachtsichtgeräte hatten die Bewohner garantiert nicht griffbereit in der Nähe, so waren wir im Vorteil. Tja, bis zu genau dem Moment, als plötzlich das Licht aufflammte. Ich kniff reflexartig die Augen zusammen und rollte mich zur Seite, die Kugel schlug genau an der Stelle ein, an der ich zuvor noch gelegen hatte.

Zwei schnelle Drehungen und ich war hinter der Wand in Deckung. Eine weitere Kugel schrappte an der Mauer entlang. Der Schütze verstand sein Handwerk ziemlich gut.

Ich riss das Nachtsichtgerät herunter, richtete mich auf und reckte John den erhobenen Daumen entgegen: nichts passiert! Dieser gab mir ein Zeichen, ich solle ein Ablenkungsmanöver starten. Ich beugte mich vor und leerte das gesamte Magazin in Richtung Erdgeschoss.

Als ich das dritte Mal den Abzug drückte, sprang John vor und gab ebenfalls mehrere Schüsse ab. Ein halb unterdrücktes Stöhnen war zu hören, dann ein Krachen. Ich lud neue Patronen nach, bevor ich vorsichtig um die Ecke lugte. Eine dunkle Gestalt lag direkt vor der untersten Stufe. Sie zuckte noch ein paarmal, während wir hinter unserer Deckung mit angehaltenem Atem auf den nächsten Angreifer warteten.

Zwei Minuten vergingen, drei, vier, fünf. Nichts rührte sich. Wieder gab John mir Handzeichen, dieses Mal, dass er nachschauen wollte und ich ihm Feuerschutz geben sollte. Ich schüttelte vehement den Kopf, es war mein Einsatz, damit hatte ich das Hauptrisiko zu tragen. Er war schneller. Bevor ich mich versah, stand er auf der obersten Stufe, seine Waffe sichernd in der Hand.

Ich beeilte mich, meine Position zu wechseln, sodass ich ihm zumindest eingeschränkten Schutz geben konnte. Der hintere Teil der geräumigen Diele lag im Dunkeln, wer dort wartete, war von mir nicht zu sehen.

John sprang in Riesensätzen die Treppe hinunter und kam unbehelligt unten an. Statt sich um den am Boden Liegenden zu kümmern, nahm er hinter einem Schrank Deckung. Das war sein Glück. Die Kugel streifte seinen Arm, bevor sie in die Wand hinter ihm einschlug.

Ich jagte ein weiteres Magazin in Richtung des zweiten Schützen. Eilige Schritte waren zu hören, die sich von uns entfernten, eine Tür knallte. Der Mann am Boden rührte sich weiterhin nicht. Ich lud nach und schlich an der Wand entlang die Treppe hinunter. Kein weiterer Schuss fiel, ich blieb unbehelligt.

Bevor ich mich dem Verletzten zuwandte, drückte ich auf den Lichtschalter, der sich direkt neben der Tür befand, hinter der der zweite Schütze gelauert hatte. Wir streiften uns fast synchron die Nachtsichtgeräte über, trotzdem war John längst neben dem Mann in die Hocke gegangen, bevor ich herantrat. Er schüttelte den Kopf: „Tot."

Er deutete nach rechts und ich nickte. Wir würden uns gemeinsam von der einen Seite zur anderen vorarbeiten, falls sich weitere Bewohner irgendwo versteckten.

Ich blieb im Eingang zum Wohnzimmer stehen, um die Diele zu sichern. Unser hoffentlich letzter Gegner war in die andere Richtung verschwunden, ich durfte kein Risiko eingehen. Trotzdem erkannte ich bei einem raschen Rundumblick, dass der Raum riesig war und nahezu ein Drittel der Wohnfläche einnahm. Als ich die Ledergarnitur vor dem offenen Kamin entdeckte, dazu das malerisch ausgebreitete Schafsfell, durchzuckte mich kurz der Gedanke, ob wir einen weiteren Drehort vor uns hatten, dann konzentrierte ich mich wieder auf meine eigentliche Aufgabe.

Kurz darauf trat John wieder neben mich. „Leer."

Drei weitere Türen gingen von der anderen Seite des Flurs ab. Ich wandte mich der halb offen stehenden zu, durch die unser Gegner geflohen war. Zwar schimmerte hinter der am weitesten entfernt liegenden ein schwacher Lichtschein durch den Spalt am Boden, aber ich wollte sehen, wohin der Schütze verschwunden war. Ich gab John ein Zeichen, dass ich erst diesen Raum kontrollieren wollte, während er mir Rückendeckung gab.

Die Küche war ebenfalls riesig - und ebenfalls leer. An der hinteren Wand befand sich der Abgang in die Kellerräume. Ich legte kurzerhand den Riegel vor und klemmte zur Sicherheit noch einen Stuhl unter die Klinke, um vor einer weiteren Überraschung sicher zu sein.

Die nächste Tür führte zu einem kleinen Bad, es reichte ein Blick, um sich davon zu überzeugen, dass sich hier niemand aufhielt. Kaum hatte ich mich abgewandt, durchdrang das Knacken eines Holzbalkens wie ein Schuss die Stille. Wir zuckten beide zusammen, John wirbelte herum und hob seine Waffe, während ich auf die verbliebene Tür zielte.

Bevor wir uns dieser nach einem tiefen Atemzug zuwandten, setzten wir die Nachtsichtgeräte ab und legten sie auf die neben uns stehende Kommode. John nickte mir zu und hob die Rechte mit der Pistole leicht an. Ich drückte mit der Linken die Klinke hinunter und stieß die Tür mit Wucht auf.

Die beiden letzten Hausbewohner hatten anscheinend gemeinsam vor dem Computer gesessen, auf dem Monitor zeigte sich eine halb beschriebene Seite, die sich mit der Planung des nächsten Films beschäftigte. Handschriftliche Notizen neben der Tastatur gaben weiteren Aufschluss. Der Ablauf der einzelnen Sequenzen wurde genauestens geplant und anschließend in eine Art Drehbuch umgesetzt.

„Was jetzt?" Im Gegensatz zu mir hatte John nur einen kurzen Blick auf das Geschmiere geworfen und sich dafür genauer im Zimmer umgesehen, das wie ein normales Büro eingerichtet war.

„Ich kontrolliere die Kellertür von außen, du beziehst in der Küche Stellung, falls unser Angreifer beschließt zurückzukommen." Auf dem Weg dorthin musste ich mir einen guten Plan überlegen, wie wir seiner habhaft werden konnten. Als Zielscheibe wollte ich uns nicht unbedingt sehen.

20

Ich öffnete das Fenster und die Läden und wollte mich hinausschwingen. In selben Moment ließ eine laute Explosion das Haus erzittern. Ich verlor das Gleichgewicht und landete auf dem Hintern. Ungläubig starrte ich auf das klaffende Loch neben mir, aus dem mir hohe Flammen entgegenschlugen. Und ein fauliger Geruch, der darauf hindeutete, dass im Keller Gas ausgetreten war.

„Raus! Wir müssen sofort raus, bevor uns alles um die Ohren fliegt!" John war bereits zum Schreibtisch gesprungen und riss die Kabel von dem Computer. „Los, mach schon!", drängte er, während ich mich aufrappelte. „Geh du als Erster."

Ich schwang mich aus dem Fenster und nahm das Gehäuse entgegen. Kaum hatte ich mich umgedreht, entdeckte ich eine Person, die Richtung Wald rannte. „Er versucht zu fliehen!", schrie ich meinem Freund zu, setzte den Computer ab und machte mich an die Verfolgung.

Sein Vorsprung betrug ungefähr fünfhundert Meter, zwischen ihm und dem Wald lag nur noch ein Feld. Ich spurtete so schnell ich konnte. Hatte er erst die schützenden Bäume erreicht, war er trotz der Dunkelheit im Vorteil.

Eine zweite Explosion erschütterte die Luft. Urplötzlich wurde es heller. Das laute Prasseln der Flammen in meinem Rücken ließ mich beten, dass John rechtzeitig davongekommen war. Einen Blick zurück riskierte ich nicht. Ich durfte den Fliehenden nicht aus den Augen lassen.

Sein Vorsprung schmolz langsam, aber sicher. Doch bevor ich nah genug heran war, wirbelte er herum. Ich ließ mich zu Boden fallen und hörte den Schuss hallen. Verdammter Mist! Mit dem hellen Feuerschein hinter mir, gab ich eine gute Zielscheibe ab.

Andererseits blieb er dadurch auch für mich sichtbar. Nur half mir dieser Umstand kein bisschen. Er zog sich weiterhin schießend zurück. Ich kam nicht dazu, es ihm gleich zu tun, denn er zielte dabei so gut, dass ich mich im Dreck hin und her rollen musste, um nicht getroffen zu werden.

„Schaffst du es allein?"", schrie John aus der Ferne.

Ich lauschte angestrengt und wartete auf die kurze Pause, die mir verriet, dass er das Magazin wechseln musste. Jetzt! Mich hochstemmend und loslaufend rief ich John zu: „Kümmere du dich um die anderen!"

Ich hechtete zur Seite und ging hinter einem immergrünen Busch in Deckung. Statt eines nächstens Schusses hörte ich, wie der Mann durch das Unterholz brach. Er hatte den schützenden Wald erreicht.

Ich hetzte hinter ihm her. Tiefe Dunkelheit empfing mich. Die Geräusche brechender Zweige in einiger Entfernung verrieten mir, dass der Mann sein Heil in der Flucht suchte. Daher riskierte ich es, meine Taschenlampe zu benutzen, die ich so abschirmte, dass ich dank ihres schmalen Lichtfingers die geknickten Hölzer, die mir den richtigen Weg wiesen, erkennen konnte.

Dann erreichte ich eine Art Trampelpfad. Gleichzeitig lichteten sich die Bäume und der Mond brach durch die Wolken. Das Gelände vor mir nahm Konturen an.

Der ideale Moment, mir aufzulauern! Ich hatte den Gedanken kaum zu Ende gebracht, als in den Baum neben mir eine Kugel einschlug. Ich warf mich wieder in Deckung. Die einsetzenden Geräusche sagten mir, dass der Kerl weiter floh, und zwar in einem ziemlichen Tempo.

Ich rappelte mich auf und hob meine Waffe. Weit vor mir sah ich eine dunkle Gestalt, zu weit entfernt, als dass ich denjenigen treffen konnte. Trotzdem gab ich einen Schuss ab. Der Kerl warf sich zur Seite und verschwand erneut in den Büschen.

Dieses Mal pirschte ich mich sehr vorsichtig heran, immer in der Erwartung, er würde jeden Moment hochspringen und auf mich zielen. An dieser Stelle war das Dickicht nahezu undurchdringlich, das Licht des fast vollen Mondes drang immer noch ungehindert durch die spärlichen kahlen Äste, einen besseren Hinterhalt gab es nicht.

Ich verließ den Weg einige Meter eher und arbeitete mich langsam vor. Meine Anstrengung war völlig umsonst. Der Platz hinter den Büschen war leer.

Ich blieb stehen und lauschte. Kein Geräusch war zu hören, dafür verspürte ich plötzlich ein kribbelndes Gefühl im Rücken. Reflexartig schnellte ich herum und gleichzeitig zur Seite. Das war mein Glück. Die

Kugel hinterließ eine glühend heiße Spur auf meinem Oberarm. Der Typ hatte mich umgangen und versucht, mich von hinten zu erwischen. Ich gab nacheinander drei Schüsse ab, dann wechselte ich erneut meine Position. Der Baumstamm war dick genug, mir Schutz zu bieten. Das Gesicht an das Holz gepresst, lugte ich um ihn herum. Gerade noch im richtigen Moment, nach dem fehlgeschlagenen Angriff wollte der Angreifer endgültig das Weite suchen.

Ich zielte und schoss. Treffer! Sein Bein knickte ein und er fiel aus vollem Lauf zu Boden. Die Pistole entglitt seiner Hand und schlitterte aus seiner Reichweite. Ich rannte auf ihn zu und erwischte ihn mit einem Tritt, bevor er sie erreichten konnte. Er krümmte sich stöhnend, doch als ich mich hinunterbeugte, um seine Hände zu fesseln, warf er sich herum und stieß mir ein Messer tief in die Wade. Ich wollte mich mit einem weiteren Tritt revanchieren, nur knickte mein Bein unter mir weg. Noch im Fallen drehte ich mich und schoss, bevor er erneut zustechen konnte. Die Gestalt neben mir erschlaffte augenblicklich, die Waffe fiel zu Boden. Noch bevor ich mich über den Angreifer beugte, wusste ich, dass er tot war.

Erst als ich direkt in die Augen des Toten schaute, erkannte ich, dass ich eine Frau vor mir hatte. Ich schätzte sie auf Anfang dreißig, mit kurzen braunen Haaren und ebensolchen Augen, weder besonders hübsch noch besonders hässlich. Was brachte so jemanden dazu, diesen abartigen Geschäften nachzugehen?

„Toni?"

Johns Stimme riss mich aus dem dumpfen Gefühl der Enttäuschung. Eigentlich hatte ich diese Person lebend fangen wollen, da ich in ihr den Kopf der Bande vermutete - oder zumindest den zweiten neben dem bereits Getöteten.

„Hier drüben!"

Er legte mir einen festen Verband an und reichte mir einen stabilen Ast, mit dessen Hilfe ich zurückhumpeln konnte. Während ich versuchte, so gut es ging, unsere Spuren zu beseitigen, wuchtete er die Leiche hoch und schleppte sie Richtung Haus.

„Wir müssen uns beeilen. Auch wenn das Haus ziemlich abseits liegt, wird vermutlich bald jemand auf den Feuerschein aufmerksam!", rief er über die Schulter zurück.

Ich kam nur langsam vorwärts. Jetzt, da der Adrenalinschub abgeklungen war, hatte die Wunde angefangen zu pochen und zu schmerzen. Jeder Schritt war eine Qual.

Auf halber Strecke kam mir John entgegen. Er umfasste meine Schulter und trug mich fast bis auf den Hof. „Warte hier! Ich hole das Auto."

Ich hielt ihn an der Jacke zurück. „Was ist mit ihren Komplizen?"

„Ich hatte keine Chance mehr, an sie ranzukommen. Als ich durchs Fenster wieder rein wollte, war der Boden im Arbeitszimmer schon an einigen Stellen weggebrochen. Ich vermute, die haben dort unten Propangasflaschen gelagert. Die Frau hat die Räume zusätzlich mit Benzin getränkt. Dass sie da unversehrt rausgekommen ist, grenzt fast an ein Wunder. Die Flammen fraßen sich mit einer unheimlichen Schnelligkeit vor."

„Also war sie tatsächlich unsere Gefangene aus dem Keller."

John lachte leise. „Wie die Bedienung es sagte: Es waren drei Frauen und fünf Männer." Er wurde wieder ernst. „Sie wird wie ihre Komplizen bis zur Unkenntlichkeit verbrennen."

Während er losrannte starrte ich in das brausende Feuer. Die hoch auflodernden Flammen hatten bereits das Dach erfasst, der helle Schein und der aufsteigende schwarze Qualm mischten sich am Himmel - Wirklich ein Wunder, dass sich bisher niemand hatte blicken lassen.

John hielt neben mir. „Der Computer liegt gut geschützt im Kofferraum." Er gab Gas, bevor ich mich hatte anschnallen können. „Soll ich bei einem Arzt vorbeifahren?" Er warf mir einen schnellen Seitenblick zu und entdeckte die Verletzung am Arm. „Streifschuss?"

„Nicht der Rede wert. Die Schnittwunde lasse ich morgen von einem meiner Angestellten verarzten. Der war Sani bei der Bundeswehr, bevor er bei mir anfing. Aber lass uns den Computer ins Büro bringen! Den will ich nicht über Nacht im Auto lassen." Dafür war er definitiv zu wertvoll.

John trug ihn für mich hinein. „Falls du noch einmal meine Hilfe benötigen solltest, jederzeit." Er umarmte mich zum Abschied.

„Danke", sagte ich einfach. Mehr war auch nicht nötig. Ohne sich umzudrehen, schritt er auf den Ausgang zu.

21

Ich verbrachte die Zeit bis zum Arbeitsbeginn dösend auf der Couch. Sobald Chris erschien, bat ich ihn, Hans zu informieren, dass er mir so bald wie möglich einen Besuch abstatten solle. Später, wenn er die Daten gezogen hatte, würde ich den Computer der Polizei zukommen lassen.

Natürlich hätte ich viel lieber selbst bei den „Kunden" vorbeigeschaut, noch lieber jedoch bei denen, die die Kinder, vielleicht sogar ihre eigenen, für diese Filme zur Verfügung stellten. Doch dieser Fall hatte so immense Ausmaße angenommen, dass mehrere Ermittler damit lange Zeit beschäftigt sein würden.

Immerhin konnten diese Typen einer Gefängnisstrafe nicht entkommen. Nicht bei dem, was wir an Material zusammengetragen hatten.

Unser ehemaliger Sani schüttelte zuerst den Kopf, als er die Verletzung sah. „Du musst damit ins Krankenhaus. Das krieg ich nicht hin."

„Dein Bestes reicht mir." Sah ein Arzt die Wunde, würde er sofort die Polizei informieren.

Er gab natürlich nach einigem Lamentieren seinen Widerstand auf und flickte mich, so gut es ging, wieder zusammen. Ramona erzählte ich am Abend, ich sei bei der Arbeit an einem rostigen Eisenstück hängen geblieben. Trotz sofortiger Behandlung hätte sich die Wunde entzündet. Daher müsse ich das Bein in den nächsten Tagen schonen. Allein aufgrund der Schmerzen war ich sowieso gezwungen, Innendienst zu schieben. Außerdem lauerte ich darauf, Hans' Ergebnisse zu sehen.

Fast drei Tage dauerte es, bis es ihm zusammen mit einem seiner Kumpel gelang, die Daten zu entschlüsseln. Dafür lag dann aber auch das gesamte Netz aufgedeckt vor uns, bis hin zu den Listen der Lieferanten und der vertreibenden Händler - und sämtlicher Bankkonten. Damit konnte die Polizei den kompletten Ring auffliegen lassen.

Noch einmal bat ich John um Hilfe. Er holte den Computer ab und stellte ihn in der Nacht gut geschützt in die Nähe der abgebrannten

Scheune. Dann informierte er über eines der Pannentelefone auf der Autobahn die Polizei.

Eines blieb mir noch zu tun. Ich musste den einzigen Zeugen zum Schweigen bringen, bevor der die Ermittler auf meine Spur führen konnte.

Christian Zöllner trat zehn Minuten, nachdem ich vor seinem Haus angekommen war, aus der Tür. Ohne nach links oder rechts zu schauen, trabte er los, zur Arbeit, wie ich wusste. Er ging wie immer zu Fuß.

In der nächsten Seitenstraße hatte ich ihn eingeholt. „Warte kurz! Ich habe noch eine wichtige Frage an dich."

Er sah sich nervös nach allen Seiten um. Dumm für ihn, dass er diese unbelebte Abkürzung gewählt hatte. Kein Mensch war zu sehen. „Ich habe jetzt keine Zeit. Können wir nicht später …"

„Nur eine Frage." Ich trat dicht an ihn heran. „Mit wem von den Jungen hast du es getrieben?"

Er wurde blass und wich zurück. „Die lügen, wenn sie das behaupten. Ich habe keinen von denen …"

Schon während seiner Verteidigungsrede war ich nähergetreten. Jetzt drückte ich ihm die Pistole fest in seinen Wanst und schoss zweimal schnell hintereinander. Noch bevor er auf dem Pflaster aufschlug, spurtete ich los, verlangsamte meinen Schritt an der nächsten Ecke und schlenderte in aller Gemütsruhe zu meinem Auto zurück.

Ihn umzubringen, war nicht unbedingt meine Absicht. Wäre er tatsächlich so unschuldig gewesen, wie er sich darstellte - woran ich allerdings von Anfang an meine Zweifel hegte -, hätte ich ihn mit der Anweisung, schon in seinem eigenen Interesse die Klappe zu halten, davonkommen lassen. So aber blieb mir keine Wahl, denn ich hatte in seinen Augen die Wahrheit gelesen. Dank der Kugeln würden die Ermittler den richtigen Zusammenhang erkennen. Die Spurensicherung hatte den Kampfplatz im Wald, in der Nähe des ausgebrannten Gebäudes, ebenfalls akribisch abgesucht, wie ich las, und bestimmt genügend Vergleichsmaterial sichergestellt.

Die an dem Fall beteiligten Beamten arbeiteten überaus gründlich. Nicht nur der hiesige Verteiler, sondern noch drei weitere flogen auf. Ebenso wurde ein Großteil der Kinder gefunden, die teilweise tatsächlich von den eigenen Eltern zu diesen Scheußlichkeiten gezwungen worden waren. Meinen Detektiv konnte ich außen vor lassen, da der Typ, der Christian Zöllner die DVDs verkauft hatte, seine Kundenliste preisgab, was das Gericht mit einer Bewährungsstrafe honorierte. Überhaupt lagen in allen Fällen die Strafen weit unter dem, was ich erwartet hatte. Daher verspürte ich keinerlei Reue, wenn ich an meine Aktion zurückdachte.

Eine weitere Genugtuung erhielt ich, als die Jugendlichen, die bei Christian Zöllner ein- und ausgegangen waren, nach seinem Tod ihr Schweigen brachen. Er hatte mehrere von ihnen regelmäßig missbraucht.

22

Leider konnte ich den Fall nicht so schnell abschließen wie gedacht. Hans und seine Kumpel hatten bei den Computerdaten einen zusätzlichen Geschäftszweig entdeckt. Bestimmte Kunden durften sich in einem Zimmer der Scheune austoben, während die Kamera lief. Diese Filme wurden ihnen anschließend ausgehändigt, gegen Bezahlung versteht sich. Als ich die Preise sah, musste ich schlucken. Ein derartiges ‚Vergnügen‘ konnten sich nur Besserverdienende leisten.

Wieder war ich froh, dass ich Hans und sein Team hinter mir wusste, denn es gelang ihnen tatsächlich, diese Kunden aufzuspüren. Der Kreis war ziemlich klein, er beschränkte sich auf fünfzehn Männer. Warum wir uns dieses Mühe machten? Vielleicht aus dem Gefühl der Kontrolle heraus, vielleicht aber ahnte ich da bereits, dass nicht alles so laufen würde wie gedacht.

Ehrlich, von Anfang an geplant hatte ich das nicht. Da inzwischen die Polizei ihre Ermittlungen aufgenommen hatte, wollte ich eigentlich ihnen das Feld überlassen. Nur stellte ich leider schnell fest, dass einflussreiche Beziehungen beziehungsweise eine gehobene Stellung sehr wohl vor Strafverfolgung schützen können.

Meine Schwiegermutter las gerne Krimis und hatte früher immer versucht, mein Interesse an diesem Genre zu wecken, indem sie mir zu jedem Geburtstag mindestens ein Buch schenkte. Einer ihrer Lieblingsschriftsteller beschäftigte sich häufig mit diesen Verschwörungstheorien, dass bei bedeutenden Leuten andere Maßstäbe galten und vieles vertuscht wurde. Er übertrieb in meinen Augen maßlos. So schlimm, wie er es darstellte, konnte es nicht um unsere Gesellschaft bestellt sein.

Ich wurde jetzt eines Besseren belehrt. Ein ehemaliger Spitzensportler, ein Politiker, ein mächtiger Industrieller, sie alle wurden nicht unter Anklage gestellt. Ob gegen sie überhaupt ermittelt wurde oder die Vertuschung sofort nach Bekanntwerden ihrer Identität einsetzte, ließ sich nicht herausfinden. Es gab keinerlei diesbezügliche Informationen, kein Reporter schien zu wissen, dass diese drei in den aufsehenerregenden Fall persönlich involviert waren.

In mir kochte die Wut hoch. Durften sich denn die Reichen, die mit den besten Verbindungen, alles erlauben? Standen sie wirklich über dem Gesetz?

Ich weigere mich noch heute, daran zu glauben, dass es mehr als ein Zufall gewesen sein sollte, eher die Ausnahme als die Regel. Trotzdem konnte ich nicht tatenlos dabei zusehen, wie diese drei mit dem, was sie getan hatten, davonkamen.

Wieder nahm ich die Beretta, damit die Ermittler wenigstens im Nachhinein einen Zusammenhang herstellen konnten. Ob mir das gelang? An die Öffentlichkeit jedenfalls drang nichts. Im Gegenteil, sie wurden als unschuldige Opfer hingestellt. Doch das, was man uns Bürgern sagt, und das, was wirklich an Erkenntnissen vorliegt, sind ja oft genug zweierlei Dinge.

Die Pistole vergrub ich wieder im Keller hinter all dem Gerümpel, das man aufhebt, obwohl man weiß, dass man es nie wieder brauchen wird. Dort würde meine Frau niemals nachsehen und ich hatte die Beruhigung, eine Pistole in greifbarer Nähe zu wissen. Schließlich konnte es durchaus sein, dass ich während meiner Laufbahn noch einmal in etwas Ähnliches verwickelt würde. Man konnte ja nicht in die Zukunft schauen.

Danach widmete ich mich wieder den üblichen Verdächtigen: Psychopathen und Kinderschändern. Bis ich auf diese Geschichte mit Nils Fröhlich stieß. Ich witterte eine Fehlentscheidung des zuständigen Gerichts. Außerdem konnte ich mich sehr gut in die Rolle der Eltern hineinversetzen, die bestimmt ähnlich empfanden wie ich damals, als meine Tochter von diesem Raser getötet wurde. Ich musste mich dieses Falls einfach annehmen.

Lieber Kommissar,

zuerst einmal: Suchen Sie nicht nach meinem Computerexperten Hans! Sie werden ihn nicht finden. An dieser Stelle meiner Geschichte habe ich die Unwahrheit gesagt. Natürlich nahm ich eine entsprechende Hilfe in Anspruch, doch diese Verbindung wurde nicht über Chris hergestellt, sondern so, dass sie diesem Experten (und seinen Freunden) niemals auf die Spur kommen. Der Rest hat sich genauso abgespielt wie beschrieben. Sehen Sie bitte mein Buch trotzdem nicht als Beichte, denn ich bereue nichts.

Wenn Sie meine Geschichte einem Psychologen zu lesen geben, wird er bestimmt behaupten, der Tod meiner eigenen Tochter hat dazu geführt, dass ich andere Kinder beschützen will. Dem ist nicht so. Ja, ich habe mich darauf spezialisiert, Kindern zu helfen, weil sie die schwächsten Glieder unserer Gesellschaft sind, gleichzeitig aber auch unsere Zukunft darstellen. Solange unsere Gesetze und unsere Gerichte es nicht schaffen, für sie adäquat da zu sein, sehe ich diese Aufgabe als zwingend notwendig an. Dass ein Missbraucher, ein Gewalttäter, zu einer Bewährungsstrafe oder nur einem geringen Freiheitsentzug verurteilt wird, dass Väter, die ihre Kinder schwer traumatisierten, nicht für immer und ewig ein Kontaktverbot erhalten – diese Zustände sind für mich nicht nachvollziehbar. Ich halte es in diesen Fällen lieber mit dem Spruch: Vorbeugen, statt zu hoffen - handeln, statt abzuwarten.

Natürlich ist ein Mord ein absolut radikaler Schritt. Aber Sie können mir glauben, es handelte sich bei meinen ‚Opfern' ausschließlich um solche, die sich nie geändert hätten. Was ist in Ihren Augen sinnvoller, ein Toter, der es nicht besser verdient hat, oder inkauf zu nehmen, dass er mehrere weitere schwer traumatisierte Opfer hinterlässt?

Auch wenn Ihnen die Art meines Vorgehens missfällt, ich sah keine andere Möglichkeit. Im Gegensatz zu unseren Richtern weiß ich, wozu Menschen fähig sind. Das hat mir mein früherer Job deutlich gezeigt.

Damals, als meine Freundin Ramona während der Ableistung meines Dienstes bei der Bundeswehr schwanger wurde, erschien es mir eine sinnvolle Alternative, mich für zwölf Jahre fest zu binden. Sie war noch im Studium, ein Baby kostete Geld, also entschied ich mich für einen sicheren Arbeitsplatz. Dazu gehörten später auch Auslandseinsätze, und ich kann Ihnen versichern: In Kriegsgebieten lernt man das Böse kennen. Diese Aussage bezieht sich auf alle Parteien, also auf beide Seiten. Was ich da an Gräueltaten zu sehen bekam, nahm mir sämtliche Illusionen, die ich vielleicht vorher noch hatte. Vielleicht hat ein geschätzter früherer Kollege von mir mit seiner ziemlich provokanten Aussage ja recht: Wer sich freiwillig meldet, um in einem fremden Land zu kämpfen, sucht die Freiheit, sich ohne Angst vor Strafe auszuleben.

Das mag übertrieben klingen, ich sah es zuerst ähnlich und ging ihn wegen dieses Spruchs heftig an. Krieg ist schließlich immer eine hässliche Angelegenheit und holt aus vielen Beteiligten gerade das Schlechte ans Tageslicht. Doch dann musste ich leider feststellen, dass er recht hatte. Es war, als würde es gerade unter diesen Freiwilligen vor Psychopathen wimmeln, die endlich einen Freifahrtschein zum Töten, Vergewaltigen und Quälen hatten. Krieg ist wie gesagt immer ein Horror, nur scheinen manche Menschen seine Auswirkungen tatsächlich zu genießen.

Manchmal wünsche ich mir, eine nicht zu kurze Besichtigung dieser Schauplätze wäre für Richter und Staatsanwälte verpflichtend, um ihnen das wahre Gesicht unserer Spezies zu zeigen. Wer einmal hinter die Fassade geblickt hat, lässt sich nicht mehr so leicht täuschen.

Für mich ist unsere Rechtsprechung eine Farce. Man kann nicht immer nur auf dem Rücken der Schwachen ‚sozial‘ sein. Solange unser Staat Straftäter mit Samthandschuhen anfasst und für jeden x Entschuldigungsgründe findet, warum er derart gehandelt hat, und sich dies in den Urteilen widerspiegelt, solange es nicht möglich ist, extrem gefährliche Personen wirklich für ihr gesamtes restliches Leben hinter Gitter zu bringen, so lange wird es immer Opfer geben, deren Martyrium hätte verhindert werden können.

Meiner Meinung nach muss dringend ein Umdenken stattfinden. Der Schutz derer, die zu Opfern geworden sind oder werden könnten, hat oberste Priorität. Der Täter ist derjenige, der sich falsch verhalten,

Grenzen und Gesetze übertreten hat. Dafür sollte er eine der Tat angemessene Strafe erhalten, die sofort anzutreten ist.

Wir sind doch angeblich ein reiches Land. Sind unsere Gefängnisse tatsächlich so überfüllt, wie es der Fall zu sein scheint - sonst müssten viele nicht auf den Antritt ihrer Strafe warten -, muss man den Mut haben, diesen Umstand einzugestehen und die erforderliche Anzahl zu bauen. Genauso wie man sich endlich dazu durchringen sollte, gefährdete Kinder früh genug aus den Familien zu nehmen und die Auffälligen in entsprechenden Einrichtungen unterzubringen. Wehret den Anfängen! Man muss endlich damit beginnen, den Teufelskreis zu durchbrechen. Kinder aus schlechten Verhältnissen werden zumeist Eltern mit ähnlichen Defiziten im Umgang mit ihrem Nachwuchs. Der Kreis derer, die Hilfe benötigen, ist schon jetzt immens angewachsen.

Notwendige Änderungen erfordern nicht nur den Mut, die Verhältnisse offenzulegen, sondern auch ein Umdenken bezüglich der Prioritätensetzung, für welche Bereiche mehr Geld zur Verfügung gestellt werden muss. Vor allem darf man nicht in kurzfristigen Zeiträumen denken, diese Umgestaltungen erfordern Zeit.

Für mich ist das die beste Form, wie wir in die Zukunft investieren können. Nur leider bin ich nicht in der Lage, mich einzubringen, war ich, falls Sie das ansprechen wollen, nie. Diese Entscheidungen müssen von den Politikern an der Spitze der Regierung getroffen werden, eventuell sogar mit Gesetzesänderungen, damit sich wirklich auf Dauer etwas bewegt.

Ich für meinen Teil bin mit mir im Reinen. Immerhin kann ich von mir behaupten, dass ich viele Leben gerettet habe. Nennen Sie es ruhig meinen persönlichen Krieg. Nur dass ich mich auf die wahren Schuldigen beschränkte.

Wie ich schon am Anfang sagte, nehme ich meine Strafe an, denn nach Recht und Gesetz bin ich ein Mörder. Strafaussetzung wird es für mich niemals geben, ich habe mich auf ein Leben hinter Gittern eingerichtet.

Und wer weiß, vielleicht habe ich damit ja nur mein Betätigungsfeld verlagert …

Zahlen und Fakten

Justitia - Göttin der Gerechtigkeit
Die drei Attribute Augenbinde, Waage und Richtschwert sollen somit verdeutlichen, dass das Recht ohne Ansehen der Person (Augenbinde), nach sorgfältiger Abwägung der Sachlage (Waage) gesprochen und schließlich mit der nötigen Härte (Richtschwert) durchgesetzt wird.
https://de.wikipedia.org/wiki/Justitia

Kindesmisshandlung
Bei Befragungen von Jugendlichen und jungen Erwachsenen geben fünf bis zehn Prozent von diesen an, in der Kindheit relativ häufig und massiv von ihren Eltern körperlich gestraft worden zu sein.
Demnach ist die Dunkelziffer in diesem Bereich sehr hoch. Denn 2018 tauchen in der Kriminalstatistik 3.487 Fälle von Kindesmisshandlung auf, bei insgesamt 4.180 Opfern (das sind die aufgeklärten bzw. angezeigten Fälle). Die meisten Taten werden im häuslichen Umfeld verübt, oft schon an Säuglingen und Kleinkindern.
https://www.polizei-beratung.de/themen-und-tipps/gewalt/kindesmisshandlung/fakten/

„Die Folgen für die körperliche und psychische Gesundheit der Betroffenen sind verheerend und mit erheblichen vermeidbaren Gesundheitskosten im gesamten späteren Leben verbunden."
http://www.euro.who.int/de/countries/germany/news/news/2018/11/celebrating-success-and-inspiring-progress-on-world-day-for-the-prevention-of-child-abuse

sexueller Missbrauch von Kindern
Anzahl der polizeilich erfassten Fälle, bei denen Kinder Opfer von sexuellem Missbrauch wurden, von 2018:
14.410 Fälle (Quelle: Bundeskriminalamt)

https://de.statista.com/statistik/daten/studie/38415/umfrage/sexueller-missbrauch-von-kindern-seit-1999/

„Bei den Statistiken ist zu unterscheiden zwischen tatsächlich erfassten Fällen und Schätzungen. Offiziell gibt es jedes Jahr rund 14.000 Fälle in Deutschland."

„Dabei wird eine Dunkelziffer zwischen 1:15 (Bundeskriminalamt) und 1:20 (Kavemann und Lohstöter) angegeben. Es wird davon ausgegangen, dass nur etwa jeder 15. bis 20. Missbrauch zur Anzeige kommt, wovon jeder fünfte Fall zur Verhandlung kommt, d. h. nur ca. 1 % der Missbrauchsfälle kommen vor Gericht."

https://de.wikipedia.org/wiki/Sexueller_Missbrauch_von_Kindern_(Deutschland)

„Sexueller Missbrauch kann zu einer Vielzahl verschiedener kurz- oder langfristiger Folgen und Schäden führen. Viele Betroffene bleiben ihr Leben lang durch die Missbrauchserfahrungen geprägt und belastet."

https://www.lichtweg.de/folgen.php

Häusliche Gewalt

„Opfer von Partnerschaftsgewalt sind zu über 82 Prozent Frauen."

„Zwei Drittel der von häuslicher Gewalt betroffenen Frauen haben schwere oder sehr schwere körperliche und/oder sexuelle Gewalt erlitten."

„2017 wurden insgesamt 138.893 Personen erfasst, die Opfer von Partnerschaftsgewalt wurden. Darunter waren 364 Fälle von Mord und Totschlag."

https://www.bmfsfj.de/bmfsfj/themen/gleichstellung/frauen-vor-gewalt-schuetzen/haeusliche-gewalt/haeusliche-gewalt/80642

Im Dunkelfeld: Häusliche Gewalt und Sexualdelikte (18.04.2016)

„Ein immens großes Dunkelfeld im Bereich Häusliche Gewalt und Sexualdelikte ist durch die erste Dunkelfeldstudie der Landespolizei in Mecklenburg-Vorpommern belegt worden."

„Die Koordinierungsstelle CORA weist in einer Pressemitteilung darauf hin, dass mit der am 1. Dezember 2015 vorgelegten ersten Dunkelfeldstudie deutlich wurde, welch großes Dunkelfeld im Bereich Häusliche Gewalt existiert: 98,4 Prozent aller Fälle von Häuslicher Gewalt / Partnerschaftsgewalt und 98,9 Prozent aller Sexualstraftaten werden nicht bei der Polizei angezeigt!"
https://mffjiv.rlp.de/de/service/presse/detail/news/detail/News/im-dunkelfeld-haeusliche-gewalt-und-sexualdelikte/

ZU WENIGE PLÄTZE : Situation der Frauenhäuser bundesweit alarmierend (21. August 2018 // Dagmar Schlapeit-Beck)
„Die zentrale Informationsstelle Autonomer Frauenhäuser (ZIF) weist darauf hin, dass an einem Stichtag im März 2018 in drei Bundesländern kein einziger freier Frauenhausplatz zu finden war. In Baden-Württemberg, in Rheinland-Pfalz als auch in Hessen mussten alle anfragenden Frauen (und deren Kinder) abgewiesen werden. Jede zweite Anfrage auf Aufnahme in einem Frauenhaus muss derzeitig abgelehnt werden, so die bundesweite Frauenhauskoordinierung."
http://www.zwd.info/situation-der-frauenhaeuser-bundesweit-alarmierend.html

Nachwort

Alle handelnden Personen sowie die beschriebenen Orte sind frei erfunden und der Fantasie des Autors geschuldet. Ähnlichkeiten mit lebenden Personen sind nicht beabsichtigt.

KJ Weiss - Romane

tollkühn

namenlose Angst

Opferleid

Im Schatten des Vergessens

In ohnmächtiger Wut

Albtraum: Tod eines Kindes

Liebe - Trennung - Mord

Flickenteppich: Diagnose: Schizophrenie

Lukas: Irrwege eines Hochbegabten

Karin Franke - Krimis

Am eigenen Leib: Richies erster Fall

Je tiefer du gräbst: Richies zweiter Fall

Zwischen Lüge und Wahrheit: Richies dritter Fall

Jeder Tod hat seinen Preis: Richies vierter Fall

Inmitten der Krise: Richies fünfter Fall

Kinderseelen-Hölle: Richies sechster Fall

Schwarze Teufelin: Richies siebter Fall

Verkalkuliert: Richies achter Fall

In den Fängen eines Loverboys: Richies neunter Fall